O SANGUE DOS ELFOS

O SANGUE DOS ELFOS

Andrzej Sapkowski

Tradução do polonês
TOMASZ BARCINSKI

wmf martinsfontes

SÃO PAULO 2021

Esta publicação foi subsidiada pelo Programa de Tradução do Instytut Książki – © POLAND.

1ª edição *2013*
8ª tiragem *2021*

Tradução
TOMASZ BARCINSKI

Acompanhamento editorial
Márcia Leme
Preparação do original
Márcia Menin
Revisões
Ana Maria de O. M. Barbosa
Ana Paula Luccisano
Edição de arte
Katia Harumi Terasaka
Produção gráfica
Geraldo Alves
Paginação
Studio 3 Desenvolvimento Editorial
Ilustração de capa
© Alejandro Colucci

Dados Internacionais de Catalogação na Publicação (CIP)
(Câmara Brasileira do Livro, SP, Brasil)

Sapkowski, Andrzej
O sangue dos elfos / Andrzej Sapkowski ; [tradução do polonês Tomasz Barcinski]. – São Paulo : Editora WMF Martins Fontes, 2013.

Título original: Krew elfów.
ISBN 978-85-7827-685-0

1. Ficção – Literatura juvenil I. Título.

13-03679 CDD-028.5

Índices para catálogo sistemático:
1. Ficção : Literatura juvenil 028.5

Editora WMF Martins Fontes Ltda.
Rua Prof. Laerte Ramos de Carvalho, 133 01325-030 São Paulo SP Brasil
Tel. (11) 3293.8150 e-mail: info@wmfmartinsfontes.com.br
http://www.wmfmartinsfontes.com.br

ÍNDICE

CAPÍTULO PRIMEIRO

Em verdade vos digo que se aproxima o Tempo da Espada e do Machado, a Época da Selvageria Lupina. Acerca-se o Tempo do Frio Branco e da Luz Branca, o Tempo da Loucura e o Tempo do Desprezo, Tedd Deireádh, o Tempo do Fim. O mundo morrerá congelado e renascerá com o novo sol. Ele renascerá do Sangue Antigo, de Hen Ichaer, da semente plantada. Da semente que não apenas brotará, mas explodirá em chamas.

Ess'tuath esse! Assim será! Atentem para os sinais! Que sinais serão esses, eu vos direi, porém antes a terra se cobrirá com o sangue dos Aen Seidhe, o Sangue dos Elfos...

Aen Ithlinnespeath, *profecia de Ithlinne Aegli aep Aevenien*

A cidade ardia em chamas.

As estreitas ruelas que levavam ao fosso e ao primeiro terraço vomitavam fumaça e brasas, enquanto chamas devoravam o amontoado de telhados de colmo das casas e lambiam os muros do castelo. Do poente, da direção do pórtico do cais, ouviam-se estrondos, sons de uma encarniçada batalha e surdas batidas de aríetes que faziam tremer as muralhas.

Os atacantes surgiram inesperadamente, rompendo a barricada defendida por um pequeno grupo de soldados, cidadãos munidos de alabardas e membros de corporações de artesãos armados com arcos e flechas. Cavalos cobertos com mantos negros saltaram a barreira como espectros. Lâminas brilhantes espalhavam morte entre os defensores em fuga.

Ciri sentiu o cavaleiro que a levava sobre o arção da sela empinar repentinamente a montaria. Ouviu seu grito: "Segure-se!".

Outros cavaleiros com as cores de Cintra passaram a galope, entrando em choque com os nilfgaardianos. Ciri os viu com o canto dos olhos, um louco turbilhão de capas azul-douradas e negras em meio ao estrépito de aço contra aço, golpes de lâminas resvalando sobre escudos, relinchos de cavalos...

Um grito. Não, não um grito. Um urro.

"Segure-se!"

Medo. Cada sacudidela, cada salto do cavalo repuxa dolorosamente as mãos agarradas às rédeas. As pernas, contraídas numa cãibra dolorida, não encontram um ponto de apoio; os olhos lacrimejam de tanta fumaça. O braço que a envolve estrangula, sufoca, esmaga e magoa as costelas. Em volta cresce uma gritaria tão terrível como jamais ouvida. O que faz um ser humano gritar assim?

Medo. Um medo que enfraquece, que paralisa, que sufoca.

Novos estrépitos de aço contra aço e relinchos de cavalos. As casas ao redor dançam um bailado macabro, as janelas expelindo chamas na barrenta ruela coberta de cadáveres e de objetos jogados no chão pelos fugitivos. O cavaleiro a suas costas tem um repentino acesso de tosse. Sobre suas mãos convulsivamente agarradas às rédeas esguicha uma torrente de sangue. Gritaria. Silvos de flechas.

Uma queda, uma pancada, um doloroso choque com a armadura. Um estrépito de cascos a seu lado. Sobre sua cabeça, o ventre de um cavalo com cilha esfarrapada e o de outro com esvoaçante xairel negro. Um estalo semelhante ao do machado no tronco de uma árvore. O golpe, porém, não é em uma árvore, mas de ferro contra ferro. Um grito abafado e surdo e, junto dela, algo preto e enorme desabando na lama e esguichando sangue por todos os lados. O calcanhar com proteção de aço agita-se convulsivamente, sulcando a terra com uma enorme espora.

Um puxão. Uma força a ergue do chão até o arção da sela. "Segure-se!" Outro galope desenfreado. As mãos e os pés procuram desesperadamente um apoio qualquer. O cavalo empina. "Segure-se!" Não há apoio. Não há... Não há... Há sangue. O cavalo desaba. Não dá para se desviar, não é possível se livrar do aperto dos braços enfiados na armadura. Não há como escapar do sangue que se derrama sobre sua cabeça, sobre sua nuca.

Outro choque, mergulho na lama, violenta batida contra o solo assustadoramente parado após aquele selvagem galope. O penetrante e rouco relincho do cavalo que tenta erguer a anca. O trote de ferraduras, a fulminante passagem de machinhos e cascos. Capas e xairéis negros como a noite. Gritos.

Na ruela, fogo, uma crepitante parede de fogo vermelha. Diante dela, um gigantesco cavaleiro cuja cabeça parece estar acima dos telhados. Seu cavalo, coberto com um xairel preto, agita-se, dança, relincha.

O cavaleiro a encara. Ciri vê o brilho de seus olhos através da fenda no enorme elmo adornado com asas de ave de rapina. Vê o reflexo do incêndio na larga lâmina da espada que ele segura com a mão abaixada.

O cavaleiro olha. Ciri não consegue se mexer; seus movimentos são tolhidos pelos inertes braços do morto, que a seguram pela cintura. Sente-se imobilizada por algo pesado e úmido de sangue, que lhe comprime a coxa, pregando-a ao solo.

Sente-se imobilizada também pelo medo. Um medo tão terrível que lhe contorce as entranhas e faz com que ela deixe de ouvir os relinchos do cavalo ferido, a crepitação do incêndio, os gritos das pessoas e as batidas dos tambores. A única coisa que existe, que conta, que tem algum significado é o medo. Um medo que tomou a forma do cavaleiro negro de elmo adornado com plumas, parado como uma estátua diante da parede vermelha de chamas enlouquecidas.

O cavaleiro empina a montaria, as asas do elmo se agitam, a ave prepara-se para alçar voo, para atacar a vítima indefesa e paralisada de medo. O pássaro, ou talvez o guerreiro, solta um grito cruel e triunfal. O cavalo negro, a armadura negra, a capa negra esvoaçante e, atrás de tudo, o fogo, um mar de fogo.

O medo.

A ave grasna. As asas se agitam, com as penas batendo no rosto. Medo!

Ajuda. "Por que ninguém me ajuda? Sou pequena, estou sozinha, desarmada, não posso me mexer, nem mesmo consigo soltar um grito de minha garganta apertada. Por que ninguém vem me socorrer? Estou com medo!"

Olhos brilhando através da fresta do enorme elmo alado. Manto negro cobrindo tudo...

– Ciri!

Despertou coberta de suor, entorpecida, com o próprio grito, o grito que a acordara, ainda vibrando em seu cérebro, trancado em seu tórax, ardendo em sua garganta ressecada. Doíam-lhe as mãos, crispadas na manta; doíam-lhe as costas...

– Ciri. Acalme-se.

A sua volta, na noite escura, o vento sussurrava monótona e melodiosamente com as copas dos pinheiros e fazia ranger os troncos. Não havia mais incêndio nem gritos, apenas aquela sussurrante cantiga de ninar. A fogueira do bivaque pulsava com luz e calor; as chamas banhavam as fivelas dos arreios e refletiam, avermelhadas, na empunhadura e nos adornos metálicos da bainha da espada apoiada na sela sobre o chão. Não havia outro fogo nem outras armas. A mão que lhe tocava a bochecha cheirava a pele e cinza, não a sangue.

– Geralt...

– Foi apenas um sonho. Um pesadelo.

Ciri tremeu violentamente, encolhendo os ombros e as pernas.

Um sonho. Apenas um sonho.

A fogueira estava se apagando, as diáfanas toras de bétula avermelhadas rachavam, soltando labaredas azuladas. A fraca luz iluminava os cabelos brancos e o agudo perfil do homem que a aninhava nos braços e a cobria com a manta e a samarra.

– Geralt, eu...

– Estou aqui. Durma, Ciri. Você precisa descansar. Temos ainda um longo caminho pela frente.

"Escuto uma música", ela pensou de repente. "Em meio a esse sussurro... ecoa uma música... uma música de alaúde. E vozes. Princesa de Cintra... Criança do Destino... Criança de Sangue Antigo, Sangue dos Elfos. Geralt de Rívia, o Lobo Branco, e seu destino. Não, isso é lenda, invenção de um poeta. Ela não está mais viva; foi morta quando fugia pelas ruas daquela cidade... 'Segure-se... Aguente firme...'"

– Geralt...

– O que foi, Ciri?

– O que ele me fez? O que aconteceu àquela hora? O que ele... me fez?

– Quem?

– Aquele cavaleiro... O cavaleiro negro com plumas no elmo... Não me lembro de nada... Ele gritava... e olhava para mim. Não me lembro do que aconteceu, apenas de que eu estava com muito medo... Estava morrendo de medo...

O homem de cabelos brancos se inclinou, e a luz da fogueira iluminou seus olhos. Eram olhos estranhos, muito estranhos. Ciri já tivera medo deles e não gostava de olhá-los. Mas isso fora antes, havia muito tempo.

– Não me lembro de nada – repetiu em voz baixa, procurando a mão dura e áspera como madeira não trabalhada. – Aquele cavaleiro negro...

– Foi apenas um sonho. Durma tranquila. Ele não voltará.

Ciri ouvira semelhantes afirmações anteriormente. Foram-lhe repetidas milhares de vezes, na tentativa de acalmá-la quando acordava durante a noite com os próprios gritos. Só que agora era diferente. Agora, ela acreditava. Acreditava, porque quem lhe dizia aquilo era Geralt de Rívia, o Lobo Branco, o bruxo, aquele que lhe fora predestinado e a quem ela fora predestinada. O bruxo Geralt, que a encontrara no meio da guerra, da morte e do desespero, que a levara consigo e que prometera que nunca mais se separariam.

Adormeceu sem soltar a mão dele.

•

O bardo terminou de cantar. Inclinando levemente a cabeça, repetiu no alaúde o refrão da balada de maneira delicada, baixinho, um tom acima do discípulo que o acompanhava.

A plateia permaneceu em silêncio. Além dos últimos acordes da música, ouviam-se apenas o sussurro das folhas e o ranger dos galhos de um enorme carvalho. Depois, repentinamente baliu uma cabra amarrada a uma das carroças que cercavam a árvore milenar. Foi então que, como se obedecesse a um sinal, um dos ouvintes sentados num grande semicírculo ergueu-se e, atirando sobre o ombro a ponta de um manto azul-cobalto bordado com fios de ouro, inclinou-se rígida e dignamente.

– Agradeço-lhe, mestre Jaskier – disse com voz ressonante, mas não muito alta. – Permitam que eu, Radcliffe de Oxenfurt, Mestre dos Arcanos Mágicos, emitindo obviamente a unânime opinião dos presentes, diga algumas palavras de gratidão e reconhecimento a sua grande arte e a seu inegável talento.

O feiticeiro lançou um olhar sobre os mais de cem espectadores, que, aglomerados no apertado semicírculo sob o carvalho, de pé ou sentados sobre as carroças, escutavam, meneavam a cabeça e sussurravam entre si. Alguns começaram a bater palmas, enquanto outros saudavam o cantor erguendo os braços. Mulheres emocionadas fungavam e enxugavam os olhos com o que podiam, dependendo de seu estrato social, profissão e meios: as camponesas, com o dorso dos antebraços e das mãos; as esposas dos negociantes, com lenços rústicos; as elfas e as fidalgas, com lenços de fino tecido branco; e as três filhas do chanceler Vilibert, que, com todo seu séquito, interrompera uma caçada com falcões apenas para ouvir o famoso trovador, assoavam ruidosamente o nariz em elegantes xales de lã verde-musgo.

– Não será exagero – continuou o feiticeiro – dizer que você emocionou todos nós profundamente, mestre Jaskier, que nos levou a refletir e meditar, que tocou nosso coração. Queira aceitar nossa gratidão e nosso respeito.

O trovador se levantou e se inclinou, roçando os joelhos com a pena de garça de seu elegante chapeuzinho. O discípulo parou de tocar, sorriu e também fez uma reverência, mas o mestre Jaskier olhou para ele severamente e rosnou algo baixinho. O garoto abaixou a cabeça e voltou a dedilhar as cordas de seu alaúde.

A plateia se animou. Os negociantes que viajavam em caravana, depois de confabularem brevemente, colocaram diante do carvalho um barril de cerveja de consideráveis proporções. O feiticeiro Radcliffe envolveu-se numa discreta conversa com o chanceler Vilibert; as filhas dele pararam de fungar e ficaram contemplando Jaskier com adoração. O bardo não chegou a notá-las, pois estava entretido em dar piscadelas e mostrar os dentes para um ostentadoramente calado grupo de elfos nômades, sobretudo para uma elfa, uma bela morena de olhos enormes com a cabeça coberta por um minúsculo gorro de arminho. Jaskier tinha vários concorrentes: a dona dos grandes olhos e belo gorro já havia despertado a atenção de alguns de seus ouvintes, cavaleiros, estudantes e vagabundos de toda ordem. A elfa, claramente satisfeita com o efeito que causava, repuxava as mangas de sua blusa e adejava as pestanas como asas de borboleta, mas os elfos que a acompanhavam cercavam-na de todos os lados, sem ocultar seu desagrado com os admiradores.

A clareira sob o carvalho Bleobheris, um local de frequentes comícios, parada de viajantes e encontro de peregrinos, era famosa por sua tolerância e liberdade de expressão. Os druidas que se ocupavam da vetusta árvore chamavam-na de "Local da Amizade" e tinham o maior prazer em acolher qualquer um. No entanto, mesmo em eventos extraordinários, como a recém-terminada apresentação do mundialmente famoso trovador, os viajantes mantinham-se em grupos isolados uns dos outros. Os elfos juntavam-se a elfos. Os anões artífices agrupavam-se com seus primos-irmãos, que, armados até os dentes, haviam sido contratados para escoltar as caravanas dos mercadores, e, no máximo, toleravam a proximidade de gnomos mineiros e ananicos agricultores. Todos os inumanos mantinham-se uniformemente distantes dos humanos. Os humanos respondiam aos inumanos com a mesma moeda, e nem entre eles se via qualquer tipo de integração. Os fidalgos olhavam com desprezo para os mercadores e caixeiros-viajantes, enquanto a soldadesca e os mercenários mantinham distância dos fedorentos pastores. Os incontáveis feiticeiros e seus adeptos isolavam-se por completo, obsequiando aqueles que estavam ao redor com a mesma arrogância. O pano de fundo desse universo era formado pelo compacto, negro, soturno e silencioso agrupamento de camponeses. Estes, parecendo uma floresta de ancinhos, forcados e manguais que sobressaíam acima de suas cabeças, ignoravam tudo e todos.

A única exceção, como de costume, eram as crianças. Libertada da obrigação de se manter calada durante a apresentação do bardo, a molecada soltou um grito selvagem e partiu em disparada para a floresta, a fim de se entregar com entusiasmo a brincadeiras cujas regras eram totalmente incompreensíveis aos que já haviam se despedido dos felizes anos da infância. Os pequenos humanos, elfos, anões, ananicos, gnomos, meios-elfos, quartos--elfos e rebentos de procedência suspeita não conheciam nem aceitavam divisões raciais. Por enquanto.

– Por certo! – gritou um dos cavaleiros presentes na colina, um varapau vestido com um curto casaco rubro-negro adornado com três leões rampantes. – O senhor feiticeiro falou muito bem! As baladas foram lindas e, por minha honra, mestre Jaskier, caso o senhor venha a se encontrar nas cercanias de Lysorog, a castelania de meu amo, não hesite em nos visitar, não se acanhe. Nós o hospedaremos como a um príncipe... que digo eu, como ao próprio rei Vizimir! Juro por minha espada que já ouvi muitos menestréis, mas nenhum deles pode se comparar ao senhor, mestre. Aceite de nós, fidalgos de boa cepa, o respeito e a homenagem a que sua arte faz jus!

Escolhendo com perfeição o momento certo, o trovador piscou para o discípulo. O garoto pôs de lado o alaúde e pegou uma caixinha oval destinada a recolher, entre os ouvintes, demonstrações de reconhecimento mais mensuráveis. Hesitou, olhou para a multidão, largou a caixinha e pegou uma enorme tina que estava logo ali. O mestre Jaskier aprovou a sagacidade do jovem com um benévolo sorriso.

– Mestre! – exclamou uma atraente mulher sentada numa carroça carregada de produtos vimíneos, com o letreiro "Vera Loewenhaupt e Filhos". Dos filhos, nem sinal; na certa estavam ocupados em desperdiçar o dinheiro amealhado pela mãe. – E então, mestre Jaskier? O senhor vai nos deixar assim, em suspense? É ponto pacífico que sua balada não chegou ao fim. Cante-nos o que aconteceu depois!

– Cantos e baladas – inclinou-se o artista – jamais acabam, minha senhora, porque a poesia é eterna e imortal; ela não tem nem princípio nem fim...

– Mas o que aconteceu depois? – insistiu a artesã, não se dando por vencida e generosamente atirando moedas na tina que o discípulo estendia em sua direção. – Pelo menos nos conte, se não quiser mais cantar. Em sua balada não é citado um nome sequer, porém todos nós sabemos que o bruxo tão decantado pelo senhor não é outro que não o famoso Geralt de Rívia e que a feiticeira pela qual ele nutre tanta paixão é a não menos famosa Yennefer. Já a Criança Surpresa prometida e predestinada ao bruxo é Cirilla, a infeliz princesa de Cintra, um país devastado por invasores. Não é verdade?

Jaskier sorriu altiva e misteriosamente.

– Eu canto acerca de assuntos universais, generosa benfeitora – afirmou. – Acerca de emoções que podem ser sentidas por qualquer um. Não acerca de pessoas concretas.

– Pois sim! – berrou alguém do meio da multidão. – Todos nós sabemos que a balada era sobre o bruxo Geralt.

– Sim, sim! – piaram em coro as filhas do chanceler Vilibert, retorcendo seus xales encharcados de lágrimas. – Cante mais, mestre Jaskier! O que aconteceu depois? O bruxo e a feiticeira se encontraram? Amaram-se? Foram felizes? Nós queremos saber, mestre!

– Que nada! – gritou com voz rouca o líder do grupo de anões, agitando a vasta barba ruiva que lhe chegava à cintura. – Todo esse negócio de princesas, feiticeiras, predestinação, amor e outros papos de mulher não passa de um monte de merda. Pois tudo aquilo, com o perdão do senhor poeta, foi pura embromação, ou seja, uma invencionice poética para que ficasse mais bonito e emocionante. Já as coisas de guerra, como a matança e o saque de Cintra ou as batalhas de Marnadal e Sodden, isso, sim, foi muito bem cantado, Jaskier! Não sinto pena em me separar de algumas moedas de prata por uma canção dessas, que alegra o coração de um guerreiro! E pode-se ver que você não mentiu nem inventou nada, uma vez que eu, Sheldon Skaggs, sei discernir a mentira da verdade, porque estive em Sodden e, com meu machado na mão, enfrentei os invasores nilfgaardianos...

– Pois eu, Donimir de Troy – exclamou o magro cavaleiro com três leões rampantes bordados no casaco –, participei das duas batalhas de Sodden e não o vi por lá, senhor anão!

– Porque na certa ficou tomando conta do acampamento! – disparou de volta Sheldon Skaggs. – Enquanto isso, eu estava na linha de frente, onde as coisas esquentaram!

– Tome cuidado com o que diz, seu barbudo! – respondeu Donimir de Troy, enrubescendo e puxando para cima o cinturão arqueado com o peso da espada. – E para quem!

– Tome cuidado você! – retrucou o anão, passando a mão pelo fio do machado enfiado na cinta. Em seguida, virou-se para seus companheiros e arreganhou os dentes. – Olhem só para ele!

Um guerreiro janota! Vocês viram o brasão em seu escudo? Três leões! Dois cagando e o terceiro rosnando!

– Calma, calma! – disse com voz forte e cheia de autoridade um druida grisalho vestido com uma bata branca. – O comportamento dos senhores não é adequado! Não aqui, debaixo dos ramos do Bleobheris, um carvalho mais velho do que todas as pendências e litígios deste mundo! E não na presença do poeta Jaskier, cujas baladas deviam nos ensinar amor, e não disputas.

– É verdade! – concordou um baixo e gordo sacerdote com o rosto brilhando de suor. – Vocês contemplam, mas não têm olhos; ouvem, mas seus ouvidos estão surdos. Porque em vocês não há amor divino algum, porque vocês são como barris vazios...

– Já que estamos falando de barris vazios – piou um narigudo gnomo de cima de uma carroça com o letreiro "Artigos metálicos: confecção e venda" –, tragam mais um, senhores artesãos! A garganta do poeta Jaskier deve estar seca, assim com as nossas, de tanta emoção!

– ... efetivamente como barris vazios, digo-lhes! – O sacerdote abafou as palavras do gnomo, não pretendendo ser desviado do assunto e impedido de continuar o sermão. – Vocês não aprenderam nada com as baladas do senhor Jaskier. Não compreenderam que as baladas falavam do destino humano, do fato de não passarmos de brinquedos nas mãos dos deuses e de as nações serem meros *playgrounds* divinos. As baladas se referiam ao destino de todos nós, e a lenda sobre Geralt e a princesa Cirilla, embora baseada em fatos verídicos daquela guerra, não passou de uma metáfora, fruto da imaginação do poeta, que deveria servir para que nós...

– O senhor está falando bobagens, santo homem! – interrompeu-o Vera Loewenhaupt do alto de sua carroça. – Uma lenda? Fruto da imaginação? Pois saiba que vi Geralt de Rívia com os próprios olhos em Wyzim, onde ele desenfeitiçou a filha do rei Foltest. Depois, voltei a encontrá-lo na Trilha dos Mercadores, onde, a pedido das corporações, ele matou um cruel grifo que atacava as caravanas, salvando com seu ato a vida de muita gente boa. Não, não se trata de uma lenda ou de um conto de fadas. O que o mestre Jaskier cantou aqui foi verdade, a mais pura verdade.

– E eu confirmo – disse uma esbelta guerreira de cabelos negros puxados para trás numa espessa trança. – Eu, Rayla de Líria, conheço Geralt, o Lobo Branco, o famoso destruidor de monstros. Também vi, e não apenas uma ou duas vezes, a feiticeira Yennefer, porque costumava visitar a cidade de Vengerberg, em Aedirn, onde ela mora. No entanto, nada sei a respeito de eles terem se amado.

– Mas deve ser verdade – falou repentinamente com voz melodiosa a bela elfa de gorro de arminho. – Uma balada tão linda sobre o amor não poderia ser falsa.

– Não poderia! – apoiaram-na as filhas do chanceler Vilibert e, como se obedecessem a um comando, esfregaram os olhos com seus xales. – Não poderia, de maneira alguma!

– Senhor feiticeiro! – Vera Loewenhaupt virou-se para Radcliffe. – Afinal, amaram-se ou não? Certamente o senhor sabe o que realmente aconteceu entre o bruxo e a tal Yennefer. Satisfaça nossa curiosidade!

– Se a balada diz que se amaram – sorriu o feiticeiro –, então assim foi, e seu amor perdurará por séculos. Tal é o poder da poesia.

– Comenta-se – observou o chanceler Vilibert – que Yennefer de Vengerberg tombou no Monte de Sodden. Lá morreram várias feiticeiras...

– Não é verdade – afirmou Donimir de Troy. – O nome dela não figura no monumento. Eu sou daquelas terras; estive algumas vezes no topo do Monte e li os nomes gravados no monumento. As feiticeiras que lá caíram foram três: Triss Merigold, Lytta Neyd, conhecida pela alcunha de "Coral"... e o nome da terceira me fugiu da memória...

O cavaleiro olhou para Radcliffe, mas este apenas sorriu, sem dizer uma palavra.

– Quanto àquele bruxo – disse Sheldon Skaggs –, o tal Geralt, que amava a tal Yennefer, parece que já está comendo grama pela raiz. Ouvi dizer que foi trucidado em algum lugar nas bandas de Trásrios. Ele andou matando monstros após monstros, até encontrar alguém a sua altura. É como costuma acontecer: aquele que com ferro fere, com ferro será ferido. Cada um acaba deparando com alguém melhor do que ele e é forçado a sentir o gosto da espada.

– Não acredito nisso – refutou a esbelta guerreira, contorcendo os lábios pálidos, cuspindo veementemente e cruzando sobre o peito os braços protegidos por malha de aço. – Não acredito na possibilidade de Geralt de Rívia ter encontrado alguém superior a ele. Tive a oportunidade de vê-lo em ação, manejando a espada. Ele é desumanamente rápido...

– Muito bem dito – intrometeu-se o feiticeiro Radcliffe. – Desumano. Os bruxos são mutantes; por isso, sua reação...

– Não entendo o que está dizendo, senhor mago – interrompeu a guerreira, contorcendo ainda mais os lábios. – Suas palavras são eruditas demais. Só sei de uma coisa: jamais conheci um espadachim que pudesse se equiparar ao Lobo Branco, Geralt de Rívia. E é por isso que não acredito que ele possa ter sido vencido num combate, como afirma o senhor anão.

– Todo espadachim é um bundão quando inimigos há de montão – sentenciou Sheldon Skaggs –, como costumam dizer os elfos.

– Os elfos – declarou friamente um alto e louro representante do Povo Antigo parado ao lado da beldade de gorro de arminho – não têm por costume se expressar em linguagem tão chula.

– Não! Não! – piaram as filhas do chanceler Vilibert por trás de seus xales verdes. – O bruxo Geralt não pode ter morrido! Ele encontrou Ciri, a ele predestinada, e, depois, a feiticeira Yennefer. Então, todos viveram felizes por muito tempo. Não é verdade, mestre Jaskier?

– As nobres senhoritas não se dão conta de que se trata de uma balada? – bocejou o gnomo sedento de cerveja, fabricante de artigos metálicos. – Onde se viu procurar verdade numa balada? Verdade é uma coisa, poesia é outra. Vamos pegar, por exemplo, aquela... Como era mesmo seu nome? Ciri? A famosa Surpresa. Pois saibam que ela é pura invencionice do senhor poeta. Estive em Cintra mais de uma vez e sei que o rei e a rainha não tiveram prole, nem filho nem filha...

– Você está mentindo! – gritou um homem ruivo com casaco de pele de foca e a testa atravessada por um lenço xadrez. – A rainha Calanthe, Leoa de Cintra, tinha uma filha chamada Pavetta, que, com seu marido, morreu afogada numa tempestade em alto-mar.

– Vocês mesmos podem ver que não estou mentindo! – o dos artigos metálicos conclamou todos para serem suas testemunhas. – O nome da princesa de Cintra era Pavetta, e não Ciri.

– Cirilla, mais conhecida como Ciri, era filha de Pavetta, a que morreu afogada – esclareceu o ruivo. – Era neta de Calanthe, portanto com o direito de ser chamada de princesa. Ela era de fato a Criança Surpresa predestinada a Geralt de Rívia, pois ainda antes de seu nascimento a rainha prometeu entregá-la ao bruxo, exatamente como cantou o senhor Jaskier. Só que o bruxo não conseguiu encontrá-la e levá-la consigo; foi nesse ponto que o poeta desviou-se da verdade.

– Desviou-se, de fato – interveio um vigoroso jovem que, a julgar pelos trajes, poderia ser um aprendiz de artesão fazendo uma viagem antes de realizar o exame para obter o certificado de mestre. – O destino do bruxo passou ao largo dele. Cirilla morreu durante o cerco a Cintra. A rainha Calanthe, antes de se jogar da torre, matou a princesinha para que ela não caísse com vida nas garras dos nilfgaardianos.

– Não foi assim em absoluto – protestou o ruivo. – Mataram a princesa no massacre seguinte, quando ela tentava fugir da cidade.

– De uma forma ou de outra – gritou o dos artigos metálicos –, o bruxo não encontrou a tal Cirilla. O poeta mentiu!

– Mas mentiu de maneira linda – disse a elfa do gorro, abraçando o esbelto elfo.

– Não se trata de poesia, e sim de fatos! – vociferou o aprendiz de artesão. – Estou afirmando que a princesa morreu pelas mãos da própria avó. Qualquer um que esteve em Cintra poderá confirmar isso.

– Pois eu afirmo que ela foi morta nas ruas, quando estava fugindo da cidade – insistiu o ruivo. – Sei disso porque, embora não provenha de Cintra, fiz parte da brigada do duque de Skellige que apoiou Cintra durante a guerra. Como é do conhecimento público, o rei de Cintra, Eist Tuirseach, era um ilhéu de Skellige e tio do duque. Quanto a mim, lutei na brigada do duque em Marandal e em Cintra, e, após a derrota, na batalha de Sodden...

– Mais um combatente – rosnou Sheldon Skaggs para os anões a sua volta. – Só temos aqui heróis e guerreiros. Ei, pessoal! Será que pelo menos um de vocês não lutou em Marandal ou Sodden?

– Sua ironia está fora de lugar, Skaggs – disse severamente o esbelto elfo, abraçando a beldade com o gorro de tal maneira que daria por encerradas quaisquer tentativas de outros admiradores. – Não pense que você é o único que combateu em Sodden. E não precisamos procurar muito longe; eu também participei daquela batalha.

– Gostaria de saber do lado de quem – comentou com Radcliffe o chanceler Vilibert, num sussurro que o elfo ouviu, mas solenemente ignorou.

– Como todos sabem – continuou ele, sem sequer lançar um olhar na direção do chanceler e do feiticeiro –, mais de 100 mil homens estiveram no campo da segunda batalha de Sodden, dos quais pelo menos 30 mil morreram ou ficaram gravemente feridos. Devemos ser gratos ao senhor Jaskier por ter imortalizado em uma de suas baladas aquela famosa e terrível batalha. Tanto nas palavras como na melodia não ouvi apologias, mas advertências. Repito: glória e imortal fama ao senhor poeta pela balada, que talvez possa servir para evitar que se repita a tragédia daquela guerra, tão cruel e tão desnecessária.

– Tenho de admitir – falou o chanceler Vilibert, olhando de modo desafiador para o elfo – que o senhor desencavou aspectos interessantes na balada. Guerra desnecessária, o senhor disse? Gostaria de evitar outra tragédia? Devemos entender que, caso Nilfgaard fosse nos atacar novamente, o senhor recomendaria uma capitulação? Uma submissa aceitação do jugo nilfgaardiano?

– A vida é uma dádiva muito preciosa e deve ser protegida – retrucou o elfo friamente. – Nada pode justificar o massacre e a hecatombe que foram as duas batalhas de Sodden, tanto a perdida como a ganha. Ambas custaram a vocês, humanos, milhares de vidas. Vocês perderam um potencial inestimável...

– Típico discurso de elfos! – explodiu Sheldon Skaggs. – Um monte de bobagens! Aquilo foi o preço a ser pago para que outros pudessem viver dignamente e em paz, impedindo que os nilfgaardianos os deixassem cegos e os levassem, acorrentados e sob açoites, às minas de enxofre e sal. Os que tombaram heroicamente e que graças a Jaskier viverão para sempre em nossa memória nos ensinaram como defender nossa casa. Cante suas baladas, Jaskier, cante-as onde estiver e para todos. O que elas nos ensinaram não será desperdiçado, e vocês hão de ver que voltará a nos ser útil! Porque, se não for hoje, será amanhã: Nilfgaard nos atacará novamente, e vocês se lembrarão de minhas palavras! Agora, eles estão lambendo as feridas e recuperando as forças, mas está próximo o dia no qual tornaremos a ver seus mantos negros e elmos adornados com plumas!

– E o que eles querem de nós? – exclamou Vera Loewenhaupt. – Por que cismaram conosco? Por que não nos deixam em paz para que possamos viver e trabalhar? O que querem os nilfgaardianos?

– Querem nosso sangue! – urrou o chanceler Vilibert.

– E nossa terra! – gritou um dos camponeses.

– E nossas mulheres! – adicionou Sheldon Skaggs, lançando um olhar feroz em volta.

Alguns riram, mas baixinho, às escondidas. Mesmo que a ideia de que alguém, exceto um anão, pudesse sentir atração pelas extraordinariamente feias anãs fosse engraçada, não era recomendável tocar no assunto na presença dos baixos, musculosos e barbudos marmanjos cujos machados e gládios tinham o desagradável costume de saltar dos cinturões com incrível rapidez. E os anões, que por motivos desconhecidos acreditavam que o mundo inteiro desejava suas esposas e filhas, eram muito sensíveis nesse aspecto.

– Isso ia acontecer mais cedo ou mais tarde – anunciou de repente o druida de cabelos grisalhos. – Tinha de ser assim. Nós nos esquecemos de que não estamos sozinhos na face da Terra, de que não somos o umbigo do mundo. Comportando-nos como estúpidos, gordos e preguiçosos peixinhos dourados num lago de água lodosa, não acreditamos na existência de lúcios. Permitimos que nosso mundo se pantanizasse e ficasse lodoso e indolente como aquele lago. Olhem em volta: por toda parte crimes e pecados, ganância, busca de lucro fácil, cizânia, decadência dos costumes, falta de respeito a quaisquer valores. Em vez de vivermos como nos manda a Natureza, passamos a destruí-la. E o que ganhamos em troca? Ar envenenado pela fumaça malcheirosa das chaminés das fundições, rios e riachos poluídos por matadouros e curtumes, florestas inteiras derrubadas... Bah! Até no tronco do sagrado Bleobheris... vejam... ali, logo acima da cabeça do senhor poeta... alguém gravou com uma faca uma expressão chula, com grosseiros erros ortográficos ainda por cima. Não bastasse ser vândalo, o sujeito era um ignorante que não sabia escrever. Por que, então, vocês estão espantados? Isso tudo tinha de acabar mal...

– Sim, sim! – aproveitou a deixa o gordo sacerdote. – Caiam em si, pecadores, enquanto é tempo, porque a fúria e a vingança divinas pendem sobre a cabeça de vocês! Lembrem-se da sibila Ithlinne e de suas proféticas palavras a respeito do castigo dos deuses que se abaterá sobre a tribo envenenada por crimes: "Acerca-se o Tempo do Desprezo. A árvore perderá as folhas, o broto ressecará, o fruto apodrecerá e a semente amargará. Nos rios dos vales, em vez de água, haverá gelo. E virá o Frio Branco, depois dele a Luz Branca, e o mundo morrerá em meio a nevascas." Assim falou a sibila Ithlinne! E antes que isso aconteça haverá sinais visíveis e cairão pragas. Não se esqueçam: Nilfgaard é um castigo divino! É o açoite com o qual os Imortais flagelarão vocês, pecadores, para que possam...

– Ei, cale a boca, velho santarrão! – urrou Sheldon Skaggs, batendo os pés calçados com botas pesadas. – Suas superstições e tolices me dão vontade de vomitar! Só de pensar nelas, minhas entranhas se contorcem...

– Cuidado, Sheldon – interrompeu-o o esbelto elfo, sorrindo. – Não deboche da religião dos outros. Isso não é bonito, nem bem-educado, nem... seguro.

– Não estou debochando de nada – protestou o anão. – Não ponho em dúvida a existência de deuses, porém fico revoltado quando alguém os envolve em assuntos mundanos e delira com profecias de uma elfa maluca. Os nilfgaardianos sendo um instrumento dos deuses? Absurdo! Humanos, tragam à memória a época de Dezmond, Radowid, Sambuk, os tempos de Abrad, o Velho Carvalho! Não, vocês não vão se lembrar, porque vivem por pouco tempo, como besouros-de-maio, mas eu, sim. Vou, então, lhes recordar como as coisas se passaram aqui, logo depois que vocês desembarcaram de suas naus nas praias da foz do Jaruga e do delta do Pontar. Das quatro naus que aportaram originaram-se três reinos. Os mais fortes foram engolindo os mais fracos e crescendo, solidificando, assim, seu poder. Atacavam os outros e os absorviam por completo, tornando seus reinos cada vez maiores e mais fortes. E agora Nilfgaard faz exatamente o mesmo, pois é um país forte, unificado, disciplinado e homogêneo. Se vocês não se unirem como os nilfgaardianos, eles os engolirão como lúcios engolem peixinhos dourados, tal como falou o sábio druida.

– Pois que ousem tentar! – exclamou Donimir de Troy, estufando o peito ornado por três leões e batendo na espada embainhada. – Nós já lhes demos uma lição em Sodden e poderemos dar-lhes outra.

– Quanta presunção! – rosnou Sheldon Skaggs. – Ao que tudo indica, o nobre guerreiro se esqueceu de que, antes da segunda batalha de Sodden, Nilfgaard passou como um rolo compressor por suas terras, cobrindo com cadáveres de valentões feito o senhor todos os campos desde Marnadal até Trásrios. E quem conseguiu deter os nilfgaardianos não foi um bando de fanfarrões de sua laia, mas as forças unidas de Temeria, Redânia, Aedirn e Kaedwen. Concórdia e união, eis o que os deteve!

– Não foi apenas isso – falou Radcliffe com voz firme e gélida. – Não apenas isso, senhor Skaggs.

O anão pigarreou, assoou o nariz, esfregou, desajeitado, as botas sobre a grama e, por fim, inclinou-se levemente na direção do feiticeiro.

– Ninguém pretende diminuir os méritos de seus confrades, senhor feiticeiro – disse. – Seria uma ignomínia não reconhecer o heroísmo dos feiticeiros do Monte de Sodden, porque eles se comportaram com muita bravura, derramaram seu sangue por uma causa comum e foram importantes na obtenção da vitória.

Jaskier não se esqueceu deles em sua balada, assim como nós não esqueceremos. No entanto, o senhor deve levar em consideração que os feiticeiros que, unidos e solidários, lutaram no Monte aceitaram a liderança militar de Vilgeforz de Roggeveen, assim como nós, os guerreiros dos Quatro Reinos, reconhecemos o comando de Vizimir da Redânia. É uma pena que tal concórdia e solidariedade tenham durado somente no decurso da guerra, porque, assim que veio a paz, voltamos a nos dividir. Vizimir e Foltest tentam estrangular um ao outro com taxas alfandegárias e leis comerciais, Demawend de Aedirn briga com Henselt por causa do Condado Boreal, enquanto a Liga de Hengfors e os Thyssenidas de Kovir não se importam nem um pouco com tudo isso. Além do mais, pelo que ouvi falar, também entre os feiticeiros não vale a pena procurar a concórdia de antes. Entre vocês, não há um pingo de solidariedade, unidade e disciplina, qualidades que Nilfgaard tem de sobra!

– Nilfgaard é governado pelo imperador Emhyr var Emreis, um autocrata tirânico que demanda obediência com o açoite, a forca e a foice! – esbravejou o chanceler Vilibert. – O que está nos propondo, senhor anão? Que deveríamos nos submeter a uma tirania como aquela? E qual seria o rei cujo reino, em sua opinião, haveria de submeter os demais? Em mãos de quem o senhor gostaria de ver o cetro e o chicote?

– E o que eu tenho a ver com isso? – Skaggs deu de ombros. – Esse é um assunto de vocês, humanos. Aliás, não importa quem vocês escolhessem como rei, porque certamente não seria um anão.

– Nem um elfo, nem mesmo um meio-elfo – acrescentou o esbelto representante do Povo Antigo, sempre abraçado à beldade do gorro de arminho. – Vocês chegam a considerar um quarto-elfo um ser inferior.

– E é isso que os incomoda tanto – riu o chanceler. – Vocês estão tocando a mesma música que Nilfgaard; os nilfgaardianos também gritam sobre igualdade, prometendo-lhes o retorno dos antigos privilégios assim que nos derrotarem e expulsarem destas terras. É com tal tipo de unificação e igualdade que vocês sonham e anunciam por toda parte, porque Nilfgaard lhes paga por isso com ouro! E não é de espantar que vocês gostem tanto deles, pois os nilfgaardianos fazem parte da raça élfica.

– Tolice – disse o elfo friamente. – O senhor está falando bobagens, cavaleiro. É óbvio que o racismo o cega. Os nilfgaardianos são seres humanos iguaizinhos a vocês.

– Que mentira deslavada! Todos sabem que eles descendem dos Seidhe Negros! Em suas veias corre sangue élfico! O sangue dos elfos!

– E o que corre nas veias de vocês? – indagou o elfo, com um sorriso sarcástico. – Vocês e nós temos misturado nossos sangues por gerações, há séculos, o que pode ser bom ou ruim, não sei. Vocês começaram a perseguir os mestiços há menos de um quarto de século, aliás com pífios resultados. Diante disso, mostrem-me agora um humano sem um pingo de Seidhe Ichaer, o sangue do Povo Antigo.

Vilibert enrubesceu, assim como Vera Loewenhaupt. O feiticeiro Radcliffe tossiu e abaixou a cabeça. E, por mais estranho que pudesse parecer, até a bela elfa do gorro de arminho ficou ruborizada.

– Todos somos filhos da mesma Mãe Terra – ecoou no silêncio a voz do druida grisalho. – Somos filhos da Mãe Natureza, e, apesar de nem sempre a respeitarmos, de vez por outra lhe causarmos preocupação e sofrimento, de partirmos seu coração, ela ama a todos nós. Lembremo-nos disso aqui, no Local da Amizade. E não vamos discutir quem foi o primeiro a chegar, porque a primeira foi a Bolota atirada pelas ondas do mar, da qual germinou o Grande Bleobheris, o mais antigo de todos os carvalhos. Ao estarmos debaixo dos ramos do Bleobheris, entre suas raízes seculares, não devemos nos esquecer de nossas raízes fraternais, nem da terra da qual brotam essas raízes. Recordemos as palavras da balada do poeta Jaskier...

– Por falar nele – exclamou Vera Loewenhaupt –, onde será que se meteu?

– Sumiu – constatou Sheldon Skaggs, olhando para o lugar vazio sob o carvalho. – Pegou o dinheiro e sumiu sem se despedir, numa atitude típica de elfos!

– De anões! – piou o gnomo dos artigos metálicos.

– De seres humanos – corrigiu-os o alto elfo, enquanto a beldade do gorro de arminho apoiava a cabeça em seu ombro.

•

– Ei, menestrel – disse Mama Lantieri, entrando no aposento sem bater e trazendo consigo odores de jacinto, suor, cerveja e toucinho defumado. – Você tem um visitante. Entre, cavalheiro.

Jaskier ajeitou os cabelos e se aprumou na enorme cadeira de braços. As duas jovens que estavam sentadas em seus joelhos levantaram-se de um pulo, cobriram seus encantos e fecharam depressa suas blusas desarrumadas. "O pudor das prostitutas", pensou o poeta, "eis um bom título para uma balada." Ergueu-se, afivelou o cinto e vestiu o casaco, olhando para o fidalgo parado no vão da porta.

– Tenho de admitir – afirmou – que o senhor sabe me encontrar em qualquer lugar, embora não escolha o momento mais adequado para isso. Sorte sua eu ainda não ter decidido qual das duas beldades prefiro. E, com os preços que você cobra, Lantieri, não posso me dar ao luxo de ficar com as duas.

Mama Lantieri sorriu, compreensiva, e bateu palmas. As duas jovens – uma ilhoa de pele clara e sardenta e uma meio-elfa morena – saíram rapidamente do aposento. O homem na porta tirou a capa e entregou-a a Mama, com uma bem recheada bolsinha de couro.

– Perdoe-me, mestre – falou, aproximando-se e sentando-se à mesa. – Sei que vim importuná-lo num momento inapropriado, mas o senhor desapareceu tão rápido daquele carvalho... Não consegui alcançá-lo na estrada, conforme havia planejado, e levei certo tempo para encontrar uma pista sua na cidadezinha. Saiba que não vou tomar muito de seu tempo...

– Todos sempre prometem isso, e é sempre mentira – interrompeu-o o bardo. – Deixe-nos a sós, Lantieri, e tome providência para que não sejamos interrompidos. Sou todo ouvidos, cavalheiro.

O homem lançou-lhe um olhar perscrutador. Tinha olhos escuros e úmidos, quase lacrimejantes, nariz pontudo e lábios finos e feios.

– Vou direto ao ponto, sem desperdiçar seu tempo – declarou, assim que Mama fechou a porta. – Sempre estive interessado em suas baladas, mestre. Para ser mais preciso, em certas pessoas que fazem parte delas. Tenho especial interesse no destino dos heróis de suas baladas. Afinal, se não me engano, foram pessoas reais que serviram de inspiração às belas obras que ouvi debaixo do carvalho, não é verdade? Refiro-me... à pequena Cirilla de Cintra, neta da rainha Calanthe.

Jaskier olhou para o teto, tamborilando os dedos no tampo da mesa.

– Cavalheiro – disse secamente –, o senhor está interessado em coisas estranhas e me pergunta sobre coisas estranhas. Algo me diz que o senhor não é quem eu pensava que fosse.

– E quem o senhor pensava que eu fosse, se é que posso saber?

– Não sei se pode. Vai depender das saudações que me transmitirá de nossos amigos comuns. O senhor deveria ter começado nossa conversa com isso, mas acho que se esqueceu.

– Não esqueci em absoluto. – O desconhecido enfiou a mão no bolso de seu casaco de veludo de cor sépia e tirou dele outra bolsinha recheada, um pouco maior que aquela que dera à caftina e que emitiu sons metálicos ao tocar o tampo da mesa. – Acontece, Jaskier, que nós não temos amigos comuns, mas será que esta bolsinha não mitigaria tal lacuna?

– O que o senhor pretende comprar com esta magra bolsinha? – indagou o trovador. – Todo o bordel de Mama Lantieri e os terrenos ao redor?

– Digamos que desejo apoiar a arte. E o artista. Faço isso com o intuito de poder ter uma conversa com o artista sobre sua obra.

– O senhor ama a arte a esse ponto, cavalheiro? E tem tanta pressa em iniciar a tal conversa com o artista que lhe oferece dinheiro antes mesmo de se apresentar, quebrando as boas normas da etiqueta?

– No início de nossa conversa – disse o desconhecido, semicerrando quase imperceptivelmente os olhos escuros –, ignorar minha identidade não pareceu incomodá-lo.

– Mas passou a me incomodar.

– Não me envergonho de meu nome – afirmou o homem, com um leve sorriso nos lábios finos. – Chamo-me Rience. O senhor não me conhece, mestre Jaskier, o que não é de estranhar. O senhor é demasiadamente famoso para conhecer todos seus admiradores. Já cada admirador de seu talento tem a impressão de conhecê-lo tão bem que certo nível de intimidade não parece fora de lugar. Tal comportamento aplica-se a mim em toda sua extensão. Estou ciente de que é uma impressão falsa e espero que me perdoe benevolentemente por isso.

– Eu o perdoo benevolentemente.

– Isso significa que posso contar com sua predisposição para responder a algumas perguntas...

– Não, não pode – interrompeu-o o poeta, com empáfia. – Agora é minha vez de lhe pedir seu benevolente perdão, mas o fato é que não gosto de discutir a temática de minhas obras, muito menos a de seus personagens, fictícios ou não. Isso desnuda a poesia de sua camada poética e conduz à trivialidade.

– Será?

– Com certeza. Se eu, depois de cantar uma balada sobre uma alegre moleira, anunciasse que se tratava de Zvirka, a esposa do moleiro Piskorz, e acrescentasse que ela podia ser facilmente fodida toda quarta-feira, dia da semana em que o marido sempre ia ao mercado, aquilo não seria mais poesia, e sim uma típica caftinagem, ou então uma vergonhosa calúnia.

– Entendo, entendo – falou rapidamente Rience. – Mas creio que o exemplo não foi bom. Afinal, não estou interessado em pecados e farras de quem quer que seja. O senhor não caluniará ninguém ao responder a minhas perguntas. Preciso apenas de uma pequena informação: o que aconteceu realmente com Cirilla, a princesinha de Cintra? Uma porção de pessoas afirma que ela morreu durante a conquista da cidade, havendo até testemunhas oculares. No entanto, a julgar por sua balada, a criança sobreviveu. Estou mesmo curioso em saber se aquilo é fruto de sua imaginação ou um fato real. Verdade ou mentira?

– Fico deveras contente com sua curiosidade. – Jaskier deu um largo sorriso. – O senhor... como é mesmo seu nome?... vai achar engraçado, mas era exatamente isso que eu queria ao compor a balada. Queria excitar meus ouvintes e despertar neles a curiosidade.

– Verdade ou mentira? – repetiu friamente Rience.

– Caso eu revelasse isso, estragaria o efeito de meu trabalho. Adeus, meu amigo. O senhor gastou todo o tempo que pude lhe dedicar. Enquanto isso, duas inspirações minhas aguardam ansiosamente para saber qual delas vou escolher.

Rience permaneceu um longo tempo em silêncio, sem indício algum de que se preparava para sair. Encarava Jaskier com um olhar úmido e antipático, e o poeta começou a sentir um crescente desconforto. Do salão principal do lupanar chegavam sons de uma alegre algazarra, pontuada de vez em quando por agudas risadas femininas. O bardo virou a cabeça, como se estivesse demonstrando desprezo, mas, na realidade, queria calcular a distância que o separava do canto do aposento e do gobelino com a imagem de uma ninfa derramando água de uma jarra sobre as tetas.

– Jaskier – disse finalmente Rience, enfiando a mão no bolso do casaco cor de sépia. – Por favor, responda a minha pergunta. Eu preciso saber a resposta. Isso é extremamente importante para mim e, acredite, também para você, porque, se você não responder por bem, então...

– Então, o quê?

Os estreitos lábios de Rience se contorceram num horrendo esgar.

– Então não terei de obrigá-lo a responder.

– Pois ouça aqui, seu vagabundo. – Jaskier ergueu-se, esforçando-se para parecer ameaçador. – Odeio violência e o uso de força, mas vou chamar Mama Lantieri agora mesmo, e ela chamará Gruzila, que exerce nesta sede a nobre e responsável função de leão de chácara. Trata-se de um autêntico artista em sua profissão. Ele vai dar um chute em sua bunda, e você passará voando sobre os telhados desta cidade de um jeito tão lindo que os poucos transeuntes a esta hora tomarão você por Pégaso.

Rience fez um gesto rápido, e algo brilhou em sua mão.

– Você tem certeza de que conseguirá chamá-la a tempo?

Jaskier não tinha a intenção de verificar se conseguiria ou não. Tampouco pretendia esperar. Antes mesmo de a lâmina girar e se encaixar na mão de Rience, o bardo saltou até o canto do aposento, mergulhou debaixo do gobelino com a ninfa, deu um pontapé numa portinhola secreta e atirou-se de cabeça sobre uma escada em espiral, deslizando sobre seu encerado corrimão. Rience correu atrás dele, mas o poeta, que conhecia aquela passagem secreta tão bem quanto o próprio bolso, estava seguro de si. Já a havia usado para fugir de credores, maridos ciumentos e concorrentes dispostos a quebrar-lhe a cara pelo ocasional roubo de rimas ou partituras. Sabia que ao chegar ao terceiro andar poderia tatear uma portinhola giratória atrás da qual havia uma escada que levava ao porão. Tinha certeza de que seu perseguidor, assim como vários outros antes dele, não conseguiria frear a tempo e continuaria descendo até pisar num alçapão que, ao se abrir, faria com que ele caísse num chiqueiro. Também estava convicto de que o contundido perseguidor, coberto de merda e perturbado pelos porcos, desistiria da perseguição.

Jaskier, como sempre quando tinha certeza de algo, estava enganado. Percebeu um brilho azulado às suas costas e sentiu seus membros entorpecerem e ficarem rígidos. Não conseguiu diminuir a velocidade da descida ao passar pela portinhola giratória e suas pernas não obedeceram a seu comando. Soltou um grito e rolou escada abaixo, resvalando pelas paredes. O alçapão abriu-se com um estalido, e o trovador desabou em escuridão e fedor. Antes de perder os sentidos ao bater no chão, lembrou-se de que Mama Latieri havia mencionado algo sobre uma reforma no chiqueiro.

•

Recuperou a consciência ao sentir uma dor excruciante nos pulsos atados e nos braços, cruelmente retorcidos nas articulações. Quis gritar, mas não pôde; pareceu-lhe que alguém selara sua boca com barro. Estava ajoelhado no chiqueiro, com uma rangente corda puxando-o para cima pelos pulsos. Quis erguer-se para dar uma folga aos braços, mas as pernas também estavam amarradas. No entanto, com grande esforço e quase sufocando, conseguiu ficar de pé, com a ajuda da corda que o puxava implacavelmente para cima.

Rience estava parado diante dele. Seus malvados olhos úmidos brilhavam à luz de uma lanterna na mão de um desconhecido mal-encarado de quase dois metros e com barba por fazer parado a seu lado. Outro facínora, certamente não menor que o primeiro, mantinha-se atrás dele. Jaskier ouvia sua respiração e sentia um fedor de suor ressecado. Era exatamente aquele fedorento que puxava a corda presa aos pulsos do poeta e passada sobre uma viga no teto.

Os pés de Jaskier desgrudaram-se do chão. O poeta expulsou o ar pelo nariz, a única coisa que era capaz de fazer.

– Chega – disse Rience logo em seguida, mas para o bardo pareceu que havia demorado séculos. Tocou o chão com a ponta dos pés, porém, apesar de todos seus esforços, não conseguiu ficar de joelhos; o facínora fedorento ainda o mantinha esticado como uma corda de violino.

Rience aproximou-se. Seu rosto não demonstrava o mínimo sinal de emoção e os lacrimejantes olhos estavam com a expressão inalterada, assim como a voz, calma, baixinha e levemente entediada.

– Seu asqueroso rimador de merda! Seu nanico de meia-tigela! Seu rebotalho! Seu arrogante zé-ninguém! Você pretendia fugir de mim? Até hoje, ninguém conseguiu isso. Nós não terminamos nossa conversa, seu cabotino, bufão, cabeça de bode. Eu lhe havia perguntado algo em condições muito mais agradáveis. Agora, você vai me responder em condições não tão agradáveis assim. Não é verdade que você vai responder?

Jaskier assentiu avidamente com a cabeça. Foi só então que Rience sorriu e fez um sinal. O bardo guinchou, desesperado, ao sentir a corda se retesar e os braços virados para trás começarem a estalar nas juntas.

– Você não está em condições de falar – constatou Rience, ainda sorrindo. – E está doendo, não é verdade? Saiba que por enquanto estou mandando erguê-lo somente por puro prazer, porque adoro ficar vendo os outros sentirem dor. Vamos lá, um pouco mais alto.

Jaskier quase engasgou com o urro que emanou de sua boca.

– Já chega – ordenou finalmente Rience, aproximando-se e agarrando o poeta pelo jabô. – Ouça bem, pavão. Vou desfazer o feitiço, para que você possa falar. Mas, se erguer sua encantadora voz acima do necessário, vai se arrepender amargamente.

Fez um gesto com a mão, tocou a bochecha do poeta, e Jaskier sentiu recuperar a sensibilidade da mandíbula, da língua e do palato.

– E agora – continuou Rience, baixinho –, vou lhe fazer algumas perguntas, e você vai responder rápida, fluida e compreensivelmente. E, se hesitar ou gaguejar por um momento, se me der qualquer motivo para eu suspeitar da veracidade de suas afirmações, então... Olhe para baixo.

Jaskier obedeceu, constatando com horror que de um de seus tornozelos pendia uma curta corda, com a outra extremidade presa a um balde cheio de cal.

– Caso eu mande erguê-lo mais alto – Rience sorriu de maneira horrenda – com aquele balde, certamente você jamais recuperará o movimento das mãos. Duvido muito que nessas condições você possa voltar a tocar alaúde. Duvido muito, de verdade. Diante disso, imagino que você estará disposto a falar. Estou certo?

Jaskier não confirmou, pois, paralisado pelo medo, não conseguia mexer a cabeça nem emitir um som. Rience não dava a impressão de precisar de confirmação.

– Quanto a mim, quero que entenda – anunciou – que saberei imediatamente se você estiver mentindo, se estiver querendo me despistar, e não me deixarei confundir com ditos poéticos ou nebulosa erudição. Para mim, isso não passa de bagatela, assim como foi de pouca monta paralisá-lo naquelas escadas. Portanto, seu patife, é bom você pesar cada palavra que disser. Mas não percamos mais tempo; vamos começar. Como sabe, estou interessado na heroína de uma de suas lindas baladas, a neta da rainha Calanthe de Cintra, a princesinha Cirilla, carinhosamente chamada de Ciri. De acordo com testemunhas oculares, ela morreu durante a conquista da cidade, dois anos atrás. No entanto, em sua balada você descreve de maneira comovente seu encontro com aquele esquisito e quase lendário personagem, o tal... bruxo

Geralt ou Gerald. Deixando de lado as bobagens poéticas sobre predestinação e juízos do destino, a balada parece indicar que a criança escapou com vida das batalhas de Cintra. Isso é verdade?

– Não sei... – gemeu Jaskier. – Pelos deuses, eu não passo de um poeta! Ouvi isso e aquilo, e o resto...

– Sim?

– O resto eu simplesmente inventei. Dei asas à minha imaginação! Não sei de nada! – uivou o bardo, vendo Rience fazer um sinal ao fedorento e sentindo a corda se retesar mais. – Não estou mentindo!

– De fato. – Rience meneou a cabeça. – Você não está mentindo diretamente, porque eu teria percebido. Mas está escondendo algo. Você não inventaria uma balada assim do nada, sem motivo algum. Além disso, conhece pessoalmente o tal bruxo. Vocês foram vistos juntos mais de uma vez. Vamos, desembuche logo, Jaskier, se é que você tem amor por suas articulações. Conte tudo o que sabe.

– A tal Ciri – arfou o poeta – fora predestinada ao bruxo. Ela era o que chamamos de Criança Surpresa... O senhor deve ter ouvido falar disso; é uma história muito conhecida. Seus pais prometeram entregá-la ao bruxo...

– Os pais entregariam sua criança àquele mutante maluco? Àquele assassino de aluguel? Você está mentindo, rimador. Esse tipo de coisas você pode cantar para mulheres.

– Foi isso mesmo; juro pela alma de minha mãe – soluçou Jaskier. – Sei disso de uma fonte... O bruxo...

– Fale da garota. Por enquanto, não estou interessado no bruxo.

– Não sei de nada da garota! Sei somente que o bruxo foi para Cintra atrás dela quando eclodiu a guerra. Encontrei-o àquela época. Foi por mim que ele soube da carnificina, da morte de Calanthe... Ele me perguntou por essa criança, a neta da rainha... Mas eu já sabia que todos que estiveram em Cintra haviam morrido e que do último bastião não sobrara vivalma...

– Fale mais claro. Menos metáforas, mais pontos concretos.

– Quando o bruxo soube da queda de Cintra e do massacre, desistiu de viajar para lá. Ambos estávamos fugindo para o Norte.

Separei-me dele em Hengfors e nunca mais o vi... E como pelo caminho as pessoas andavam falando daquela... Ciri, ou qual fosse o nome dela... e sobre predestinação... acabei compondo essa balada. Não sei de mais nada, juro!

Rience olhou para ele atentamente.

– E onde está o tal bruxo neste momento? – perguntou. – Aquele assassino de monstros, açougueiro poético que gosta de dissertar sobre predestinações?

– Já lhe disse que o vi pela última vez em...

– Sei o que você disse – interrompeu-o Rience. – Ouço atentamente tudo o que você fala. Agora, ouça você o que eu tenho a dizer. Responda com precisão às perguntas que lhe são feitas. A pergunta seguinte é: se ninguém viu o bruxo Geralt, ou Gerald, por mais de um ano, onde ele se esconde? Onde ele costuma se esconder?

– Não sei onde aquilo fica – falou rapidamente o trovador. – Não estou mentindo. Realmente não sei...

– Rápido demais, Jaskier, rápido demais – disse Rience, com um sorriso ameaçador. – Muito sôfrego. Você é esperto, mas não suficientemente cuidadoso. Diz que não sabe onde aquilo fica, porém tenho certeza de que sabe o que aquilo é.

Jaskier apertou os dentes. De raiva e de desespero.

– E então? – indagou Rience, fazendo um sinal ao fedorento. – Onde se esconde o bruxo? Qual o nome daquele lugar?

O poeta permaneceu em silêncio. A corda se retesou, retorcendo dolorosamente os braços, afastando os pés do chão. Jaskier soltou um urro, logo interrompido, porque o anel encantado de Rience amordaçou-o.

– Mais alto, mais alto. – Rience apoiou as mãos nos quadris. – Sabe de uma coisa, Jaskier? Eu poderia sugar seu cérebro com magia, mas é um processo muito cansativo. Além disso, gosto de observar quando os olhos de alguém saltam das órbitas de tanta dor. E, por fim, você acabará falando.

Jaskier sabia que falaria. A corda amarrada a seu tornozelo se esticou; o balde cheio de cal arrastou-se sonoramente pelo chão.

– Senhor – falou repentinamente o bandido com a lanterna, cobrindo-a com a capa e olhando através de uma fresta na portinhola do chiqueiro. – Alguém está vindo para cá. Parece ser uma mulher.

– Vocês já sabem o que devem fazer – rosnou Rience. – Apague a lanterna.

O fedorento soltou a corda e Jaskier desabou no chão, mas de uma forma que lhe permitiu ver o primeiro facínora postar-se junto da porta, enquanto o fedorento, com uma faca na mão, ocultava-se do outro lado. Através dos espaços entre as tábuas filtravam-se luzes do lupanar e o poeta ouvia vozes e cantos vindos de lá.

A porta do chiqueiro rangeu e se abriu, revelando em seu vão um vulto feminino envolto numa capa e com um chapeuzinho redondo enfiado na cabeça. Após um momento de hesitação, a mulher cruzou a soleira. O fedorento atirou-se sobre ela, desferindo-lhe um golpe com a faca, e caiu de joelhos, uma vez que a arma não encontrou resistência alguma, passando pela garganta do vulto como por uma nuvem de fumaça. E efetivamente o vulto era uma nuvem de fumaça que já começava a se desfazer. Antes, porém, que ela se desfizesse por completo, adentrou o chiqueiro outro vulto, meio borrado, escuro e ágil como uma doninha. Jaskier o viu saltar agilmente por cima do fedorento e atirar sua capa sobre o bandido com a lanterna, notou algo brilhar em sua mão e ouviu o fedorento engasgar e soltar um gorgolejo selvagem. O outro facínora conseguiu desvencilhar-se da capa, deu um pulo para a frente e preparou-se para atacar com a faca. Da mão do vulto negro emanou um raio flamejante que se liquefez com um estrondo infernal e, parecendo óleo em chamas, espalhou-se sobre o peito e o rosto do bandido. O brutamontes soltou um urro terrível e o chiqueiro impregnou-se com o nojento cheiro de carne queimada.

Foi quando Rience partiu para o ataque. O feitiço que lançou clareou a escuridão com um brilho azul-celeste, graças ao qual Jaskier pôde ver uma mulher esbelta com trajes masculinos gesticulando de maneira estranha com as mãos. Viu-a apenas por uma fração de segundo, porque a azulada claridade sumiu repentinamente entre um estrondo e um brilho cegante, enquanto Rience, com um grito de raiva, voava para trás, caindo sobre as divisórias de madeira, quebrando-as com grande estalido. A mulher com trajes masculinos pulou em sua direção, empunhando um estilete. O chiqueiro voltou a encher-se de brilho, dessa vez dourado, que emanava de um campo de luz oval que apareceu de uma hora para outra em pleno ar. Jaskier viu Rience erguer-se rápido e pular para dentro do campo de luz, desaparecendo logo em seguida. O campo de luz perdeu o brilho, mas, antes de se apagar por completo, a mulher conseguiu alcançá-lo, estender a mão e gritar algo incompreensível em seu interior. Algo estalou e farfalhou, e o já quase extinto campo de luz fervilhou com chamas por um momento. De longe, bem de longe, chegou aos ouvidos de Jaskier um som confuso, uma voz que lembrava um grito de dor. O campo de luz apagou-se de vez e o chiqueiro voltou a mergulhar na escuridão. O poeta sentiu soltar-se a força que mantinha sua boca selada.

– Socorro! – berrou. – Ajudem-me!

– Pare de berrar, Jaskier – falou a mulher, ajoelhando-se a seu lado e cortando os nós com a adaga de Rience.

– Yennefer? É você?

– Não me diga que se esqueceu de minha aparência. Além disso, minha voz não deve soar estranha a seu ouvido musical. Consegue se levantar? Eles lhe quebraram algum osso?

Jaskier ergueu-se com dificuldade, soltou um gemido e se pôs a massagear os braços doloridos.

– O que houve com eles? – perguntou, apontando para os corpos caídos no chão do chiqueiro.

– Vamos verificar – respondeu a feiticeira, fechando com estalido a adaga. – Gostaria que um deles estivesse vivo, pois eu teria umas perguntas a lhe fazer.

– Este aqui – disse o trovador, parado junto do fedorento – parece estar vivo.

– Acho pouco provável – afirmou Yennefer, impassível. – Eu cortei sua carótida e traqueia. Talvez algo ainda sussurre nele, mas não por muito tempo.

Jaskier estremeceu.

– Você o degolou?

– Não fosse meu inato senso de precaução que me fez enviar uma ilusão antes de mim, seria eu quem estaria caída aqui agora.

Vamos ver o outro... Que droga! Olhe para ele; um homenzarrão deste tamanho, e não aguentou. É uma pena.

– Também está morto?

– Sim. Não suportou o choque... Devo tê-lo queimado um pouco demais... Olhe, até os dentes ficaram chamuscados... O que está acontecendo com você, Jaskier? Vai vomitar?

– Vou – respondeu indistintamente o poeta, inclinando o corpo e apoiando a testa na parede do chiqueiro.

•

– E isso foi tudo? – perguntou a feiticeira, colocando de lado o caneco e estendendo a mão para o espeto com frangos. – Você não mentiu? Não se esqueceu de nada?

– De nada, além de lhe agradecer. Muito obrigado, Yennefer.

Yennefer fixou os olhos nos de Jaskier e fez um pequeno movimento com a cabeça. Os brilhantes cachos negros se agitaram e caíram em cascata sobre os ombros. Colocou um dos frangos assados sobre um prato de madeira e se pôs a desossá-lo habilmente, com garfo e faca. Até então, Jaskier conhecera apenas uma pessoa capaz de comer um frango com a mesma destreza com aqueles apetrechos. Agora sabia onde e de quem Geralt aprendera aquilo. "Não é de espantar", pensou. "Afinal, ele morou com ela um ano inteiro em sua casa em Vengerberg e, antes de ele fugir de lá, ela deve ter lhe ensinado uma porção de coisas esquisitas." Tirou outro frango do espeto e, sem pensar duas vezes, arrancou uma das coxas e começou a destrinchá-la com os dentes, segurando-a ostensivamente com as mãos.

– Como você soube? – indagou. – De que modo conseguiu chegar a tempo de me ajudar?

– Estive sob o Bleobheris durante sua apresentação.

– Não a vi.

– Porque eu não queria ser vista. Depois, vim para esta cidadezinha atrás de você. Fiquei aguardando aqui, neste albergue... Não ficava bem eu ir até o lugar ao qual você foi, aquele local de dúbio prazer e infalível gonorreia. Finalmente, perdi a paciência e fui até lá. Estava dando voltas pelo pátio quando ouvi sons vindos do chiqueiro. Agucei minha audição e percebi que não se tratava de um sodomita, como havia pensado de início, e sim de você. Ei, senhor taberneiro! Mais vinho, por favor!

– Às suas ordens, distinta dama! Já vou providenciar!

– Do mesmo que antes, por favor, mas desta vez sem água. Só tolero água no banho; misturada ao vinho me é detestável.

– Às suas ordens, às suas ordens!

Yennefer afastou o prato. Jaskier notou que no frango sobrara carne suficiente para o almoço do albergueiro e toda sua família. Garfo e faca podiam ser elegantes e distintos, mas evidentemente pouco práticos.

– Agradeço-lhe – repetiu – por me ter salvado. Aquele maldito Rience não me deixaria vivo. Teria arrancado de mim tudo o que sei e, depois, me degolado como a um carneiro.

– Também acho. – Yennefer encheu os dois canecos de vinho e ergueu o seu. – Diante disso, brindemos a sua saúde, Jaskier.

– E à sua, Yennefer. À saúde pela qual, a partir de hoje, vou rezar em toda oportunidade que tiver para isso. Sou seu devedor, bela dama, e pagarei essa dívida com minhas baladas. Derrubarei nelas o mito segundo o qual os feiticeiros não se importam com sofrimentos alheios ou não se esforçam para ajudar os desconhecidos, pobres e infelizes mortais.

– O que se pode fazer? – sorriu ela, semicerrando levemente os belos olhos cor de violeta. – Um mito tem lá seus motivos; ele não surgiu do nada. Além disso, você não é um desconhecido, Jaskier. Afinal, eu conheço e gosto de você.

– É mesmo? – sorriu também o poeta. – Tenho de admitir que você soube ocultar tal fato com muita habilidade. Cheguei a acreditar que você me detestava como a própria peste.

– E detestava – respondeu a feiticeira, repentinamente séria. – Depois, mudei de opinião. Então, fiquei-lhe grata.

– Grata por quê, se é que posso perguntar?

– Isso não é importante – disse Yennefer, brincando com o caneco vazio. – Vamos nos voltar para perguntas mais sérias, como, por exemplo, aquelas que lhe fizeram no chiqueiro, enquanto tentavam arrancar seus braços dos ligamentos. O que aconteceu de verdade, Jaskier? Você realmente nunca mais viu Geralt desde a fuga de vocês às margens do Jaruga? Não sabia que ele voltou ao Sul depois da guerra? Que ele foi tão ferido que chegou a circular um boato de que havia morrido? Você não sabia de nada disso?

– Não. Não sabia. Passei muito tempo em Pont Vanis, na corte de Esterat Thyssen. Depois, na corte de Niedamir, em Hengfors...

– Não sabia... – A feiticeira meneou a cabeça e desabotoou o casaco. Em seu colo, pendendo de uma fita de veludo negro, brilhou uma estrela de obsidiana cravejada de diamantes. – Você não sabia que, assim que sarou, Geralt partiu para Trásrios? Pode adivinhar à procura de quem?

– Posso imaginar. Mas, se a encontrou, não sei.

– Não sabe – repetiu ela. – Logo você, que de tudo sabe e sobre tudo canta, mesmo sobre assuntos tão íntimos como os sentimentos. Lá, debaixo do Bleobheris, eu ouvi suas baladas, Jaskier. Você dedicou algumas estrofes a minha pessoa.

– A poesia – murmurou Jaskier, com os olhos fixos no frango – possui leis próprias. Ninguém deveria sentir-se ofendido...

– "Cabelos negros como asas de corvo, como tempestades noturnas..." – recitou Yennefer, com ênfase exagerada – "... e raios cor de violeta adormecidos em seus olhos..." Não é assim?

– Essa é a imagem que ficou em minha memória – sorriu discretamente o poeta. – Atire em mim a primeira pedra aquele que afirmar que a descrição é incorreta.

– Apenas não sei – a feiticeira apertou os lábios – quem o autorizou a descrever meus órgãos internos. Como é? "Seu coração é como a joia que decora seu colo, duro como o diamante, como um diamante frio e insensível, mais afiado do que obsidiana, capaz de ferir..." Foi você mesmo que inventou isso? Ou será... – Seus lábios contorceram-se, trêmulos. – Ou será que você ouviu confidências e queixas de alguém?

– Hã – pigarreou Jaskier, fugindo de um tema perigoso. – Diga-me, Yennefer, quando foi que você viu Geralt pela última vez?

– Há muito tempo.

– Depois da guerra?

– Depois da guerra... – a voz de Yennefer mudou levemente. – Não; depois da guerra não o vi mais. Passei muito tempo...

sem ver ninguém. Mas vamos voltar ao que interessa, meu poeta. Estou um tanto espantada com o fato de que você não sabe nada e não ouviu nada e, apesar disso, alguém está disposto a torturá--lo para conseguir informações. Isso não o deixa preocupado?

– Deixa.

– Então ouça o que tenho a lhe dizer – falou ela seriamente, batendo o caneco na mesa. – Ouça com atenção. Elimine essa balada de seu repertório. Não a cante mais.

– Você se refere a...

– Você sabe muito bem a que me refiro. Cante sobre a guerra com Nilfgaard. Cante sobre Geralt e sobre mim; você não nos atrapalhará nem ajudará em nada, assim como em nada melhorará ou piorará. Mas não cante sobre a Leoazinha de Cintra.

Yennefer olhou em volta para se certificar de que nenhum dos poucos comensais àquela hora pudesse ouvi-los e esperou a garçonete retornar à cozinha.

– Evite, também, se encontrar a sós com pessoas que você não conhece – murmurou. – Com aquelas que se esquecem de lhe mandar lembranças de amigos comuns a título de introdução. Entendeu?

Jaskier a encarou, espantado. Yennefer sorriu.

– Lembranças de Dijkstra, Jaskier.

Agora era o bardo quem olhava em volta, assustado. Seu espanto devia ser evidente, e a expressão em seu rosto, engraçada, porque a feiticeira se permitiu um sorriso bastante zombeteiro.

– Por falar em Dijkstra – sussurrou Yennefer, inclinando-se sobre a mesa –, ele aguarda seu relatório. Você está voltando de Verden, e Dijkstra quer saber o que andam falando na corte do rei Ervyll. Ele me pediu que lhe transmitisse que dessa vez o relatório deve ser objetivo, detalhado e de maneira alguma rimado. Em prosa, Jaskier, em prosa.

O poeta engoliu em seco e fez um sinal positivo com a cabeça. Permaneceu calado, formulando uma pergunta em sua cabeça, mas a feiticeira antecipou-se.

– Aproximam-se tempos difíceis – falou baixinho. – Difíceis e perigosos. Aproxima-se a época de mudanças. Seria muito triste envelhecer convencida de que não se fez nada para que as mudanças iminentes fossem para melhor. Você não concorda?

Jaskier meneou a cabeça afirmativamente e voltou a pigarrear.

– Yennefer?

– Sim, meu poeta?

– Aqueles lá, no chiqueiro... Eu gostaria de saber quem eram, o que queriam e quem os mandou. Você matou os dois bandidos, mas há um boato segundo o qual vocês conseguem arrancar informações mesmo de cadáveres.

– E o tal boato não diz nada quanto ao fato de haver um édito de nosso Capítulo proibindo terminantemente a prática de necromancia? Deixe isso para lá, Jaskier. Eram dois patifes que, de qualquer modo, não saberiam de nada. Já aquele que fugiu... bem... é um caso à parte.

– Rience. Ele é feiticeiro, não é?

– Sim, mas muito pouco eficiente.

– No entanto, conseguiu escapar de você. E eu vi de que modo. Por teleportação, não foi? Isso não prova alguma coisa?

– Sim, prova. Prova que alguém o ajudou. Rience não tinha tempo nem forças suficientes para abrir um portal suspenso no ar. Um teleportal daqueles não é para qualquer um. Portanto, está claro que alguém o abriu para ele, alguém imensuravelmente mais poderoso. Foi por isso que tive receio de persegui-lo, sem saber onde pousaria. Mas consegui despachar atrás dele uma temperatura bem elevada e ele vai precisar de muitos feitiços e elixires especiais contra queimaduras, além de ficar com marcas por muito tempo.

– Talvez lhe interesse saber que ele era nilfgaardiano.

– Você acha? – Yennefer endireitou-se e, num gesto rápido, tirou do bolso a adaga de Rience. – Nos dias de hoje, as armas nilfgaardianas estão sendo usadas por muitas pessoas. São práticas e úteis, podendo ser escondidas até num decote.

– Não estou me referindo à adaga. Ao me interrogar, ele usou descrições como "batalhas de Cintra", "a conquista da cidade" e coisas de semelhante teor. Nunca ouvi alguém usar tais denominações para descrever aqueles acontecimentos. Para nós, aquilo sempre foi um massacre. O massacre de Cintra. Ninguém fala de outro jeito.

A feiticeira ergueu a mão e ficou olhando para as unhas.

– Parabéns, Jaskier. Você tem bom ouvido.

– É uma deformação profissional.

– Indago-me qual profissão você tem em mente – sorriu Yennefer, coquete. – Mas agradeço-lhe a informação. Ela é valiosa.

– Considere-a – respondeu Jaskier com um sorriso – minha participação no esforço para que as mudanças iminentes sejam para melhor. Diga-me, Yennefer, por que Nilfgaard está tão interessado em Geralt e na garotinha de Cintra?

– Não meta o nariz nesse assunto – respondeu ela, repentinamente séria. – Já lhe disse para se esquecer de alguma vez ter ouvido falar da neta de Calanthe.

– Sim, você disse. Mas o fato é que não estou apenas em busca de um tema para uma balada.

– Então, com os diabos, o que está procurando? Um galo na testa?

– Suponhamos... – sussurrou Jaskier, apoiando o queixo nas mãos entrelaçadas e fixando os olhos nos da feiticeira. – Suponhamos que Geralt encontrou e salvou aquela criança. Suponhamos que ele finalmente acreditou na força do destino e levou a criança consigo. Para onde? Rience tentou arrancar essa informação de mim com tortura. Mas você sabe, Yennefer... Você sabe onde o bruxo se ocultou.

– Sei.

– E sabe como chegar até lá.

– Também sei.

– E não acha que deveríamos alertá-lo? Avisar-lhe que ele e a menininha estão sendo procurados por elementos como aquele Rience? Eu iria até lá, mas a verdade é que não sei mesmo onde fica... aquele lugar cujo nome prefiro não pronunciar.

– Conclua seu raciocínio, Jaskier.

– Se você sabe onde Geralt está neste momento, então deveria ir até lá e preveni-lo. Você tem uma dívida para com ele, Yennefer. Afinal, algo ligava vocês dois.

– É verdade – respondeu ela friamente. – Algo nos ligava. E é por isso que sei como ele é. Ele nunca gostou que lhe oferecessem ajuda. E, se precisava que o ajudassem, procurava as pessoas nas quais confiava. Já se passou mais de um ano desde aqueles acontecimentos, e eu... eu não recebi notícia alguma dele. Já no que se refere a minha dívida para com ele, devo-lhe exatamente tanto quanto ele me deve. Nem mais, nem menos.

– Sendo assim, irei eu – falou Jaskier, orgulhoso. – Diga-me...

– Não direi – interrompeu-o Yennefer. – Você está queimado, Jaskier. Eles poderão agarrá-lo novamente a qualquer momento; portanto, quanto menos você souber, melhor. Suma daqui. Vá para a Redânia, junte-se a Dijkstra e a Philippa Eilhart, grude-se à corte de Vizimir. E volto a preveni-lo: esqueça Ciri, a Leoazinha de Cintra. Finja que nunca ouviu seu nome. Faça o que estou lhe pedindo. Não quero que nada de mal lhe aconteça. Gosto demais de você e devo-lhe demais...

– Já é a segunda vez que você diz isso. O que você me deve, Yennefer?

A feiticeira virou a cabeça e ficou em silêncio por um bom tempo.

– Você viajava com ele – disse, por fim. – Graças a você ele não ficou sozinho. Você foi seu amigo. Esteve com ele.

O bardo baixou os olhos.

– Ele não ganhou muito com isso – murmurou. – Não tirou muito proveito de tal amizade. Minha presença só lhe trouxe problemas. Volta e meia via-se forçado a me tirar de alguma enrascada... a me ajudar...

Yennefer inclinou-se sobre a mesa, colocou sua mão sobre a dele e apertou-a com força, sem dizer uma palavra. Em seus olhos havia pesar.

– Vá para a Redânia – repetiu após um momento. – Uma vez lá, você estará sob a proteção de Dijkstra e Philippa. Não tente bancar o herói. Você se meteu numa encrenca, Jaskier.

– Pude notar – retrucou o bardo, esfregando o ombro dolorido. – Mas é exatamente por isso que acho que devemos alertar Geralt. Você é a única pessoa que sabe onde procurá-lo. Você conhece o caminho. Imagino que já esteve lá... na qualidade de visitante...

Yennefer virou o rosto e Jaskier viu como ela cerrou os lábios e como um músculo lhe tremeu na bochecha.

– É verdade que já estive lá como visitante algumas vezes – falou, com algo indefinível na voz. – Mas nunca sem ter sido convidada.

•

O vento uivou violentamente, ondulou os caules de capim que cobriam as ruínas, sussurrou por entre os arbustos de espinheiro e altíssimas urtigas. Bandos de nuvens passaram pelo disco lunar, iluminando por um fugaz momento o enorme castelo, o fosso, os restos da muralha e as pilhas de caveiras com dentes arreganhados que olhavam para o nada com os negros buracos das órbitas. Ciri soltou um gritinho agudo e escondeu a cabeça debaixo do manto do bruxo.

A égua, atiçada pelos calcanhares do cavaleiro, passou com cuidado sobre um monte de tijolos e atravessou o que restara da arcada. As ferraduras, batendo no piso de pedra, despertavam entre os muros ecos infernais, abafados pelo uivo do vento. Ciri tremia, com as mãos enfiadas na crina do animal.

– Estou com medo – sussurrou.

– Não precisa ter medo de nada – respondeu o bruxo, colocando a mão sobre seu ombro. – Não existe lugar mais seguro do que este em todo o mundo. Estamos em Kaer Morhen, a Sede dos Bruxos. No passado, havia aqui um belíssimo castelo. Mas isso foi há muito tempo.

Ciri não respondeu, abaixando ainda mais a cabeça. Plotka, a égua do bruxo, relinchou baixinho, como se até ela quisesse acalmá-la.

Mergulharam num escuro, comprido e aparentemente interminável túnel por entre colunas e arcadas. Plotka, batendo alegremente as ferraduras sobre o piso, avançava com segurança e boa disposição. Diante deles, no fim do túnel, brilhou de repente uma fenda vertical vermelha. Crescendo e se alargando, ela se transformou numa porta, detrás da qual resplandecia a luz de archotes enfiados em tocheiros de ferro presos às paredes. No vão da porta parou um vulto negro, meio ofuscado pelo brilho às suas costas.

– Quem vem lá? – Ciri ouviu uma voz metálica e ameaçadora, que mais parecia o latido de um cão. – É você, Geralt?

– Sim, Eskel, sou eu.

– Entre.

O bruxo desmontou, tirou Ciri da sela, colocou-a no chão e enfiou entre suas mãos sua trouxinha, que ela agarrou com força, lamentando o fato de não ser suficientemente grande para poder ocultá-la atrás de si.

– Espere aqui, com Eskel – disse o bruxo –, enquanto eu levo Plotka até a cocheira.

– Chegue mais perto da luz, meu pequeno – latiu o homem chamado Eskel. – Não fique aí, parado na escuridão.

Ciri ergueu a cabeça, olhou para seu rosto... e teve dificuldade em conter um grito de horror. Aquilo não era um ser humano. Apesar de estar apoiado sobre duas pernas, de cheirar a fumo e suor, de estar vestido com trajes humanos, não era um homem. "Nenhum ser humano", pensou Ciri, "poderia ter um rosto como esse."

– E então, está esperando o quê? – repetiu Eskel.

Ciri não se moveu. De longe, ouvia o cada vez mais distante som das ferraduras de Plotka. Algo macio e chiante passou correndo por sua perna. A menina deu um salto.

– Não fique no escuro, garoto, senão as ratazanas vão roer suas botas.

Ciri, sempre agarrada a sua trouxinha, andou rapidamente na direção da luz. As ratazanas fugiam chiando sob seus pés. Eskel inclinou-se, pegou sua trouxinha e tirou seu capuz.

– Que droga! – rosnou. – Uma menina. Só nos faltava isso.

Ciri olhou para ele assustada. Eskel sorriu. Foi quando ela se deu conta de que se tratava de um ser humano, com rosto totalmente normal, apenas deformado por uma longa e feia cicatriz semicircular que corria pela bochecha, desde o canto da boca até a orelha.

– Já que você está aqui, seja bem-vinda a Kaer Morhen. Como se chama?

– Ciri – respondeu por ela Geralt, emergindo das sombras em silêncio.

Eskel virou-se rapidamente, e os dois bruxos abraçaram-se com força por um breve momento.

– Vejo que você está vivo, Lobo.

– Estou.

– Muito bem – disse Eskel, tirando o archote do tocheiro. – Vamos andando. Vou fechar a porta interna para que o calor não se esvaia.

Adentraram um corredor. Também ali havia ratazanas, que corriam junto às paredes, chiavam dos acessos laterais na escuridão e fugiam do oscilante círculo de luz formado pela tocha. Ciri caminhava rápido, esforçando-se para acompanhar os passos dos dois homens.

– Quem, além de Vasemir, está invernando aqui, Eskel?

– Lambert e Coën.

Desceram uma escada com degraus íngremes e escorregadios. Abaixo, era possível ver o brilho de uma luz. Ciri ouviu vozes e sentiu cheiro de fumaça.

O salão, iluminado pelas chamas crepitantes sugadas por uma chaminé, era enorme. O centro estava ocupado por uma grande mesa, em volta da qual poderiam sentar-se facilmente dez pessoas. No momento, havia ali três homens. "Três bruxos", corrigiu-se mentalmente Ciri. Via apenas seus vultos, tendo por fundo as chamas da lareira.

– Salve, Lobo. Estávamos aguardando você.

– Salve, Vasemir. Salvem, rapazes. É bom estar de novo em casa.

– E quem você nos trouxe?

Geralt ficou em silêncio por um momento e, então, colocou a mão no ombro de Ciri, empurrando-a levemente para a frente. A menina caminhou desajeitada, insegura, mancando, encolhendo-se e abaixando a cabeça. "Estou com medo", pensou. "Com muito medo. Quando Geralt me encontrou e me levou com ele, achei que o medo não voltaria mais, que já havia passado... E agora, em vez de estar numa casa, encontro-me neste terrível, escuro e arruinado castelo, cheio de ratazanas e ecos horríveis... Estou novamente parada diante de uma parede de fogo. Vejo escuras silhuetas ameaçadoras, vejo fixos em mim olhos malvados brilhando sinistramente..."

– Quem é essa criança, Lobo? Quem é esta menininha?

– Ela é... – começou Geralt, interrompendo-se logo em seguida.

Ciri sentiu nos ombros suas mãos fortes e duras... e, de repente, todo o medo se foi. Sumiu, sem deixar vestígios. Das crepitantes chamas vermelhas emanava calor, nada mais do que calor. As negras silhuetas eram de amigos. Protetores. Os brilhantes olhos demonstravam curiosidade. Solicitude. E preocupação...

As mãos de Geralt apertaram seus ombros.

– Ela é nosso destino.

CAPÍTULO SEGUNDO

Na verdade, não há nada mais hediondo do que os monstros tão contrários à natureza chamados bruxos, porque eles são crias de obscenas feitiçarias e atos diabólicos. Trata-se de canalhas sem um pingo de virtude, consciência e escrúpulos, verdadeiras criaturas diabólicas que só servem para matar. Para tal tipo de seres, não há lugar entre pessoas decentes.

E o tal Kaer Morhen, onde esses infames se aninham e executam suas horrendas práticas, deve ser erradicado da face da Terra, e suas ruínas, cobertas com sal e salitre.

Anônimo, *Monstrum, ou descrição dos bruxos*

A intolerância e a superstição sempre pertenceram ao grupo dos mais ignorantes do populacho e, pelo que me parece, jamais serão desenraizadas, já que são tão eternas quanto a própria ignorância. Onde hoje se erguem montanhas, um dia haverá mares; onde hoje se agitam mares, um dia haverá desertos. A ignorância, no entanto, continuará sendo ignorância.

Nicodemus de Boot, *Meditações sobre a vida, a felicidade e a prosperidade*

Triss Merigold soprou nas mãos quase congeladas, mexeu os dedos e sussurrou uma fórmula mágica. Seu cavalo, um alazão castrado, reagiu imediatamente ao feitiço, bufou e virou a cabeça, olhando para a feiticeira com olhos lacrimejantes pelo frio e pelo vento.

– Você só tem duas saídas, meu velho – disse Triss, calçando as luvas. – Ou se acostuma à magia, ou vou vendê-lo aos camponeses para puxar um arado.

O cavalo sacudiu as orelhas, soltou uma nuvem de vapor pelas narinas e, obedientemente, começou a descer a encosta da floresta. A feiticeira inclinou-se na sela, evitando bater a cabeça nos galhos de geada.

O feitiço funcionou rapidamente. Deixou de sentir as gélidas pontadas nos cotovelos e na nuca e de ter a desagradável sensação de frio que a obrigava a se encolher e meter a cabeça entre os ombros. Além de aquecê-la, o feitiço abafou também a fome que havia horas fazia roncar seu estômago. Triss animou-se; acomodou-se mais confortavelmente na sela e, com atenção ainda maior, passou a observar o entorno.

Desde que abandonara a vereda mais frequentemente usada, guiava-se pela parede branco-acinzentada das montanhas, com seus picos cobertos de neve brilhando como ouro naqueles raros momentos em que os raios solares conseguiam atravessar o manto de nuvens, em geral antes do pôr do sol. Agora, mais próxima da cadeia de montanhas, tinha de ficar mais atenta. As terras ao redor de Kaer Morhen eram conhecidas pela selvageria e dificuldade de acesso, e a fenda na parede de granito à qual se devia dirigir não era fácil de ser percebida por olhos destreinados. Bastava dobrar em um dos numerosos desfiladeiros para perdê-la de vista. Mesmo ela, que conhecia o caminho e sabia onde procurar a garganta, não podia se dar ao luxo de distrair-se nem um segundo.

A floresta estava terminando. Diante da feiticeira abria-se um largo vale coberto de pedras arredondadas pela erosão, que se alongava até as escarpadas encostas do lado oposto. O centro do vale era cortado pelo Gwenllech, o rio das Pedras Brancas, borbulhando com espuma por entre rochas e troncos de árvores levados pela correnteza. Ali, perto da nascente, o Gwenllech era apenas um raso, porém largo, riacho, que poderia ser atravessado sem dificuldade. Mais abaixo, em Kaedwen, na metade de seu comprimento, o rio tornava-se um obstáculo impossível de ser domado; era impetuoso e se quebrava no fundo de inúmeros abismos.

Ao adentrar a água, o alazão apressou as passadas, desejando, sem dúvida, chegar o mais rápido possível à outra margem. Triss reteve-o levemente. Embora o riacho fosse raso e mal cobrisse os cascos do cavalo, as pedras no fundo eram escorregadias, e a correnteza, rápida e forte. A água espumava e parecia fervilhar em torno das patas do animal.

A feiticeira olhou para o céu. Ali, entre as montanhas, o aumento do frio e do vento poderia ser o prenúncio de uma nevasca, e a perspectiva de passar mais uma noite numa gruta ou na fenda de uma rocha não lhe parecia atraente. Caso precisasse, ela poderia prosseguir a viagem mesmo em meio a uma nevasca, poderia se guiar telepaticamente, poderia amenizar o frio com magia. Poderia, caso precisasse. No entanto, preferia não precisar.

Por sorte, Kaer Morhen já estava perto. Triss conduziu o cavalo para um amontoado de pedras erodidas por geleiras e riachos e o fez adentrar uma estreita passagem entre os blocos de rochas. As paredes do desfiladeiro erguiam-se verticalmente, parecendo tocar as alturas, divididas pela estreita faixa do céu. O frio diminuiu, porque o uivante vento não conseguia chegar suficientemente perto para açoitá-la ou mordê-la.

A passagem se alargou, levando a um barranco, seguido de um vale – uma enorme e redonda depressão coberta por florestas que se estendia ao longo de rochas pontudas. A feiticeira ignorou as bordas suaves e acessíveis e seguiu pela parte mais emaranhada da densa floresta. Galhos ressecados estalaram sob os cascos do animal, que, obrigado a saltar troncos derrubados, começou a bufar e a dançar, batendo com força as patas no solo. Triss recolheu as rédeas, puxou-o pelas peludas orelhas e repreendeu-o com uma série de palavras ofensivas, fazendo especial alusão a sua condição de capado. O cavalo, efetivamente dando a impressão de ter ficado encabulado, passou a andar mais rápido e seguro, escolhendo ele mesmo o melhor caminho por entre o matagal.

Em pouco tempo saíram da floresta, cavalgando sobre o leito de um riacho quase seco. A feiticeira olhou em volta com atenção e logo achou o que procurava. Sobre o barranco, apoiado em dois enormes rochedos, jazia horizontalmente um gigantesco tronco de árvore escuro, desnudo e coberto de musgo. Triss aproximou-se a fim de se certificar de que era realmente a Trilha, e não uma árvore qualquer derrubada pelo vento. Notou uma senda estreita semioculta desaparecendo na floresta. Não podia estar enganada: aquela era a Trilha, que rodeava o castelo de Kaer Morhen, a senda repleta de obstáculos na qual os bruxos treinavam a rapidez de seus movimentos e o controle de sua respiração. A senda se chamava Trilha, mas Triss sabia que os jovens bruxos tinham um nome especial para ela: "Espelunca".

Ao se abaixar colando o rosto ao pescoço do animal para passar por baixo do tronco, Triss ouviu o som de pedras rolando, acompanhado de suaves passadas de alguém correndo. Virou-se na sela e puxou as rédeas, aguardando o corredor, que certamente seria um bruxo, aparecer.

O bruxo subiu no tronco e correu sobre ele com a velocidade de uma flecha, sem diminuir o ritmo nem mesmo estender os braços para se equilibrar. Seus movimentos eram suaves, ágeis, fluidos e extremamente graciosos. Passou pela feiticeira como um raio, desaparecendo entre as árvores, sem balançar um galhinho sequer. Triss soltou um profundo suspiro, meneando a cabeça com incredulidade.

Porque o bruxo, a julgar por sua altura e compleição, não deveria ter mais do que doze anos.

A feiticeira cutucou o alazão com os calcanhares, soltou as rédeas e trotou na direção do riacho. Sabia que a Trilha atravessava o barranco mais uma vez, num lugar definido como "Goela". Queria dar mais uma espiada no pequeno bruxo, pois sabia que em Kaer Morhen havia mais de um quarto de século não treinavam crianças.

Não estava com muita pressa. A Espelunca ziguezagueava pela floresta, e, para percorrer toda sua extensão, o pequeno bruxo levaria mais tempo do que ela, que cavalgava por um atalho. Logo após a Goela, a Trilha virava para o interior da floresta, seguindo diretamente até a Fortaleza. Se ela não conseguisse alcançar o menino antes do precipício, talvez nunca mais voltasse a vê-lo. Ela já estivera em Kaer Morhen mais de uma vez e estava ciente de que vira somente aquilo que os bruxos queriam que visse. Triss não era ingênua a ponto de não saber que eles lhe mostraram apenas uma ínfima parte do que poderia ser visto.

Após alguns minutos de cavalgada sobre o pedregoso leito do riacho, a feiticeira viu a Goela, uma saliência no desfiladeiro formada por duas enormes rochas cobertas de musgo e de deformadas arvorezinhas. Soltou as rédeas. O alazão bufou e abaixou a cabeça na direção da água que corria por entre as pedras polidas.

Não teve de esperar por muito tempo. A silhueta do bruxo surgiu sobre a rocha, e o menino saltou sem diminuir o ritmo. Triss ouviu o som de uma suave aterrissagem e, no momento seguinte, o estrépito de pedras rolando, o surdo som de uma queda e um grito – mais precisamente, um guincho – abafado.

Sem pensar duas vezes, saltou da sela, arrancou dos ombros a capa de pele e começou a escalar a encosta, agarrando-se a raízes e ramos de árvores. Chegou até a rocha, mas escorregou nas folhas e caiu de joelhos ao lado de uma figura encolhida. Ao vê-la, o garoto levantou-se como movido por uma mola, deu um passo para trás e, com habilidade, colocou a mão na empunhadura de uma espada que trazia presa às costas. Para seu azar, tropeçou, desabando em meio a cedros e pinheiros. A feiticeira permaneceu ajoelhada e ficou olhando para a criança, com a boca aberta de espanto.

Porque o pequeno ser não era um menino.

Debaixo de uma acinzentada, irregular e mal cortada franja, olhavam para ela dois enormes olhos da cor de esmeralda, dominando um rostinho com queixo fino e nariz arrebitado. Nos olhos havia medo.

– Não tenha medo – falou Triss, hesitante.

A menina arregalou ainda mais os olhos. Quase não arfava e não dava a impressão de estar suada. Era evidente que ela já havia corrido pela Espelunca mais de uma vez.

– Você está bem?

A garota não respondeu. Em vez disso, ergueu-se de um pulo, fez uma careta de dor, transferiu o peso do corpo para uma das pernas e se pôs a esfregar um dos joelhos. Estava vestida com uma espécie de traje de couro, costurado – mais precisamente, amontoado – de tal modo que, ao vê-lo, qualquer alfaiate que respeitasse seu ofício gritaria de horror e desespero. As únicas coisas que pareciam ser novas ou adaptadas a seu tamanho eram as botas de cano alto, o cinturão e a espada, ou melhor, a espadinha.

– Não tenha medo – repetiu Triss, permanecendo ajoelhada. – Ouvi quando você caiu, levei um susto e vim correndo para cá...

– Eu escorreguei – sussurrou a menina.

– E não se machucou?

– Não. E você?

A feiticeira riu gostosamente, tentou se erguer, contorceu-se de dor e soltou um palavrão, sentindo uma pontada de dor no tornozelo. Sentou-se e, com cuidado, esticou a perna, voltando a praguejar.

– Venha até aqui, pequenina; ajude-me a levantar.

– Não sou pequenina.

– Concordo. Mas, então, o que você é?

– Uma bruxa.

– Ah! Sendo assim, bruxa, aproxime-se e me ajude a levantar.

A menina não saiu do lugar. Transferindo o peso do corpo ora para uma perna, ora para a outra, ficou mexendo no cinturão da espada com os dedos da mão calçada numa luva de lã e olhando desconfiada para Triss.

– Não precisa ficar com medo – sorriu a feiticeira. – Não sou uma assaltante, nem mesmo uma estranha. Meu nome é Triss Merigold e estou a caminho de Kaer Morhen. Os bruxos me conhecem. Não arregale tanto os olhos. Respeito seu cuidado, mas seja razoável. Você realmente acha que eu poderia ter chegado até aqui se não conhecesse o caminho? Alguma vez você viu um ser humano na Trilha?

A garota sobrepujou a hesitação, aproximou-se e estendeu a mão. Triss ergueu-se, aproveitando o mínimo da ajuda oferecida. Porque não era em busca de ajuda que chamara a menina, e sim para poder olhar para ela de perto e tocá-la.

Os olhos esmeraldinos não revelavam nenhum sinal de mutação, nem a pequena mãozinha provocou aquele agradável formigamento tão característico dos bruxos. Apesar de ter corrido pela Espelunca com uma espada às costas, a criança de cabelos cinzentos não havia sido submetida à Prova das Ervas nem às Mutações. Triss estava certa disso.

– Deixe-me ver seu joelho, pequenina.

– Não sou pequenina.

– Queira me desculpar. Mas você deve ter um nome, não é?

– Sim. Chamo-me... Ciri.

– Muito prazer. Chegue mais perto, Ciri.

– Não foi nada.

– Quero ver como é a aparência do "nada". Ah! Foi como imaginei. O tal "nada" tem todo o aspecto de calças rasgadas e joelhos em carne viva. Fique parada quietinha e não tenha medo.

– Não tenho medo... Ai!

A feiticeira riu alegremente e esfregou no quadril a mão que coçava por causa do feitiço. A menina inclinou-se e olhou para os joelhos.

– Nossa! – disse. – A dor passou e o rasgão sumiu... É um encanto?

– Adivinhou.

– Você é uma feiticeira?

– Adivinhou de novo, embora eu prefira ser chamada de encantadora. Para você não se confundir, pode me chamar por meu nome: Triss. Simplesmente Triss. Vamos, Ciri. Meu cavalo está esperando lá embaixo; vamos cavalgar juntas até Kaer Morhen.

– Eu deveria continuar correndo. – Ciri meneou a cabeça. – Não se deve interromper uma corrida, porque, quando se faz isso, cria-se leite no meio dos músculos. Geralt diz...

– Geralt está na Fortaleza?

Ciri adotou um ar soturno, cerrou os lábios e, debaixo da franja cinza, lançou um olhar desconfiado para a feiticeira. Triss voltou a rir gostosamente.

– Muito bem – disse. – Não vou perguntar. Um segredo é um segredo, e você faz muito bem em não revelá-lo a uma pessoa que acabou de conhecer. Vamos. Quando chegarmos, veremos quem está e quem não está no castelo. Quanto aos músculos, não precisa se preocupar, porque sei lidar com o ácido lático. Veja, aqui está minha montaria. Vou ajudar você...

Estendeu o braço, mas Ciri não precisava de nenhuma ajuda. Pulou para a sela agilmente, quase sem tomar impulso. O alazão, pego de surpresa, assustou-se e quase empinou, mas a menininha pegou logo as rédeas e acalmou-o.

– Pelo que vejo, você sabe lidar com cavalos.

– Eu sei lidar com qualquer coisa.

– Vá para mais perto do arção. – Triss enfiou o pé no estribo e agarrou a crina do cavalo. – Deixe um pouco de espaço para mim. E não me perfure o olho com essa espada.

Cutucado pelos calcanhares, o alazão bufou e seguiu em frente pelo leito do riacho. Passaram por um segundo desfiladeiro e subiram até o topo da ovalada escarpa. De lá, já era possível ver as ruínas de Kaer Morhen grudadas às sinuosidades irregulares das rochas: o parcialmente destruído trapézio da muralha defensiva, os restos da barbacã e do portal e o balofo e embotado torreão.

Ao atravessar o que restara da ponte levadiça sobre o fosso, o cavalo relinchou e sacudiu a cabeça. Triss encurtou as rédeas. As caveiras e os esqueletos deteriorados espalhados pelo fundo da escavação não a impressionaram nem um pouco, pois já vira muitos deles.

– Não gosto disso – falou repentinamente a menina. – Não é como deveria ser. Os mortos deveriam ser sepultados em túmulos protegidos por mamoas*, não é verdade?

– É verdade – confirmou, calma, a feiticeira. – Eu também acho. Mas os bruxos tratam este enorme cemitério como... um lembrete.

– Lembrete de quê?

Triss conduziu o cavalo na direção das ruínas de arcadas e respondeu:

– Kaer Morhen foi atacado e houve uma sangrenta batalha na qual morreram quase todos os bruxos. Sobraram apenas aqueles que não estavam na Fortaleza durante o ataque.

– Quem os atacou? E por quê?

– Não sei – mentiu a feiticeira. – Aquilo aconteceu há muito tempo, Ciri. Você deve perguntar aos bruxos.

– Eu já perguntei – respondeu a menina, carrancuda. – Mas eles não quiseram me dizer.

"Posso compreendê-los", pensou a feiticeira. "Não se deve contar essas coisas para um aprendiz de bruxo, principalmente se ainda não se submeteu a nenhuma mutação. Não se fala do massacre para uma criança dessas. Não se assusta uma criança assim com a perspectiva de que ela também possa ouvir sobre si mesma palavras como as que gritaram os fanáticos que marcharam sobre Kaer Morhen: 'Mutantes'; 'Monstros'; 'Aberrações da natureza'; 'Seres amaldiçoados por deuses e contrários à ordem natural das coisas'. Não, não me espanta que os bruxos não tenham lhe contado nada, pequena Ciri. E eu também não lhe

* Pequenos montes artificiais que cobriam túmulos. (N. do T.)

contarei, porque eu, minha querida Ciri, tenho ainda mais motivos para permanecer calada. Porque sou uma feiticeira, e sem a ajuda dos feiticeiros os fanáticos não teriam conseguido conquistar a Fortaleza. E aquele horroroso pasquim amplamente distribuído por toda parte, *Monstrum*, que tanto inflamou os fanáticos e os incentivou ao crime, também foi, pelo que dizem, uma obra apócrifa de um feiticeiro anônimo. Só que eu, pequena Ciri, não reconheço o conceito de culpa coletiva e não sinto necessidade alguma de expiação por um acontecimento que teve lugar meio século antes de meu nascimento. Enquanto isso, os esqueletos, cuja função é a de nos servir de lembrete eterno, acabarão se desfazendo por completo, transformar-se-ão em pó e serão varridos pelo vento que não cessa de soprar no fosso..."

– Eles não querem ficar jogados assim – disse Ciri. – Não querem ser um símbolo, nem remorso, nem alerta. Mas também não querem ser dissipados pelo vento.

Triss ergueu a cabeça ao perceber a mudança no tom da voz da menina. Sentiu de imediato a aura mágica, a pulsação e o murmulho do sangue em suas têmporas. Ficou tensa, sem pronunciar uma só palavra, temendo interromper e atrapalhar o que estava acontecendo.

– Um simples torreão – a voz de Ciri foi ficando cada vez antinatural, metálica, fria e ameaçadora. – Um montículo de terra que acabará coberto por urtigas. A morte tem olhos azuis-celestes e frios, e a altura do obelisco não tem nenhum significado, como não têm importância as palavras nele gravadas. Quem poderia saber melhor disso do que você, Triss Merigold, a décima quarta do Monte de Sodden?

A feiticeira ficou petrificada. Viu as mãos da menininha crispadas na crina do cavalo.

– Você morreu no Monte, Triss Merigold – continuou a estranha voz metálica. – Por que veio até aqui? Dê meia-volta, retorne imediatamente e leve consigo essa Criança de Sangue Antigo para devolvê-la a quem de direito. Faça isso, Décima Quarta. Porque, se não o fizer, morrerá mais uma vez. Chegará o dia em que o Monte a reivindicará. Você será reivindicada pela sepultura comum e pelo obelisco no qual foi gravado seu nome.

O alazão relinchou, agitando a cabeça. O corpo de Ciri foi percorrido por um arrepio.

– O que aconteceu? – indagou Triss, esforçando-se para controlar a voz.

Ciri pigarreou, passou as mãos pelos cabelos e esfregou o rosto.

– Na... nada... – sussurrou, hesitante. – Estou cansada. Foi por isso... Deve ter sido por isso que adormeci. Deveria estar correndo.

A aura mágica sumiu. Triss sentiu uma repentina onda de frio. Tentou convencer-se de que era o efeito de um de feitiço de proteção que estava se desfazendo, mas sabia que aquilo não era verdade. Olhou para cima, para os escuros blocos de pedra da Fortaleza e as vazias ameias olhando diretamente para ela. Seu corpo foi percorrido por um calafrio.

As ferraduras do cavalo ressoaram sobre o piso do pátio. A feiticeira saltou rapidamente da sela e estendeu a mão a Ciri. Aproveitando o contato das mãos, enviou um discreto impulso mágico... e ficou pasma, porque não sentiu coisa alguma; nenhuma reação, nenhuma resposta e nenhuma resistência. Naquela menininha que minutos atrás mobilizara uma impressionantemente forte aura, não havia mais um pingo sequer de magia. Agora, ela não passava de uma criança comum, malvestida e com os cabelos cortados de forma desleixada.

Só que, momentos antes, ela não fora uma criança comum.

Triss não teve tempo de pensar muito sobre o estranho acontecimento. Ouviu o rangido de uma porta revestida de ferro que levava à escura cavidade de um corredor que se iniciava no danificado portal. Deixou deslizar dos ombros a capa de pele, tirou o gorro de raposa e, com um movimento rápido da cabeça, soltou os longos cabelos, cachos da cor de castanha fresca brilhando com reflexos dourados, que eram seu orgulho e sua marca registrada.

Ciri deu um suspiro de admiração, e Triss sorriu de satisfação diante do efeito que causara. Belos e longos cabelos soltos eram raridade, símbolo de *status*, sinal de uma mulher livre, dona de si mesma. Eram o signo de uma mulher extraordinária, porque senhoritas "comuns" usavam tranças, enquanto mulheres casadas "comuns" ocultavam os cabelos debaixo de lenços ou toucas. Damas de alta linhagem, incluindo rainhas, arrumavam os cabelos em cachos e penteados sofisticados, e as guerreiras os cortavam curtos. Apenas druidesas e feiticeiras, assim como prostitutas, andavam com os cabelos livres e soltos, no intuito de sublinhar sua condição de independência e liberdade.

Como sempre, os bruxos apareceram de repente e em silêncio e, como sempre, não se sabia de onde. Altos e esbeltos, pararam diante dela com os braços cruzados no peito e com o peso do corpo sobre a perna esquerda, posição da qual, como Triss sabia, poderiam atacar em uma fração de segundo. Ciri plantou-se ao lado deles, adotando a mesma postura. Vestida com seus trajes caricaturescos, tinha uma aparência muito engraçada.

– Seja bem-vinda a Kaer Morhen, Triss.

– Salve, Geralt.

Geralt mudara. Parecia ter envelhecido. Triss sabia que aquilo não era possível biologicamente; os bruxos envelheciam, mas num tempo lento demais para que um simples mortal ou uma feiticeira tão jovem quanto ela notassem as mudanças. No entanto, bastava um olhar para se dar conta de que, embora uma mutação pudesse retardar o processo físico do envelhecimento, não era capaz de fazê-lo com o psíquico. O enrugado rosto de Geralt era a melhor comprovação de tal fato. Foi com profunda tristeza que Triss afastou seus olhos dos do bruxo de cabelos brancos, daqueles olhos que evidentemente haviam visto muitas coisas e nos quais ela não notara nada do que imaginara.

– Seja bem-vinda – repetiu ele. – Estamos contentes por você ter decidido nos visitar.

Ao lado de Geralt estavam Eskel, tão parecido com o Lobo que poderia ser tomado por seu irmão, se não se levassem em conta a cor dos cabelos e a longa cicatriz que lhe deformava o rosto, e Lambert, o mais jovem dos bruxos de Kaer Morhen, com seu costumeiro sorriso irônico. Nenhum sinal de Vasemir.

– Nós a saudamos e convidamos a entrar – disse Eskel. – Faz muito frio e sopra um vento tão gélido como se alguém tivesse se enforcado. O convite não é extensivo a você, Ciri. Embora não seja visível, o sol ainda está bem alto no firmamento, de modo que é possível treinar mais um pouco.

– Pelo que vejo – a feiticeira agitou a vasta cabeleira –, diminuiu consideravelmente a cortesia na Sede dos Bruxos. Ciri foi a primeira a me cumprimentar e me conduziu até a Fortaleza. Ela deveria continuar fazendo-me companhia...

– Ela está aqui para aprender, Merigold. – Lambert contorceu os lábios num arremedo de sorriso. Sempre a chamava de "Merigold", sem nenhum título ou prenome, e ela odiava aquilo. – É uma aluna, e não um mordomo. Cumprimentar visitantes, mesmo tão importantes quanto você, não faz parte de suas obrigações. Vamos, Ciri.

Triss deu de ombros, fingindo não ter reparado na embaraçosa troca de olhares entre Geralt e Eskel. Não queria deixá-los ainda mais sem graça. E, acima de tudo, não queria que eles notassem como a menina a interessava e fascinava.

– Vou levar seu cavalo até a cocheira – ofereceu-se Geralt, tomando as rédeas com a mão. Triss furtivamente estendeu a sua, e as mãos se uniram, assim como os olhos.

– Irei com você – disse ela. – Vou precisar de algumas coisas que tenho no alforje.

– Há pouco tempo você me proporcionou momentos de profundo pesar – murmurou ele ao adentrarem a cocheira. – Vi com os próprios olhos seu impressionante túmulo, aquele obelisco erguido para recordar sua heroica morte na batalha de Sodden. Foi apenas recentemente que chegou a meu conhecimento a informação de que se tratava de um engano. Não consigo entender como alguém poderia confundi-la com outra pessoa, Triss.

– É uma longa história – respondeu a feiticeira –, que lhe contarei na primeira oportunidade. Quanto aos momentos de pesar, queira me perdoar.

– Não há o que perdoar. Nos últimos tempos não tive muitos motivos para me alegrar, e a satisfação com a qual recebi a notícia de que você estava viva dificilmente poderá ser comparada a qualquer outra. Talvez somente a esta que sinto agora, ao olhar para você.

Triss sentiu algo explodir em seu interior. Durante toda a viagem até Kaer Morhen, o medo do encontro com o bruxo de cabelos brancos lutara com a esperança de tal encontro. Depois, a visão daquele rosto gasto e sofrido, daqueles olhos doentios que tudo viam, as palavras frias e premeditadas, aparentemente calmas, mas cheias de emoção...

Sem pensar em nada, atirou-se em seu pescoço, agarrou sua mão e enfiou-a violentamente na nuca, debaixo dos cabelos. Sentiu um formigamento percorrer-lhe as costas, dando-lhe tal prazer que quase chegou a gritar. Para abafar o grito, procurou os lábios dele com os seus e, encontrando-os, grudou-se a eles. Tremendo toda, pressionou seu corpo contra o dele, aumentando sua excitação a ponto de se esquecer de si mesma.

Geralt não se esqueceu.

– Triss... Por favor.

– Oh, Geralt... Eu queria tanto...

– Triss – disse ele, afastando-a delicadamente. – Não estamos sozinhos... Alguém está vindo para cá.

Triss olhou para a porta. Só um pouco depois vislumbrou as sombras dos bruxos aproximando-se e levou ainda mais tempo para ouvir seus passos. Seu sentido de audição, que ela sempre considerara muito aguçado, não podia se comparar ao dos bruxos.

– Triss, minha criança querida!

– Vasemir!

Sim, Vasemir era realmente velho, talvez até mais velho do que Kaer Morhen. Entretanto, veio a seu encontro com passos firmes e enérgicos, seu abraço era vigoroso, e suas mãos, fortes.

– Alegro-me em revê-lo, vovô.

– Dê-me um beijo. Não, não na mão, feiticeirinha. Você poderá beijar minha mão quando eu estiver repousando em meu esquife, algo que certamente acontecerá em breve. Oh, Triss, que bom que você veio... Quem, a não ser você, seria capaz de me curar?

– Curar você? Curar do quê? Só se for de gestos de adolescente com desejos carnais. Tire já sua mão de minha bunda, se não quiser que eu ateie fogo a sua barba grisalha!

– Perdoe-me. Sempre esqueço que você cresceu e que não posso pegá-la mais no colo e lhe dar umas palmadas. Quanto a minha saúde... Oh, Triss, saiba que a velhice não é uma coisa agradável. Sinto tantas dores nos ossos que tenho vontade de uivar. Você vai ajudar o velho, minha criancinha querida?

– Vou – respondeu a feiticeira, livrando-se do abraço de urso de Vasemir e olhando para o bruxo que o acompanhava.

O bruxo era jovem, parecendo ser da mesma idade que Lambert. Sua curta barba negra não conseguia ocultar as acentuadas marcas de varíola. Aquilo era algo completamente fora do comum, uma vez que os bruxos costumavam ser muito resistentes a doenças contagiosas.

– Triss Merigold, Coën – apresentou-os Geralt. – Coën está passando conosco seu primeiro inverno. Ele vem do Norte, de Poviss.

O jovem bruxo fez uma reverência. Tinha extraordinárias íris de verde-amareladas, e os veios vermelhos que atravessavam a esclerótica indicavam um duro, difícil e problemático processo da mutação nos olhos.

– Vamos, filhinha – disse Vasemir, pegando Triss pelo braço. – Uma cocheira não é um lugar apropriado para saudar visitantes. É que eu quis ver você o mais rápido que pude.

No pátio, num canto protegido do vento pela muralha, Ciri treinava sob a supervisão de Lambert. Balançando-se habilmente sobre uma corrente estendida entre duas vigas, atacava com a espada um saco de couro com o formato de um corpo humano. Triss parou para olhar.

– Errado! – urrava Lambert. – Você está se aproximando demais! E não fique desferindo golpes a torto e a direito. Já lhe disse: com a ponta da lâmina direto na carótida! Onde fica a carótida dos humanoides? No topo da cabeça? O que está acontecendo com você? Precisa prestar mais atenção, princesa!

"Ah!", pensou Triss. "Quer dizer que é verdade, e não uma lenda. É ela. Bem que eu suspeitei." Decidiu, então, abordar a questão de imediato, sem dar aos bruxos nenhuma chance de subterfúgio.

– A famosa Criança Surpresa? – falou, apontando para Ciri. – Pelo jeito, vocês levaram a sério a tarefa de seguir os ditames do destino e da predestinação. No entanto, parece que se enrolaram nas fábulas e contos de fadas. Nas histórias da carochinha que me contaram, eram as pequenas pastoras e órfãs que se transformavam em princesas. E aqui, pelo que vejo, vocês estão transformando uma princesa numa bruxa. Não acham que se trata de um plano demasiadamente ousado?

Vasemir lançou um olhar para Geralt. O bruxo de cabelos brancos permaneceu calado, sem esboçar reação alguma ao silencioso pedido de apoio.

– Não é bem assim como você pensa – disse o ancião, vacilante. – Geralt a trouxe para cá no outono passado. Ela não tem ninguém além de... Triss, como é possível não acreditar em predestinação quando...

– O que a predestinação tem a ver com o ato de agitar uma espada?

– Estamos lhe ensinando a arte da esgrima – murmurou Geralt, virando-se para ela e encarando-a. – O que mais poderíamos lhe ensinar? É tudo o que sabemos. Seja pela força do destino ou não, Kaer Morhen é agora seu lar, pelo menos por algum tempo. Os exercícios e a esgrima a mantêm sadia e em boas condições físicas, além de lhe permitirem esquecer a tragédia pela qual passou. Agora, este é seu lar, Triss. Ela não tem ninguém.

– Muitos cintrenses – respondeu a feiticeira, sustentando o olhar do bruxo – fugiram depois da derrota para Verden, para Brugge, para as ilhas de Skellige. Entre eles há muitas famílias ricas, nobres, guerreiras. Amigos e parentes, bem como os formais... súditos dessa menina.

– Os amigos e parentes não a procuraram depois da guerra.

– Por que não lhes foi predestinada? – Triss sorriu para ele de maneira não muito sincera, mas muito bonita, da mais bonita de que era capaz. Não queria que ele usasse aquele tom de voz.

O bruxo deu de ombros. Triss conhecia-o suficientemente bem para mudar de tática, parando com os argumentos. Olhou de novo para Ciri. A menina, equilibrando-se agilmente sobre uma das vigas, executou uma meia-pirueta, desferiu um leve golpe e recuou logo em seguida. O manequim balançou na corrente.

– Finalmente! – exclamou Lambert. – Finalmente você entendeu! Recue e faça de novo. Quero me assegurar de que isso não foi por pura sorte!

– Aquela espada – disse Triss, virando-se para os bruxos – sem dúvida está afiada. A viga parece ser escorregadia e instável. E o treinador se mostra um idiota que deprime a menina com seus gritos. Vocês não têm medo de um infeliz acidente? Ou será que acreditam que aquela predestinação possa proteger a criança de qualquer perigo?

– Ciri treinou quase meio ano sem espada – justificou Coën. – Ela sabe se mover. E nós zelamos por ela porque...

– Porque aqui é seu lar – concluiu Geralt com voz baixa, mas firme. Muito firme. Num tom que encerrava a discussão.

– Pois é, é disso que se trata – falou Vasemir, soltando um profundo suspiro. – Triss, você deve estar cansada. Está com fome?

– Não posso negar que estou – respondeu a feiticeira, desistindo de captar o olhar de Geralt. – Para ser sincera, mal me mantenho em pé. Passei a última noite na senda numa choça campesina semidestruída, em meio a palha e serragem. Vedei as frestas nas paredes com feitiços; se não tivesse feito aquilo, acho que teria morrido de frio. Sonho com lençóis limpos.

– Você vai cear conosco daqui a pouco e depois poderá dormir e descansar à vontade. Preparamos para você o melhor aposento, na torre, e colocamos nele a melhor de todas as camas de Kaer Morhen.

– Obrigada – sorriu Triss levemente. "Na torre", pensou. Muito bem, Vasemir. Que seja na torre esta noite, já que você faz tanta questão de zelar pelas aparências. Posso dormir na torre, na melhor de todas as camas de Kaer Morhen, embora preferisse dormir na pior, mas com Geralt.

– Vamos, Triss.

– Vamos.

•

O vento fazia bater as venezianas, movendo os restos de uma tapeçaria comida por traças que servia de cortina à janela. Triss estava deitada na melhor cama de Kaer Morhen, na mais completa escuridão. Não conseguia adormecer. E não era porque a melhor cama de Kaer Morhen não passasse de um traste. A feiticeira estava refletindo, e todos os pensamentos que não a deixavam dormir giravam em torno de uma questão básica: para que ela fora convocada à Fortaleza? Quem o fizera? Por quê? Com que propósito?

A doença de Vasemir não podia ser nada mais do que um pretexto. Vasemir era um bruxo. Ser também ancião não alterava o fato de que sua saúde poderia ser motivo de inveja de qualquer jovem. Caso ele tivesse sido aferroado por uma manticora ou mordido por um lobisomem, Triss teria acreditado que ela fora chamada para curá-lo. Mas "dores nos ossos"? Era para rir. Afinal, o reumatismo, um mal não muito raro nos assustadoramente frios muros de Kaer Morhen, poderia ser curado com uma poção dos bruxos ou, melhor ainda, com uma forte dose de vodca, aplicada em proporções iguais interna e externamente. Não havia necessidade de uma feiticeira, com seus filtros, amuletos e feitiços.

Portanto, quem a convocara? Geralt?

Triss agitou-se sob os lençóis, sentindo uma onda de calor – e de excitação, potencializada pela raiva. Soltou um palavrão, chutou as cobertas e virou-se para um lado. O pré-histórico leito rangeu, estalando nas juntas. "Perdi o autocontrole", pensou. "Estou me comportando como uma tola adolescente ou, ainda pior, como uma solteirona mimada. Não consigo nem pensar logicamente."

E voltou a praguejar.

Era óbvio que não fora Geralt. "Sem emoção, minha pequena, sem emoção. Não se esqueça da expressão no rosto dele lá na cocheira. Você já viu expressões semelhantes mais de uma vez, pequena; portanto, não tente iludir a si mesma. Aqueles estúpidos, contritos e embaraçados semblantes de homens que desejam esquecer, que não querem se lembrar daquilo que ocorreu, que não querem retornar àquilo que foi. Pelos deuses, pequena, não tente enganar a si mesma achando que dessa vez será diferente. Nunca é diferente. E você, pequena, está ciente disso, porque tem experiência de sobra nesse tipo de assunto."

No que tangia à parte erótica de sua vida, Triss Merigold tinha todo o direito de se considerar uma típica feiticeira. Tudo começara com o azedo sabor do fruto proibido, tornado ainda mais excitante pelas rígidas regras da academia e das proibições das mestras com as quais estudara. Depois, houve uma fase de independência, liberdade e louca promiscuidade, encerrada, como costuma acontecer, com amargura, desapontamento e resignação. Seguiu-se um longo período de solidão, em que ela descobriu que para se livrar da tensão e do estresse não havia a menor necessidade de encontrar alguém que quisesse tornar-se seu amo e senhor tão logo se virasse de barriga para cima e enxugasse o suor da testa; deu-se conta de que para acalmar os nervos havia métodos menos complicados, que não sujavam toalhas com sangue, não soltavam gases debaixo das cobertas e não exigiam café da manhã. Depois, veio um curto período de fascinação pelo próprio sexo, no qual constatou que sujeira, flatulência e gula não eram exclusividades do sexo masculino. Por fim, Triss, assim como quase todas as magas, entregou-se a aventuras com outros feiticeiros, folganças esporádicas e enervantes, com seu desenrolar frio, técnico e quase ritualístico.

Foi quando surgiu Geralt de Rívia, um bruxo de vida agitada e ligado por uma estranha, turbulenta e quase violenta relação a Yennefer, a mais próxima de suas amigas.

Triss os observava, sentindo ciúme, embora tivesse a sensação de que não havia motivo para tal. Aquela união claramente deixava os dois infelizes, conduzia a um inevitável final dramático, doía e, contrariando qualquer lógica... perdurava. Triss não conseguia entender aquilo e ficava fascinada. O fascínio chegou a tal ponto que...

Ela seduziu o bruxo com a ajuda de um pouco de magia. Aproveitou um momento propício, quando ele e Yennefer brigaram mais uma vez e se separaram de maneira violenta. Geralt precisava de carinho e queria esquecer.

Não. Triss não tinha a intenção de tirá-lo de Yennefer. A bem da verdade, prezava mais sua amizade com ela do que a atração que sentia por ele. No entanto, seu curto relacionamento com o bruxo não a deixou desapontada. Achou o que procurava: uma emoção sob a forma de culpa, medo e dor – a dor dele. Viveu aquela emoção e não conseguiu mais esquecê-la depois que se separaram. Quanto à dor, somente havia pouco veio a compreendê-la, quando sentiu um irresistível desejo de estar com ele de novo. Por um breve momento, por um instante, mas estar.

E, agora, estava tão próxima...

Triss cerrou o punho e desferiu um murro no travesseiro. "Não", disse a si mesma, "não. Não seja boba, pequena. Não pense naquilo. Pense em... Em Ciri? Teria sido ela..."

Sim. Ciri era o verdadeiro motivo para sua vinda a Kaer Morhen. Aquela menininha de cabelos cinzentos que eles queriam transformar numa bruxa. Uma autêntica bruxa. Uma mutante. Uma máquina assassina, exatamente como eles.

"É claro", pensou repentinamente, sentindo uma nova excitação, mas, dessa vez, de outro tipo. "É claro. Eles querem tornar aquela criança uma mutante, submetê-la à Prova das Ervas e às Mutações, mas não sabem como fazê-lo. Dos bruxos antigos, o único que continua vivo é Vasemir, um simples mestre de esgrima. Nos subterrâneos de Kaer Morhen está escondido um laboratório cheio de empoeiradas garrafas de lendários elixires, alambiques, fornos, retortas... Só que nenhum dos bruxos sabe como usá-los. Pois o inegável fato é que os elixires mutacionais foram desenvolvidos em tempos remotos por algum feiticeiro renegado, cujos sucessores foram aperfeiçoando, ano após ano, o processo das Mutações com magia, submetendo a ele centenas de crianças. E houve um momento em que a corrente se partiu, faltaram-lhes conhecimentos e aptidões. Os bruxos têm as plantas medicinais, as ervas, o laboratório, conhecem a receita, mas não dispõem de um feiticeiro. Quem sabe se eles já não tentaram? Se já não submeteram crianças a poções elaboradas sem a intervenção da magia?"

Um tremor percorreu seu corpo só em pensar no que poderia ter acontecido àquelas crianças.

"E agora", ficou imaginando, "agora eles querem fazer uma mutação na menininha, mas não sabem como. E isso pode significar... Isso pode significar que talvez eu seja solicitada para ajudar. E, se for assim, terei a oportunidade de ver algo que nenhum feiticeiro vivo viu, de conhecer algo que nenhum feiticeiro vivo conheceu: as famosas ervas, os mistérios da cultura de vírus mantidos em estrito segredo, as tão decantadas receitas secretas... E serei eu quem aplicará os elixires à criança de cabelos cinzentos, observando as Mutações, vendo com os próprios olhos como... como morre a criança de cabelos cinzentos."

Triss sentiu um novo tremor no corpo. "Oh, não. Nunca. Não por um preço desses. Além do mais, devo estar novamente me precipitando. Não creio que se trate de uma coisa assim. Enquanto ceávamos, ficamos conversando, trocando fofocas sobre isso e aquilo. Mais de uma vez tentei desviar a conversa para a Criança Surpresa, sem resultado. Eles sempre mudavam de assunto."

Observara-os com atenção durante o jantar. Vasemir estava tenso e embaraçado, Geralt inquieto, Lambert e Eskel falsamente alegres e tagarelas, Coën tão natural a ponto de parecer falso. A única pessoa sincera e aberta era Ciri – rosada de frio, despenteada, feliz e diabolicamente gulosa. Tomaram um denso creme de cerveja com queijo e torradas, e Ciri se espantara por não terem servido cogumelos. Beberam sidra, mas a menina recebera apenas água, o que a deixara surpresa e revoltada. "E onde está a salada?", exclamara, e Lambert passara-lhe uma descompostura, mandando-a tirar os cotovelos da mesa.

Cogumelos e salada em dezembro?

"É óbvio", pensou Triss. "Eles devem estar alimentando-a com os lendários saprófitos das cavernas, fungos das montanhas desconhecidos pela ciência, e dando-lhe para beber as famosas poções preparadas com ervas especiais. Desse modo, a menina desenvolve-se rapidamente, adquirindo as satânicas qualidades dos bruxos, tudo de maneira natural, sem mutações, sem riscos e sem uma revolução hormonal. Mas a feiticeira não pode saber disso. Para ela, isso deve permanecer em segredo. Eles nada me dirão e nada me mostrarão.

"Eu vi como a menina corria. Vi como ela dançava com a espada, equilibrando-se numa viga, ágil e rápida, cheia de uma graça praticamente felina, movendo-se como uma acrobata. Tenho de vê-la despida e verificar como ela se desenvolveu sob o efeito daquilo com que a alimentam. E se eu conseguisse furtar e levar para fora daqui algumas amostras daqueles 'cogumelos' e 'saladas'? Quem sabe...

"E quanto à confiança depositada em mim? Estou me lixando para sua confiança, senhores bruxos. No mundo há câncer, varíola, tétano, leucemia, há alergias e epidemias que causam a morte repentina de bebês. Enquanto isso, vocês escondem do mundo seus 'cogumelos', dos quais talvez pudessem ser destilados remédios que salvariam vidas. Vocês os mantêm em segredo até de mim, a quem declaram amizade, respeito e confiança. Estou impedida de ver não somente o laboratório, como também os malditos 'cogumelos'!

"Então, por que vocês me fizeram vir até aqui? A mim, uma feiticeira?

"A magia!"

Triss deu uma risada. "Ah, peguei vocês, bruxos! Ciri lhes deu o mesmo susto que a mim. Ela 'mergulhou' num sonho permanecendo desperta, começou a profetizar e envolver-se numa aura que, afinal, vocês mesmos puderam sentir tão bem quanto eu. Durante a ceia, ela estendeu a mão inconscientemente em busca de algo e, por meio de psicocinese ou força de vontade, dobrou uma colher de estanho e ficou olhando para ela. Respondia às perguntas que vocês mentalmente lhe faziam, e talvez às que vocês nem tiveram coragem de fazer. E vocês ficaram assustados. Descobriram que sua Surpresa é muito mais surpreendente do que pensaram. Descobriram que têm em Kaer Morhen uma Fonte, que não conseguirão dar conta dela sem uma feiticeira e que não têm nem uma só feiticeira amiga, na qual possam confiar, além de mim e... de Yennefer."

O vento uivou, bateu nas venezianas, estufou o gobelino. Triss Merigold virou-se na cama e, pensativa, começou a roer a unha do polegar.

Geralt não convidara Yennefer. Convidara a ela. "Será que... Quem sabe? Talvez. Mas, se é como eu penso, então por que... por que..."

– Por que ele não veio ter comigo? – exclamou, furiosa e excitada.

Respondeu-lhe o vento uivando do meio das ruínas.

•

A manhãzinha estava ensolarada, apesar de terrivelmente fria. Triss acordou quase congelada, maldormida, mas acalmada e decidida.

Foi a última a descer para o salão e aceitou, com grande satisfação, os olhares que recompensaram seus esforços: trocara seu traje de viagem por um simples porém atraente vestido e aplicou com perícia uma dose adequada de substâncias aromáticas mágicas e de cosméticos feitos sem magia, absurdamente caros. Comeu um mingau, mantendo com os bruxos uma conversa sobre temas triviais e sem importância.

– De novo água? – explodiu de repente Ciri, olhando para o interior de seu caneco. – Chego a sentir dor de dente de tanta água! Gostaria de tomar um suco! Aquele suco azul!

– Endireite as costas – falou Lambert, olhando para Triss com o canto dos olhos. – E não enxugue a boca com a manga do casaco! Termine logo de comer, porque está na hora de treinar. Os dias estão ficando cada vez mais curtos.

– Geralt – disse Triss, terminando o mingau. – Ontem, Ciri caiu lá na Trilha. Nada sério, mas o tombo foi causado por esse traje ridículo. Ele é mal cortado e atrapalha seus movimentos.

Vasemir pigarreou e olhou para o lado. "Ah", pensou a feiticeira, "quer dizer que o traje é obra sua, mestre da espada. É verdade que, pela aparência, o traje poderia ter sido cortado com uma espada e cosido com a ponta de uma flecha à guisa de agulha."

– Concordo que os dias estejam cada vez mais curtos – aproveitou a deixa, sem aguardar comentário algum. – Mas vamos encurtar o de hoje ainda mais. Ciri, terminou de comer? Então venha comigo. Vamos fazer as indispensáveis mudanças em sua indumentária.

– Há um ano que ela tem corrido com essa roupa, Merigold – rebateu Lambert, furioso. – E tudo se passou muito bem, até...

– ... até aparecer aqui uma mulher metida que não consegue olhar para uma roupa de completo mau gosto e tão mal ajustada? Você tem razão, Lambert. Mas a verdade é que a tal mulher apareceu, e chegou a hora de grandes mudanças. Venha, Ciri.

A menina hesitou e olhou para Geralt, que consentiu com a cabeça e sorriu. Lindamente, como soubera sorrir outrora, quando...

Triss desviou o olhar; aquele sorriso não fora para ela.

•

O quartinho de Ciri era uma cópia fiel dos alojamentos dos bruxos. Assim como eles, não tinha objetos e móveis. Não havia nele praticamente nada, exceto algumas tábuas pregadas umas às outras, formando uma cama, uma mesinha e um baú. As paredes e as portas dos aposentos dos bruxos eram decoradas com peles de animais abatidos durante a época de caça: cervos, linces, lobos e até mesmo martas. Já sobre a porta do quartinho de Ciri pendia a pele de uma gigantesca ratazana, com uma asquerosa cauda coberta de escamas. Triss conteve o impulso de arrancar aquela porcaria e atirá-la pela janela.

A menina parou ao lado da cama e ficou aguardando.

– Vamos tentar – disse a feiticeira – dar uma melhorada nesse seu... seu envoltório. Sempre tive queda para corte e costura, de modo que em princípio poderia dar um jeito nessa pele de cabra. E você, bruxinha, já teve uma agulha nas mãos alguma vez? Ensinaram-lhe algo além de fazer furos com espada em sacos empalhados?

– Quanto estive em Trásrios, em Kagen, tive de fiar – murmurou Ciri, com evidente desprazer. – Não me davam nada para costurar, porque eu estragava os tecidos, desperdiçava as linhas, e tudo o que eu cosia precisava ser desfeito e costurado de novo. Aquele negócio de fiar é muito chato.

– Concordo – riu Triss. – Dificilmente existe algo mais chato. Eu também odiava fiar.

– Mas você era forçada a isso? Porque eu era, mas você é uma feiti... maga, portanto pode lançar mão da magia para qualquer coisa! Esse lindo vestido, por exemplo... você o fez com um feitiço?

– Não – sorriu Triss. – Mas também não o costurei. Sou hábil, porém não a esse ponto.

– E quanto à minha roupa? Vai fazê-la como? Com magia?

– Não vai ser preciso. Bastará uma agulhazinha mágica, à qual acrescentaremos mais vigor com um encanto. E se for preciso...

Triss passou lentamente a mão sobre o rasgo na manga do casaquinho e murmurou um encanto, ativando ao mesmo tempo o amuleto. O rasgão sumiu sem deixar vestígio. Ciri deu um grito de alegria.

– Isso é magia! Vou ter um casaquinho encantado!

– Somente até eu lhe costurar um normal, mas bem-feito. Agora, tire essa roupa toda, senhorita, e ponha algo diferente. Ou será que isso aí é a única coisa que você tem para vestir?

Ciri meneou negativamente a cabeça, levantou o tampo do baú e retirou um folgado vestidinho desbotado, um curto casaco cinza-escuro, uma camiseta de linho e uma blusa de algodão que mais parecia um saco de penitente.

– Estas roupas são minhas – disse. – Foi vestida com elas que cheguei aqui, mas agora não as uso mais. São coisas de mulher.

– Entendo – sorriu Triss zombeteiramente. – De mulher ou não, você terá de vesti-las agora. Vamos, dispa-se. Permita que a ajude... Pelos deuses! O que é isto?

Os ombros da menina estavam cobertos de equimoses, algumas já amareladas, mas várias azuladas, recentes.

– O que é isto, com todos os diabos? – repetiu a feiticeira, furiosa. – Quem a surrou assim?

– Isto? – Ciri olhou para os ombros como se tivesse ficado surpresa com a quantidade de equimoses. – Isto... isto foi o moinho. Eu não fui suficientemente ágil.

– Que moinho, maldição?!

– O moinho. – Ciri ergueu para a feiticeira os enormes olhos verdes. – É uma espécie de... Bem... É nele que eu aprendo a me desviar de golpes enquanto estou atacando. Ele tem umas patas de madeira, que giram e se agitam. É preciso ser muito rápida e saber se desviar. É preciso ter *le... lefrexos*. Se você não tiver *lefrexos*, o moinho vai acertá-la com uma de suas patas. No início, aquele moinho vivia me surrando, mas agora...

– Tire as perneiras e a camisa. Oh, deuses meus! Menina! Como você consegue andar? E correr, ainda por cima?

Os quadris e a perna esquerda estavam roxos de tantos hematomas e inchaços. Ciri deu um passo para trás e fez uma careta de dor ao toque da mão da feiticeira. Triss soltou um palavrão pesado, daqueles usados pelos anões.

– Isto também é coisa do moinho? – indagou, esforçando-se para manter a calma.

– Isto? Não. Este aqui foi o moinho. – Ciri apontou com indiferença para um impressionante hematoma logo abaixo do joelho. – Já os outros... Foi o pêndulo. É no pêndulo que eu treino os movimentos com a espada. Geralt diz que já estou me saindo muito bem. Ele diz que eu tenho discer... discernimento. Que tenho discernimento.

– E quando lhe falta discernimento – falou Triss, rangendo os dentes –, então, suponho que o pêndulo acerta você em cheio.

– É claro! – confirmou a menina, olhando para Triss com espanto por ela não saber disso. – Acerta, e como!

– E aqui? No lado? O que foi isso? O martelo de um ferreiro?

Ciri chiou de dor e enrubesceu.

– Caí do pente...

– ... e o pente desferiu-lhe um golpe – concluiu Triss, tendo cada vez maior dificuldade para se conter.

Ciri soltou uma risada e disse:

– Como o pente poderia desferir um golpe se está cravado no solo? Não pode! Eu simplesmente caí. Estava treinando uma pirueta, e ela não saiu direito. Daí esta mancha no lado, porque foi com esta parte do corpo que bati na estaca.

– E ficou por dois dias de cama, tendo dores e dificuldade em respirar?

– Nada disso. Coën passou uma pomada no machucado e me colocou de volta no pente. Tem de ser assim, sabia? Caso contrário, você adquire medo.

– O quê?

– Você adquire medo – repetiu Ciri orgulhosamente, afastando da testa a franja cinzenta. – Não sabia? Mesmo que lhe aconteça algo sério, você tem de voltar ao equipamento, senão passa a sentir medo, e, se passar a sentir medo, o treino não vai servir para nada. Jamais se deve desistir. Foi Geralt que disse isso.

– Vou ter de guardar na memória essa máxima – falou a feiticeira, escandindo bem as sílabas. – Assim como o fato de ela provir precisamente de Geralt. Não deixa de ser uma boa receita para a vida, embora eu não esteja tão certa de que ela possa ser aplicada em todas as circunstâncias. Mas é muito fácil adotá-la à custa de outros. Quer dizer que é proibido desistir? E, mesmo que batam em você e a golpeiem de mil maneiras, você terá de se levantar e continuar treinando?

– Certamente. Um bruxo não tem medo de nada.

– Sério? E quanto a você, Ciri? Não tem medo de nada? Responda sinceramente.

A menininha virou a cabeça e mordeu os lábios.

– Você promete não contar a ninguém?

– Prometo.

– A coisa da qual tenho mais medo é de dois pêndulos ao mesmo tempo. E do moinho, mas só quando ele está ajustado para girar muito rápido. E ainda há aquela comprida trave de equilíbrio, que eu tenho de enfrentar com a tal... se... segurança. Lambert diz que sou desajeitada e meio pateta, mas isso não é verdade. Geralt me explicou que o peso de meu corpo está distribuído de maneira diferente porque sou menina. Diante disso, tenho simplesmente de treinar mais, a não ser que... Gostaria de lhe perguntar uma coisa. Posso?

– Pode.

– Se você entende de magia e de conjuros... se você sabe fazer encantos... não pode fazer algo para que eu me transforme num menino?

– Não – respondeu Triss, em tom gélido. – Não posso.

– Humm... – Ciri ficou triste. – E você poderia, pelo menos...

– Pelo menos, o quê?

– Você poderia fazer algo para que eu não tivesse... – A menina enrubesceu. – Vou dizer em seu ouvido.

– Pode falar – respondeu Triss, inclinando-se. – Estou ouvindo.

Ciri, ainda mais ruborizada, aproximou o rosto dos cabelos castanho-dourados da feiticeira.

Triss ergueu-se de um pulo, com os olhos em chamas.

– Hoje? Agora?

– Hã-hã.

– Puta merda! – gritou a feiticeira, chutando a mesinha com tanta força que ela bateu na porta, derrubando a pele de ratazana. – Com todos os diabos! Acho que vou matar aqueles malditos idiotas!

•

– Acalme-se, Merigold – disse Lambert. – Você está se irritando sem motivo. Assim vai ficar doente.

– Não venha com conselhos para cima de mim! E pare de me chamar de "Merigold"! Melhor ainda: fique calado, porque não estou falando com você. Vasemir, Geralt, algum de vocês chegou a ver quão horrivelmente machucada está a menina? Ela não tem um só lugar são em todo o corpo!

– Filhinha – falou Vasemir, com ar sério. – Não se deixe levar por emoções. Você foi educada de modo diferente e pôde ver outras maneiras de educar crianças. Ciri provém do Sul; lá, as meninas e os meninos são educados do mesmo jeito, sem diferenciação alguma, assim como entre os elfos. Colocaram-na montada em um pônei aos 5 anos, e, quando tinha 8, já participava de caçadas. Treinaram-na no uso do arco e flecha, do dardo e da espada. Para Ciri, um hematoma não é novidade...

– Parem de falar bobagens – enfureceu-se Triss. – E não se façam de tolos. Não estamos falando de pôneis, passeios a cavalo ou procissões em trenós. Isto aqui é Kaer Morhen! Em seus moinhos e pêndulos e em sua Espelunca, dezenas de meninos fraturaram ossos e quebraram o pescoço. Meninos duros e resistentes, parecidos com vocês, recolhidos pelos caminhos e pelas sarjetas. Rijos cafajestes e vagabundos, bastante experimentados apesar de sua curta vida. Quais são as chances de Ciri? Mesmo educada no Sul, mesmo à maneira élfica, mesmo sob a mão de uma fera como a Leoa Calanthe, essa menina foi e continua sendo uma princesa. Sua pele é delicada, seu porte é diminuto, seus ossos são frágeis... Ela é uma menina! O que vocês querem fazer com ela? Transformá-la numa bruxa?

– Essa menininha – falou Geralt, com voz baixa e calma –, essa delicada e diminuta princesinha sobreviveu ao massacre de Cintra. Deixada à própria sorte, passou pelas coortes de Nilfgaard. Conseguiu escapar dos bandidos que invadiam vilarejos, que saqueavam e assassinavam tudo o que era vivo. Resistiu sozinha por duas semanas nas florestas de Trásrios. Passou um mês arrastando-se com um grupo de fugitivos, trabalhando tão duramente quanto os outros e passando a mesma fome que eles. Depois, recolhida por um casal de camponeses, ficou quase meio ano trabalhando na lavoura e tomando conta de gado. Acredite em mim, Triss. A vida lhe proporcionou experiência, endureceu-a e tornou-a não menos resistente do que os cafajestes e vagabundos trazidos das estradas para Kaer Morhen. Ciri não é mais fraca do que os enjeitados como nós, deixados nas tabernas em cestos de vime para serem levados pelos bruxos. Quanto a seu sexo, que diferença faz?

– E você pergunta? Ainda se atreve a fazer essa pergunta? – exclamou a feiticeira. – Que diferença faz? A diferença de que ela, por não se parecer com vocês, tem aqueles seus dias! E passa-os extraordinariamente mal! E vocês querem que ela fique se esbaforindo naquela infernal Espelunca e lutando com malditos moinhos!

Embora furiosa, Triss sentiu enorme prazer ao ver o ar de perplexidade estampado no rosto dos bruxos jovens e a repentinamente caída mandíbula de Vasemir.

– Vocês nem se deram conta – meneou a cabeça, falando com voz mais calma, preocupada e um quê de suave repreensão. – Que bando de tutores mais patéticos! Ela tem vergonha de falar dessas coisas, porque lhe foi ensinado não comentar tais problemas com homens. E também fica envergonhada por se sentir mais fraca, dolorida e, consequentemente, menos ágil. Algum de vocês chegou a pensar a esse respeito? Interessou-se por isso? Tentou adivinhar a razão por ela se comportar assim em determinados dias? Quem sabe se ela não sangrou pela primeira vez aqui, em Kaer Morhen? E passou noites inteiras chorando, sem encontrar um pingo de compaixão, consolo ou mesmo apenas compreensão?

– Pare com isso, Triss – gemeu Geralt. – Já chega. Você alcançou o que queria alcançar. Talvez até mais do que queria.

– Que merda! – praguejou Coën. – É preciso admitir que fizemos um papelão. Oh, Vasemir, que você...

– Cale-se – rosnou o velho bruxo. – Nem mais uma palavra.

Eskel comportou-se de maneira totalmente inesperada: levantou-se, aproximou-se da feiticeira e, inclinando-se muito, pegou sua mão, beijando-a com todo o respeito. Triss recuou a mão rapidamente, não para demonstrar raiva ou indignação, mas para interromper as agradáveis e penetrantes vibrações provocadas pelo toque do bruxo. Eskel emitia-as com força. Com mais força que Geralt.

– Triss – disse, esfregando com preocupação a horrível cicatriz que lhe deformava o rosto. – Ajude-nos. Nós lhe imploramos. Ajude-nos, Triss.

A feiticeira fitou o fundo de seus olhos e apertou os lábios.

– Em quê? Em que devo ajudá-los, Eskel?

Eskel voltou a esfregar a cicatriz e lançou um olhar na direção de Geralt. O bruxo de cabelos brancos abaixou a cabeça e cobriu os olhos com a mão. Vasemir pigarreou.

No mesmo instante, a porta rangeu e Ciri adentrou a sala. O pigarro de Vasemir transformou-se num chiado, numa sonora aspiração. Lambert abriu a boca. Triss abafou uma risadinha.

Ciri, com os cabelos cortados e penteados, foi se aproximando deles com passinhos curtos, segurando com a ponta dos dedos a barra de um vestido azul-marinho, encurtado e ajustado, mas mantendo sinais de ter sido transportado num alforje. No pescoço da menina brilhava outro presente da feiticeira: uma negra cobrinha de couro laqueado, com olhinho de rubi e fecho dourado.

Ciri parou diante de Vasemir. Sem saber muito bem o que fazer com as mãos, enfiou os polegares atrás do cinto.

– Não posso treinar hoje – recitou devagar e sentenciosamente, interrompendo o silêncio sepulcral – porque estou... estou...

Olhou para a feiticeira. Triss deu-lhe uma piscadela cúmplice e mexeu os lábios soprando-lhe a palavra combinada.

– Indisposta! – finalizou Ciri, orgulhosa, em alto e bom som, erguendo a cabeça a ponto de o nariz quase apontar para o teto.

Vasemir voltou a pigarrear, mas Eskel, o querido Eskel, não perdeu a cabeça e comportou-se mais uma vez como devia.

– Sem dúvida – falou desembaraçadamente com um sorriso. – É mais do que evidente e compreensível suspendermos os treinos até passar a indisposição. Poderemos, também, encurtar as sessões de aulas teóricas, caso você não se sinta bem. Se você precisar de remédios ou...

– Pode deixar essa parte comigo – interrompeu-o Triss, também de maneira livre e desembaraçada.

– Ah, sim... – Apenas nesse ponto Ciri enrubesceu levemente, olhando para o velho bruxo. – Tio Vasemir, eu pedi a Triss... Quer dizer, à senhora Merigold, que... que... que ficasse aqui conosco por mais tempo. Por bastante tempo. Mas Triss disse que você teria de dar seu consentimento. Tio Vasemir! Concorde!

– Con... cordo... – gaguejou Vasemir. – É óbvio que concordo...

– Ficamos muito felizes – falou Geralt, por fim baixando a mão que cobria os olhos. – Estamos extremamente contentes, Triss.

A feiticeira inclinou de leve a cabeça em sua direção e agitou inocentemente as pestanas, enrolando em um dedo a ponta de uma das mechas castanhas. O rosto de Geralt permaneceu inalterado, como se tivesse sido esculpido em pedra.

– Ao propor à senhora Merigold uma permanência mais prolongada em Kaer Morhen – disse –, você se comportou lindamente e de modo muito bem-educado, Ciri. Estou orgulhoso de você.

Ciri ficou vermelha como um tomate e abriu o rosto num largo sorriso. A feiticeira fez-lhe um segundo sinal previamente combinado.

– E, agora – a menina ergueu ainda mais o nariz –, vou deixá-los a sós, porque certamente vocês vão querer discutir com Triss alguns assuntos importantes. Senhora Merigold, tio Vasemir, meus senhores... Despeço-me... por ora.

Fez uma encantadora reverência e saiu da sala, pisando lenta e distintamente nos degraus da escada.

– Que merda! – exclamou Lambert, interrompendo o silêncio. – E pensar que cheguei a duvidar que ela fosse uma princesa!

– Entenderam, seus néscios? – disse Vasemir, olhando em volta. – Se ela colocar vestido de manhã... não quero ver exercício algum. Alguma dúvida?

Eskel e Coën lançaram sobre o velhinho olhares sem nenhum sinal de respeito. Lambert gargalhou. Geralt olhou para a feiticeira, que sorriu.

– Obrigado – falou o bruxo. – Obrigado, Triss.

•

– Condições? – intranquilizou-se claramente Eskel. – Triss, nós já prometemos que vamos suavizar os treinos de Ciri. Que tipo de condições você ainda quer impor?

– Admito que "condições" não seja uma definição apropriada. É melhor chamarmos isso de "conselhos". Vou lhes dar três conselhos, e vocês, caso queiram que eu permaneça aqui e os ajude na educação da pequena, deverão adequar-se a eles.

– Estamos ouvindo – disse Geralt. – Fale, Triss.

– Em primeiro lugar – começou a feiticeira, sorrindo com malícia –, vai ser preciso mudar a dieta de Ciri, principalmente limitando o consumo de cogumelos secretos e ervas misteriosas.

Geralt e Coën dominaram perfeitamente a expressão do rosto. Lambert e Eskel nem tanto. Já Vasemir não conseguiu controlar a do seu. "O que se há de fazer?", pensou Triss, observando seu engraçado embaraço. "Nos tempos dele o mundo era bem melhor. Àquela época, a hipocrisia era um defeito do qual era recomendável envergonhar-se, enquanto a sinceridade não causava vergonha a ninguém."

– Menos sopas de ervas misteriosas – continuou ela, esforçando-se para não rir – e mais leite. Vi que vocês têm cabras. Ordenhar é uma arte facílima de aprender; você vai ver, Lambert, que aprenderá num instante.

– Triss – começou Geralt. – Escute...

– Não; escute você. Vocês não submeteram Ciri a uma mutação violenta, não tocaram em seus hormônios, não lançaram mão de elixires e ervas. E isso é algo pelo qual vocês devem ser louvados. Foi um ato inteligente, responsável e humano. Vocês não lhe fizeram mal algum com venenos, razão suficiente para que não a mutilem agora.

– De que você está falando?

– Os cogumelos, cujo segredo vocês ocultam tão zelosamente – explicou Triss –, efetivamente a têm mantido em ótimas condições físicas e reforçam seus músculos. As ervas asseguram um metabolismo ideal e apressam o desenvolvimento. No entanto, tudo isso junto, aliado a um treinamento extenuante, provoca certas mudanças na formação do corpo, nos tecidos adiposos. Ela é mulher. Já que vocês não a mutilaram hormonalmente, não a mutilem fisicamente. Ela poderá ficar magoada com vocês no futuro por a terem privado de seus atributos femininos. Estão entendendo do que estou falando?

– E como – murmurou Lambert, olhando de maneira despudorada para os seios de Triss forçando o tecido do vestido. Eskel pigarreou e fulminou o jovem bruxo com um olhar.

– Até este momento – falou Geralt pausadamente, também deslizando os olhos pelos atributos de Triss – você não encontrou nada irreversível. Estou certo?

– Está. Por sorte, não encontrei nada. Ciri está se desenvolvendo de forma sadia e normal, com a compleição de uma dríade. É um prazer olhar para ela. Mas, por favor, mantenham moderação ao aplicarem aceleradores.

– Manteremos – prometeu Vasemir. – Agradecemos sua advertência. O que mais? Você falou de três... conselhos.

– É verdade. Eis o segundo: não se pode permitir que Ciri vire uma selvagem. Ela precisa ter contato com o resto do mundo, com pessoas de sua idade. Tem de receber educação adequada e se preparar para uma vida normal. Vocês, de qualquer modo, não conseguiriam transformá-la numa bruxa sem lançar mão de mutações, mas um treinamento de bruxo não lhe fará mal algum. Vivemos em tempos difíceis e perigosos, e assim ela saberá se defender em caso de necessidade. Como uma elfa. No entanto, vocês não podem enterrá-la neste fim do mundo para sempre. Ela deve levar uma vida normal.

– Sua vida normal foi consumida por chamas com Cintra – disse Geralt. – Mas o fato é que, como sempre, você tem razão. Já pensamos nesse assunto. Quando chegar a primavera, vou levá-la à escola do templo de Melitele, para junto de Nenneke, em Ellander.

– Muito boa ideia e sábia decisão. Nenneke é uma mulher excepcional e o templo da deusa Melitele é um lugar excelente. Seguro, protegido e capaz de garantir uma educação adequada à menina. Ciri já sabe disso?

– Sabe. Fez escândalos nos primeiros dias, mas acabou aceitando a ideia. Na verdade, agora ela aguarda impacientemente a chegada da primavera. Acho que está excitada com a perspectiva de viajar para Temeria. Tem curiosidade em conhecer o mundo.

– Como eu, quando tinha a idade dela – sorriu Triss. – E essa comparação aproxima-nos perigosamente do terceiro conselho, o mais importante de todos, e vocês sabem de que se trata. Não façam cara de bobo. Esqueceram que sou feiticeira? Não sei quanto tempo vocês levaram para perceber as capacidades mágicas de Ciri. Eu demorei apenas meia hora para saber quem, ou melhor, o que é essa menina.

– O quê?

– Uma Fonte.

– Não é possível.

– É possível, sim. Ciri é realmente uma Fonte e possui poderes mediúnicos. Aliás, esses poderes são muito, muito preocupantes. E vocês, queridos bruxos, sabem disso muito bem. Perceberam tais poderes e também ficaram preocupados. E foi única e exclusivamente por isso que me fizeram vir a Kaer Morhen, não foi? Não estou certa? Não foi única e exclusivamente por isso?

– Sim – confirmou Vasemir, após um momento de silêncio.

Triss soltou um discreto suspiro de alívio; por um momento temera que a confirmação viesse da boca de Geralt.

•

No final daquele dia caiu a primeira neve; miúda de início, logo se transformou em nevasca. Nevou a noite toda, e os muros de Kaer Morhen amanheceram debaixo de uma coberta branca.

Correr pela Espelunca estava fora de questão, ainda mais porque Ciri continuava indisposta. Triss suspeitava que o "apressamento da evolução" provocado pelos bruxos pudesse ter algo a ver com os transtornos menstruais, mas não podia ter certeza. Não sabia nada sobre as substâncias que foram usadas e tinha certeza de que Ciri era a única menina no mundo que fora submetida a elas. Não compartilhou com os bruxos suas suspeitas. Não queria deixá-los nervosos ou preocupados; preferia usar os próprios métodos. Encheu Ciri de elixires, amarrou em sua cintura, sob o vestido, uma enfiada de jaspes ativos e proibiu qualquer tipo de esforço, principalmente a perseguição a ratos, com espada na mão.

Ciri ficou entediada, vagando sonolentamente pelo castelo. Por fim, à falta de algo melhor, juntou-se a Coën nas cocheiras, tratando dos cavalos e consertando arreios.

Geralt, para decepção da feiticeira, sumiu, retornando somente ao anoitecer, arrastando uma cabra-selvagem que havia caçado. Triss ajudou-o a esfolar o animal. Embora tivesse horror a sangue e ao cheiro de carne, quis estar próxima do bruxo. Bem próxima. O mais próxima possível. Em seu âmago, crescia uma fria e férrea decisão: a de não dormir mais sozinha.

– Triss! – gritou Ciri repentinamente, correndo escada abaixo. – Posso dormir com você hoje? Triss, por favor, concorde! Por favor, Triss!

A neve foi caindo e caindo. Amainou apenas quando chegou Midinváerne, o Dia do Solstício Hibernal.

CAPÍTULO TERCEIRO

No terceiro dia morreram todas as crianças, exceto uma, um menino de apenas dez anos. Este, até então agitado por uma violenta demência, caiu em profundo atordoamento. Seus olhos tinham aspecto vítreo, suas mãos agarravam incessantemente as cobertas ou se agitavam no ar, como para pegar penas esvoaçantes. Sua respiração tornou-se alta e rouca; um suor frio, pegajoso e fétido aflorou em sua pele. Foi quando lhe deram uma nova dose de elixir nas veias, e o ataque se repetiu. Dessa vez, com sangue escorrendo do nariz e a tosse se transformando em vômito, o garoto perdeu os sentidos, ficando inerte.

Os sintomas não melhoraram nos dois dias seguintes. A pele do menino, até então úmida de suor, passou a ser seca e quente, o pulso perdeu a plenitude e a firmeza, embora mantivesse uma constância, mais lenta do que rápida. Não recuperou mais os sentidos, nem voltou a gritar.

Finalmente chegou o sétimo dia. O garoto acordou e abriu os olhos, e seus olhos eram como os de cobra...

Carla Demetia Crest, *Prova das ervas e outras práticas dos bruxos, com os próprios olhos testemunhadas*, manuscrito para uso exclusivo do Capítulo dos Feiticeiros

– Seus receios, meus caros, eram infundados, não tinham base alguma. – Triss franziu o cenho e apoiou os cotovelos na mesa. – Acabaram-se os tempos em que os feiticeiros caçavam Fontes e crianças com aptidões mágicas e, por meio de força ou algum ardil, arrancavam-nas dos pais ou tutores. Vocês cogitaram a possibilidade de eu querer afastar Ciri de vocês?

Lambert bufou e virou a cabeça. Eskel e Vasemir olharam para Geralt. Este, porém, permaneceu calado; ficou olhando para o lado e brincando com seu medalhão prateado com a imagem da cabeça de um lobo de presas arreganhadas. Triss sabia que o medalhão reagia à magia. Numa noite como a de Midinváerne, quando havia tanta magia que o ar chegava a vibrar, os medalhões dos bruxos agitavam-se incessantemente, a ponto de incomodar.

– Não, minha filha – respondeu por fim Vasemir. – Sabemos muito bem que você não faria uma coisa dessas. Mas sabemos, também, que você tem a obrigação de informar a existência dela ao Capítulo dos Feiticeiros. Sabemos, e não é de hoje, que todos os feiticeiros e feiticeiras carregam consigo essa obrigação. Vocês não tiram mais crianças talentosas dos pais e tutores. Ficam observando-as para que possam, mais tarde, no momento propício, fasciná-las com a magia, seduzi-las...

– Não precisam se preocupar – interrompeu-o Triss secamente. – Não falarei de Ciri a ninguém. Nem mesmo ao Capítulo. Por que estão me olhando tão espantados?

– O que nos espanta é a facilidade com a qual você nos garante a manutenção do segredo – disse Eskel, com voz calma. – Perdoe-me, Triss, não quero ofendê-la de modo algum, mas o que aconteceu com a lendária lealdade de vocês para com o Conselho e o Capítulo?

– Aconteceu muita coisa. A guerra trouxe grandes mudanças, e a batalha de Sodden, ainda mais. Não quero aborrecê-los com política, além de haver certos problemas e assuntos que, perdoem-me, têm de permanecer protegidos pelo manto do segredo, que não posso revelar. Mas no que se refere à lealdade... Continuo sendo leal, e saibam que nesse caso posso ser leal tanto ao Capítulo como a vocês.

– Uma dupla lealdade como essa – interveio Geralt pela primeira vez naquele encontro, fixando os olhos direto nos dela – é uma coisa diabolicamente difícil. Poucas pessoas conseguem mantê-la, Triss.

A feiticeira lançou um olhar para Ciri. A menina estava sentada junto de Coën sobre uma pele de urso num ponto distante da sala, ambos entretidos na brincadeira de tapas na mão. O jogo foi ficando monótono, pois os dois eram inacreditavelmente rápidos e nenhum conseguia acertar o outro, mas isso de modo algum os impedia de se divertir bastante.

– Geralt – falou –, quando você encontrou Ciri junto do rio Jaruga, trouxe-a consigo para Kaer Morhen, ocultou-a do mundo e fez de tudo para que nem seus entes mais próximos soubessem que ela estava viva. Você agiu assim porque alguma coisa, totalmente desconhecida por mim, o convenceu de que a predestinação existe, governando-nos em tudo o que fazemos em nossa vida. Eu também acredito nisso, sempre acreditei. Se for predestinado Ciri tornar-se uma feiticeira, assim será. Nem o Capítulo nem o Conselho precisam saber de sua existência, observá-la ou convencê-la. Mantendo o segredo de vocês, não estarei de maneira alguma traindo o Conselho. No entanto, como sabem muito bem, temos aqui um problema.

– Ah, se fosse apenas um... – suspirou Vasemir. – Continue, filhinha.

– A menina tem dons mágicos, e isso não pode ser negligenciado. Seria demasiadamente arriscado.

– De que ponto de vista?

– Os dons incontrolados são muito perigosos, tanto para a Fonte como para os que estão a sua volta. A estes, a Fonte pode representar um perigo de várias formas. Já a si mesma, apenas de uma: contrair uma doença mental, mais frequentemente catatonia.

– Com todos os diabos! – disse Lambert após um longo silêncio. – Estou escutando vocês e acho que alguém já enlouqueceu e, a qualquer momento, poderá representar um perigo aos que estão a sua volta. Predestinação, fontes, magias, milagres, prodígios... Será que não está exagerando, Merigold? Ciri não é a primeira criança que foi trazida à Fortaleza. Geralt não encontrou predestinação alguma; ele encontrou mais uma criança órfã e sem lar. Vamos ensinar a ela como usar a espada e a soltaremos no mundo, como fizemos com outras. Muito bem, tenho de admitir que, até agora, nunca treinamos uma menina em Kaer Morhen. Tivemos problemas com Ciri, e você fez muito bem em apontá-los para nós. Mas não precisa exagerar. Ela não é tão original assim para termos de cair de joelhos e erguer os olhos aos céus. Não há muitas guerreiras rodando pelo mundo? Posso lhe garantir, Merigold, que Ciri sairá daqui ágil, sadia, forte e bem preparada para ser bem-sucedida na vida. E sem nenhuma catatonia ou outra psicose. A não ser que você a convença de que ela tem essa doença.

– Vasemir – Triss virou-se na cadeira –, mande-o calar a boca, porque está atrapalhando.

– Você está bancando a sabichona – respondeu calmamente Lambert –, mas não sabe tudo. Veja.

Estendeu a mão na direção da lareira, dobrando os dedos de forma estranha. Da lareira emanaram um rugido e um uivo, as chamas cresceram repentinamente e as brasas ficaram mais claras, soltando milhares de fagulhas. Geralt, Vasemir e Eskel olharam preocupados para Ciri, mas a menina nem chegou a prestar atenção ao espetáculo de fogos de artifício.

Triss cruzou os braços sobre o peito e olhou desafiadoramente para Lambert.

– Sinal de Aard – constatou, calma. – Você quis me impressionar? Pois saiba que, com o mesmo gesto, reforçado por concentração, força de vontade e encanto, posso disparar essas achas pela chaminé, tão alto que você pensará tratar-se de estrelas.

– Você pode – ele admitiu. – Mas Ciri, não. Ela é incapaz de lançar o Sinal de Aard ou qualquer outro. Já tentou centenas de vezes, e nada. E você mesma sabe que para lançar um sinal basta um mínimo de dom. Portanto, Ciri não tem nem esse mínimo. Ela é uma criança absolutamente normal, não é dotada de dons mágicos, enquanto você fica falando de Fontes, querendo nos assustar...

– Uma Fonte – esclareceu Triss friamente – não controla seus dons; não tem domínio sobre eles. Ela é médium, uma espécie de transmissor. Ela entra involuntariamente em contato com a energia e a transmite também de modo involuntário. Já quando tenta controlá-la, quando se esforça para isso como nas tentativas de lançar sinais, nada consegue. E nada conseguirá mesmo que tente não centenas, mas milhares de vezes. Isso é típico de uma Fonte. No entanto, repentinamente surge um momento em que a Fonte não está se esforçando para coisa alguma, pode estar pensando em linguiça com repolho, ou jogando dados, ou transando com alguém na cama, ou mesmo apenas tirando meleca do nariz... e então algo acontece. Por exemplo, a casa fica envolta por chamas. Em alguns casos, cidades inteiras foram tomadas por chamas.

– Você está exagerando, Merigold.

– Lambert – falou Geralt, largando o medalhão e colocando as mãos sobre a mesa. – Em primeiro lugar, não se dirija a Triss por "Merigold", já que ela lhe pediu várias vezes que não a trate assim. Em segundo, Triss não está exagerando. Tive a oportunidade de ver, com os próprios olhos, a mãe de Ciri, a pequena princesa Pavetta, em ação... E creia-me que havia muito para ver. Não sei se ela era uma Fonte, mas ninguém suspeitava de que ela tivesse algum dom, até o momento em que ela quase transformou em cinzas o castelo real de Cintra.

– Diante disso, devemos aceitar – disse Eskel, acendendo velas em outro candelabro – que Ciri pode estar tomada por uma carga genética.

– Não só pode – acrescentou Vasemir –, como está. Se de um lado Lambert tem razão quando afirma que Ciri não é capaz de lançar sinais, de outro... todos nós vimos...

Calou-se e olhou para Ciri, que, com alegres gritos, comemorava sua vitória na brincadeira de tapas na mão. Triss viu o sorriso no rosto de Coën e não teve dúvida de que ele a deixara ganhar.

– Precisamente – aproveitou a deixa em tom irônico. – Vocês todos viram. O que viram? Em que circunstância viram? Não acham, rapazes, que está mais do que na hora de fazer declarações mais específicas e precisas? Com todos os diabos, volto a repetir que guardarei segredo. Dou-lhes minha palavra.

Lambert olhou para Geralt, que balançou afirmativamente a cabeça. O bruxo mais jovem se levantou, pegou de uma alta prateleira uma grande garrafa retangular de cristal e um pequeno frasco. Passou o conteúdo do frasquinho para a garrafa, sacudiu-a diversas vezes e encheu com o líquido transparente as taças que estavam sobre a mesa.

– Beba conosco, Triss.

– Será que a verdade é tão terrível – brincou ela – que não se pode falar dela sóbrio? Que é preciso se embriagar para poder ouvi-la?

– Não banque a engraçadinha. Dê um gole. Você entenderá melhor.

– E o que vem a ser isto?

– Gaivota branca.

– O quê?

– Uma poção suave – sorriu Eskel – que lhe trará sonhos agradáveis.

– Que merda! Uma poção alucinatória dos bruxos? Deve ser por causa dela que seus olhos brilham tanto ao cair da noite!

– Gaivota branca é muito suave. A alucinatória é a negra.

– Se há algo de mágico neste líquido, estou proibida de colocá-lo na boca.

– É apenas uma mistura de ingredientes naturais – acalmou-a Geralt, mas a expressão em seu rosto, ela pôde notar, era de tensão. Estava mais do que evidente que temia que lhe perguntasse qual a composição do elixir. – E diluída em grande quantidade de água. Jamais lhe ofereceríamos algo que pudesse fazer-lhe qualquer mal.

O espumoso líquido de sabor estranho esfriou-lhe a faringe, mas espalhou calor pelo resto do corpo. A feiticeira passou a ponta da língua pelas gengivas e pelo palato. Não conseguiu identificar nenhum dos ingredientes.

– Vocês deixaram Ciri beber esta... gaivota – adivinhou. – E...

– Aquilo foi um acidente – interrompeu-a Geralt. – Logo na primeira noite, assim que chegamos... Ela estava com sede, havia gaivota na mesa... Antes que pudéssemos reagir, ela bebeu uma taça inteira... E entrou em transe.

– Levamos um susto e tanto – admitiu Vasemir, suspirando. – Oh, minha filhinha, um baita susto. Chegamos a ficar com os cabelos em pé.

– Ela começou a falar com voz estranha – afirmou Triss com calma, fitando os olhos dos bruxos, que brilhavam à luz das velas. – Começou a falar de coisas e acontecimentos que não tinha condições de saber. Começou a... profetizar. Não é verdade? O que dizia?

– Bobagens – respondeu Lambert secamente. – Uma porção de asneiras sem nenhum sentido.

– Sendo assim – observou a feiticeira, olhando para ele –, não tenho dúvida de que vocês dois se entenderam às mil maravilhas. Falar asneiras, Lambert, é sua especialidade. Convenço-me disso cada vez que você abre a boca. Portanto, faça-me o favor de não abri-la por algum tempo. Pode ser?

– Dessa vez – falou Eskel, sério, esfregando a cicatriz na bochecha – Lambert tem razão, Triss. Naquela ocasião, depois de beber gaivota, Ciri começou a falar coisas incompreensíveis. Naquela primeira vez, tudo não passou de uma sucessão de palavras sem sentido. Foi apenas na segunda... – interrompeu-se.

Triss meneou a cabeça.

– Foi apenas na segunda vez que ela começou a falar com sentido – adivinhou. – Quer dizer que houve uma segunda vez. Novamente depois de ter ingerido o narcótico por um descuido de vocês?

– Triss – Geralt ergueu a cabeça –, a hora não é propícia para fazer gracinhas maldosas. Isso não nos diverte; na verdade, nos entristece e preocupa. Sim, houve uma segunda vez e até uma terceira. Ciri caiu de mau jeito durante um treino. Perdeu os sentidos e, quando os recuperou, entrou novamente em transe. E novamente delirou. Novamente a voz não era a dela. E novamente não era possível entender o que dizia. Mas eu já tinha ouvido vozes parecidas, maneiras de se expressar semelhantes. É assim que falam aquelas pobres, doentes e alienadas mulheres às quais chamamos de oráculos. Você sabe a que me refiro?

– Perfeitamente. Esse foi o segundo incidente. E o terceiro?

Geralt passou o antebraço pela testa, de repente perolada de suor.

– Ciri com frequência acorda durante a noite – disse –, gritando. Ela viveu coisas terríveis. Não quer falar disso, mas é evidente que presenciou em Cintra e em Angren coisas que não deveriam ser vistas por uma criança. Temo até que... alguém lhe tenha feito mal. Aquilo retorna a ela em sonhos... Em geral, é muito fácil acalmá-la e ela volta a dormir tranquilamente... Mas certa vez, ao despertar... estava de novo em transe. De novo falava com voz estranha, desagradável e... maligna. Falava claro e com sentido. Profetizava. Vaticinava. E vaticinou-nos...

– O quê? O quê, Geralt?

– A morte – respondeu Vasemir suavemente. – A morte, filhinha.

Triss lançou um olhar para Ciri, que brigava com Coën acusando-o de ter roubado no jogo. Coën abraçou-a e soltou uma gargalhada. Naquele momento, a feiticeira se deu conta de repente de que até então jamais ouvira um bruxo rir.

– De quem? – indagou, continuando a olhar para Coën.

– Dele – falou Vasemir.

– E minha – acrescentou Geralt. E sorriu.

– Depois de acordar...

– Não se lembrava de nada. E nós não lhe fizemos pergunta alguma.

– Fizeram bem. E quanto aos vaticínios... Eram concretos? Detalhados?

– Não. – Geralt fitou-a diretamente nos olhos. – Muito confusos. Não faça perguntas sobre isso, Triss. Nós não nos preocupamos com o conteúdo dos vaticínios ou com as visões de Ciri, mas com o que está acontecendo com ela. Não temos medo do que possa nos acontecer, mas...

– Cuidado – avisou Vasemir. – Não fale disso na frente dela.

Coën aproximara-se da mesa, com Ciri sentada sobre seus ombros.

– Deseje boa-noite a todos, Ciri – disse. – Deseje boa-noite a esses notívagos. Nós vamos dormir. Já é quase meia-noite, e daqui a pouco vai terminar Midinváerne. A partir de amanhã, a primavera vai ficar mais próxima a cada dia!

– Estou com sede. – Ciri deslizou dos ombros de Coën e estendeu a mão para a taça de Eskel. Ágil, o bruxo afastou o recipiente de seu alcance e pegou uma jarra com água. Triss ergueu-se repentinamente.

– Sirva-se à vontade – falou, passando à menina sua taça ainda cheia pela metade, ao mesmo tempo que apertava significativamente o braço de Geralt e dirigia o olhar para Vasemir. – Beba.

– Triss – sussurrou Eskel, vendo Ciri beber com sofreguidão –, o que você está fazendo? Isso aí...

– Nem mais uma palavra, por favor.

Não tiveram de esperar muito pelo efeito. Ciri logo se retesou, soltou um grito e deu um amplo sorriso de felicidade. Cerrou os olhos e estendeu os braços. Soltou uma gargalhada, virou uma pirueta e começou a dançar na ponta dos pés. Lambert, com um gesto rápido como um raio, afastou uma cadeira, enquanto Coën se postava entre a dançarina e a lareira.

Triss levantou-se e tirou do decote um amuleto, uma safira engastada em prata presa numa correntinha. Agarrou-o com força na mão.

– Filhinha... – gemeu Vasemir. – O que você está fazendo?

– Sei o que faço – respondeu secamente. – A menina entrou em transe, e eu vou estabelecer um contato psíquico com ela. Penetrarei seu interior. Eu lhes disse que ela é uma espécie de transmissor mágico, e eu preciso saber o que está transmitindo, como e de onde recebe a aura e de que maneira a transforma. Hoje é Midinváerne, uma noite ideal para tal intento...

– Não estou gostando disso. – Geralt enrugou a testa. – Decididamente não estou gostando disso.

– Caso um de vocês venha a ter um ataque de epilepsia – disse a feiticeira, não levando em consideração as palavras de Geralt –, sabem como agir: enfiem um pedaço de madeira entre os dentes, segurem as pernas e os braços, e esperem até o ataque passar. Mais ânimo, rapazes. Eu já fiz isso mais de uma vez.

Ciri parou de dançar, caiu de joelhos, estendeu os braços e apoiou a cabeça nos joelhos. Triss encostou o agora aquecido amuleto em sua fronte, sussurrou um encanto, fechou os olhos, concentrou-se e disparou um impulso.

O mar bramiu, as ondas bateram com estrondo contra os penhascos, explodindo em gêiseres entre as rochas. Agitou as asas, aproveitando o ar salino. Indescritivelmente feliz, embicou para baixo, alcançando o bando de suas companheiras, tocou com a ponta das patas o dorso das ondas, voltou a erguer-se ao céu, espargindo gotículas ao redor. Ficou planando agitada pelo vento, que lhe transpassava as penas das asas e da cauda.

"A força da sugestão", pensou lucidamente. "Nada mais do que a força da sugestão. Uma gaivota!"

"Triiiss! Triiiss!"

"Ciri? Onde está você?"

"Triiiss!"

O grasnar das gaivotas cessou. A feiticeira continuava sentindo no rosto os úmidos salpicos dos vagalhões, porém debaixo dela não mais havia mar. Na verdade, havia, mas era um mar de vegetação, uma infinita planície que ia até o horizonte. Para seu grande horror, Triss constatou que o que estava vendo era o panorama descortinado do topo do Monte de Sodden. No entanto, aquilo não era o Monte. Não podia ser o Monte.

O céu escureceu repentinamente, e tudo em volta mergulhou em sombras. Viu uma longa fila de confusas figuras descendo devagar pela encosta. Ouviu sussurros sobrepondo-se uns aos outros e juntando-se num preocupante coro incompreensível.

Ciri estava perto, virada de costas para ela. O vento agitava seus cabelos acinzentados.

As indistintas e confusas figuras continuavam passando ao largo, numa fila que parecia não ter fim. Quando se aproximavam dela, viravam a cabeça. Triss conteve um grito ao olhar para seus apáticos e inexpressivos semblantes, para seus olhos cegos e mortos. Não reconhecia a maior parte dos rostos, mas alguns, sim.

Coral. Vanielle. Yol. Raby Axel...

– Por que você me trouxe até aqui? – murmurou. – Por quê?

Ciri virou-se e ergueu a mão. A feiticeira viu um filete de sangue escorrendo-lhe pela palma, desde a linha da vida até o pulso.

– Foi uma rosa – disse a menina calmamente. – Rosa de Shaerrawedd. Espetei-me em um de seus espinhos. Não foi nada. É apenas sangue. O sangue dos elfos...

O céu escureceu ainda mais para, logo em seguida, brilhar com a forte e cegante luz de um raio. Tudo congelou, permanecendo em silêncio e inerte. Triss tentou dar um passo à frente, querendo se certificar de que conseguiria. Parou ao lado de Ciri e notou que estavam na beira de um precipício sem fim, no qual se reviravam rolos de fumaça vermelha, parecendo iluminados de baixo para cima. O brilho de outro raio silencioso revelou uma longa escadaria de mármore levando ao fundo do precipício.

– Tem de ser assim – afirmou Ciri, com voz trêmula. – Não há outro caminho. Apenas este. Escadas abaixo. Tem de ser assim, porque... Va'esse deireádh aep eigean...

– Fale – sussurrou a feiticeira. – Continue falando, criança.

– Criança de Sangue Antigo... Feainnewedd... Luned aep Hen Ischaer... Deithwen... Chama Branca... Não, não... Não!

– Ciri!

– O cavaleiro negro... com plumas no elmo... O que ele me fez? O que aconteceu então? Eu tinha medo... Ainda tenho medo... Aquilo não terminou; aquilo jamais vai terminar. A Leoazinha tem de morrer... Razões de Estado... Não... Não...

– Ciri!

– Não! – A menina se retesou e cerrou fortemente os olhos. – Não, não quero! Não me toque!

Seu rosto sofreu uma repentina mutação, ficando duro; sua voz tornou-se metálica, fria e ameaçadora, com entonação de cruel escárnio.

– Você veio atrás de mim até aqui, Triss Merigold? Até aqui? Você foi longe demais, Décima Quarta. Bem que eu a avisei.

– Quem é você? – indagou Triss, esforçando-se para manter o controle da voz.

– Você saberá quando chegar a hora.

– Saberei neste momento!

A feiticeira estendeu as mãos, separando bem os dedos e colocando toda sua força no Encanto da Identificação. A cortina mágica se rompeu, mas atrás dela havia uma segunda... terceira... quarta...

Triss soltou um gemido e caiu de joelhos. Enquanto isso, a realidade continuava a se romper e abriam-se novas portas, numa longa e infinita ala que levava a nada, à vacuidade.

– Você se enganou, Décima Quarta – zombou a inumana voz metálica. – Você confundiu o céu com as estrelas refletidas na superfície do lago.

– Não toque... Não toque nessa criança!

– Não é uma criança.

Os lábios de Ciri se moviam, mas Triss podia ver que seus olhos estavam inexpressivos, vítreos, mortiços.

– Ela não é uma criança – repetiu a voz. – Ela é a Chama. A Chama Branca que ateará fogo ao mundo todo. Ela é o Sangue Antigo, Hen Ichaer. O Sangue dos Elfos. O grão que não germinará, mas que explodirá em chamas. O sangue que será profanado... Quando chegar Tedd Deireádh, o Tempo do Fim. Va'esse deireádh aep eigean!

– Você está vaticinando morte? – gritou Triss. – É a única coisa que você sabe fazer, vaticinar morte? De todos? Deles, dela... minha?

– Sua? Você já morreu, Décima Quarta. Tudo em você já está morto.

– Pelo poder das esferas – gemeu a feiticeira, mobilizando o resto de suas forças e fazendo um amplo gesto no ar com a mão. – Por água, fogo, terra e ar, eu a conjuro. Conjuro-a na mente, no sono, no que foi, no que é e no que será. Conjuro-a. Quem é você? Fale!

Ciri virou a cabeça. A visão da escadaria levando às profundezas desapareceu, surgindo em seu lugar um mar plúmbeo, agitado e coberto de espuma das ondas. O silêncio voltou a ser interrompido pelos gritos de gaivotas.

– Voe – disse a voz pela boca da menina. – Está na hora. Volte para o lugar de onde veio, Décima Quarta do Monte. Voe nas asas de uma gaivota e escute os grasnidos das outras. Ouça com atenção!

– Eu a conjuro...

– Você não pode. Voe, gaivota!

E de repente houve outra vez o uivo do vento, o úmido e salgado ar marinho, e o voo sem fim nem começo. As gaivotas grasnavam selvagemente. Grasnavam e ordenavam.

"*Triss?*"

"*Ciri?*"

"*Esqueça-o! Não o torture! Esqueça! Esqueça, Triss!*"

"*Esqueça!*"

"*Triss! Triss! Triiiss!*"

– Triss!

Abriu os olhos, agitou a cabeça sobre o travesseiro e mexeu os braços dormentes.

– Geralt?

– Estou aqui, a seu lado. Como você está se sentindo?

Triss olhou em volta. Estava em seu aposento, deitada na cama, na melhor cama de Kaer Morhen.

– Onde está Ciri?

– Está dormindo.

– Há quanto tempo...

– Tempo demais – interrompeu-a o bruxo. Cobriu-a com o cobertor e abraçou-a. Quando se inclinou sobre ela, o medalhão com a cabeça de lobo balançou logo acima de seu rosto. – O que você fez não foi uma das melhores ideias, Triss.

– Está tudo bem. – A feiticeira tremeu nos braços dele. "Não é verdade", pensou. "Nada está bem." Virou o rosto para evitar que o medalhão a tocasse. Havia muitas teorias sobre as propriedades dos amuletos dos bruxos, mas nenhuma delas recomendava aos feiticeiros tocá-los durante os dias e as noites do Solstício.

– Por acaso... nós falamos algo durante o transe?

– Você, não. Você esteve inconsciente o tempo todo. Já Ciri... Logo antes de sair do transe... disse: "Va'esse deireádh aep eigean".

– Ela conhece a Língua Antiga?

– Não o suficiente para dizer uma frase completa.

– Uma frase que quer dizer: "Algo está terminando" – murmurou a feiticeira, passando a mão pelo rosto. – Geralt, esse assunto é muito sério. A menina é uma médium extremamente forte. Não sei com o que e com quem ela entra em contato, mas acho que não existe um limite para suas conexões. Algo quer se apossar dela. Algo que é... demasiadamente poderoso para mim. Temo por ela. O próximo transe poderá terminar com uma doença psíquica. Não sou capaz de dominá-lo; não sei como; não posso... Se fosse necessário, eu não saberia como bloquear seus dons; não seria capaz de apagá-los permanentemente caso não houvesse outra saída. Você vai ter de contar com a ajuda de... uma feiticeira mais poderosa do que eu. Mais capaz e mais experiente. Você sabe de quem estou falando.

– Sei – respondeu Geralt, virando a cabeça e cerrando os lábios.

– Não se oponha. Não se defenda. Posso imaginar por que você foi buscar meu auxílio em vez do dela. Sobrepuje o orgulho, supere a mágoa e a teimosia. Isso não faz o menor sentido. Você acabará torturando a si mesmo e porá em risco a saúde e até a vida de Ciri. O que acontecerá a ela no próximo transe poderá ser pior do que a Prova das Ervas. Vá pedir auxílio a Yennefer, Geralt.

– E quanto a você, Triss?

– Eu? – A feiticeira engoliu saliva com esforço. – Eu não conto. Decepcionei você. Decepcionei você... em tudo. Fui... fui seu erro. Nada mais do que isso.

– Os erros – disse Geralt com ênfase – também têm valor. Não os elimino nem da vida nem da mente. E jamais culpo os outros por eles. Você é importante para mim, Triss, e sempre será. Você nunca me desapontou. Nunca. Acredite em mim.

Triss permaneceu calada por bastante tempo.

– Vou ficar aqui até a primavera – anunciou finalmente, esforçando-se para controlar o tremor na voz. – Vou permanecer ao lado de Ciri... Vou zelar por ela dia e noite. Vou estar a seu lado dia e noite. E quando chegar a primavera... Quando chegar a primavera, vamos levá-la ao templo de Melitele, em Ellander. Talvez aquilo que quer dominá-la não possa ter acesso a ela no templo. E aí você pedirá ajuda a Yennefer.

– Está bem, Triss. Fico-lhe grato.

– Geralt?

– Sim?

– Ciri disse mais alguma coisa, não é verdade? Algo que somente você ouviu. Diga-me o que foi.

– Não – protestou, com voz trêmula. – Não, Triss.

– Eu lhe peço.

– Ela não estava se dirigindo a mim.

– Sei disso. Estava falando para mim. Conte-me, por favor.

– Depois do transe... quando a ergui do chão... ela sussurrou: "Esqueça-o. Não o torture!".

– Não vou torturá-lo – sussurrou ela. – Mas esquecê-lo, não vou conseguir. Perdoe-me.

– Sou eu quem deveria pedir perdão a você... E não somente a você.

– Você a ama a tal ponto. – Não era uma pergunta, mas uma afirmação.

– A tal ponto – admitiu, baixinho, após um longo silêncio.

– Geralt.

– Sim, Triss?

– Fique comigo esta noite.

– Triss...

– Apenas fique.

– Está bem.

•

Logo após o Midinváerne, parou de nevar e a temperatura caiu drasticamente.

Triss ficou ao lado de Ciri dia e noite. Zelava por ela. Cobria-a com um manto de proteção, tanto visível como invisível.

A menina acordava quase todas as noites gritando. Delirava, segurando as bochechas e chorando de dor. A feiticeira acalmava-a com encantos e elixires, aninhando-a nos braços e fazendo-a dormir de novo. Em seguida, ela mesma não conseguia adormecer, pensando no que Ciri dissera durante o transe e ao sair dele. E sentia um medo crescente. Va'esse deireádh aep eigean. Algo está terminando...

E foi assim por dez dias e noites, quando então chegou ao fim. Acabou, desapareceu sem deixar vestígios. Ciri se acalmou, passando a dormir calmamente, sem delírios, sem sonhos.

Mas Triss não relaxou a guarda. Não se afastou da menina nem um passo. Cobria-a com um manto de proteção, tanto visível como invisível.

•

– Mais rápido, Ciri! Avance, ataque, recue! Meia-pirueta, golpe, recuo! Equilibre-se! Mantenha o equilíbrio usando o braço esquerdo, senão você vai cair do pente e machucar seus... atributos femininos.

– Machucar o quê?

– Nada. Você não está cansada? Se quiser, podemos descansar.

– Não, Lambert! Posso continuar. Não pense que sou tão fraca. Que tal eu pular a cada duas estacas?

– Nem ouse tentar! Você pode cair, e aí Merigold me corta... a cabeça.

– Não vou cair!

– Já falei uma vez e não vou repetir. Sem exibições! Mantenha-se firme sobre as pernas! E a respiração, Ciri, a respiração! Você está arfando como um mamute moribundo!

– Não é verdade!

– Pare de resmungar e treine! Ataque, recuo! Parada! Meia-pirueta! Parada, pirueta inteira! Pise com mais segurança sobre as estacas, com todos os diabos! Não oscile tanto! Ataque, golpe! Mais rápido! Meia-pirueta! Pule e corte! Assim! Muito bem!

– De verdade? Fui realmente muito bem, Lambert?

– Quem disse isso?

– Você! Agora mesmo!

– Deve ter sido um lapso de língua. Ataque! Meia-pirueta! Recuo! E mais uma vez! Ciri, e a parada? Quantas vezes tenho de repetir? Após cada recuo, tem de haver uma parada e a extensão da lâmina para proteger a cabeça e a nuca! Sempre!

– Mesmo quando estiver lutando com apenas um oponente?

– Você nunca sabe com quem está lutando. Não sabe o que há a suas costas. Tem de se proteger sempre. O trabalho das pernas e a espada! Isso deve tornar-se um reflexo condicionado. Um reflexo, entendeu? Você não pode se dar ao luxo de esquecer isso. Se esquecer num combate real, já era! Mais uma vez! Exatamente assim! Viu a posição em que você ficou após uma parada? Em condição de desferir um golpe em qualquer direção. Caso seja necessário, você poderá até desferir um golpe para trás. Vamos, mostre-me uma pirueta seguida de um golpe para trás.

– Rááááá!

– Muito bem! Conseguiu entender em que consiste a coisa?

– Não sou boba!

– Você é uma menina. As meninas não raciocinam.

– Ah, Lambert, se Triss ouvisse isso!

– Se minha tia fosse homem, seria meu tio. E agora basta. Desça. Vamos descansar.

– Não estou cansada.

– Mas eu estou. Vamos descansar. Desça do pente.

– Com um salto?

– E como você queria? Como uma galinha descendo do poleiro? Vamos, salte. Não tenha medo; estou aqui para protegê-la.

– Rááá!

– Bonito. Para uma menina, muito bonito. Já pode tirar a venda dos olhos.

•

– Triss, já não chega por hoje? Que tal pegarmos o trenó e deslizarmos colina abaixo? O sol está brilhando, a neve está tão branca que chega a doer os olhos! Que dia mais lindo!

– Não se debruce tanto, senão vai cair da janela.

– Vamos andar de trenó, Triss!

– Proponha-me isso na Língua Antiga e aí terminamos a aula do dia. Afaste-se da janela, retorne à mesa... Ciri, quantas vezes tenho de lhe pedir que largue essa espada? Pare de agitá-la para todos os lados!

– É minha nova espada! Verdadeira! Uma espada de bruxo! Feita de aço que caiu do céu! De verdade! Foi Geralt que disse isso, e ele nunca mente, como você bem sabe.

– Oh, sim... E como sei!

– Preciso me acostumar com ela. Tio Vasemir ajustou-a para meu peso, minha altura e o comprimento de meu braço. Tenho de acomodar a ela minha mão e meu punho.

– Acomode-os à vontade, mas no pátio, não aqui. Mas sou toda ouvidos. Pelo que me lembro, você queria me propor um passeio de trenó. Na Língua Antiga. Portanto, proponha.

– Hummmm... Como se diz "trenó"?

– "Sledd" como substantivo, e "aesledde" como verbo.

– Ah... Já sei: "Va'em aesledde, ell'ea?".

– Nunca termine uma pergunta desse jeito; é deselegante. A pergunta é formada pela entonação.

– Mas as crianças das ilhas...

– Você não está aprendendo o jargão de Skellige, e sim a Língua Antiga clássica.

– E para que estou aprendendo essa língua?

– Para conhecê-la. É sempre bom aprender uma coisa que não se sabe. Quem não conhece outras línguas é um aleijado.

– Mas, no fim, todos acabam falando na língua comum!

– É verdade. Só que alguns não apenas nela. E eu lhe garanto, Ciri, que é melhor pertencer ao grupo de alguns do que de todos. E, agora, vamos lá, uma frase completa: "O dia está lindo, vamos passear de trenó".

– "Elaine..." Hummm... "Elaine tedd a'taeghane, a va'em aeseledde."

– Muito bem.

– Então vamos passear de trenó.

– Vamos. Mas primeiro deixe-me retocar a maquiagem.

– E posso saber para quem você se maquia tanto?

– Para mim mesma. As mulheres ressaltam sua beleza para a autoestima; para se sentirem bem com si mesmas.

– Hummm... Sabe de uma coisa? Também não estou me sentindo tão bem assim... Não precisa rir, Triss!

– Venha até aqui. Sente em meus joelhos. Deixe a espada de lado, já lhe pedi! Obrigada. Agora, pegue esse pincel maior e espalhe um pouco de pó de arroz no rosto. Não tanto, menina, não tanto! Mire-se no espelho. Vê como está bonita?

– Não vejo diferença alguma. Posso pintar os olhos? Por que você está rindo? Você sempre pinta seus olhos. Eu também quero!

– Está bem. Tome; escureça as pálpebras com isto. Ciri, não feche os dois olhos, porque assim você não vê nada e se lambuza toda. Pegue apenas um pouquinho e passe de leve nas pálpebras. Eu disse de leve! Deixe-me tirar o excesso. Feche os olhos. Agora, abra.

– Ooooh!

– Está vendo a diferença? Um pouco de sombra não faz mal a olhos mesmo tão bonitos como os seus. As elfas sabiam o que estavam fazendo quando inventaram a sombra para as pálpebras.

– As elfas?

– Você não sabia? A maquiagem é uma invenção das elfas. Nós aprendemos muitas coisas extremamente úteis com o Povo Antigo, dando-lhe miseravelmente pouco em troca. Agora, pegue este lápis e trace uma linha na pálpebra superior, bem junto das pestanas. Ciri, o que você está fazendo?

– Não ria! A pálpebra está tremendo! É por causa disso!

– Entreabra levemente os lábios, e ela parará de tremer. Está vendo? Pronto.

– Ooooh!

– Venha, agora vamos descer e deixar os bruxos mudos de espanto diante de nossa beleza. Será muito difícil encontrar uma visão mais encantadora. Depois, pegaremos o trenó e desfaremos a maquiagem enfiando a cara na neve.

– E nos pintaremos de novo!

– Não. Mandaremos Lambert aquecer a sala de banho e nos banharemos.

– De novo? Lambert disse que nós usamos lenha demais com esses banhos.

– Lambert cáen me a'báeth aep arse.

– O que você disse? Não entendi...

– Com o tempo, você dominará também as expressões idiomáticas. Até a primavera, temos muito tempo para estudar. E agora... Va'en aesledde, me elaine luned!

•

– E isto aqui, nesta gravura... Não, sua pirralha, não nessa... Nesta. Isto aqui é um ghoul. Vamos ouvir o que você aprendeu sobre os ghouls... Ei, olhe para mim! O que você tem nas pálpebras?

– Maior autoestima.

– O quê? Está bem, vamos deixar isso para lá. Sou todo ouvidos.

– Hummm... Ghoul, tio Vasemir, é um monstro que devora cadáveres. Ele pode ser encontrado nos cemitérios, lá onde há mamoas, em todos os lugares onde se enterram mortos. Em ne... necrópoles. Onde houve combates, nos campos de batalha...

– Quer dizer que ele é perigoso só para os mortos?

– Não, não só. Os ghouls atacam também os vivos. Quando estão com fome ou perturbados mentalmente. Por exemplo, quando há uma batalha... com muitos mortos...

– O que você tem, Ciri?

– Nada...

– Escute, Ciri. Você tem de se esquecer daquilo. Aquilo não voltará mais.

– Eu vi... Em Sodden e Trásrios... Campos inteiros... Eles jaziam lá, mordidos por lobos e cães selvagens. Bicados por aves de rapina... Na certa havia também ghouls...

– E é exatamente por isso que você está aprendendo sobre ghouls, Ciri. Quando se conhece uma coisa, ela deixa de ser um pesadelo. Uma coisa que nós sabemos como combater deixa de ser tão ameaçadora. Como se combate um ghoul, Ciri?

– Com uma espada de prata. O ghoul é muito sensível à prata.

– E a que mais?

– À luz forte. E ao fogo.

– Portanto, ele pode ser combatido com a ajuda da luz e do fogo?

– Sim, mas isso é perigoso. Um bruxo não usa luz nem fogo, porque eles atrapalham sua visão. Cada luz provoca uma sombra, e sombras dificultam a orientação. É preciso combater sempre no escuro, à luz do luar ou das estrelas.

– Muito bem. Você lembrou-se de tudo direitinho; revelou-se uma menina muito esperta. E, agora, olhe para esta gravura.

– Eeueeeeueeeeeueee...

– Efetivamente, tenho de admitir que não se trata de um filhodap... de uma criatura especialmente linda. É um graveir. Graveir é uma variante do ghoul. Ele é muito parecido com o ghoul, mas consideravelmente maior. Diferenciam-no também, como você pode ver, estas três cristas na testa. O resto é igual como em qualquer devorador de corpos. Veja: garras curtas e não afiadas, perfeitamente adaptadas para cavar a terra e revirar sepulturas, dentes fortes para poder triturar ossos e uma fina e longa língua, ideal para lamber de dentro deles o tutano apodrecido. Um tutano desses, bem fedorento, é uma iguaria para um gravier... O que você tem?

– Nnnnada.

– Você está tão pálida... Esverdeada. Tomou café da manhã?

– Sssiiim. Tommmmei.

– De que estava eu falando mesmo? Ah, sim. Quase esqueci. Lembre-se do que vou dizer, porque isso é muito importante. Os graveirs, assim como os ghouls e outros monstros do mesmo grupo, não possuem um nicho ecológico próprio. Eles são relíquias da era da permeação ambiental. Matá-los não afeta em nada os equilíbrios e as interconexões do meio ambiente que vigoram na natureza. Em nosso meio atual esses monstros são elementos estranhos e não há aqui lugar para eles. Entendeu, Ciri?

– Entendi, tio Vasemir. Geralt já me explicou isso. Sei tudo. Um nicho ecológico é...

– Está bem, está bem. Eu sei o que é um nicho ecológico, e, se Geralt lhe explicou, não precisa recitá-lo para mim. Voltemos aos graviers. Eles aparecem muito raramente, o que é uma sorte, porque são um bando de terríveis filhos da puta. Qualquer arranhão numa luta com um gravier significa uma infecção causada pelo veneno dos cadáveres. Com qual elixir devemos combater o veneno cadavérico, Ciri?

– Com oriolídeo.

– Certíssimo. Mas é sempre melhor evitar a infecção. É por isso que, ao lutar com um gravier, não se deve chegar muito perto do desgraçado. Luta-se com ele sempre mantendo uma prudente distância, desferindo golpes com um rápido pulo para a frente.

– Hummm... E qual é o melhor lugar para acertá-lo?

– É do que vamos tratar agora. Veja...

•

– Mais uma vez, Ciri. Vamos repetir isso devagar, para que você possa dominar todos os movimentos. Olhe, estou atacando você adotando terceira posição, inclinando-me como se fosse lhe dar uma estocada... Por que está recuando?

– Porque sei que se trata de uma finta! Você pode fazer uma larga "sinistra" ou me golpear com o quarto superior. Já ao recuar, eu posso aparar seu golpe com um contragolpe!

– Realmente? E se eu fizer assim?

– Aiii! Você disse que íamos treinar devagar. O que eu fiz de errado, Coën?

– Nada. Simplesmente eu sou mais alto e mais forte.

– Mas isso é desonesto!

– Não existe luta honesta. Quando se está lutando, deve-se aproveitar cada vantagem e cada oportunidade que surgir. Ao recuar, você permitiu que eu aplicasse mais força a meu golpe. Em vez de recuar, você deveria ter executado uma pirueta para a esquerda e tentar atingir-me de baixo para cima em meu queixo, bochecha ou garganta, com uma "destra" na quarta posição.

– Pois sim! Como se você fosse permitir! Você daria uma pirueta no sentido contrário e me acertaria no lado esquerdo de meu pescoço antes de eu ter tido tempo de preparar uma parada. Como posso saber o que você vai fazer?

– Você precisa saber... E sabe.

– Pois sim!

– Ciri. Isto que estamos fazendo neste momento é uma luta. Eu sou seu adversário. Quero e preciso derrotar você, porque é minha vida que está em jogo. Como sou mais alto e mais forte, vou tentar achar qualquer oportunidade para aplicar golpes que anularão sua parada, exatamente como você viu há pouco. Para que eu teria de dar uma pirueta? Veja, já estou em sinistra. Existiria algo mais fácil que desferir em sua axila um golpe na segunda posição? Se eu cortar sua artéria, você morrerá em questão de minutos. Vamos, defenda-se!

– Rááááá!

– Muito bem. Uma linda parada, e muito bem aplicada. Viu como são úteis os exercícios para dar mais mobilidade aos pulsos? E, agora, preste atenção, porque muitos esgrimistas cometem o mesmo erro na parada estática: eles ficam imóveis por uma fração de segundo, quando podem ser atacados... assim!

– Rááááá!

– Lindo! Mas recue imediatamente, fazendo uma pirueta. Eu poderia ter uma adaga na mão esquerda! Muito bem! E agora, Ciri? O que eu vou fazer agora?

– Como é que eu vou saber?

– Observe meus pés! Como está distribuído o peso de meu corpo? O que poderei fazer com os pés nesta posição?

– Praticamente tudo!

– Portanto, gire, obrigando-me a deslocar os pés! Defenda-se! Muito bem! Não olhe para minha espada, pois posso distraí-la com ela. Defenda-se! Isso! Mais uma vez! Ótimo! E mais uma!

– Aiiiii!

– Péssimo.

– O que eu fiz de errado?

– Nada. Simplesmente sou mais rápido do que você. Tire as proteções. Vamos nos sentar por um momento para descansar. Você deve estar cansada; afinal, passou a manhã correndo pela Trilha.

– Não estou cansada. Estou com fome.

– Raios, eu também! E hoje é o dia de Lambert ficar na cozinha e ele não sabe fazer nada, exceto macarrão... Se ele ainda soubesse cozinhá-lo bem...

– Coën?

– Sim?

– Continuo lenta demais...

– Você é muito rápida.

– Será que poderei um dia ser tão rápida quanto você?

– Acho pouco provável.

– Hummm... Entendi. E para você... Quem é o melhor espadachim do mundo?

– Não tenho a mais vaga ideia.

– Você nunca conheceu um deles?

– Conheci vários que se consideravam como tal.

– Ah, é? Quem eram eles? Como se chamavam? O que sabiam fazer?

– Devagar, devagar, menina. Não sei as respostas a todas essas perguntas. Isso é tão importante assim?

– É lógico que é importante. Gostaria de saber quem são esses espadachins e onde estão.

– Onde eles estão... isso eu sei.

– Ah, é? Onde?

– Nos cemitérios.

•

– Preste atenção, Ciri. Já que você sabe dar conta de dois pêndulos, vamos pendurar agora um terceiro. Os passos serão os mesmos de quando havia dois; você apenas terá de fazer um desvio a mais. Pronta?

– Pronta.

– Concentre-se. Relaxe. Aspire e expire. Ataque!

– Uh! Aiiii... Que droga!

– Não pragueje, por favor. O pêndulo machucou você?

– Não, apenas raspou... O que eu fiz de errado?

– Você se moveu num ritmo muito regular, apressou demais a segunda meia-pirueta e sua finta foi exageradamente ampla. Com isso, deu de cara com o pêndulo.

– Mas, Geralt, ali não há espaço suficiente para me esquivar e girar logo em seguida! Eles estão pendurados muito juntos!

– Há muito lugar, garanto-lhe. Os espaços, porém, foram calculados para forçar um movimento arrítmico. Trata-se de uma luta, e não de um balé. Numa luta, não se pode mover com ritmo. Você tem de usar seus movimentos para desconcentrar o oponente, confundi-lo, atrapalhar suas reações. Está pronta para a próxima tentativa?

– Estou. Balance essas malditas esferas.

– Não pragueje. Relaxe e ataque.

– Rá! Rá! Gostou, Geralt? Nem chegaram a roçar em mim.

– Assim como você não chegou a roçar o segundo saco com sua espada. Já lhe disse que isso é uma luta, e não um balé ou acrobacia... O que você está resmungando aí?

– Nada.

– Relaxe. Ajuste a munhequeira. Não aperte tanto a mão na empunhadura; isso prejudica a concentração e atrapalha o equilíbrio. Respire calmamente. Está pronta?

– Sim.

– Então vamos lá!

– Uuuuuh! Que droga!... Geralt, não é possível fazer isso! Não há espaço suficiente para fazer uma finta e mudar de pé. E quando golpeio apoiada nos dois pés e sem fintar...

– Vi o que acontece quando você golpeia sem fintar. Doeu?

– Não. Não muito...

– Venha cá. Sente-se a meu lado e descanse.

– Não estou cansada. Geralt, nunca vou conseguir passar pelo terceiro pêndulo mesmo que fique descansando por dez anos. Não consigo ser mais rápida do que estou sendo...

– E nem precisa. Você é suficientemente rápida.

– Então me explique como posso fazer uma meia-pirueta, uma esquiva e um golpe ao mesmo tempo.

– É muito simples. Você não estava prestando atenção. Eu lhe disse antes de você começar que era indispensável executar mais uma esquiva. Apenas uma esquiva. Uma meia-pirueta adicional é desnecessária. Na segunda tentativa você fez tudo direitinho e passou pelo terceiro pêndulo.

– Mas não acertei o saco, porque... Geralt, sem a meia-pirueta não posso desferir um golpe, porque desacelero, porque não tenho aquilo... Como se chama mesmo?

– Impulso. É verdade. Portanto, você tem de adquirir impulso e energia. Mas não com uma pirueta e troca de pé, porque você não terá tempo para fazer os dois. Bata com a espada no pêndulo.

– No pêndulo? Eu devo é bater em sacos!

– Trata-se de uma luta, Ciri. Os sacos representam os lugares sensíveis do adversário nos quais você deve acertá-lo. Já os pêndulos imitam a arma do adversário, e você tem de se esquivar deles. Quando um dos pêndulos a toca, quer dizer que você foi ferida e, numa luta de verdade, talvez não se levante mais. O pêndulo não pode tocá-la, mas nada impede que você desfira um golpe nele... Por que essa cara de choro?

– É que... Eu não vou conseguir aparar um pêndulo com a espada. Não sou suficientemente forte... Sempre serei fraca! Porque sou menina!

– Venha até aqui, menina. Assoe o nariz e escute com atenção. Nenhum brutamontes deste mundo, nenhum gigante ou o mais forte dos homens conseguirá aparar um golpe desferido pela cauda de um osluzgo, pela quela de um escorpião gigante ou pelas garras de um grifo. E são exatamente esses tipos de armas que os pêndulos simulam. Portanto, nem tente apará-los. Você não conseguirá rebater o pêndulo, mas poderá rebater-se nele, absorvendo sua energia, tão necessária para desferir o golpe. Basta um leve, porém extremamente rápido rebote, seguido de um imediato e também rápido golpe de uma meia-volta reversa. Você acaba adquirindo impulso no rebote. Fui claro?

– Hum.

– Rapidez, Ciri, e não força. A força bruta é indispensável a um lenhador que derruba árvores com um machado numa floresta. E é por isso que são muito raros os casos de mulheres lenhadoras. Entendeu o sentido da coisa?

– Hum. Pode pôr os pêndulos em movimento.

– É melhor você descansar antes.

– Não estou cansada.

– Já sabe como agir? Os mesmos passos, esquiva...

– Sei.

– Então ataque!

– Ráaá! Ráá! Rááááá! Peguei você! Derrotei você, grifo! Geraaalt! Você viu?

– Não grite. Controle a respiração.

– Eu consegui! Eu realmente consegui! Elogie-me, Geralt!

– Bravo, Ciri! Bravo, menina!

•

Em meados de fevereiro, a neve sumiu, lambida pelo quente vento vindo do sul através do desfiladeiro.

•

Os bruxos não tinham o mínimo interesse em saber o que se passava no mundo. Triss, com determinação e persistência, dirigia para questões políticas as conversas mantidas ao anoitecer na escura sala volta e meia clareada pelas explosões das chamas na lareira. As reações dos bruxos eram sempre as mesmas. Geralt permanecia calado, mantendo a mão na testa. Vasemir meneava a cabeça, ocasionalmente fazendo um comentário, do qual não se depreendia nada mais a não ser que "nos tempos dele" tudo fora melhor, mais lógico, honesto e saudável. Eskel portava-se educadamente, ouvindo com atenção e não economizando sorrisos e contatos visuais; de vez em quando, interessava-se por um assunto irrelevante ou uma questão de importância secundária. Coën bocejava abertamente e olhava para o teto, enquanto Lambert não ocultava o menosprezo.

Eles nada queriam saber, não estavam interessados nos dilemas que tiravam o sono de reis, feiticeiros, governantes e líderes militares, problemas que causavam agitação em conselhos, círculos e reuniões. Para eles, nada se passava além dos desfiladeiros cobertos de neve, do outro lado do Gwenllech, que arrastava blocos de gelo em sua plúmbea correnteza. A única coisa real para eles era o ermo Kaer Morhen, perdido em meio a montanhas selvagens.

Naquele fim de dia, Triss estava irritada e nervosa, talvez por causa do vento que uivava entre os muros do decrépito castelo. Na verdade, todos se mostravam estranhamente excitados. Com exceção de Geralt, estavam loquazes demais. Falavam, claro, apenas de uma coisa: da primavera. Alegravam-se com a ideia de saírem para a senda e com todas as coisas que ela lhes proporcionaria: vampiros, serpes, leshys, licantropos e basiliscos.

Dessa vez foi Triss que começou a bocejar e a olhar para o teto, permanecendo calada até o momento em que Eskel virou-se para ela e lhe fez uma pergunta, a qual ela esperava ouvir.

– Como andam realmente as coisas no Sul, às margens do Jaruga? Vale a pena ir até lá? Não gostaríamos de nos meter bem no meio de uma confusão.

– O que você chama de "confusão"?

– Bem, você sabe... – hesitou ele. – Você vive falando sobre a possibilidade de uma nova guerra... sobre constantes refregas nas fronteiras, rebeliões nos territórios ocupados por Nilfgaard. Você chegou a mencionar a possibilidade de os nilfgaardianos atravessarem novamente o Jaruga...

– Grande coisa – disse Lambert. – Aquela gente vive brigando, se matando e se massacrando sem parar por séculos. Não há com que se preocupar. Eu, por exemplo, já tomei uma decisão: vou partir exatamente para os confins do Sul, para Sodden, Mahakam e Angren. Sabe-se que por onde passaram exércitos sempre abundam os mais diversos monstros. É nesse tipo de lugares que se ganha mais dinheiro.

– É verdade – confirmou Coën. – Redondezas despovoadas, vilarejos apenas com mulheres indefesas... muitas crianças sem lar ou proteção vagando a esmo... Presas fáceis atraem monstros.

– Já os senhores barões – acrescentou Eskel –, assim como os chanceleres e estarostes, têm a cabeça ocupada por assuntos bélicos e não dispõem de tempo para seus súditos, de modo que acabam forçados a nos contratar. Tudo isso é verdade. Mas, a julgar pelo que Triss nos contou por noites a fio, o conflito com Nilfgaard é um assunto muito mais sério do que uma simples guerrinha local. Não é isso, Triss?

– Mesmo que fosse – respondeu a feiticeira, sarcástica –, isso não se revelaria vantajoso para vocês? Uma séria guerra sangrenta significará maior número de vilarejos despovoados, mais viúvas indefesas e, definitivamente, uma quantidade absurda de crianças órfãs...

– Não consigo entender o motivo de seu sarcasmo – disse Geralt, afastando a mão da testa. – Realmente não consigo, Triss.

– Nem eu, filhinha. – Vasemir ergueu a cabeça. – O que a preocupa tanto? As viúvas e as criancinhas? Lambert e Coën falam levianamente como todo jovem, mas o importante não são as palavras, e sim os atos. E você sabe...

– ... que eles defendem essas crianças – ela completou, furiosa. – Sim, eu sei. Um lobisomem, no decurso de um ano, mata uma ou duas, enquanto um destacamento de nilfgaardianos pode, em uma hora, incendiar um vilarejo e passar pelo fio da espada toda a população. Sim, vocês defendem os órfãos. Já eu luto para que haja o menor número de órfãos possível no mundo. Eu luto pelas causas, e não pelos resultados. E é por isso que faço parte do conselho de Foltest de Temeria e me reúno com Fercart e Keira Metz, sempre no intuito de encontrar um meio de evitar uma guerra e, caso ela venha a eclodir, como se defender. Porque a ameaça de uma guerra paira incessantemente sobre nós como um abutre. Para vocês, isso é apenas uma confusão. Para mim, trata-se de um jogo cuja aposta é a sobrevivência. Estou envolvida nesse jogo, e é por isso que seu descaso e sua leviandade me doem e ofendem.

Geralt ergueu-se e olhou para ela.

– Nós somos bruxos, Triss. Será que não consegue entender isso?

– O que há para entender? – A feiticeira atirou para trás a bela cabeleira castanha. – Tudo é claro como água. Vocês escolheram uma relação específica com o mundo que os cerca. O fato de que, a qualquer momento, tal mundo possa desabar cabe perfeitamente nessa sua escolha. Na minha, ele não cabe. E é isso que nos diferencia.

– Não estou tão certo se é apenas isso.

– O mundo está desabando – insistiu ela. – Pode-se ficar olhando passivamente para tal fato ou contrapor-se a ele.

– De que modo? – sorriu Geralt debochadamente. – Com emoções?

Triss não respondeu, virando o rosto na direção das chamas que bramiam na lareira.

– O mundo está desabando – repetiu Coën, balançando a cabeça com falso espanto. – Quantas vezes já ouvi essa expressão!

– Eu também – disse Lambert, fazendo uma careta de desagrado. – O que não é de espantar, já que ela se tornou uma frase popular. É assim que falam os reis quando fica patente que para reinar é indispensável pelo menos um pingo de inteligência. É assim que falam os comerciantes cuja ganância e estupidez levaram-nos à falência. É assim que falam os feiticeiros quando começam a perder influência política ou suas fontes de renda. E, em todos os casos, o destinatário de tal afirmação é logo brindado com alguma proposta. Diante disso, Triss, deixe o prólogo de lado e faça a proposta de uma vez.

– Nunca achei graça em duelos verbais – falou a feiticeira, lançando-lhe um olhar gélido –, nem em demonstrações de eloquência com a intenção de zombar dos outros durante uma conversa. Portanto, não pretendo me envolver em algo semelhante agora. Vocês sabem até bem demais a que estou me referindo. Se querem enfiar a cabeça na areia, façam bom proveito disso. Mas estou muito espantada de ver uma atitude dessas de sua parte, Geralt.

– Triss – o bruxo de cabelos brancos voltou a olhar para a feiticeira –, o que espera de mim? Uma participação ativa na luta pela salvação do mundo que está desabando? Devo alistar-me no exército e deter Nilfgaard? Deveria, caso viesse a ocorrer mais uma batalha em Sodden, colocar-me a seu lado no Monte e, ombro a ombro, lutar pela liberdade?

– Eu me sentiria muito orgulhosa... – respondeu ela com voz suave, abaixando a cabeça. – Eu me sentiria orgulhosa e feliz por poder lutar a seu lado.

– Acredito. Mas eu não sou suficientemente generoso para isso, nem suficientemente audaz. Não sirvo para soldado ou herói. O terrível medo da dor, da possibilidade de ficar aleijado ou de morrer não é o único motivo. Embora não seja possível obrigar um soldado a não temer a morte, pode-se motivá-lo de tal modo que ele acabe sobrepujando o medo. Acontece que não tenho essas motivações e não posso tê-las. Sou um bruxo, um mutante formado artificialmente. Mato monstros mediante pagamento. Defendo crianças se seus pais me pagarem. Se for pago por famílias nilfgaardianas, defenderei crianças nilfgaardianas. E, mesmo que o mundo desabe, coisa que não me parece muito provável, vou ficar matando monstros sobre os escombros até um deles me matar. Esse é meu destino, minha motivação, minha vida, minha maneira de abordar o mundo. E não fui eu quem o escolheu. Fizeram-no por mim.

– Você está amargurado – afirmou Triss, puxando nervosamente um cacho de cabelos. – Ou finge que está. Você esqueceu que eu o conheço, de modo que pare de representar o papel de um mutante insensível, sem coração, sem escrúpulos e sem vontade própria. E chego a adivinhar e compreender os motivos de sua amargura: as profecias de Ciri, não é verdade?

– Não – respondeu o bruxo friamente. – Vejo que, apesar de tudo, você me conhece muito pouco. Tenho medo da morte como qualquer um, porém já há muito tempo me acostumei à ideia de sua existência; não nutro ilusão alguma. Não se trata de lamentar o destino, Triss, e sim de um simples cálculo frio. Estatística. Até hoje, nenhum bruxo morreu de velhice, deitado tranquilamente em sua cama e ditando seu testamento. Nenhum. Ciri não me surpreendeu nem me assustou. Sei que vou morrer dentro de algum buraco fedendo a carniça, com o corpo rasgado por garras de grifo, lâmia ou manticora. Mas não quero morrer numa guerra que não é minha.

– Estou surpresa com você – falou Triss. – Espanta-me o modo como você fala, sua falta de motivação, a maneira civilizada com que descreve sua indiferença e seu desdenhoso distanciamento. Você esteve em Sodden, em Angren e em Trásrios. Sabe o que se passou em Cintra e o que aconteceu com a rainha Calanthe e dezenas de milhares de seus súditos. Sabe o inferno que Ciri teve de atravessar, sabe o motivo pelo qual ela grita à noite. Eu também sei, porque também estive lá. Assim como você, tenho medo da dor e da morte, e hoje há motivos de sobra para que eu tenha ainda mais. No que se refere às motivações, àquela época eu também achava que elas eram frágeis. Por que eu, uma feiticeira, devia me preocupar com o destino de Sodden, Brugge, Cintra ou qualquer outro reino? O que eu tinha a ver com os problemas dos mais ou dos menos talentosos governantes? Que interesse poderia eu ter nos negócios dos comerciantes e barões? Eu era uma feiticeira e também poderia facilmente dizer que aquela guerra não era minha e que não havia nada que me impedisse de ficar sentada sobre os escombros do mundo misturando elixires para os nilfgaardianos. Mas eu fiquei no Monte, ao lado de Vilgeforz, Artaud Terranova, Fercart, Enid Findabair e Filippa Eilhart. Ao lado de sua Yennefer. Ao lado daqueles que hoje não estão mais entre nós: Coral, Yoël, Vanielle... Houve um momento em que, de tão apavorada, eu me esqueci de todos os encantos, menos de um, com a ajuda do qual teria condições de me teletransportar daquele lugar tenebroso para minha casa, para minha torrezinha em Maribor. Houve um momento em que vomitei de terror, quando Yennefer e Coral me seguraram pelos ombros e cabelos...

– Já chega. Pare com isso, por favor.

– Não, Geralt. Não vou parar. Afinal, você não queria saber o que se passou lá, no topo do Monte? Portanto, ouça: havia estrondos e chamas, havia flechas flamejantes e bolas de fogo explosivas, havia gritos e tumulto, e eu, repentinamente, me encontrei caída sobre uma pilha de trapos carbonizados e fumegantes. Foi quando me dei conta de que aquela pilha de trapos era Yoël e que aquela coisa horrorosa a seu lado, um corpo sem braços nem pernas, que gritava de maneira tão macabra, era Coral. E achei que o sangue no qual eu jazia fosse o de Coral, mas, não, era o meu. E foi somente então que vi o que haviam feito comigo e comecei a uivar, a uivar como um cão açoitado, como uma criança castigada de modo brutal... Deixe-me em paz! Não se preocupe; não vou chorar. Não sou mais aquela menininha da torrezinha de Maribor; sou Triss Merigold, a Décima Quarta dos que tombaram na batalha de Sodden. Sob o obelisco no topo do Monte há catorze túmulos, mas apenas treze corpos. Você está espantado por terem cometido um erro desses? Não consegue adivinhar a razão? A maior parte dos corpos estava em pedaços impossíveis de distinguir, e ninguém fez uma separação minuciosa deles. Também não havia condições de contar os vivos. Dos que me conheceram bem, sobreviveu apenas Yennefer, e Yennefer estava cega. Os demais me conheceram superficialmente, e sempre me reconheciam por meus lindos cabelos. Mas eu, maldição, já não os tinha mais!

Geralt abraçou-a com força. Ela não tentou afastá-lo.

– Não regatearam conosco os mais poderosos feitiços – continuou com voz surda –, encantos, elixires, amuletos, artefatos. Nada poderia faltar aos feridos heróis do Monte. Curaram-nos, remendaram-nos, recuperaram nosso aspecto anterior, devolveram-nos cabelos e visão. Quase não se pode notar... sinal algum. Mas eu nunca mais usarei um vestido decotado, Geralt. Nunca mais.

Os bruxos permaneceram calados, assim como Ciri, que, sem ser notada, aproximara-se da sala e parara no vão da porta, encolhendo os ombros e cruzando os braços sobre o peito.

– Por isso – continuou a feiticeira após um momento –, não me venha com essa conversa fiada sobre motivação. Antes de partirmos para o Monte, os do Capítulo disseram-nos simplesmente: "Isso é necessário". De quem foi aquela guerra? O que estávamos defendendo nela? Terras? Fronteiras? Pessoas e suas choupanas? Interesses de reis? Influências e receitas de feiticeiros? Ordem contra Caos? Não sei. Mas defendíamos o que era preciso. E, se necessário, voltarei a me apresentar no Monte, porque não fazer isso significaria que a vez anterior foi inútil.

– E eu me apresentarei a seu lado! – gritou fininho Ciri. – Você pode ter certeza de que me apresentarei! Os nilfgaardianos hão de me pagar por minha avó, por tudo... Eu não me esqueci!

– Cale-se – rosnou Lambert. – Não se meta na conversa dos adultos.

– Pois sim! – exclamou a menininha, batendo o pé no chão, enquanto seus olhos se iluminavam com um fogo esverdeado. – Por que acham que estou aprendendo a lutar com a espada? Porque quero matá-lo, aquele com asas no elmo, pelo que ele me fez e por eu ter ficado com medo! E vou matá-lo. É por isso que treino com tanto afinco!

– Se é por isso, então você vai parar de treinar – disse Geralt, com voz mais gélida que os muros de Kaer Morhen. – Enquanto não entender o que é a espada e a que ela deve servir na mão de um bruxo, você não poderá tocá-la. Você não está treinando para matar e ser morta. Não está treinando para matar por medo ou por ódio, mas para salvar vidas. A sua e a dos outros.

A menininha mordeu os lábios, tremendo toda de excitação e raiva.

– Entendeu?

Ciri ergueu altivamente a cabeça.

– Não.

– Então você jamais entenderá. Saia da sala.

– Geralt, eu...

– Saia.

Ciri girou sobre os calcanhares. Por um instante, ficou parada, indecisa, como se esperasse por algo que não poderia acontecer. Depois, correu escadas acima. Todos ouviram o estrondo da batida da porta.

– Você exagerou, Lobo – falou Vasemir. – Foi áspero demais. E não devia ter feito isso na presença de Triss. O laço emocional...

– Não me fale de emoções. Já estou por aqui de tanta falação sobre emoções.

– Por que será? – indagou a feiticeira, com um sorriso sarcástico e frio. – Por quê, Geralt? Ciri é normal. Ela sente normalmente. Aceita as emoções de maneira normal, tomando-as pelo que elas são de verdade. Você, claro, não consegue compreender isso e se espanta. Fica surpreso e irritado diante do fato de alguém sentir normalmente amor, ódio, medo, dor, mágoa, alegria e tristeza. Irrita-o a descoberta de que frieza, distanciamento e indiferença são considerados anormais. Oh, sim, Geralt, isso o irrita a tal ponto que você começa a pensar nos subterrâneos de Kaer Morhen, no laboratório, nos empoeirados garrafões com venenos mutagênicos...

– Triss! – exclamou Vasemir, olhando para o repentinamente empalidecido rosto de Geralt.

A feiticeira, porém, não permitiu ser interrompida e passou a falar cada vez mais rápido e mais alto:

– A quem você pretende enganar, Geralt? A mim? A ela? Ou a si mesmo? Talvez você não queira admitir a verdade, uma verdade conhecida por todos, exceto você! Talvez não queira aceitar o fato de suas emoções e sensibilidade humanas não terem sido mortas em você pelos elixires e pelas ervas! Foi você mesmo quem as matou! Você, e mais ninguém! Mas não ouse tentar matá-las naquela criança.

– Cale-se! – gritou Geralt, erguendo-se de um pulo. – Cale-se, Merigold!

Virou-se e, impotente, deixou cair os braços.

– Peço-lhe desculpas – falou baixinho. – Perdoe-me, Triss.

Em seguida, encaminhou-se rapidamente na direção das escadas. No entanto, a feiticeira levantou-se com a rapidez de um raio, correu até ele e o abraçou.

– Você não vai sair sozinho – sussurrou. – Não permitirei que saia sozinho. Não neste momento.

•

Souberam imediatamente para onde ela havia corrido. No fim do dia caíra uma neve miúda e úmida, cobrindo o pátio com um fino cobertor imaculadamente branco. Suas pegadas eram bem visíveis.

Ciri estava parada no topo do que restava da muralha, imóvel como uma estátua. Segurava a espada acima do ombro direito, com o guarda-mão na altura dos olhos. Os dedos da mão esquerda tocavam levemente a maçã.

Ao vê-los, a menina deu um salto, virou uma pirueta no ar e pousou suavemente na mesma posição, só que invertida, como num espelho.

– Ciri – chamou o bruxo –, desça daí, por favor.

Parecia que não ouvira. Não se mexeu, não deu uma tremidinha sequer. Triss viu o reflexo do luar na lâmina da espada iluminar seu rosto, brilhando sobre filetes de lágrimas.

– Ninguém vai tirar a espada de mim! – gritou. – Ninguém! Nem mesmo você!

– Desça daí – repetiu Geralt.

Ciri meneou a cabeça de maneira desafiadora e, no segundo seguinte, voltou a saltar. Um tijolo solto escorregou debaixo de seu pé. Ela balançou, tentando recuperar o equilíbrio. Não conseguiu.

O bruxo pulou.

Triss ergueu a mão, abrindo a boca para pronunciar o encanto da levitação. Sabia que não daria tempo. Sabia, também, que seria impossível Geralt conseguir.

Geralt conseguiu.

Algo o inclinara para baixo e o atirara de lado, sobre os joelhos. Ele caiu, mas não soltou Ciri.

A feiticeira aproximou-se lentamente. Ouviu a menina sussurrar algo e fungar. Geralt também sussurrava. Triss não conseguia distinguir as palavras, mas entendia seu significado.

Uma lufada de ar quente uivou por entre as rachaduras dos muros. O bruxo ergueu a cabeça.

– Primavera – disse baixinho.

– Sim – confirmou Triss, engolindo em seco. – Nas gargantas ainda há neve, mas nos vales... Nos vales já é primavera. Vamos partir, Geralt? Você, eu e Ciri?

– Sim. Está mais do que na hora.

CAPÍTULO QUARTO

Na nascente do rio vimos suas cidades, tão delicadas como se tivessem sido tecidas com a névoa matinal da qual emergiam. Pareceu-nos que iam desaparecer a qualquer momento, desfazendo-se com o vento que enrugava a superfície da água. Havia nelas palacetes brancos como flores de nenúfares. Havia torrezinhas que davam a impressão de terem sido trançadas com hera. Havia pontes etéreas como salgueiros-chorões. E havia outras coisas, para as quais não encontrávamos nomes. No entanto, já tínhamos nome para tudo o que nossos olhos viam naquele novo mundo renascido. De repente, em algum recanto oculto da mente, redescobríamos denominações para dragões e grifos, para sereias e ninfas, para sílfides e dríades, para brancos unicórnios que iam beber água no rio ao anoitecer, inclinando sua cabeça esbelta sobre a superfície. Demos nome a tudo, e tudo se tornava próximo, conhecido, nosso.

Exceto a eles, que, embora tão parecidos conosco, eram estranhos, mas tão estranhos que durante muito tempo não conseguimos encontrar um nome para definir essa estranheza.

Hen Gedymdeith, *Elfos e humanos*

Elfo bom é elfo morto.

Marechal Milan Raupenneck

A desgraça comportou-se de acordo com o secular costume das desgraças e dos gaviões: ficou suspensa no ar sobre eles por certo tempo, aguardando o momento propício para desferir o ataque, quando eles se afastaram dos raros vilarejos instalados às margens do Gwenllech e do Buina Superior, passaram ao largo de Ard Carraigh e penetraram o coração da floresta, deserto e recortado por desfiladeiros. Assim como o ataque de um gavião, a desgraça não errou o alvo, atingindo em cheio sua vítima, e sua vítima foi Triss.

Embora parecesse horrível no início, não aparentava ser sério, lembrando um simples desarranjo estomacal. Geralt e Ciri fingiam, discretos, não dar atenção às frequentes paradas provocadas pelo mal-estar da feiticeira. Triss, com o rosto pálido como a morte, coberto de suor e contorcido de dor, tentou prosseguir a viagem por mais algumas horas, mas, ao meio-dia, depois de passar um extraordinariamente longo tempo oculta no mato, não estava mais em condições de montar. Ciri quis ajudá-la, mas o resultado foi oposto do desejado: a feiticeira não conseguiu se segurar na crina do cavalo, deslizou pelo lado e estatelou-se no chão.

Geralt e Ciri ergueram-na e puseram-na deitada sobre uma capa. Sem dizer uma palavra, o bruxo desafivelou o alforje de Triss, achou a caixinha com elixires mágicos, abriu-a e soltou um palavrão. Todos os frascos eram idênticos, e os misteriosos símbolos nos rótulos não lhe diziam nada.

– Qual deles, Triss?

– Nenhum – gemeu ela, apertando o abdome com ambas as mãos. – Eu não posso... não posso tomá-los.

– Como? Por quê?

– Sou alérgica...

– Você? Uma feiticeira?

– Sofro de alergia! – soluçou Triss, com raiva e desespero. – Sempre sofri! Não tolero elixires! Uso-os para curar os outros. Quanto a mim, trato-me exclusivamente com amuletos.

– E onde estão os amuletos?

– Não sei. Devo tê-los deixado em Kaer Morhen... ou perdido...

– Que droga! O que vamos fazer? Você não poderia lançar um encanto sobre si mesma?

– Já tentei, mas os espasmos impedem minha concentração...

– Não chore.

– É fácil falar!

Geralt levantou-se, puxou o próprio alforje do lombo de Plotka e começou a revirar seu interior. Triss encolheu-se em posição fetal, com um paroxismo de dor contraindo seu rosto e contorcendo seus lábios.

– Ciri...

– Sim, Triss?

– Você está se sentindo bem? Nenhuma... sensação anormal?

A menina fez um movimento negativo com a cabeça.

– Será uma intoxicação alimentar? O que foi que eu comi? Afinal, todos nós comemos a mesma coisa... Geralt! Lavem as mãos. Assegure-se de que Ciri lave as mãos...

– Acalme-se. Beba isto.

– O que é isto?

– Simples ervas calmantes. Não têm um pingo sequer de magia, de modo que não devem fazer-lhe nenhum mal, mas vão aliviar os espasmos.

– Geralt, os espasmos... não são nada. Mas, se eu tiver febre, posso estar com disenteria... ou tifo.

– Você não tem imunidade?

Triss não respondeu. Virou a cabeça, mordeu os lábios e encolheu-se ainda mais. O bruxo não continuou o interrogatório.

Depois de a deixarem descansar por algum tempo, colocaram-na na sela de Plotka. Geralt sentou-se atrás dela, protegendo-a com ambas as mãos, enquanto Ciri, cavalgando a seu lado, segurava as rédeas de Plotka e do alazão de Triss. Não avançaram mais do que uma milha. A feiticeira deslizava por entre as mãos de Geralt e não conseguia manter-se no arção. De repente, começou a tremer convulsivamente e, no momento seguinte, ardia de febre. A gastrite se agravou. Geralt se iludia com a esperança de que aquilo fosse resultado de uma reação alérgica aos traços de magia contidos no elixir que lhe dera. Ele se enganava, consciente disso.

•

– Oh, meu senhor – falou o centurião –, o senhor não veio num bom momento. Parece-me que não poderia ter chegado num momento pior.

O centurião tinha razão; Geralt não podia negar nem polemizar.

O pequeno forte junto da ponte, que costumava abrigar três soldados, um cavalariço, o cobrador de pedágio e no máximo alguns viajantes, dessa vez estava lotado. O bruxo contou mais de trinta homens de infantaria leve com as cores de Kaedwen e mais de meia centena de portadores de escudo acampados ao longo de uma baixa paliçada. A maior parte deles estava deitada junto de fogueiras, segundo o velho ditado soldadesco de "dormir quando se pode e acordar quando se é acordado". Através dos portões abertos de par em par via-se uma grande agitação: o interior do forte também estava cheio de pessoas e cavalos. No topo de uma levemente inclinada atalaia montavam guarda dois soldados com bestas prontas para disparar. Na área em frente à ponte, pisoteada por patas de cavalos e esmagada por rodas de veículos, estavam estacionadas seis carroças de camponeses e duas de comerciantes, enquanto do outro lado da paliçada uma dezena de bois desjungidos baixavam tristemente a cabeça sobre o chão coberto de lama e esterco.

– Houve um ataque ao forte na noite passada – o centurião adiantou-se à pergunta. – Conseguimos chegar a tempo com reforços; se não tivéssemos conseguido, teríamos encontrado aqui apenas terra queimada.

– Quem foram os agressores? Bandidos? Desertores?

O soldado meneou negativamente a cabeça e deu uma cusparada, olhando para Ciri e para Triss, encolhida sobre a sela.

– Entrem na área cercada – disse – porque falta pouco para a feiticeira cair da montaria. Temos aqui alguns feridos, de modo que um doente a mais não fará grande diferença.

No pátio, num galpão com telhado e sem paredes, jaziam alguns homens com bandagens sujas de sangue. Mais adiante, entre a paliçada e um poço de madeira com uma bimbarra, Geralt viu seis corpos imóveis cobertos por um extenso pano de juta, do qual emergiam apenas as solas de botas sujas e gastas.

– Coloquem a feiticeira ali, junto dos feridos – falou o soldado, apontando para o galpão. – Ah, senhor bruxo, é um baita azar que ela esteja doente. Alguns dos rapazes foram feridos durante a batalha, e nós não desprezaríamos a ajuda da magia. Quando arrancamos a seta que atingiu um deles, a ponta ficou presa em suas entranhas; o garoto não conseguirá sobreviver até a madrugada... E a própria feiticeira, que certamente poderia salvá-lo, treme de febre e parece precisar de nossa ajuda. O senhor não veio num bom momento, com já lhe disse; é um péssimo momento...

Interrompeu suas lamúrias ao notar que o bruxo não desgrudava os olhos dos corpos cobertos pelo pano.

– Dois guardas locais, dois nossos e dois... deles – disse, levantando a ponta do tecido endurecido. – Se quiser, pode olhar.

– Ciri, afaste-se.

– Também quero ver! – falou a menina, olhando para os cadáveres com a boca aberta.

– Por favor, afaste-se. Vá ocupar-se de Triss.

Ciri fez uma careta, mas obedeceu. Geralt aproximou-se dos corpos.

– Elfos – constatou, sem esconder o espanto.

– Elfos – confirmou o soldado. – Scoia'tael.

– O quê?

– Scoia'tael – repetiu o soldado. – Bandidos da floresta.

– Que nome mais estranho... Se não me engano, significa "Esquilos".

– Exatamente. Esquilos. É assim mesmo que eles se denominam na língua dos elfos. Alguns dizem que é porque às vezes portam caudas de esquilos em seus chapéus ou gorros de pele. Outros afirmam que é porque vivem nas florestas e se alimentam de avelãs. Posso lhe dizer que estamos tendo cada vez mais problemas com eles.

Geralt meneou a cabeça. O soldado voltou a cobrir os corpos com o pano e enxugou as mãos em seu casaco.

– Venha – disse. – Não há nada a fazer aqui. Vou levá-lo a nosso comandante. Quanto à doente, pedirei ao decurião que cuide dela. Como ele sabe cauterizar, coser ferimentos e juntar ossos, talvez saiba misturar remédios. Ele é muito esperto. É um montanhês. Venha, senhor bruxo.

Na escura e esfumaçada cabana do cobrador de pedágio estava sendo travada uma animada e barulhenta discussão. Um guerreiro metido numa cota de malha sob uma túnica amarela e com o cabelo cortado rente gritava com dois comerciantes e um estaroste, observado pelo dono da cabana, que tinha a cabeça envolta em bandagens e um olhar indiferente e soturno.

– Já disse que não! – O guerreiro desferiu um murro numa mesa desconjuntada, endireitando-se e ajeitando seu gorjal. – Enquanto as patrulhas não retornarem, vocês não sairão daqui! Não vou deixar vocês vagarem aí pelas estradas!

– Nós temos de estar em Daevon dentro de dois dias – berrou o estaroste, mostrando ao guerreiro um curto bastão cheio de entalhes e com um símbolo gravado a fogo na ponta. – Estou conduzindo uma caravana! Se me atrasar, o aguazil mandará cortar fora minha cabeça! Vou me queixar ao voivoda!

– Pode queixar-se à vontade – zombou o guerreiro. – Mas aconselho-o a forrar antes suas calças com feno, porque o voivoda sabe chutar bundas com muita força. Só que por ora quem manda aqui sou eu. O voivoda está muito longe, e, no que refere a seu aguazil, ele não passa de um monte de bosta. Olá, Unist! Quem você está trazendo, centurião? Mais um comerciante?

– Não – respondeu o centurião, hesitante. – É um bruxo, senhor. Seu nome é Geralt de Rívia.

Para grande surpresa de Geralt, o rosto do guerreiro se iluminou com um amplo sorriso. Aproximou-se e estendeu a mão.

– Geralt de Rívia – repetiu, ainda sorrindo. – Ouvi falar do senhor, e não de quaisquer lábios. O que o traz até aqui?

Geralt esclareceu o que o trazia, e o guerreiro ficou sério.

– O senhor não chegou numa boa hora. Nem num bom local. Estamos travando aqui uma guerra, senhor bruxo. Um bando de Scoia'tael vagueia pela floresta, e ainda ontem tivemos uma refrega. Estou aguardando reforços para partirmos no encalço deles.

– Vocês estão travando uma guerra com elfos?

– Não só com elfos. Será que o senhor não ouviu falar dos Esquilos?

– Não. Não ouvi.

– Por onde o senhor andou nesses últimos dois anos? No além-mar? Porque aqui, em Kaedwen, os Scoia'tael fizeram de tudo para que se falasse deles... e conseguiram. Os primeiros bandos surgiram assim que teve início a guerra com Nilfgaard. Aproveitaram-se, aqueles malditos inumanos, de nossas dificuldades. Enquanto batalhávamos no Sul, eles começaram uma guerra de guerrilhas em nossa retaguarda. Pensando que Nilfgaard fosse nos esmagar, passaram a gritar sobre o fim do domínio dos humanos, sobre a volta dos antigos costumes. "Ao mar com os humanos!" Esse é seu lema, em nome do qual matam, incendeiam e saqueiam!

– A culpa é de vocês e o problema é seu – falou soturnamente o estaroste, batendo na coxa o bastão com entalhes indicativos de sua função. – De vocês, nobres e cavaleiros. Eram vocês que perseguiam os inumanos e não os deixavam viver em paz. Agora, estão recebendo o troco. Quanto a nós, sempre conduzimos caravanas por estas terras e nunca fomos incomodados. Não precisávamos de exército algum.

– O que é verdade é verdade – disse um dos comerciantes, sentado num banco. – Os Esquilos não são mais perigosos do que bandos de assaltantes que grassavam pelas estradas daqui. E a quem os elfos atacaram primeiro? Precisamente os assaltantes.

– E que diferença faz se quem disparou uma seta por trás das moitas foi um assaltante ou um elfo? – disse repentinamente o cobrador de pedágio. – Se o telhado sobre minha cabeça for incendiado à noite, ele queimará independentemente de quem segurou a tocha. O senhor falou, senhor comerciante, que os Scoia'tael não são piores que os assaltantes. Mentira. Os assaltantes estão atrás de saque, enquanto os elfos querem sangue humano. Nem todo mundo tem ducados, mas todos têm sangue correndo nas veias. E, senhor estaroste, o senhor disse que o problema era somente dos ricos. Pois saiba que se trata de uma mentira ainda maior. O que fizeram aos inumanos os lenhadores derrubados por flechas na clareira, os preparadores de piche massacrados em meio às faias ou os camponeses dos povoados incendiados? Eles viviam e trabalhavam juntos, como bons vizinhos, e, sem mais nem menos, uma flecha nas costas... Quanto a mim, em toda minha vida jamais fiz mal algum a qualquer inumano, e olhem minha cabeça arrebentada pela lâmina de um anão. E, se não fossem esses soldados dos quais vocês tanto reclamam, eu já estaria alguns palmos debaixo da terra.

– Precisamente! – exclamou o guerreiro, desferindo outro murro na mesa. – Olhe aqui, senhor estaroste; estamos protegendo sua sarnenta pele daqueles elfos oprimidos que, segundo suas palavras, não deixávamos viver em paz. Pois eu lhe direi algo diferente: nós permitimos que ficassem muito ousados. Nós os toleramos, tratamos como se fossem humanos, como iguais a nós... e eles agora nos enfiam uma faca nas costas. Aposto minha cabeça que Nilfgaard lhes paga por isso, além de armar os elfos selvagens das montanhas. Mas o maior apoio que eles têm vem daqueles que continuam vivendo entre nós: elfos, meios-elfos, anões, gnomos e ananicos. São eles que os ocultam, alimentam e proveem de voluntários...

– Nem todos – disse um comerciante esbelto, com rosto nobre e delicado, decididamente fora do padrão de seus colegas de profissão. – A maior parte dos inumanos condena os Esquilos, senhor guerreiro, e não quer ter nada em comum com eles. A maioria é leal, chegando a pagar às vezes um preço alto por essa lealdade. Lembrem-se do burgomestre de Ban Ard. Era meio-elfo e clamava por paz e cooperação. Foi morto por uma flecha traiçoeira.

– Disparada certamente pelo vizinho, um ananico ou anão, que também se fingia de leal – zombou o guerreiro. – Em minha opinião, nenhum deles é leal! Cada um deles... Ei! Quem é você?

Geralt olhou para trás. Logo a suas costas estava parada Ciri, obsequiando a todos com o brilho esmeraldino de seus enormes olhos. No que tangia à arte de mover-se silenciosamente, ela sem dúvida fizera grandes avanços.

– Ela está comigo – esclareceu Geralt.

– Hummmm... – O guerreiro mediu Ciri com um olhar e, em seguida, virou-se para o comerciante de rosto nobre, evidentemente vendo nele o mais sério parceiro para continuar a discussão. – Sim, meu caro senhor, não venha me falar de inumanos leais. Todos eles são nossos inimigos, e uns fingem melhor do que os outros que não o são. Ananicos, anões e gnomos viveram entre nós por séculos, numa paz pelo menos aparente. Mas bastou os elfos erguerem a cabeça para que os outros pegassem em armas e fossem para as florestas. Digo-lhes que nosso erro foi termos tolerado os elfos livres e as dríades, com suas florestas e enclaves nas serras. Aquilo não foi o suficiente para eles, e agora gritam: "Este mundo é nosso. Sumam daqui, estrangeiros". Pelos deuses, vamos mostrar-lhes quem vai sumir sem deixar sequer um rastro. Demos uma sova nos nilfgaardianos e agora vamos nos ocupar dos bandos.

– Não é fácil capturar um elfo numa floresta – falou o bruxo. – Tampouco eu tentaria perseguir um gnomo ou um anão nas montanhas. Quão numerosos são aqueles destacamentos?

– Bandos – corrigiu-o o guerreiro. – Bandos, senhor bruxo. Contam com vinte cabeças, às vezes algumas mais. Eles chamam essas quadrilhas de "comandos". É uma palavra da língua dos gnomos. Quanto a sua afirmação de que é difícil capturá-los, percebe-se que o senhor é um profissional no assunto. Persegui-los nas moitas e florestas não faz sentido algum. A única maneira é cortar seu acesso aos suprimentos, isolá-los, fazer com que morram de fome; pegar pelo pescoço os inumanos que os ajudam, aqueles das cidades, vilarejos, fazendas...

– O problema – disse o comerciante de feições nobres – é que nunca poderemos saber quais inumanos os ajudam e quais não.

– Então é preciso agarrar todos pelo pescoço!

– Entendo – sorriu o comerciante. – Entendo. Já ouvi falar disso em algum lugar. Pegar todos pelo pescoço e enviar para as minas, campos cercados e pedreiras. Todos, inclusive os inocentes, mulheres e crianças. É isso?

O guerreiro ergueu orgulhosamente a cabeça, batendo a mão na empunhadura de sua espada.

– Exatamente isso! – respondeu, curto e grosso. – Vocês ficam com pena das crianças, mas comportam-se neste mundo como elas. O cessar-fogo com Nilfgaard é tão quebradiço como casca de ovo; se não hoje, então amanhã a guerra pode eclodir novamente, e não é possível prever seu resultado. O que vocês pensam que aconteceria caso os nilfgaardianos nos derrotassem? Pois eu lhes direi: os comandos de elfos sairiam das florestas, e todos aqueles inumanos leais se juntariam a eles. Vocês acham que seus leais ananicos e pacíficos anões falariam de paz e união? Não, meus senhores. Eles arrancariam nossas tripas. Nilfgaard lidaria conosco com as próprias mãos. E acabariam atirando-nos no mar, como estão prometendo. Não, meus senhores, não podemos ser moles com eles. Ou eles, ou nós. Não existe uma terceira via!

A porta da cabana rangeu e adentrou um soldado com um avental manchado de sangue.

– Queiram me desculpar por importuná-los – pigarreou. – Quem dos senhores trouxe aquela mulher doente?

– Eu – falou o bruxo. – Aconteceu alguma coisa?

– Queira me acompanhar, por favor.

Saíram ambos para o pátio.

– Ela não está nada bem, senhor – informou o soldado, apontando para Triss. – Dei-lhe um pouco de vodca com pimenta e salitre, mas não adiantou. Não sei...

Geralt não fez comentário nenhum, porque efetivamente não havia o que comentar. A aparência da encolhida feiticeira era em si a prova irrefutável de que vodca com pimenta e salitre não era algo que seu estômago estava disposto a tolerar.

– Pode ser uma espécie de praga. – O soldado franziu a testa. – Ou então a tal... como é que se chama mesmo... *di... entèria*. Se isso se espalhar pelo pessoal...

– Ela é feiticeira – protestou o bruxo. – As feiticeiras não adoecem.

– Pois é – intrometeu-se cinicamente o guerreiro, que saíra da cabana. – A sua, pelo que vejo, chega a vender saúde. Senhor Geralt, ouça-me. A mulher precisa de ajuda, e nós não estamos em condições de prestá-la. Paralelamente, espero que o senhor entenda que não posso arriscar uma epidemia entre os soldados.

– Entendo, e partirei imediatamente. Não tenho outra escolha; vou ter de retornar na direção de Daevon ou Ard Carraigh.

– O senhor não conseguirá ir muito longe. As patrulhas têm ordens de parar todos. Além disso, trata-se de um caminho perigoso. Os Scoia'tael foram exatamente naquela direção.

– Darei um jeito.

– Pelo que ouvi falar do senhor – o guerreiro contorceu os lábios numa espécie de sorriso –, não duvido de que dará um jeito. Mas não se esqueça de que não está sozinho. O senhor tem nos ombros uma mulher muito doente e esse pirralho...

Ciri, que naquele exato momento estava tentando limpar um degrau de escada coberto de estrume, ergueu a cabeça. O guerreiro pigarreou e abaixou a sua. Geralt não conseguiu ocultar um discreto sorriso. Nos últimos dois anos, Ciri quase se esquecera de sua origem, das posturas e dos modos de uma princesa, mas, quando queria, seu olhar podia lembrar muito o de sua avó, tanto que a rainha Calanthe certamente ficaria orgulhosa da neta.

– Pois é... o que mesmo... – gaguejou o guerreiro, que, de tão confuso, ficou sem saber o que fazer com as mãos, até que as enfiou atrás de seu cinturão. – Senhor Geralt, sei o que o senhor deve fazer. Vá para o outro lado do rio, na direção sul. O senhor alcançará uma caravana que está seguindo pela estrada. Falta pouco para o anoitecer, e ela, mais cedo ou mais tarde, vai parar para o pernoite.

– Que tipo de caravana?

– Não sei – o guerreiro deu de ombros. – Mas não é de comerciantes, nem é uma caravana qualquer. Ordeira demais, com todos os carros iguais e devidamente cobertos... Tudo faz crer que se trata de aguazis reais. Deixei-os atravessar a ponte porque seguiam pela estrada para o sul, na certa em direção aos vaus de Lixela.

– Hummmm... – Geralt olhou pensativamente para Triss. – É o mesmo caminho que pretendo seguir. A questão é se encontrarei lá alguma ajuda.

– Talvez sim – falou o guerreiro secamente –, talvez não. Mas uma coisa é certa: o senhor não a encontrará aqui.

•

Não o viram nem escutaram quando se aproximou, pois estavam entretidos numa conversa, sentados em torno de uma fogueira cuja luz amarelada iluminava morbidamente as lonas dos carros dispostos em círculo. Geralt puxou a rédeas da égua, forçando-a a relinchar. Quis alertar a caravana acampada, evitar uma surpresa e prevenir-se contra quaisquer movimentos inesperados. Por experiência própria, sabia que os gatilhos das bestas não gostavam de movimentos bruscos.

Os acampados se levantaram rapidamente e, apesar do aviso, fizeram vários gestos nervosos. Geralt notou que a maior parte deles era de anões, o que o deixou mais calmo, uma vez que os anões, embora muito impulsivos, costumavam perguntar antes de disparar a besta.

– Quem está aí? – gritou guturalmente um deles, arrancando num gesto rápido e enérgico um machado cravado num cepo. – Quem está vindo?

– Um amigo – respondeu o bruxo, descendo do cavalo.

– Estou curioso pára saber de quem – rosnou o anão. – Pode aproximar-se, mas mantenha as mãos onde possamos vê-las.

Geralt aproximou-se, deixando as mãos em tal posição que poderiam ser vistas até por alguém sofrendo de conjuntivite ou hemeralopia.

– Mais perto.

Obedeceu. O anão abaixou o machado e inclinou levemente a cabeça para um lado.

– Ou meus olhos estão me enganando – disse –, ou trata-se do bruxo chamado Geralt de Rívia. Ou, então, é alguém extremamente parecido com ele.

Uma das toras da fogueira pegou fogo e a chama brilhou com dourada claridade, revelando rostos e figuras na escuridão.

– Yarpen Zigrin! – constatou Geralt, surpreso. – Ninguém mais, ninguém menos que Yarpen Zigrin, em sua barbuda pessoa!

– Ah! – O anão atirou o machado como se fosse uma vareta de vime. A arma virou uma cambalhota no ar e voltou a cravar-se no cepo. – O alarme está suspenso. Trata-se mesmo de um amigo.

Seus companheiros relaxaram visivelmente, e Geralt ouviu alguns suspiros de alívio. O anão aproximou-se e estendeu a mão. Seu aperto poderia facilmente participar de uma competição de alicates.

– Seja bem-vindo, amigo – falou. – Não importa de onde está vindo e para onde vai, seja bem-vindo. Rapazes! Venham até aqui! Você se lembra de meus rapazes, bruxo? Esse é Yannick Brass, esse é Xavier Moran, e esses dois são Paulie Dahlberg e seu irmão, Regan.

Geralt não se lembrava de nenhum deles, principalmente porque todos tinham o mesmo aspecto: barbudos, corpulentos e praticamente quadrados em seus gibões acolchoados.

– Vocês eram seis – disse apertando uma mão após outra – se a memória não me falha.

– Sua memória é excelente – riu Yarpen Zigrin. – Você está certo; éramos seis. Mas Lucas Corto se casou, fixou residência em Mahakam e saiu do grupo, o palhaço. Até agora não apareceu ninguém digno de ocupar seu lugar, o que é uma pena, porque seis é o número ideal: nem grande nem pequeno demais. Para comer um bezerro ou entornar um barrilzinho, não há nada melhor que um sexteto...

– Pelo que vejo – Geralt apontou com a cabeça para o resto do grupo parado, indeciso, junto dos carros –, vocês são suficientemente numerosos para dar conta de três bezerros, sem falar de frangos e gansos. O que é esse grupo que você está comandando?

– Não sou eu quem está no comando. Permita que o apresente. Perdoe-me, senhor Wenck, por não ter feito isso de imediato, mas eu e meus rapazes conhecemos Geralt de Rívia de longa data e temos muitas lembranças em comum. Geralt, esse senhor é o comissário Vilfrid Wenck, a serviço do rei Henselt de Ard Carraigh, o piedoso governante e senhor de Kaedwen.

Vilfrid Wenck era mais alto do que Geralt e duas vezes mais do que o anão. Estava vestido com um traje simples, muito comum entre estarostes, aguazis ou estafetas montados, mas em seus movimentos havia acuidade, rigidez e segurança que o bruxo conhecia muito bem e era capaz de reconhecer infalivelmente mesmo à noite, mesmo à tênue luz de uma fogueira. Era assim que se moviam pessoas acostumadas ao uso de cotas de malha e ao peso de armas penduradas em cinturões. Geralt estava disposto a apostar qualquer quantia que Wenck era um soldado profissional. Apertou a mão que lhe fora estendida e inclinou-se ligeiramente.

– Vamos nos sentar. – Yarpen Zigrin apontou para o cepo no qual continuava cravado seu pesado machado. – O que o traz a estas bandas, Geralt?

– Preciso de ajuda. Estou viajando com uma mulher e uma adolescente. A mulher está doente. Seriamente. Vim atrás de vocês para pedir ajuda.

– Que droga, não temos um médico – falou o anão, cuspindo numa tora da fogueira. – Onde você as deixou?

– Junto da estrada, a meia légua daqui.

– Venha mostrar o caminho. Ei, pessoal! Quero três de vocês montados imediatamente, e selem alguns cavalos de reserva. Geralt, sua doente consegue se aguentar numa sela?

– Não muito. Foi por isso que tive de deixá-la para trás.

– Peguem uma capa, uma lona e duas varas de um dos carros! Rápido!

Vilfrid Wenck cruzou os braços sobre o peito e pigarreou ostensivamente.

– Estamos numa estrada – disse asperamente Yarpen Zigrin, sem olhar para ele. – Na estrada não se nega auxílio a ninguém.

•

– Que droga! – Yarpen afastou a mão da testa de Triss. – Está quente como uma fornalha. Não estou gostando nada disso. E se for tifo ou disenteria?

– Não pode ser nem tifo nem disenteria – mentiu Geralt com convicção, cobrindo a doente com mantas. – As feiticeiras são imunes a essas doenças. O que ela tem é uma intoxicação alimentar, nada de contagioso.

– Hummm... Que seja. Vou remexer em nossas bolsas. Eu tinha um excelente remédio para caganeira; talvez tenha sobrado um pouco dele.

– Ciri – murmurou o bruxo, entregando à menina a samarra que tirara do lombo do cavalo –, vá dormir. Você mal se aguenta em pé. Não, não sobre esse carro. Vamos usá-lo para deitar Triss, enquanto você vai para junto da fogueira.

– Não – respondeu Ciri, baixinho, olhando na direção do anão que se afastava. – Vou me deitar no mesmo carro. Se eles virem que você está me afastando dela, vão ficar desconfiados. Acharão que sua doença é contagiosa e nos expulsarão daqui, assim como fizeram naquele forte.

– Geralt... – gemeu repentinamente a feiticeira. – Onde... estamos?

– Entre amigos.

– E eu estou aqui – disse Ciri, acariciando os cabelos castanhos de Triss. – Estou a seu lado. Não tenha medo. Sentiu como está quentinho aqui? Estamos perto de uma fogueira, e o anão logo trará um remédio para... para estômago.

– Geralt – balbuciou Triss, fazendo um esforço para se desvencilhar das mantas –, nenhum... nenhum elixir mágico, não esqueça.

– Não vou esquecer. Fique calma.

– Eu preciso... Oooooh...

O bruxo inclinou-se e, sem dizer uma palavra, ergueu a feiticeira com todas as mantas e carregou-a para o meio do mato, para a escuridão. Ciri suspirou.

Ao ouvir som de passos, virou-se e viu sair de trás do carro o anão, carregando um grande embrulho debaixo do braço. As chamas da fogueira brilhavam no fio do machado enfiado em seu cinturão, assim como os tachões de seu pesado casaco de couro.

– Onde está a doente? – rosnou. – Montou numa vassoura e saiu voando?

Ciri apontou para a escuridão.

– Ah, claro. Conheço aquela dor e a indisposição. Quando era mais jovem, comia tudo o que encontrava caído ou que conseguia derrubar, de modo que sofri de intoxicação mais de uma vez. Quem é essa feiticeira?

– Triss Merigold.

– Não a conheço nem ouvi falar dela. Para ser sincero, tenho pouco a ver com aquela Irmandade. Muito bem, as boas maneiras requerem que eu me apresente. As pessoas me chamam de Yarpen Zigrin, e como chamam você, cabritinha?

– De outra maneira – rosnou Ciri, e seus olhos brilharam.

O anão gargalhou, arreganhando os dentes.

– Ah – fez uma reverência exagerada. – Queira me perdoar. Não a reconheci na escuridão. Vejo que não se trata de uma cabritinha, mas de uma distinta senhorita. Atiro-me a seus pés. E qual é o nome da senhorita, se isso não for segredo?

– Não é segredo. Meu nome é Ciri.

– Ciri. Muito bem. E quem é a senhorita?

– Já isso – respondeu Ciri, erguendo orgulhosamente o nariz – é segredo.

Yarpen voltou a rir gostosamente.

– A linguinha da senhorita é tão afiada quanto o ferrão de um marimbondo. Peço-lhe mil perdões. Eu trouxe remédios e um pouco de comida. A senhorita dignar-se-á a aceitá-los ou dispensará o grosseiro Yarpen Zigrin?

– Desculpe-me... – Ciri caiu em si, abaixando a cabeça. – Triss realmente precisa de ajuda, senhor Zigrin. Ela está muito doente, e eu lhe agradeço o remédio.

– Não há de quê. – O anão voltou a arreganhar os dentes e deu um tapinha amigável no ombro de Ciri. – Venha, Ciri. Vou precisar de ajuda. O remédio tem de ser preparado. Vamos enrolar umas bolinhas de acordo com a receita de minha avó. Não há doença nas tripas que possa resistir a elas.

Yarpen desfez o embrulho que trouxera e tirou dele algo em forma de torrão de turfa, além de uma pequena panela de barro. Ciri aproximou-se, curiosa.

– Você precisa saber, simpática Ciri – disse o anão –, que minha avó sabia curar pessoas como ninguém. Infelizmente, ela achava que a fonte principal da maioria das doenças era a ociosidade, e a melhor maneira de curar a ociosidade era um bastão. Em meu caso e no de meus irmãos, ela aplicava o tal remédio na maior parte das vezes preventivamente. Surrava-nos em qualquer ocasião ou até sem ocasião. Era uma autêntica megera. Certa vez, sem motivo aparente, ela me deu uma fatia de pão com banha de porco e açúcar, e eu fiquei tão espantado com seu gesto que deixei o pão cair no chão, com a parte lambuzada com banha de porco para baixo. A vovó bateu em mim para valer, a velha cadela asquerosa. Depois, ela me deu outra fatia de pão, só que, dessa vez, sem açúcar.

– Minha avó – Ciri meneou a cabeça, compreensiva – também me deu uma surra, com uma vara.

– Uma vara? – riu o anão. – A minha me acertou uma vez com o cabo de uma picareta. Mas basta de reminiscências; temos bolinhas para enrolar. Tome, arranque um pedaço e comece a amassá-lo para formar bolinhas.

– O que é isto? Gruda e é meio gosmento... Eca! Como fede!

– Pão de cevada mofado, um remédio fantástico. Amasse as bolinhas. Menores, menores, são para uma feiticeira, e não para uma vaca. Dê-me uma. Ótimo. Agora, vamos encharcar a bolinha no medicamento.

– Eca!

– Fedeu? – O anão aproximou o narigão da panela de barro. – Não pode ser. Alho esmagado e sal amargo não podem feder, mesmo que fiquem armazenados por cem anos!

– Isto aqui é nojento! Triss jamais vai querer tomá-lo.

– Vamos adotar o método de minha avó. Você vai tampar o nariz dela, e eu vou ficar enfiando as bolinhas na boca.

– Yarpen – sibilou Geralt, emergindo repentinamente da escuridão com a feiticeira nos braços –, tenha cuidado para eu não lhe enfiar algo.

– Isto aqui é um remédio – indignou-se o anão. – Isto traz alívio! Mofo, alho...

– Sim – gemeu Triss, baixinho, de dentro de seu casulo. – É verdade... Geralt, isso realmente deverá me ajudar...

– Está vendo? – Yarpen cutucou Ciri com o cotovelo, erguendo orgulhosamente a barba e apontando para Triss, que engolia as bolinhas com ar de mártir. – Eis uma feiticeira inteligente. Ela sabe o que é bom.

– O que você está murmurando, Triss? – indagou o bruxo, inclinando-se sobre ela. – Ah, sim. Entendo. Yarpen, você teria por acaso um pouco de angélica? Ou de açafrão?

– Vou procurar e perguntar por aí. Trouxe-lhes água e um pouco de comida.

– Agradeço, mas antes de tudo ambas precisam descansar. Ciri, vá se deitar.

– Vou ainda fazer uma compressa em Triss.

– Pode deixar que eu faço. Yarpen, gostaria de conversar com você.

– Venha até a fogueira. Abriremos um barrilote...

– Quero conversar com você. Não preciso de uma audiência maior. Ao contrário.

– Claro. Sou todo ouvidos.

– Que comboio é este?

O anão ergueu para Geralt seus pequenos olhos penetrantes.

– A serviço do rei – falou lenta e enfaticamente.

– Foi o que pensei. – O bruxo sustentou o olhar do anão. – Yarpen, eu não lhe fiz essa pergunta por curiosidade malsã.

– Sei disso. Assim como sei aonde você quer chegar. Mas esse é um transporte com um significado... humm... todo especial.

– E o que vocês estão transportando?

– Peixe salgado – respondeu Yarpen, continuando a mentir sem pestanejar. – Forragem, ferramentas, arreios e outras bugigangas típicas dos militares. Wenck é um oficial intendente do exército real.

– Ele é tão intendente quanto eu sou um druida – sorriu Geralt. – Mas esse é um assunto de vocês e não costumo meter meu nariz nos segredos dos outros. No entanto, você viu em que estado se encontra Triss. Deixe que nos juntemos a vocês. Permita, Yarpen, que ela se deite num de seus carros. Apenas por alguns dias. Não estou perguntando aonde vocês estão indo, porque esta estrada vai diretamente para o sul, bifurcando apenas depois de Lixela, e a viagem daqui a Lixela leva dez dias. No decurso desse tempo, sua febre baixará e ela estará em condições de montar, e, mesmo que não esteja, pararemos numa cidade do outro lado do rio. Compreenda, dez dias deitada num carro, coberta decentemente, com comida quente... Eu lhe peço...

– Não sou eu quem está no comando, e sim Wenck.

– Não posso acreditar que você não tenha influência sobre ele. Não num comboio formado principalmente por anões. É óbvio que ele tem de contar com seu apoio.

– O que essa tal Triss é para você?

– E qual a importância disso, nesta situação?

– Nesta situação, nenhuma. Perguntei por pura curiosidade malsã para depois poder fofocar pelas tabernas. Mas devo admitir que você tem um fraco por feiticeiras, Geralt.

O bruxo sorriu tristemente.

– E a menina? – Yarpen fez um movimento com a cabeça na direção de Ciri, que se agitava debaixo de peles de ovelha. – Ela é sua?

– É minha – respondeu sem pensar. – É minha, Zigrin.

•

O amanhecer estava cinzento, molhado, cheirando a chuva noturna e neblina matinal. Ciri teve a impressão de que dormira apenas alguns momentos e que fora acordada assim que colocara a cabeça sobre os imensos sacos empilhados no carro.

Geralt estava deitando Triss perto dela, retornando de mais uma forçada expedição ao matagal. Os cobertores que envolviam a feiticeira estavam orvalhados. O bruxo tinha manchas escuras debaixo dos olhos, e Ciri sabia que ele não conseguira fechá-los nem uma só vez durante a noite: Triss havia tido febre o tempo todo, sofrendo muito.

– Acordei você? Desculpe-me. Volte a dormir, Ciri. Ainda é cedo.

– Como está Triss?

– Melhor – gemeu a feiticeira. – Melhor, só que... Geralt, escute... Eu gostaria...

– Sim? – O bruxo inclinou-se, mas Triss já dormia. Endireitou o corpo e se espreguiçou.

– Geralt – sussurrou Ciri –, você acha que eles vão nos deixar viajar num dos carros?

– Vamos ver – respondeu ele, mordendo os lábios e saltando do carro. – Por enquanto durma e descanse.

A menina ouviu sons que indicavam que o acampamento estava sendo levantado: agitação dos cavalos, rangidos de arreios, tinidos de tirantes e... palavrões. Depois, bem próximas, três vozes: a rouca de Yarpen Zigrin, a calma do alto cavalheiro chamado Wenck e a fria de Geralt.

Ergueu-se cuidadosamente e olhou por trás da lona.

– Não tenho proibições categóricas nesse assunto – afirmou Wenck.

– Ótimo! – exclamou o anão, alegre. – Quer dizer que a questão está resolvida?

O comissário ergueu a mão, sinalizando que não terminara de falar. Ficou calado por um tempo. Geralt e Yarpen aguardaram ansiosamente.

– Não obstante – falou Wenck por fim –, respondo com minha cabeça pela chegada desse transporte a seu destino final.

Calou-se novamente. Dessa vez, ninguém interrompeu seu silêncio. Estava claro que ao conversar com o comissário era preciso acostumar-se a longos intervalos entre as frases.

– Para que ele chegue em segurança – continuou após um momento – e no prazo previsto. Os cuidados com uma doente poderão diminuir o ritmo de nosso avanço.

– Estamos à frente do que o previsto em nossa rota – assegurou-lhe Yarpen, depois de aguardar um pouco. – No que se refere ao tempo de viagem, estamos adiantados e não ultrapassaremos o prazo. Já na questão da segurança... quero crer que a presença do bruxo não será um estorvo. A estrada passa por florestas, e daqui até Lixela teremos selvas à direita e à esquerda. E pelas selvas, como dizem, grassam seres malignos.

– Efetivamente – concordou o comissário. Fixando os olhos diretamente nos do bruxo, pareceu pesar cada palavra dita. – Certos seres malignos, instigados por outros seres malignos, podem ser encontrados nas florestas de Kaedwen. Sabendo disso, o rei Henselt me deu o poder de contratar voluntários para formar uma escolta armada. Senhor Geralt, acredito que isso poderia resolver seu problema.

O bruxo ficou calado por bastante tempo, mais do que durara o discurso de Wenck, frequentemente interrompido por pausas entre frases.

– Não – disse por fim. – Não, senhor Wenck. Vamos deixar as coisas claras. Estou pronto a lhe retribuir a ajuda prestada à senhora Merigold, mas não dessa maneira. Posso ocupar-me dos cavalos, trazer água e lenha, até cozinhar, se for preciso. No entanto, não ingressarei no serviço real como soldado pago. Peço que não conte com minha espada. Não tenho a intenção de matar os tais, como o senhor teve a bondade de definir, seres malignos a mando de outros seres que, em absoluto, não considero em nada melhores.

Ciri ouviu Yarpen aspirar ar com um sibilo e tossir para dentro da mão fechada. Wenck ficou olhando calmamente para o bruxo.

– Entendo – anunciou, seco. – Gosto de situações claras. Muito bem. Senhor Zigrin, peço que fique atento para que o ritmo de nosso avanço não seja reduzido. Quanto ao senhor, senhor Geralt... sei que se revelará útil e nós dará assistência do modo que achar mais adequado. Seria uma afronta, tanto para o senhor quanto para mim, se tratasse sua utilidade como forma de pagamento pela ajuda prestada à doente. Como está ela hoje? Melhor?

O bruxo confirmou com um meneio de cabeça, que, como pareceu a Ciri, fora mais profundo e mais cortês que de costume. A expressão de Wenck não se alterou.

– Fico contente em saber – falou após a habitual pausa. – Ao colocar a senhora Merigold num dos carros de meu cortejo, assumo a responsabilidade por sua saúde, conforto e segurança. Senhor Zigrin, por favor, dê o sinal de partida.

– Senhor Wenck.

– Sim, senhor Geralt?

– Obrigado.

O comissário inclinou a cabeça. Ciri teve a impressão de que o cumprimento fora mais profundo e mais cortês do que demandava uma simples polidez convencional.

Yarpen Zigrin percorreu a coluna, dando ordens e recomendações. Em seguida, subiu na boleia de um dos carros, deu um grito e açoitou os cavalos com as rédeas. O carro moveu-se e rolou sobre o caminho da floresta. A sacudidela acordou Triss, mas Ciri acalmou-a, trocando a compressa em sua testa. Os sacolejos do carro funcionaram como sedativo; em poucos instantes a feiticeira voltou a dormir, e Ciri também adormeceu.

Quando acordou, o sol já estava bem alto. Olhou por entre os barris e embrulhos. O carro no qual viajava estava à frente do comboio. O que vinha logo atrás era conduzido por um anão com um lenço vermelho em torno do pescoço. Pela conversa que os anões mantinham entre si, Ciri sabia que ele chamava-se Paulie Dahlberg e que a seu lado estava sentado seu irmão, Regan. Ela viu, também, Wenck montado em seu cavalo, acompanhado por dois aguazis.

Plotka, a égua de Geralt, amarrada ao carro, cumprimentou-a com um leve relincho. Não conseguiu ver seu baio nem o alazão de Triss. Na certa, estavam no fim do comboio, com os demais cavalos de reserva.

Geralt estava sentado na boleia ao lado de Yarpen. Conversavam baixinho, bebericando cerveja de uma barrica colocada estrategicamente entre os dois. Ciri esforçou-se para ouvir o que diziam, mas logo ficou entediada; falavam de política, sobretudo de planos e intenções do rei Henselt e de certos serviços especiais e tarefas específicas que consistiam numa ajuda secreta ao rei Demawend, monarca do vizinho reino de Aedirn, sob a ameaça de uma guerra. Geralt expressou interesse em saber de que modo cinco carros com peixe salgado poderiam aumentar as defesas de Aedirn. Yarpen, não prestando atenção à entonação zombeteira na voz do bruxo, esclareceu que certas espécies de peixes eram tão valiosas que alguns carros seriam suficientes para pagar o soldo anual de um destacamento de cavalaria pesada e que cada destacamento de cavalaria pesada não deixava de ser uma grande ajuda. Geralt espantou-se com o fato de essa ajuda ser tão secreta, e o anão explicou que era nisso mesmo que se baseava o segredo.

Triss agitou-se no sono, deixou cair a compressa e murmurou algumas palavras confusas. Exigiu de certo Kevyn que mantivesse as mãos junto de seu corpo e, logo em seguida, afirmou que o destino não podia ser evitado. Por fim, depois de declarar que todos, absolutamente todos, eram mutantes em algum grau, voltou a dormir tranquila.

Ciri também estava quase adormecendo, mas perdeu a sonolência ao ouvir uma forte gargalhada de Yarpen, que estava relembrando com Geralt uma aventura que ambos viveram no passado. Tratava-se de uma caçada a um dragão dourado que, em vez de se deixar caçar, quebrou os ossos de seus perseguidores e, simplesmente, acabou devorando um sapateiro chamado Come-cabras. Ciri passou a escutar com maior interesse.

Geralt perguntou que fim levaram os Rachadores, porém o anão não sabia o que acontecera com eles. Yarpen, por sua vez, demonstrou curiosidade por uma mulher chamada Yennefer, e o bruxo ficou estranhamente calado. O anão tomou um trago de cerveja e começou a se queixar de que a tal Yennefer continuava guardando rancor dele, mesmo após tantos anos.

– Dei de cara com ela na feira de Gors Velen – contou. – Assim que me viu, começou a bufar como uma gata e ofendeu terrivelmente minha falecida mãezinha. Saí correndo o mais rápido que pude, e ela gritou atrás de mim que ainda ia me agarrar e fazer com que tufos de grama me saíssem do cu.

Ciri deu uma discreta risadinha ao imaginar a cena de Yarpen com um rabo de grama. Geralt murmurou algo sobre mulheres e seu caráter impulsivo, e o anão disse que aquela era uma definição demasiadamente suave para maldade, obstinação e desejo de vingança. O bruxo não quis prosseguir com esse tema, e Ciri voltou a adormecer.

Dessa vez foi despertada por vozes alteradas, ou melhor, pela exaltada voz de Yarpen, que chegava a gritar:

– Sim! Pois saiba que sim! Foi isso que eu decidi!

– Fale mais baixo – disse o bruxo calmamente. – Há uma mulher doente deitada neste carro. Entenda que não estou criticando suas decisões, nem suas atitudes...

– É óbvio que não – interrompeu-o o anão, sarcástico. – Você apenas sorri de maneira significativa.

– Yarpen, eu somente o estou alertando, como seu amigo. Quem fica sentado em cima do muro é detestado por ambas as partes e, na melhor das hipóteses, é tratado com desconfiança.

– Eu não estou sentado em cima do muro. Declaro-me claramente a favor de um dos lados.

– A favor do lado para o qual você sempre será um anão. Alguém diferenciado. Um estrangeiro. Já no que se refere ao outro lado... – O bruxo interrompeu-se.

– E então? – rosnou Yarpen, encarando Geralt. – Comece logo seu discurso; está esperando o quê? Diga logo que não passo de um traidor e de um cãozinho preso à trela dos humanos, pronto para, em troca de um punhado de prata e uma tigela de comida vagabunda, ser atiçado contra meus irmãos que pegam em armas e lutam por sua liberação. Vamos, cuspa isso logo de uma vez; não gosto quando as coisas são ditas pela metade.

– Não, Yarpen – falou o bruxo, baixinho. – Não vou cuspir coisa alguma.

– Não vai? – O anão açoitou os cavalos. – Não está com vontade? Prefere ficar olhando e sorrir? A mim você não diz nada, mas a Wenck disse tudo! "Peço que não conte com minha espada." Quão altivo, quão nobre, quão orgulhoso! Pode enfiar no cu sua altivez e seu orgulho!

– Eu queria apenas ser honesto. Não quero me envolver nesse conflito. Quero manter a neutralidade.

– Não é possível! – gritou Yarpen. – Não é possível mantê-la, entendeu? Não. Você não entende nada. Desça já de meu carro e monte em seu cavalo. Suma de minha frente, seu neutro pretensioso. Você me dá nos nervos.

Geralt virou-se. Ciri reteve a respiração no aguardo do que ele faria, porém o bruxo não disse uma palavra sequer. Ergueu-se e pulou do carro, rápida, suave e agilmente. Yarpen esperou até ele desamarrar as rédeas de sua égua e voltou a açoitar os cavalos, rosnando palavras incompreensíveis, mas assustadoras, pela maneira como estavam sendo pronunciadas.

Ciri também se levantou, querendo saltar e procurar seu baio. O anão virou-se e mediu-a com um olhar de desagrado.

– Você também é um incômodo, senhorita – bufou, zangado. – Tudo o que precisamos é de damas e senhoritas! Que merda, nem posso mijar direto do carro! Tenho de pará-lo e me enfiar no meio do mato!

Ciri apoiou os punhos nos quadris, agitou a cabeleira cinzenta e ergueu desafiadoramente o nariz.

– Ah, é? – piou, furiosa. – Beba menos cerveja, senhor Zigrin, e não vai precisar parar tantas vezes!

– Você não tem merda alguma a ver com minha cerveja, sua pirralha!

– Não precisa gritar. Triss acabou de adormecer!

– Este carro é meu e posso gritar nele tanto quanto quiser!

– Toro!

– O quê?! Sua fedelha impertinente!

– Toro!!!

– Já vou lhe mostrar um toro... Puta merda! Ôôôô!

O anão inclinou-se para trás e puxou as rédeas no último instante, no exato momento em que a parelha de cavalos estava se preparando para passar por cima de um tronco de árvore que jazia numa parte da estrada. Yarpen levantou-se do assento e, praguejando na língua humana e na língua dos anões, assoviando e berrando, conseguiu parar o carro. Anões e homens saltaram dos outros veículos e vieram correndo para ajudar a conduzir os cavalos para o lado livre da estrada, puxando-os pelas rédeas e arreios.

– Tirando uma soneca, Yarpen? – rosnou Paulie Dahlberg, aproximando-se do carro. – Que merda! Se você tivesse passado por cima disso, o eixo teria se partido e pouca coisa sobraria das rodas. Como você pôde...

– Vá tomar no cu, Paulie! – urrou Yarpen Zigrin e, com raiva, bateu as rédeas na anca dos cavalos.

– O senhor teve sorte – falou Ciri docemente, aboletando-se na boleia ao lado do anão. – Como pode ver, é melhor ter no carro um bruxo, mesmo que feminino, do que viajar sozinho. Ainda bem que o avisei a tempo. E se o senhor estivesse justamente mijando direto do carro e batido naquele toro? Dá medo só de pensar o que poderia ter acontecido...

– Você pode calar a boca?

– Não vou dizer mais nada. Nem uma palavrinha.

Conseguiu manter a promessa por menos do que um minuto.

– Senhor Zigrin?

– Não sou nenhum senhor – disse o anão, dando uma leve cotovelada em Ciri e sorrindo para ela. – Sou Yarpen. Está claro? Vamos conduzir os cavalos juntos, está bem?

– Está bem. Posso segurar as rédeas?

– Lógico. Espere, não assim. Coloque-as sobre o dedo indicador e aperte com o polegar... assim. A esquerda também, do mesmo jeito. Não as estique nem puxe com muita força.

– Está bem assim?

– Está.

– Yarpen?

– O que foi?

– O que quer dizer "manter a neutralidade"?

– Ser indiferente – murmurou o anão, relutante. – Não deixe que as rédeas fiquem folgadas. Puxe a esquerda para mais perto de si.

– Indiferente como? Indiferente a quê?

O anão inclinou-se para fora do carro e cuspiu.

– Caso os Scoia'tael nos ataquem, seu Geralt pretende ficar imóvel e olhar, impassível, como cortam nossa garganta. Você, provavelmente, vai ficar ao lado dele, porque aquilo seria uma aula prática com o tema: o comportamento de um bruxo diante de um conflito de raças racionais.

– Não estou entendendo.

– O que não é de estranhar.

– Foi por isso que você discutiu e ficou zangado com ele? Afinal, quem são os tais Scoia'tael? Aqueles... Esquilos?

– Ciri – Yarpen coçou violentamente a barba –, esse não é um assunto para a mente de pequenas garotas.

– Oh, agora você se zanga comigo. Não sou tão pequena assim. Ouvi o que os soldados no forte andaram falando dos Esquilos. Vi... Vi dois elfos mortos. E o guerreiro disse que eles... também matam e que entre eles não há apenas elfos, mas também anões.

– Sei disso – falou Yarpen secamente.

– E você também é um anão.

– Quanto a isso, não resta a menor dúvida.

– Então, por que você tem medo dos Esquilos? Aparentemente, eles lutam apenas com os humanos.

– A questão não é tão simples assim – entristeceu-se Yarpen. – Infelizmente.

Ciri ficou calada por bastante tempo, mordendo o lábio inferior.

– Já sei – disse repentinamente. – Os Esquilos lutam pela liberdade, enquanto você, embora seja um anão, faz parte do serviço secreto do rei Henselt, preso à trela dos humanos.

Yarpen bufou, esfregou o nariz com a manga do casaco e inclinou-se para fora do carro, verificando se Wenck não estava cavalgando muito próximo. O comissário estava longe, entretido numa conversa com Geralt.

– Sua audição, menina, é como a de uma marmota. – Abriu um largo sorriso. – Além disso, é esperta demais para quem foi programada para parir crianças, preparar comida e arrumar a casa. Acha que sabe tudo? Isso é porque você é uma pirralha. Não faça caretas idiotas. Elas não a tornam mais adulta e a deixam ainda mais feia do que é normalmente. Tenho de admitir que você conseguiu ter uma boa noção da natureza dos Scoia'tael; gostou de seus slogans. E sabe por que você os compreende tão bem? Porque os Scoia'tael também são pirralhos. São uns fedelhos que não se dão conta de que estão sendo usados, de que alguém está se aproveitando de sua estupidez infantil e alimentando-os com lemas de liberdade.

– Mas eles estão realmente lutando pela liberdade. – Ciri ergueu a cabeça e encarou o anão com seus enormes olhos verdes. – Assim como as dríades em Brokilon. Eles matam seres humanos, porque os homens... alguns homens causam-lhes danos. Porque, muito tempo atrás, isto aqui foi o país de vocês, anões, elfos e aqueles ananicos, gnomos e outros... E, agora, quem está aqui são seres humanos. Diante disso, os elfos...

– Os elfos! – bufou Yarpen. – Para sermos precisos, os elfos são tão estrangeiros quanto os humanos, embora tenham chegado aqui em suas naves brancas mais de mil anos antes de vocês. Agora, eles vêm com esse papo de amizade, de sermos todos irmãos; vivem sorrindo e dizendo: "nós, parentes", "nós, o Povo Antigo". Mas, antes, put... hum, hum... antes, suas setas silvavam junto de nossos ouvidos, quando...

– Quer dizer que os anões foram os primeiros seres no mundo?

– Gnomos, se queremos continuar sendo precisos e se estamos falando desta parte do mundo. Porque o mundo é incrivelmente grande, Ciri.

– Sei disso. Vi um mapa...

– Você não pode ter visto. Ninguém ainda desenhou esse mapa e duvido que venha a desenhá-lo em breve. Ninguém sabe o que há lá, atrás dos Montes Flamejantes e do Grande Mar. Nem mesmo os elfos, que vivem se gabando de que sabem tudo. Pois eu lhe digo que eles não sabem merda alguma.

– Hummm... Mas agora... Agora há muito mais humanos... do que vocês.

– Porque vocês se multiplicam como coelhos. – O anão rangeu os dentes. – Vocês não pensam em nada a não ser em trepar, sem escolher, sem se importar com quem, nem onde. Para suas mulheres, basta sentar sobre calças masculinas para que logo lhes cresça a barriga... Por que você ficou tão vermelha como uma papoula? Você queria ou não compreender as coisas? Pois estou lhe dando a verdade nua e crua da história do mundo, governado por aquele que for mais eficaz em esmagar o crânio dos outros e mais rápido em inflar a barriga das fêmeas. E com vocês, humanos, é muito difícil competir quando se trata de assassinar e foder...

– Yarpen – falou Geralt friamente, aproximando-se deles montado em Plotka. – Se não for muito incômodo, tenha a bondade de refrear as palavras. Quanto a você, Ciri, pare de brincar de cocheiro e vá se ocupar de Triss. Veja se ela acordou e se precisa de alguma coisa.

– Estou acordada há bastante tempo – disse a feiticeira com voz fraca. – Mas não quis... interromper essa tão interessante conversa. Não os atrapalhe, Geralt. Eu gostaria... de saber mais sobre a influência da fornicação no desenvolvimento da sociedade.

•

– Posso aquecer um pouco de água? Triss gostaria de se lavar.

– Aqueça – concordou Yarpen Zigrin. – Xavier, tire o espeto do fogo; a lebre já está assada. Passe-me a panela, Ciri. Que coisa, ela está cheia até a borda! Você carregou sozinha este peso do córrego até aqui?

– Sou forte.

O mais velho dos irmãos Dahlbergs soltou uma gargalhada.

– Não julgue pelas aparências, Paulie – repreendeu-o Yarpen, dividindo habilmente em justas porções a lebre assada. – Não há nada para achar graça aqui. Ela é magrinha, mas posso ver que se trata de uma garota forte e resistente. É como uma correia de couro: embora fina, não é possível rompê-la com as mãos, e, se você se enforcar nela, ela aguentará seu peso.

Ninguém riu. Ciri acocorou-se entre os anões deitados em torno da fogueira. Dessa vez, Yarpen Zigrin e quatro de seus rapazes acenderam no acampamento a própria fogueira, pois não pretendiam dividir com ninguém a lebre caçada por Xavier Moran. Mesmo assim, o que coube a cada um não passava de uma ou, no máximo, de duas mordidas.

– Avivem a fogueira – disse Yarpen, lambendo os dedos. – Assim a água aquecerá mais rápido.

– Esse negócio de aquecer água não passa de bobagem – sentenciou Regan Dahlberg, cuspindo um osso. – Lavar-se pode piorar o estado da doente. Aliás, pode ser prejudicial até para alguém que está sadio. Vocês estão lembrados do velho Schrader? A mulher dele mandou que ele se lavasse, e ele morreu pouco tempo depois.

– Porque foi mordido por um cão raivoso.

– Se não tivesse se lavado, o cão não o teria mordido.

– Eu também acho – falou Ciri, testando com o dedo a temperatura da água na panela – que é um exagero lavar-se todo dia. Mas Triss pede tanto, a ponto de ter chorado uma vez, que Geralt e eu...

– Nós sabemos – disse o mais velho dos Dahlbergs, meneando a cabeça. – E pensar que um bruxo... Não paro de me espantar. Ei, Zigrin, se você tivesse uma mulher, a lavaria e pentearia? Você a carregaria nos braços quando ela precisasse...

– Cale a boca, Paulie – interrompeu-o Yarpen. – Não fale mal do bruxo, porque ele é um homem de bem.

– E eu estou falando mal? Apenas acho estranho...

– Triss – intrometeu-se Ciri, com ar desafiador – não é mulher dele coisa nenhuma.

– E é por isso que me espanto tanto.

– O que mostra como você é idiota – resumiu Yarpen. – Ciri, derrame um pouco de água fervente num caneco. Vamos preparar para a feiticeira um chá de açafrão e sementes de papoula. Ela me pareceu estar um pouco melhor hoje, você não acha?

– Pois sim – murmurou Yannick Brass. – Tivemos de parar por causa dela seis vezes. Eu sei que não se deve negar auxílio quando se está na estrada e que é tolo quem pensa de outra maneira; o imbecil que o negasse seria um grandessíssimo filho da puta. Mas nós estamos por tempo demais nestas florestas; tempo demais, digo-lhes. Estamos provocando a sorte, com os diabos, estamos desafiando-a, rapazes. Esta região é perigosa, os Scoia'tael...

– Cuspa já essa palavra, Yannick.

– Yarpen, você sabe que não fujo de uma briga e não seria a primeira vez que veria sangue, mas... Caso tivéssemos de combater ao lado de nossos... Que merda! Por que nos coube essa tarefa? Essa carga de merda deveria ser escoltada pela cavalaria real, e não por nós! Que os diabos carreguem aqueles sabichões de Ard Carraigh, que eles...

– Já lhe disse para calar a boca. Em vez de ficar tagarelando, passe a panela com cevada. Aquele coelhinho serviu de aperitivo, e agora temos de comer algo consistente. Ciri, você vai comer conosco?

– Claro.

Por um bom tempo se ouviram apenas estalos de língua, sons de mastigação e batidas de colheres de pau chocando-se no interior da panela.

– Que droga! – Paulie Dahlberg soltou um sonoro arroto. – Bem que eu poderia comer mais alguma coisa.

– Nem me fale! – anunciou Ciri, também arrotando, encantada com os despretensiosos modos dos anões.

– Desde que não seja mais esta cevada – disse Xavier Moran. – Não suporto mais estes grânulos. Também estou cheio de carne-seca.

– Então coma grama, já que tem um estômago tão delicado.

– Ou então arranque com os dentes a casca de uma bétula. Os castores fazem isso e vivem muito bem.

– Eu preferiria comer o castor.

– E eu, um peixe – devaneou Paulie, mordendo com estrondo uma torrada que achara no bolso do casaco. – Asseguro-lhes que tudo o que eu queria era um peixe.

– Então vamos pegar uns peixes.

– Onde? – rosnou Yannick Brass. – No meio dos arbustos?

– No riacho.

– Grande riacho! Pode-se atravessá-lo com um jato de mijo. Que tipo de peixe poderia haver nele?

– Lá tem peixes – afirmou Ciri, lambendo a colher e enfiando-a no cano da bota. – Eu os vi quando fui buscar água. Mas eles estão doentes. Têm urticária; estão cheios de manchas negras e vermelhas...

– Trutas! – urrou Paulie, cuspindo os restos da torrada. – Rapazes, ao riacho! Regan! Tire as calças! Vamos fazer uma rede com elas.

– Por que logo com as minhas?

– Tire-as imediatamente se não quiser levar uns cascudos, seu fedelho! Mamãe não lhe disse que você tinha de me obedecer?

– Se quiserem pescar, é melhor se apressarem, porque falta pouco para o anoitecer – falou Yarpen. – Ciri, a água já aqueceu? Deixe, deixe; você vai se queimar e se sujar com a fuligem. Sei que você é forte, mas deixe que eu a leve.

Geralt os aguardava. Seus cabelos brancos se destacavam entre as semiabertas lonas do carro. O anão derramou a água no balde.

– Você precisa de ajuda, bruxo?

– Não, obrigado, Yarpen. Ciri vai me ajudar.

Triss não ardia mais de febre, mas estava extremamente cansada. Geralt e Ciri já tinham adquirido certa prática em despi-la e lavá-la, assim como aprenderam a frear suas ambiciosas tentativas de fazer tudo sozinha. Executavam aquelas tarefas com grande eficiência: ele segurava a feiticeira nos braços, e Ciri a lavava e secava. Só uma coisa começou a espantar e irritar a menina: em sua opinião, Triss aninhava-se mais do que necessário nos braços de Geralt. Dessa vez, chegou a tentar beijá-lo.

O bruxo, com um gesto de cabeça, apontou para os alforjes da feiticeira. Ciri entendeu imediatamente de que se tratava, uma vez que isso fazia parte do ritual: Triss sempre exigia que fosse penteada. Achou o pente e ajoelhou-se ao lado da feiticeira, que, virando a cabeça, abraçou o bruxo, forte demais, na opinião de Ciri.

– Oh, Geralt... – soluçou. – Sinto tanto... Como tenho pena de que aquilo que se passou entre nós...

– Triss, por favor.

– Aquilo deveria acontecer agora. Assim que eu sarar... Será totalmente de outro jeito... Eu poderei... Eu poderei até...

– Triss.

– Como eu invejo Yennefer... Tenho ciúme de você...

– Ciri, saia daqui.

– Mas...

– Saia, por favor.

Ciri pulou do carro, caindo diretamente sobre Yarpen, que esperava apoiado na roda, mordendo, pensativo, um caule de grama. O anão pousou o braço sobre seu ombro, não precisando curvar-se para isso, como Geralt; era praticamente da mesma altura que ela.

– Nunca cometa o mesmo erro, pequena bruxa – murmurou, voltando os olhos para o carro. – Se alguém lhe demonstrar compaixão, simpatia e dedicação, se for estimulá-la com a retidão de seu caráter, valorize isso, mas não o confunda com... algo diferente.

– Não é bonito ficar escutando a conversa dos outros.

– Sei, além de ser perigoso. Mal consegui pular para o lado quando você jogou fora a água do balde. Venha, vamos ver quantas trutas caíram nas calças de Regan.

– Yarpen.

– Sim?

– Gosto de você.

– E eu, de você, cabritinha.

– Mas acontece que você é um anão. E eu não sou.

– E o que isso tem a ver com... Ah, sim. Scoia'tael. Você está pensando nos Esquilos, não é isso? Esse pensamento não a deixa em paz?

Ciri afastou o pesado braço do anão.

– Nem a você – retrucou. – Como a todos os demais. Afinal, não sou cega.

O anão permaneceu calado.

– Yarpen?

– Sim?

– Quem está certo nessa questão? Os Esquilos ou vocês? Geralt quer ser... neutro. Você está a serviço do rei Henselt, apesar de ser anão. Mas o guerreiro naquele forte gritava que todos são nossos inimigos e que é preciso pegar todos... Todos. Mesmo as crianças. Por quê, Yarpen? Quem tem razão?

– Não sei – respondeu o anão, com evidente esforço. – Não possuo todo o conhecimento do mundo. Faço aquilo que acho ser correto. Os Esquilos pegaram em armas e foram para as florestas. "Vamos atirar os humanos ao mar", gritam, sem se dar conta de que até essa tão bem bolada palavra de ordem lhes foi soprada pelos emissários dos nilfgaardianos. Não entendem que tal frase não é dirigida a eles, mas justamente aos humanos; que ela não tem por função avivar a disposição guerreira dos jovens elfos, e sim despertar o ódio nos humanos. Eu compreendo isso, porque considero o que fazem os Scoia'tael um ato de criminosa idiotice. É bem possível que, daqui a alguns anos, eu seja chamado de traidor e mercenário, e eles, admirados como heróis... Nossa história, a história de nosso mundo, conhece muitos casos assim.

Calou-se e ficou mexendo em sua barba. Ciri também ficou em silêncio.

– Elirena... – murmurou o anão repentinamente. – Se Elirena foi uma heroína, se aquilo que ela fez é chamado de heroísmo, então não há nada a fazer. Que me chamem de traidor e covarde. Porque eu, Yarpen Zigrin, covarde, traidor e renegado, afirmo que não deveríamos matar-nos uns aos outros. Afirmo que temos de viver. Viver de maneira que não precisemos depois pedir perdão a quem quer que seja. A heroica Elirena... Ela precisou. "Perdoem-me", implorava, "perdoem-me." Com mil diabos! É melhor morrer do que viver conscientes de termos feito algo que requer perdão.

Voltou a se calar. Ciri não fez nenhuma das perguntas que tinha na ponta da língua. Sabia instintivamente que o momento não era adequado.

– Temos de viver lado a lado – retomou Yarpen. – Nós e vocês, humanos. Pela simples razão de não termos outra saída. Há duzentos anos sabemos disso, e há mais de cem trabalhamos nesse sentido. Você quer saber por que me coloquei a serviço do rei Henselt, por que tomei tal decisão? Porque não posso permitir que todo aquele esforço tenha sido em vão. Há mais de cem anos tentamos encontrar uma forma de conviver com os humanos. Ananicos, gnomos, nós, até os elfos, porque nem me refiro a ondinas, ninfas ou sílfides, que sempre foram meio selvagens, mesmo quando vocês ainda não existiam. Com mil diabos, aquilo durou cem anos, mas conseguimos finalmente encontrar uma forma de convivência, de vivermos juntos, lado a lado; conseguimos convencer os humanos de que nós nos diferenciamos muito pouco...

– Nós não nos diferenciamos em nada, Yarpen.

O anão virou-se violentamente.

– Nós não nos diferenciamos em nada – repetiu Ciri. – Você pensa e sente da mesma forma que Geralt. E como... como eu. Comemos a mesma comida, da mesma panela. Você ajuda Triss, e eu também. Você teve avó, e eu tive avó. A minha foi morta pelos nilfgaardianos. Em Cintra.

– E a minha, pelos humanos – falou o anão com esforço. – Em Brugge. Num *pogrom*.

•

– Cavaleiros! – gritou um dos soldados da patrulha avançada de Wenck. – Um grupo de cavaleiros diante de nós!

O comissário trotou para junto do carro de Yarpen. Geralt aproximou-se do outro lado.

– Para dentro do carro, Ciri – ordenou asperamente. – Desça da boleia e vá para trás. Fique perto de Triss.

– Mas de lá não vou conseguir ver nada!

– Não discuta – rosnou Yarpen. – Já para trás! Antes, passe-me o *nadziak*, que está embaixo da boleia.

– Isto aqui? – indagou Ciri, erguendo um horrendo objeto que lembrava um martelo com uma ponta recurvada do lado oposto à parte achatada da cabeça.

– Ele mesmo – confirmou o anão, enfiando o cabo no cano da bota e colocando o machado no colo.

Wenck, aparentemente calmo, olhava para a estrada, protegendo com a mão os olhos do sol.

– Cavalaria ligeira de Ban Gleán – avaliou por fim. – O chamado Destacamento Pardo; reconheço-o pelas capas e gorros de pele de castor. Peço que mantenham a calma. Todo cuidado é pouco, porque capas e gorros de pele de castor podem facilmente mudar de dono.

Os cavaleiros aproximavam-se rápido. Eram em torno de vinte. Ciri viu quando, no carro atrás do dela, Paulie Dahlberg pôs sobre os joelhos duas bestas armadas e Regan as cobriu com uma manta. Saiu de fininho de trás da lona, ficando oculta pelos largos ombros de Yarpen. Triss tentou se erguer, praguejou e caiu de volta sobre o leito de feno.

– Parem! – gritou o primeiro dos cavaleiros, certamente o líder. – Quem são vocês? De onde estão vindo e para onde vão?

– E quem nos indaga? – perguntou Wenck, aprumando-se na sela. – E com que direito?

– O exército do rei Henselt, seu curioso! Quem indaga é o decurião Zyvik, que não costuma repetir uma pergunta! Portanto, respondam, e rápido! Quem são vocês?

– Serviço de intendência do exército real.

– Qualquer um pode dizer isso! Não vejo nenhum de vocês vestido com as cores reais!

– Aproxime-se, decurião, e olhe com atenção para este anel.

– E eu lá tenho tempo para examinar anéis? – disse o soldado, fazendo uma careta de desagrado. – Por acaso eu deveria conhecer todos os anéis do mundo? Qualquer um pode ter um anel assim. Grande coisa! Um sinal insignificante!

Yarpen Zigrin levantou-se na boleia, ergueu o machado e, num gesto rápido, aproximou-o do nariz do cavaleiro.

– E este sinal – rosnou – você conhece? Cheire-o e guarde na memória seu aroma.

O decurião puxou as rédeas e fez o cavalo rodopiar.

– Você tem a ousadia de me ameaçar? – urrou. – A mim? Estou a serviço do rei.

– E nós também – falou Wenck, baixinho. – E certamente por muito mais tempo do que você. Aconselho-o, soldado, a não se meter a besta.

– Eu estou de guarda aqui! Como posso saber quem são vocês?

– Você viu o anel – escandiu o comissário. – E, se você não reconheceu o sinal que está nele gravado, começo a me perguntar quem é você. Ele figura na bandeira do Destacamento Pardo, de modo que deveria lhe ser muito familiar.

O decurião acalmou-se visivelmente, sem dúvida por influência, na mesma proporção, das tranquilas palavras de Wenck e dos sinistros e determinados rostos que emergiam dos carros da escolta.

– Hummm... – disse, ajeitando o gorro sobre a orelha esquerda. – Muito bem. Mas, se vocês são realmente quem afirmam ser, não farão objeção a que eu dê uma espiada no que estão transportando nesses carros.

– Faremos – retrucou Wenck, franzindo o cenho. – E até muita. Você não tem nada a ver com nossa carga, decurião. Além do mais, não consigo imaginar o que gostaria de procurar nela.

– Não consegue imaginar. – O soldado meneou a cabeça, levando a mão na direção da empunhadura de sua espada. – Então eu lhe direi, senhor. O comércio de seres humanos é proibido, mas não faltam patifes que vendem escravos para Nilfgaard. Se eu achar dentro dos carros homens presos em cepos, vocês não conseguirão me convencer de que estão a serviço do rei, mesmo que me mostrem uma dúzia de anéis.

– Que seja – falou Wenck secamente. – Se o que você está procurando são escravos, pode procurar à vontade. Isso eu lhe permito.

O decurião aproximou o cavalo do carro no meio da caravana, inclinou-se na sela e ergueu a ponta da lona.

– O que há nessas barricas?

– E o que deveria haver? Escravos? – zombou Yannick Brass, sentado na boleia.

– Perguntei o que elas contêm, portanto responda.

– Peixes salgados.

– E naqueles caixotes? – O soldado chegou até o carro seguinte, dando um pontapé em sua lateral.

– Ferraduras – rosnou Paulie Dahlberg. – E lá, no fundo, peles de búfalo.

– Posso ver. – O decurião cutucou o cavalo e foi à testa da caravana, olhando para dentro do carro de Yarpen. – E quem é essa mulher que está deitada aí?

Triss Merigold sorriu debilmente, ergueu-se sobre um dos cotovelos e fez um curto gesto com a mão.

– Quem, eu? – perguntou baixinho. – Mas você não está me vendo.

O soldado piscou nervosamente, e seu corpo foi percorrido por um leve tremor.

– Peixes salgados – afirmou, categórico, abaixando a lona. – Tudo em ordem. E essa criança, quem é?

– Cogumelos secos – falou Ciri, olhando desafiadoramente para ele.

O cavaleiro ficou mudo, com a boca aberta de espanto.

– Como? – balbuciou após um momento, enrugando a testa. – O quê?

– Terminou a inspeção, guerreiro? – interessou-se Wenck friamente, aproximando-se do outro lado do carro.

O soldado fez um esforço para desviar seu olhar dos verdes olhos de Ciri.

– Terminei – disse. – Podem seguir viagem. Que os deuses os protejam. E fiquem atentos. Dois dias atrás os Scoia'tael mataram todos os componentes de uma patrulha montada perto da Ravina do Texugo. Foi um comando especialmente grande. É verdade que a Ravina do Texugo fica bem longe daqui, porém os elfos correm pelas florestas mais rapidamente que o vento. Ordenaram-nos sair a sua caça, mas como se pode pegar um elfo numa floresta? É como caçar o vento...

– Já basta; não estamos interessados em seus problemas – cortou-o o comissário secamente. – O tempo urge e temos um longo caminho pela frente.

– Então, adeus. Cavaleiros, sigam-me!

– Você ouviu, Geralt? – rosnou Yarpen Zigrin, observando a patrulha se afastar. – Os malditos Esquilos estão rondando por aí. Bem que eu desconfiava. Todo o tempo tinha uma sensação de formigamento nas costas, como se alguém estivesse apontando um arco com flecha para minha coluna vertebral. Não, não podemos continuar viajando tão despreocupadamente como até agora, assoviando, tirando sonecas e peidando no meio do sono. Precisamos saber o que nos aguarda à frente. Ouça... tive uma ideia.

•

Ciri, inclinando-se na sela, cutucou o baio com os calcanhares, partindo a pleno galope. Geralt, entretido numa conversa com Wenck, empertigou-se.

– Não precisa exagerar! – gritou. – Sem loucuras, menina! E não vá longe demais.

Ela não ouviu mais nada, pois disparou a grande velocidade. E o fizera de propósito, farta das constantes advertências. "Não tão depressa, não tão bruscamente, Ciri!" Blá-blá-blá. "Não se afaste tanto!" Blá-blá-blá. "Tenha cuidado!" Blá-blá-blá. "Como se eu fosse uma criancinha", pensou. "Acontece que tenho quase treze anos, um baio veloz e uma espada afiada às costas. E não tenho medo de nada! E estamos na primavera!"

– Ei, cuidado para não ficar com a bunda assada!

"Yarpen Zigrin. Mais um espertalhão." Blá-blá-blá.

Sempre em frente, a pleno galope, pela esburacada estrada, pelos gramados e arbustos verdejantes, atravessando poças argênteas, úmidas areias douradas, samambaias emplumadas. Um gamo assustado fugiu para a floresta, a lanterna branco e preta de seu traseiro brilhando a cada salto. Das árvores, pássaros alçaram voo, coloridos gaios e abelheiros, negras pegas galreadoras com cauda engraçada. Das poças e gretas, água esguichava sob os cascos.

Em frente, ainda mais longe! O cavalo, que passara tempo demais andando lentamente atrás do carro, agora corria livre, feliz por estar galopando. Ciri sentiu os músculos do baio retesando-se entre suas coxas e a úmida crina batendo em seu rosto. O animal esticou o pescoço, e a menina afrouxou as rédeas. "Continue, cavalinho, não sinta nem o freio nem a barbela, em frente, em frente, a galope, depressa, depressa! Primavera!"

Ciri diminuiu o ritmo e olhou para trás. Finalmente estava sozinha. Finalmente estava longe. Ninguém a repreendia, nem chamava sua atenção, tampouco a ameaçava de que esses passeios iam terminar. Finalmente sozinha, livre, à vontade e independente.

Mais devagar. Um leve trote. Afinal, o passeio não era pura diversão; havia também obrigações. Ela era uma patrulheira, uma sentinela avançada. "Ah", pensou, olhando em volta, "a segurança de todo o comboio agora depende de mim. Todos estão aguardando meu retorno com a informação de que o caminho está livre e transitável, que não vi ninguém, nenhum rastro de rodas ou de cascos de cavalos. Farei meu relatório, e o magro senhor Wenck de frios olhos azuis-celestes meneará seriamente a cabeça, Yarpen Zigrin arreganhará seus amarelados dentes equinos, Paulie Dahlberg exclamará: 'Bom trabalho, menina!', e Geralt dará um discreto sorriso. Ele sorrirá de leve, embora ultimamente tenha sorrido raras vezes."

Ciri olhou em volta e registrou tudo em sua mente. Duas bétulas caídas. "Nenhum problema." Um monte de ramos. "Não é nada; os carros passarão facilmente por cima." Uma pequena depressão formada pela chuva. "Nada sério; as rodas do primeiro carro vão desfazê-la, e os demais seguirão livremente." Uma grande clareira. "Bom lugar para um descanso..."

Rastros? Que tipo de rastros poderia encontrar por ali? Não via ninguém. Havia uma floresta. Aves gorjeavam entre tenras folhinhas verdes. Uma raposa ruiva atravessava calmamente a estrada... E tudo cheirava a primavera.

O caminho se rompia na metade de uma colina e mergulhava debaixo dos pinheiros que cresciam inclinados na encosta. Ciri saiu da estrada e escalou o barranco para ter uma visão panorâmica do topo do outeiro... e para tocar as folhas úmidas e cheirosas...

Desmontou, amarrou as rédeas num tronco e passou lentamente por entre os zimbros que cresciam na encosta. Do outro lado da colina viu uma clareira destacando-se da espessa floresta como um naco mordido no meio das árvores, certamente o resultado de um incêndio que atingira aquela região muito tempo antes, já que não se viam em lugar algum os negros vestígios de uma queimada, apenas verdejantes zimbrinhos e tenras bétulas. O caminho, até onde a vista podia alcançar, parecia livre e transitável.

E seguro.

"De que eles têm medo?", pensou Ciri. "Dos Scoia'tael? O que há para temer? Eu não tenho medo de elfos. Não lhes fiz mal algum."

Elfos. Esquilos. Scoia'tael.

Antes de Geralt mandar que ela se afastasse, Ciri teve a oportunidade de ver os cadáveres naquele forte. Guardou na mente um em especial. O rosto estava coberto por cabelos encharcados de sangue, e o pescoço, dobrado numa posição inatural. O lábio superior, torcido e congelado numa careta fantasmagórica, revelava uma fileira de dentes muito brancos, pequeninos, inumanos. Lembrava-se também das botas do elfo: gastas, de cano até os joelhos, amarradas com cadarço na parte inferior e fechadas por fivela na superior.

"Elfos que matam humanos também morrendo nos combates. Geralt diz que devemos manter neutralidade... e Yarpen, que é preciso comportar-se de tal modo que não nos obrigue a pedir perdão..."

Ciri chutou um montículo de terra erguido por uma toupeira e, imersa em seus pensamentos, ficou esmagando a areia com o salto da bota.

"Quem, o que e a quem perdoar? Os Esquilos matam humanos. E Nilfgaard lhes paga por isso. Usa-os. Incita-os. Nilfgaard."

Ciri não havia se esquecido, embora quisesse muito se esquecer, de tudo o que se passara em Cintra. Dos tempos de perambulação, desespero, medo, fome e dor. Do marasmo e embotamento que vieram mais tarde, muito mais tarde, quando foi encontrada e acolhida pelos druidas de Trásrios. Lembrava-se daquilo como se fosse através de uma névoa, ainda que quisesse parar de se lembrar.

Mas aquilo retornava. Retornava nos pensamentos, nos sonhos. Cintra. O tropel dos cavalos, os gritos selvagens, os cadáveres, os incêndios... E o guerreiro negro com elmo alado... E depois... Cabanas em Trásrios... Uma chaminé coberta de fuligem entre os destroços de um incêndio... Ao lado, perto de um poço intocado, um gato preto lambendo uma horrível queimadura no flanco. Poço... Bimbarra... Balde...

Um balde cheio de sangue.

Ciri esfregou o rosto e, com surpresa, olhou para as palmas das mãos: estavam úmidas. A menina fungou e enxugou as lágrimas com a manga do casaco.

Neutralidade? Indiferença? Teve vontade de gritar. "Um bruxo olhando com indiferença? Não! Um bruxo tem de defender as pessoas. De leshys, vampiros, lobisomens, mas não somente deles. Ele tem de defendê-las do mal. E eu, lá em Trásrios, pude ver o que é o mal. Um bruxo tem de defender e salvar. Defender os homens para que não sejam pendurados pelas mãos nas árvores ou empalados. Defender menininhas de cabelos dourados para que não sejam crucificadas com estacas cravadas na terra. Defender criancinhas para que não sejam assassinadas e atiradas nos poços. Até aquele gato queimado no celeiro incendiado merecia proteção. E é por isso que eu pretendo me tornar bruxa, é por isso que tenho uma espada. Para defender as pessoas como aquelas em Sodden e Trásrios, porque elas não têm espadas, não conhecem os passos, as meias-voltas, as esquivas e as piruetas. Ninguém as ensinou a lutar, e estão desarmadas e indefesas tanto diante de um lobisomem como de um saqueador nilfgaardiano. A mim ensinam a lutar. Para que eu possa defender os indefesos. E é o que eu farei. Sempre. Jamais serei neutra. Jamais serei indiferente. Jamais!"

Não saberia dizer o que a alertara, se o repentino silêncio caindo sobre a floresta como uma sombra fria ou o leve movimento captado com o canto dos olhos. Mas ela reagiu com a rapidez de um raio, movida por um instinto que desenvolvera nas florestas de Trásrios quando, fugindo de Cintra, competia incessantemente com a morte. Jogou-se por terra, rastejou até uma brenha de zimbro e ficou imóvel. "Espero que meu cavalo não relinche", pensou.

Na beirada oposta da ravina, algo se mexeu de novo, e Ciri viu de relance uma silhueta dissolvendo-se na folhagem. Um elfo emergiu cuidadosamente do mato, retirou o capuz da cabeça, olhou em volta e correu rápido e em silêncio ao longo da borda. Em seguida, dois outros elfos fizeram o mesmo. E depois mais outros, muitos, formando uma longa fila indiana. Cerca de metade deles estava a cavalo; eles cavalgavam devagar, aprumados nas selas, tensos e vigilantes. Ciri pôde vê-los claramente por um momento, quando, em absoluto silêncio, passaram por um vão na parede de árvores contra o fundo azul do céu e desapareceram nas tremulantes sombras da mata. Sumiram sem um som sequer, como fantasmas. Nenhum cavalo bufou nem bateu com os cascos. Nenhum ramo seco estalou sob um pé ou uma ferradura. Não tiniu nenhuma das muitas armas que portavam.

Desapareceram, mas Ciri não se mexeu; permaneceu deitada debaixo do zimbro-rasteiro, esforçando-se para respirar sem fazer barulho. Sabia que poderia ser denunciada por um pássaro ou outro animal assustado por qualquer som ou movimento, mesmo o menor possível e o mais cuidadoso. Ergueu-se somente quando a floresta acalmou-se de vez e pegas começaram a galrear nas árvores através das quais sumiram os elfos.

Levantou-se apenas para se encontrar presa num firme abraço. Uma negra luva de couro cobriu sua boca, abafando seu grito de susto.

– Fique quieta.

– Geralt?

– Quieta, já disse.

– Você viu?

– Vi.

– Eles são... – sussurrou ela – os Scoia'tael?

– Sim. Vamos rápido até os cavalos. Cuidado para não tropeçar.

Desceram o barranco silenciosamente e com cuidado, mas não retornaram à estrada, permanecendo entre as árvores. Geralt, que olhava para todos os lados, não permitiu que Ciri conduzisse o baio, segurando suas rédeas e conduzindo-o ele mesmo.

– Ciri – falou repentinamente –, nem uma palavra sequer sobre o que acabamos de ver. Nem a Yarpen, nem a Wenck. A ninguém. Entendeu?

– Não – rosnou ela, abaixando a cabeça. – Não entendi. Por que deveria ficar calada? Temos de avisá-los. Estamos do lado de quem, Geralt? Contra quem? Quem é nosso amigo e quem é nosso inimigo?

– Amanhã vamos nos separar do comboio – afirmou Geralt, após um momento de silêncio. – Triss está quase curada. Vamos nos despedir deles e seguiremos nosso caminho. Teremos os próprios problemas, os próprios aborrecimentos e as próprias dificuldades. E então, espero, você finalmente vai parar com essa história de dividir os habitantes de nosso mundo em amigos e inimigos.

– Devemos ser... neutros? Indiferentes? E se os elfos atacarem...

– Não vão atacar.

– E se...

– Ouça-me. – Geralt virou-se para ela. – Por que você acha que um transporte tão importante, um carregamento de ouro e prata, numa ajuda secreta do rei Henselt a Aedirn, é escoltado por anões, e não por humanos? Eu vi um elfo ontem nos observando de cima de uma árvore. Ouvi quando alguns deles passaram à noite junto de nosso acampamento. Os Scoia'tael não vão atacar os anões, Ciri.

– Mas estão aqui – insistiu ela. – Estão se movendo; estão nos cercando...

– Eu sei por que eles estão aqui. Vou lhe mostrar.

Geralt girou bruscamente o cavalo e devolveu as rédeas do baio a Ciri. A menina quis partir logo em disparada, mas ele fez um gesto para que se mantivesse atrás. Atravessaram a estrada. O bruxo conduzia Ciri, que o seguia obedientemente. Ambos permaneceram em silêncio. Por bastante tempo.

– Olhe – falou Geralt, detendo o cavalo. – Olhe, Ciri.

– O que é isto? – suspirou ela.

– Shaerrawedd.

Diante deles, até onde a floresta permitia enxergar, erguiam-se blocos de granito e mármore delicadamente talhados, com bordas arredondadas pela ação do vento, adornados com desenhos apagados pela chuva, rachados pela ação do frio, destroçados por raízes de árvores. Entre os troncos brilhavam brancas colunas quebradas, arcadas, restos de frisos ornamentais cobertos de hera e de uma espessa camada de musgo esverdeado.

– Isto aqui já foi... um castelo?

– Palácio. Os elfos não construíam castelos. Desmonte. Os cavalos não conseguirão andar no meio dos escombros.

– Quem destruiu isto tudo? Os humanos?

– Não. Eles mesmos. Antes de partir.

– Por quê?

– Porque sabiam que não voltariam mais para cá. Isso foi depois do segundo confronto deles com os humanos, há mais de duzentos anos. Antes, ao recuarem, eles costumavam deixar suas cidades intactas. Aí, os humanos passaram a construir as deles sobre as fundações das dos elfos. Foi assim que surgiram Novigrad, Oxenfurt, Wyzim, Maribor, Cidaris e Cintra.

– Cintra também?

Geralt confirmou com um movimento de cabeça, sem desgrudar os olhos das ruínas.

– Eles partiram daqui – sussurrou Ciri –, mas agora estão voltando. Para quê?

– Para olhar.

– Olhar o quê?

Sem dizer uma palavra, Geralt colocou a mão no ombro dela e empurrou-a de leve diante de si. Desceram os degraus de mármore, agarrando-se a ramos de aveleira que emergiam de cada fresta e cada fenda nas rachadas lajes cobertas de musgo.

– Aqui ficava o centro do palácio. Seu coração. Um chafariz.

– Aqui? – espantou-se Ciri, olhando para o denso emaranhado de amieiros e brancos troncos de bétula em meio a disformes blocos e lajes. – Aqui? Aqui não tem nada.

– Venha comigo.

Parecia que o riacho que alimentava o chafariz tivera o leito alterado com frequência, banhando paciente e incessantemente os blocos de mármore e as lajes de alabastro que deslizavam formando barreiras e, com isso, desviando a corrente de água para outra direção. Como resultado, toda a área estava coberta de poças rasas. Em vários lugares a água caía em cascata sobre restos de construção, lavando-os das folhas, da areia e dos detritos. Naqueles lugares, o mármore, a terracota e os mosaicos mantinham as cores e o frescor, como se estivessem ali havia apenas três dias, e não dois séculos.

Geralt saltou sobre o riacho e andou por entre restos de colunas. Ciri seguiu-o. Depararam com uma escadaria em ruínas e, abaixando a cabeça, passaram sob uma intacta arcada semienterrada. O bruxo parou e apontou com a mão. Ciri soltou um profundo suspiro.

Das coloridas ruínas de terracota emergia uma grande roseira coberta com centenas de brotos de flores brancas como açucenas. Em suas pétalas brilhavam argenteamente gotas de orvalho. O arbusto envolvia com seus ramos uma grande laje de mármore branco, e da laje olhava para eles um rosto triste e belo, cujos traços delicados e nobres não haviam sido manchados ou desbotados por chuvas nem nevascas. Um rosto que não conseguiram desfigurar os cinzéis dos saqueadores que extraíam dos altos-relevos ornamentos de ouro, mosaicos e pedras preciosas.

– Aelirenn – falou Geralt, após um longo silêncio.

– Como é linda! – sussurrou Ciri, segurando sua mão.

O bruxo pareceu nem ter notado, olhando para aquele rosto e sentindo-se distante, muito distante, em outro mundo e em outra era.

– Aelirenn – repetiu. – Os anões e os humanos chamam-na de Elirena. Ela os conduziu à luta duzentos anos atrás. Os elfos mais velhos foram contra, sabendo que não tinham chance alguma e que poderiam não se erguer mais depois da derrota. Eles queriam salvar seu povo; queriam sobreviver. Decidiram destruir suas cidades, recuar para inalcançáveis montanhas selvagens... e esperar. Os elfos vivem por muitos anos, Ciri. Por nossos padrões de medida do tempo, são praticamente imortais. Para eles, os seres humanos lhes pareceram algo temporário, como uma grande seca, um inverno rigoroso, uma praga de gafanhotos, após o que viria a chuva, surgiria o sol e brotariam novas plantas. Queriam aguardar novos tempos, mas Elirena... Elirena incitou os jovens, que pegaram em armas e seguiram-na para a desesperadora batalha final. E foram massacrados. Massacrados de modo implacável.

Ciri, com os olhos fixos no belo e morto rosto, permaneceu calada.

– Eles morriam com seu nome nos lábios – continuou o bruxo, baixinho. – Repetindo sua conclamação e seu grito, morriam em nome de Shaerrawedd. Porque Shaerrawedd era seu símbolo. Morriam pelas pedras e pelo mármore... e por Aelirenn. Assim como ela lhes prometeu, morriam heroicamente e com honra. Salvaram sua honra, porém acabaram com a própria raça. O próprio povo. Você está lembrada do que lhe contou Yarpen? Quem domina o mundo e quem perece? Ele lhe explicou isso de forma grosseira, mas correta. Embora os elfos vivam por muitos anos, apenas os jovens são férteis; apenas os jovens podem ter descendentes. E quase toda a juventude élfica seguiu Elirena àquela época. Seguiu Aelirenn, seguiu a Rosa Branca de Shaerrawedd. Estamos no meio das ruínas de seu palácio, junto do chafariz cujo murmúrio ela ouvia à noite. E essas eram suas flores.

Ciri continuou calada. Geralt puxou-a para junto de si e a abraçou.

– Agora você sabe por que os Scoia'tael estiveram aqui, sabe para o que queriam olhar? E compreende por que não se pode permitir que a juventude dos elfos e dos anões seja massacrada novamente? Entende que nem eu nem você podemos nos envolver nesse massacre? Essa roseira floresce todo ano. Deveria ter se tornado uma roseira selvagem e, no entanto, suas flores são mais belas que as dos mais bem tratados jardins. Os elfos vêm a Shaerrawedd constantemente. Vários tipos de elfos. Os passionais e tolos, cujo símbolo é a pedra rachada, e os racionais, que têm como símbolo esse monte de flores sempre renascidas. Elfos que compreendem que, se essa roseira for arrancada e a terra queimada, as rosas de Shaerrawedd jamais voltarão a florescer. Conseguiu entender?

Ciri fez um movimento afirmativo com a cabeça.

– Será que você compreende agora em que consiste a neutralidade, que tanto a agita? Ser neutro não significa ser indiferente e insensível. Não devemos matar sentimentos dentro de nós mesmos. Basta matar em nós o ódio. Entendeu?

– Sim – sussurrou ela. – Agora entendi. Geralt, eu... eu gostaria de levar comigo uma... uma dessas rosas. Como recordação. Posso?

– Pode – respondeu o bruxo, após uma breve hesitação. – Pegue uma, para se lembrar, e vamos voltar ao comboio.

Ciri prendeu a rosa em seu casaquinho. De repente soltou um grito e ergueu a mão. Um filete de sangue escorreu desde a ponta do dedo até a palma.

– Você se picou?

– Yarpen... – sussurrou ela, olhando para o sangue que enchia a linha da vida. – Wenck... Paulie...

– O que foi?

– Triss! – gritou Ciri com voz que não era sua, tremendo toda e enxugando o rosto com o antebraço. – Rápido, Geralt! Precisamos ir em sua ajuda! Aos cavalos, Geralt!

– Ciri, o que está acontecendo com você?

– Eles estão morrendo!

•

Ciri galopava com a orelha quase encostada no pescoço do cavalo e animava o baio com gritos e batidas dos calcanhares. A areia da trilha voava debaixo dos cascos. Ao longe, ouviu gritos e viu colunas de fumaça.

No sentido contrário, vinha na direção dela uma parelha de cavalos, arrastando consigo os arreios e a vara quebrada de um dos carros. Ciri não deteve o baio, passando pela parelha a pleno galope. Placas de espuma roçaram seu rosto. A suas costas, ouviu os relinchos de Plotka e as pragas de Geralt, que teve de frear. Ao dobrar uma curva, viu diante de si uma vasta planície.

A caravana ardia em chamas. Do meio do mato, parecendo pássaros de fogo, voavam na direção dos carros flechas acesas, furando lonas e cravando-se nas tábuas. Uivando e gritando, os Scoia'tael lançavam-se ao ataque.

Ciri, sem dar atenção aos gritos de Geralt vindos de trás, apontou o cavalo diretamente para os dois primeiros carros. Um deles estava tombado, com Yarpen Zigrin a seu lado, segurando o machado em uma das mãos e uma besta na outra. A seus pés, imóvel e com o vestido azul rasgado até a metade das coxas, jazia...

– Triiiiiiss!!! – Ciri endireitou-se na sela e cutucou o cavalo com os calcanhares.

Os Scoia'tael viraram-se em sua direção, e uma saraivada de flechas passou silvando junto de suas orelhas. Sacudiu a cabeça, sem diminuir o galope. Ouviu o grito de Geralt ordenando-lhe que fugisse para a floresta. Não tinha a mínima intenção de obedecer. Inclinou-se e galopou até os arqueiros que apontavam suas setas para ela. Sentiu repentinamente o penetrante perfume da rosa branca presa em seu casaco.

– Triiiiiss!!!

Os elfos saltaram para os lados, deixando passar o cavalo desembestado. Ciri chegou a esbarrar em um deles com seu estribo. Ouviu um silvo agudo, o cavalo soltou um guincho e inclinou-se para um lado. Ciri viu uma flecha cravada profundamente logo abaixo do lombo, juntinho de sua coxa. Tirou os pés dos estribos, subiu agachada na sela, tomou impulso e saltou.

Caiu suavemente sobre a parte lateral do carro tombado, tomou novo impulso e tornou a saltar, pousando com as pernas arqueadas ao lado de Yarpen, que urrava e agitava seu machado. Bem perto, no outro carro, lutava Paulie Dahlberg, enquanto Regan, dobrado para trás, apoiado com os pés numa tábua e segurando as rédeas com as mãos, tinha dificuldade em manter parados os cavalos que, apavorados com as chamas que consumiam a lona, relinchavam e tentavam sair correndo a todo custo.

Ciri correu para onde estava Triss, caída entre caixotes e barris espalhados. Agarrou-a pela roupa e começou a arrastá-la na direção do carro tombado. A feiticeira gemia, segurando a cabeça logo acima da orelha. De repente, muito próximo de Ciri, ecoaram relinchos de cavalos e tropel de cascos: dois elfos, agitando suas espadas, empurravam um furioso e alterado Yarpen. O anão girava como um pião e agilmente aparava com seu machado os golpes das espadas. Ciri ouvia pragas, gemidos e o som de metal contra metal.

Uma segunda parelha de cavalos separou-se do comboio e correu na direção deles, arrastando atrás de si chamas e fumaça e espalhando panos queimados em todas as direções. O cocheiro pendia inerte da boleia, e Yannick Brass, de pé a seu lado, tentava manter o equilíbrio. Com uma das mãos segurava as rédeas e com a outra aparava golpes de dois elfos que galopavam de ambos os lados do carro. Um terceiro Scoia'tael, ajustando sua velocidade à dos cavalos, cravava em seus flancos uma flecha atrás da outra.

– Pule! – urrou Yarpen, mais alto que o tumulto. – Pule, Yannick!

Ciri viu como Geralt galopou até o carro e, com um curto e seco golpe da espada, varreu um dos elfos da sela, enquanto Wenck, chegando ao lado oposto, derrubava outro, aquele que disparava flechas nos cavalos. Yannick largou as rédeas e pulou bem na frente do terceiro Scoia'tael. O elfo ergueu-se nos estribos e acertou-o em cheio com a espada. O anão caiu. No mesmo instante, o carro em chamas meteu-se no meio dos que ainda lutavam, atropelando e dispersando os combatentes. Ciri conseguiu, no último momento, puxar Triss para longe dos cascos dos cavalos ensandecidos. O timão partiu-se com estrondo, o carro chacoalhou, perdeu uma roda e tombou, espalhando sua carga e tábuas que ardiam lentamente.

Ciri arrastou a feiticeira até debaixo do tombado carro de Yarpen, contando com a ajuda de Paulie Dahlberg, que aparecera de repente, e ambos foram protegidos por Geralt, que enfiou Plotka entre eles e um grupo de Scoia'tael. Seguiu-se uma batalha em torno do carro. Ciri ouvia sons de lâminas se chocando, gritos, relinchos de cavalos e pancadas de cascos. Yarpen, Wenck e Geralt, cercados de elfos por todos os lados, lutavam como diabos ensandecidos.

Os combatentes foram separados repentinamente pela parelha de Regan, que, sentado na boleia, enfrentava um rechonchudo ananico com gorro de pele de lince. O ananico estava sentado em cima de Regan e tentava furá-lo com uma longa faca.

Yarpen saltou agilmente no carro, pegou o ananico pelo cangote e mandou-o longe com um pontapé. Regan soltou um grito, pegou as rédeas e açoitou os cavalos. A parelha deu um puxão, o carro se moveu e, em uma fração de segundo, adquiriu grande velocidade.

– Circule, Regan! – urrou Yarpen. – Rode em círculos! Em torno de nós!

O carro deu um giro e voltou a atingir e dispersar os elfos. Um deles chegou a agarrar a brida do cavalo do lado direito, mas não conseguiu segurá-la, caindo debaixo dos cascos e das rodas. Ciri ouviu um grito macabro. Outro elfo, galopando perto deles, desferiu um amplo golpe de espada. Yarpen desviou-se, a lâmina bateu no aro que sustentava a lona e o ímpeto empurrou o elfo para a frente. O anão se encolheu e fez um rápido movimento com a mão. O Scoia'tael soltou um grito, entesou-se na sela e caiu por terra, com o *nadziak* cravado entre as escápulas.

– Venham, seus filhos da puta!!! – berrou Yarpen, agitando o machado. – Quem vai ser o próximo? Rode em círculos, Regan! Em círculos!

Regan, sacudindo sua ensanguentada cabeleira e encolhendo-se na boleia em meio aos silvos de flechas, uivava como louco e açoitava impiedosamente os cavalos. A parelha parecia voar num círculo apertado, formando uma proteção móvel em torno do carro tombado, para debaixo do qual Ciri arrastara a semiconsciente e ferida feiticeira.

Não longe deles dançava o cavalo de Wenck, um garanhão lobuno. Wenck estava encolhido na sela, e Ciri viu as brancas plumas da seta cravada em seu tronco. Apesar do ferimento, ele aparava agilmente os golpes desferidos por dois elfos desmontados que o atacavam ao mesmo tempo de ambos os lados. Diante do olhar horrorizado de Ciri, outra flecha penetrou suas costas. O comissário caiu com o peito sobre o pescoço do cavalo, mas manteve-se na sela. Paulie Dahlberg correu em sua ajuda.

Ciri ficou sozinha.

Resolveu sacar sua espada. A lâmina, que durante os treinos saltava das costas como um raio, agora não queria sair por nada no mundo. Resistia e permanecia grudada na bainha como se estivesse besuntada com piche. No tumulto a sua volta, em meio a gestos tão rápidos que mal chegavam a ser percebidos, sua espada parecia ser estranhamente lenta; dava a impressão de que levaria séculos até surgir por completo. A terra tremia e sacolejava. Ciri repentinamente se deu conta de que não era a terra que tremia, mas seus joelhos.

Paulie Dahlberg se defendia de um elfo com o machado, enquanto arrastava o ferido Wenck. Plotka passou rapidamente junto do carro e Geralt atacou o elfo. O bruxo havia perdido a tira de couro que prendia seus cabelos e, agora, sua comprida cabeleira branca esvoaçava ao vento. Ouviu-se o som de espadas se chocando.

Outro Scoia'tael, desmontado, saltou detrás do carro. Paulie largou Wenck, endireitou-se, ergueu o machado... e congelou. Diante dele estava um anão com gorro adornado com cauda de esquilo e barba negra enleada em duas tranças. Paulie hesitou.

O anão de barba negra não hesitou nem por um segundo. Desferiu um golpe com ambas as mãos. O fio do machado silvou no ar e, com uma horrenda crepitação, cravou-se na clavícula de Paulie, que caiu sem emitir um ai. Era como se a força do golpe lhe tivesse quebrado os dois joelhos.

Ciri gritou. Yarpen Zigrin pulou do carro. O anão de barba negra girou sobre os calcanhares e desferiu um novo golpe. Yarpen evitou-o com uma ágil meia-volta, soltou um gemido e golpeou de baixo para cima, destroçando a barba negra, a faringe, a mandíbula e o rosto, até o nariz. O Scoia'tael se contorceu e caiu de costas, jorrando sangue, agitando as mãos e sulcando o solo com os calcanhares.

– Geraaaaaalt! – berrou Ciri, sentindo um movimento a suas costas. Era apenas uma forma vaga, captada com o canto dos olhos, um movimento e um brilho, mas a menina reagiu rápido com uma parada oblíqua e uma esquiva que havia aprendido em Kaer Morhen. Aparou o golpe, porém não estava suficientemente firme no chão e se encontrava inclinada demais para absorver o ímpeto. A força do golpe fez com que caísse para trás, batesse na estrutura do carro e soltasse a espada.

Diante dela estava uma bela elfa de pernas longas metidas em botas de cano alto. A Esquila contorceu o rosto numa careta cruel e ergueu a espada, agitando os cabelos liberados de um capuz. A espada brilhou intensamente, assim como as pulseiras nos punhos da elfa.

Ciri não conseguia esboçar gesto algum.

No entanto, a espada não desceu, não a atingiu, porque a elfa não olhava para ela, e sim para a rosa branca presa em seu casaquinho.

– Aelirenn! – gritou bem alto, como se assim pudesse superar a hesitação. Mas não teve tempo.

Geralt, empurrando Ciri para o lado, cortou violentamente o peito da Esquila com a espada. Sangue esguichou sobre a roupa e o rosto da menina, enquanto manchinhas vermelhas caíam sobre as brancas pétalas da rosa.

– Aelirenn... – gemeu penosamente a elfa, caindo de joelhos. Antes de desabar de vez, teve tempo de dar um último grito, em alto e bom som: – Shaerraweeeeedd!!!

•

A realidade retornou tão depressa quanto havia sumido. No monótono e surdo murmúrio que soava em seus ouvidos, Ciri começou a distinguir vozes e, através da bruxuleante e molhada cortina de lágrimas, a ver vivos e mortos.

– Ciri – sussurrou Geralt, ajoelhado junto dela –, acorde.

– A batalha... – gemeu a menina, sentando-se. – Geralt, o que...

– Já acabou, graças às tropas de Ban Gleán, que vieram em nosso auxílio.

– Você não foi... – sussurrou Ciri, cerrando os olhos. – Você não foi neutro...

– Não fui. E você está viva, assim como Triss.

– Como está ela?

– Bem, apesar de ter batido a cabeça ao cair do carro que Yarpen conseguiu salvar inteiro. Está ajudando os feridos.

Ciri olhou em volta. Em meio à fumaça que emanava dos carros incendiados, moviam-se homens armados. Em volta, parte dos caixotes e barris tombados estava destroçada, e seu conteúdo, espalhado. Tratava-se de simples pedras cinzentas. Observou-as com espanto.

– A ajuda para Demawend de Aedirn – disse, rangendo os dentes, Yarpen Zigrin, parado ao lado. – Uma ajuda secreta e extraordinariamente fundamental. Um comboio com um significado todo especial!

– Foi uma armadilha?

O anão virou-se, olhou para ela, para Geralt e, por fim, para as pedras caídas.

– Sim – respondeu, dando uma cusparada. – Uma armadilha.

– Para os Esquilos?

– Não.

Os corpos dos mortos foram colocados enfileirados. Jaziam lado a lado, sem distinção: elfos, homens e anões. Entre eles estavam Yannick Brass, a elfa morena com botas de cano alto e o anão de barba negra com tranças, brilhando com sangue coagulado. E, junto deles...

– Paulie! – soluçava Regan Dahlberg, apoiando a cabeça do irmão em seus joelhos. – Paulie! Por quê?

Todos permaneceram calados, mesmo os que sabiam por quê. Regan virou para eles o rosto coberto de lágrimas.

– O que vou dizer a mamãe? – gemeu. – O que vou lhe dizer?

Ninguém respondeu.

Não longe dali, Wenck estava cercado por soldados de negro e amarelo, as cores de Kaedwen. Respirava com grande dificuldade e cada respiração fazia surgir em seus lábios bolhas de sangue. A seu lado encontravam-se Triss, ajoelhada, e, junto dela, de pé, um guerreiro numa brilhante armadura.

– E então, senhora feiticeira? – indagou o guerreiro. – Ele vai sobreviver?

– Fiz o que pude – respondeu Triss, erguendo-se com expressão séria. – Mas...

– Mas o quê?

– Eles usaram isto. – A feiticeira mostrou-lhe uma flecha com uma ponta estranha e bateu com ela numa barrica. A ponta se dividiu em quatro fragmentos em forma de ganchos afiados como agulhas. O guerreiro praguejou.

– Fredegard... – murmurou Wenck com esforço. – Fredegard, escute...

– Você não pode falar! – disse Triss asperamente. – Nem se mover! O encanto mal consegue se manter!

– Fredegard – repetiu o comissário. A bolha sanguínea explodiu, porém logo surgiu outra no lugar. – Estávamos enganados... Todos estavam enganados. Não foi Yarpen... Nós o prejulgamos injustamente... Eu garanto por ele... Yarpen não traiu... Não tra...

– Cale-se! – gritou o guerreiro. – Cale-se, Vilfrid! Ei, tragam uma padiola! Rápido!

– Não vai ser preciso – falou a feiticeira surdamente, olhando para os lábios de Wenck, nos quais não mais se formavam bolhas.

Ciri virou-se, encostando o rosto no peito de Geralt.

Fredegard endireitou-se. Yarpen Zigrin não olhava para ele, mas para os mortos e para Regan Dahlberg, ajoelhado junto do corpo do irmão.

– Isso foi necessário, senhor Zigrin – disse o guerreiro. – É uma guerra. Havia uma ordem. Tínhamos de ter certeza...

Yarpen permaneceu calado. O guerreiro abaixou os olhos.

– Perdoe-nos – sussurrou.

O anão virou lentamente a cabeça e olhou para ele, para Geralt, para Ciri. Para todos. Para os humanos.

– O que vocês fizeram conosco? – indagou com amargura. – O que vocês fizeram conosco? O que vocês fizeram... de nós?

Ninguém lhe respondeu.

Os olhos da elfa de pernas longas estavam vítreos e embaçados. Em seus lábios contorcidos congelou-se um grito.

Geralt abraçou Ciri, que, com um gesto lento, desprendeu de seu casaquinho a rosa branca com pétalas borrifadas de sangue e, sem dizer uma palavra, atirou-a sobre o corpo da Esquila.

– Adeus – sussurrou Ciri. – Adeus, Rosa de Shaerrawedd. Adeus, e...

– ... perdoe-nos – concluiu o bruxo.

CAPÍTULO QUINTO

Vagam pelo país, importunos e descarados, chamando a si mesmos de rastejadores do mal, subjugadores de lobisomens e exterminadores de fantasmas, arrancam uma paga dos crédulos e, após o ato infame, seguem adiante para, no lugar mais próximo possível, perpetrar semelhantes ações fraudulentas. Mais fácil acesso eles encontram às choupanas de um camponês honesto, simples e ignorante que imputa todas as desgraças e insucessos a encantos, seres inaturais e monstros ou a feitos de demônios de chuva e granizo ou de espectros malignos. Em vez de orar aos deuses, em vez de levar aos templos uma rica oferenda, tal simplório está pronto a entregar a um desses bruxos o último centavo, acreditando que o bruxo, um ímpio mutante, será capaz de mudar sua sorte e salvá-lo de desgraças.

Anônimo, *Monstrum – ou descrição dos bruxos*

Nada tenho contra os bruxos. Que cacem vampiros à vontade. Desde que paguem os impostos.

Radowid III, o Bravo, rei da Redânia

Se tens sede de justiça, contrate um bruxo.

Grafite no muro da Faculdade de Direito da Universidade de Oxenfurt

– Você disse alguma coisa?

O menino fungou e empurrou para trás um folgado gorro de veludo adornado com uma pena de faisão.

– Você é um guerreiro? – o garoto repetiu a pergunta, olhando para Geralt com olhinhos azuis como o céu.

– Não – respondeu o bruxo, espantado com o fato de ter se dado ao trabalho de dar uma resposta. – Não sou.

– Mas você tem uma espada! Meu pai é um guerreiro do rei Foltest e também tem uma espada. Maior que a sua!

Geralt apoiou os cotovelos no parapeito e cuspiu na água que se agitava na popa da barcaça.

– E você a usa presa às costas. – O pirralho não parecia muito disposto a desistir. Seu gorro voltou a escorregar sobre os olhos.

– O quê?

– A espada. Às costas. Por que você carrega sua espada às costas?

– Porque alguém roubou meu remo.

O fedelho abriu a boca de espanto, deixando à mostra grandes espaços vazios ocasionados pelos dentes de leite.

– Afaste-se do parapeito – falou o bruxo – e feche a boca para que não entrem moscas.

O menino abriu ainda mais a boca.

– Ora, vejam só; apesar de grisalho, é estúpido! – rosnou a mãe do garoto, uma fidalga ricamente vestida, puxando o filho pela gola de pele de castor do casaquinho. – Venha já para cá, Everett! Quantas vezes preciso lhe dizer para não ter familiaridades com a plebe?

Geralt suspirou, olhando para os contornos das ilhas e moitas que emergiam da neblina matinal. A barcaça deslizava desengonçada e com a velocidade típica dela de uma tartaruga, ditada pela correnteza do delta. Os passageiros, camponeses e negociantes na maioria, dormitavam sobre suas bagagens. O bruxo desenrolou mais uma vez o pergaminho, retornando à carta de Ciri.

... durmo numa grande sala denominada Dormitorium, e minha cama é tão grande que nem lhe conto. Faço parte das Donzelas Intermediárias. Somos doze, mas minhas amigas mais próximas são Eurneid, Katje e Iola Segunda. Hoje comi Canja de Galinha, e o pior de tudo é que temos de jejuar de vez em quando e levantar bem cedinho, de Madrugada. Mais cedo do que em Kaer Morhen. O resto vou escrever amanhã, uma vez que vamos ter logo as Rezas. Em Kaer Morhen ninguém rezava, algo que é preciso fazer aqui, na certa porque aqui é um Templo.

Geralt. Mãe Nenneke leu e me mandou não escrever Bobagens e claro e sem erros. E que estou estudando e que me sinto bem e estou bem de saúde. Sinto-me bem e estou bem de saúde, infelizmente Faminta, mas em breve Almoço. E Mãe Nenneke mandou escrever ainda que uma reza nunca fez mal a ninguém e com certeza não fará nem a mim nem a você.

Geralt, novamente tenho um momento de tempo livre, portanto vou escrever o que estou estudando. Ler e escrever corretamente as Runas. História.

Ciências Naturais. Poesia e Prosa. É muito bonito expressar-se na Língua Comum e na Língua Antiga. Sou muito melhor na Língua Antiga e sei também escrever Runas Antigas. Vou lhe escrever alguma coisa, e você poderá ver por si mesmo. Elaine blath, Feainnewedd. Aquilo queria dizer: Linda florzinha, criança do Sol. Você pode ver que sei. E ainda...

Agora posso voltar a escrever uma vez que achei uma nova pena, porque aquela outra, antiga, se quebrou. Mãe Nenneke leu e me elogiou dizendo que estava escrito acertadamente. E que sou obediente, e mandou escrever para você não se preocupar. Não se preocupe, Geralt.

Novamente tenho tempo, portanto vou escrever. Quando estávamos alimentando as peruas, eu, Iola e Katje, um Enorme Peru nos atacou; tinha o pescoço vermelho e era Horrivelmente Horroroso. Primeiro atacou Iola e, depois, quis me atacar, mas eu não fiquei com medo porque ele era menor e mais lento que o Pêndulo. Fiz uma esquiva e uma pirueta e acertei ele duas vezes com uma vara, até ele Fugir. Mãe Nenneke não me deixa usar aqui Minha Espada, o que é uma pena, uma vez que eu poderia ter mostrado àquele Peru o que aprendi em Kaer Morhen. Eu já sei que a maneira correta de escrever esse nome em Runas Antigas é Caer a'Muirehen e que isso quer dizer Fortaleza do Mar Antigo. Deve ser por isso que lá está cheio de Conchas, Caramujos e Peixes cunhados em pedras. E a maneira correta de escrever Cintra é Xin'trea. Já meu nome provém de Zireal, uma vez que isso quer dizer Andorinha, o que significa...

– Está entretido com leitura?

O bruxo ergueu a cabeça.

– Sim. Por quê? Aconteceu algo? Alguém viu alguma coisa?

– Não, nada – respondeu o arrais, limpando as mãos no colete de couro. – Tudo está calmo. Mas estamos nos aproximando da Moita do Grou...

– Sei. Estou fazendo esta viagem pela sexta vez, sem contar os trechos de volta. Já conheço o trajeto. Mantenho os olhos bem abertos, de modo que você não precisa se preocupar.

O arrais assentiu com a cabeça e foi até a proa, esquivando-se por entre trouxas e embrulhos dos viajantes. Os cavalos, agrupados bem no centro da embarcação, bufavam e batiam os cascos nas tábuas do convés. A barcaça estava no meio do rio, navegando sob uma espessa neblina. Sua proa rasgava folhas de nenúfares, afastando a vegetação flutuante. Geralt retomou a leitura.

... o que significa que tenho um nome élfico. Mas não sou elfa. Geralt, aqui também se fala sobre os Esquilos. Às vezes chegam soldados, fazem perguntas e dizem que é proibido curar elfos feridos. Eu não soltei nem um pio sobre o que se passou na primavera; não precisa ter medo. E não pense que me esqueci de que devo treinar. Vou ao parque e treino quando tenho tempo. Mas nem sempre, já que tenho de trabalhar na cozinha ou na horta, assim como todas as garotas. E aulas temos horrivelmente muitas. Mas não faz mal; vou estudar. Afinal, você também estudou no Templo, Mãe Nenneke me contou. E ela disse ainda que qualquer boboca sabe agitar uma espada, enquanto, se alguém quiser ser um bruxo, precisa ser inteligente.

Geralt, você prometeu que viria um dia. Venha.

Sua Ciri

P.S. Venha, venha.

P.S. II. Mãe Nenneke mandou escrever no fim Glória à Grande Melitele, que sua bênção e benevolência estejam sempre consigo e que nada de mau lhe aconteça.

Ciri

"Eu bem que gostaria de viajar a Ellander", pensou Geralt, guardando a carta. "Mas isso seria perigoso. Poderia conduzi-los a uma pista... Também devo dar um basta a essas cartas. Nenneke aproveita o correio sacerdotal, no entanto... é arriscado demais."

– Hummm... Humm...

– De que você está reclamando agora, Pluskolec? Já passamos pela Moita do Grou.

– E graças aos deuses sem nenhum incidente – suspirou o arrais. – Pelo jeito, senhor Geralt, teremos mais uma viagem sem problemas. Falta pouco para a névoa se dissipar, e quando o sol aparecer não precisaremos mais ter medo. O monstro não aparecerá à luz do sol.

– Isso não me preocupa de maneira alguma.

– Imagino – sorriu Pluskolec, sarcástico. – A companhia lhe paga por viagem. Independentemente de algo ocorrer ou não, o dinheiro pinga em seu bolso, não é verdade?

– Você pergunta como se não soubesse. Teve um repentino ataque de inveja? Inveja por eu ser pago para ficar apoiado no parapeito e olhando para pavoncinos? E você? O que tem de fazer para receber seu salário? O mesmo que eu. Ficar a bordo. Quando tudo está bem, você não tem absolutamente nada para fazer, fica perambulando da proa à popa, sorrindo para passageiras e tentando convencer alguns dos comerciantes a tomar vodca com você. Eu também fui contratado para ficar no convés. Para uma eventualidade. O transporte é seguro porque há um bruxo a bordo. O custo do bruxo está incluso no preço da passagem, não é verdade?

– É lógico que é verdade – suspirou o arrais. – A companhia nunca perde dinheiro. Conheço-a muito bem. Há cinco anos que navego para ela pelo delta, de Piana a Novigrad, e de Novigrad para Piana. Vamos trabalhar, senhor bruxo. O senhor permaneça apoiado no parapeito, e eu darei uma caminhada da proa à popa.

O nevoeiro amainou. Geralt tirou da bolsa a segunda carta, que recebera recentemente através de um estranho portador. Já lera aquela carta por mais de trinta vezes. A carta cheirava a lilás e groselha.

Caro amigo...

O bruxo praguejou baixinho, olhando para as rígidas e angulares runas traçadas com enérgicos movimentos da pena que demonstravam infalivelmente o estado de espírito de quem escrevera a carta. De novo sentiu um quase incontrolável desejo de se esbofetear. Quando, um mês atrás, havia escrito à feiticeira, passara duas noites em claro para decidir como começar sua missiva. Finalmente decidira por "Cara amiga" – e agora recebia o troco.

Caro amigo,

Fiquei muito feliz com sua inesperada carta, recebida quase três anos após nosso último encontro. Minha alegria foi ainda maior diante dos mais diversos boatos sobre sua repentina e violenta morte. Que bom você ter decidido desmontar essa boataria escrevendo-me, e que bom tê-lo feito tão rápido. Pelo teor de sua carta, vejo que levou uma vida calma, deliciosamente tediosa e sem imprevistos. Nos dias de hoje, uma vida assim é um autêntico privilégio, e fico feliz, caro amigo, por você ter conseguido alcançá-lo.

Comoveu-me a repentina preocupação com minha saúde que você, caro amigo, houve por bem demonstrar. Apresso-me, portanto, em informá-lo de que já me sinto bem. O período de indisposição passou e consegui resolver uma série de problemas que não pretendo descrever para não entediá-lo.

Muito me entristece e preocupa o fato de o inesperado presente que você recebeu do Destino causar-lhe preocupações. Você está absolutamente certo em sua suposição de que isso requer ajuda profissional. Embora a descrição das dificuldades tenha sido enigmática — o que é totalmente compreensível —, estou convencida de que sei qual é a Fonte do problema e concordo com sua avaliação de que é indispensável a ajuda de mais uma feiticeira. Sinto-me honrada por ser a segunda a quem você procura. O que fiz para merecer uma posição tão alta em sua lista?

Fique tranquilo, caro amigo, e, se você tinha planos de suplicar auxílio a outras feiticeiras, pode desistir, porque não será preciso. Parto imediatamente para o local que você indicou de maneira oblíqua, mas compreensível para mim. É óbvio que parto em total segredo e tomarei todas as precauções. Uma vez lá, vou me inteirar da natureza do problema e fazer tudo o que me for possível para acalmar a Fonte. Também me esforçarei para não me sair pior do que as demais damas às quais você levou, leva ou se acostumou a levar súplicas. Afinal, sou sua amiga. Prezo por demais sua valiosa amizade para poder lhe falhar, caro amigo.

Caso daqui a alguns anos sentir vontade de me escrever, não hesite um momento sequer. Suas cartas serão sempre uma fonte de alegria para mim.

Sua amiga Yennefer

A carta cheirava a lilás e groselha.

Geralt praguejou.

Seus devaneios foram interrompidos por uma repentina movimentação no convés e uma sacudidela da barcaça indicando que estavam alterando o curso. Parte dos passageiros ocupou o estibordo. Na proa, o arrais Pluskolec gritava ordens, e a barcaça começou a virar, lenta e preguiçosamente, na direção da margem de Temeria, deixando livre a parte central do rio para ceder espaço a duas naves que surgiam da névoa. O bruxo olhou com curiosidade.

A primeira era um enorme galeão de três mastros, com pelo menos setenta braças de comprimento e uma bandeira purpúrea com uma águia prateada esvoaçando ao vento. Atrás dela, movimentada ritmicamente por quarenta remos, deslizava uma galera menor e mais estreita, adornada com divisas vermelho-douradas sobre fundo preto.

– Oh! Que dragões mais gordos! – exclamou Pluskolec, parado ao lado de Geralt. – As ondas que fazem ao cortar a água chegam até as margens.

– Interessante – murmurou o bruxo. – O galeão navega sob a bandeira da Redânia, enquanto a galera é de Aedirn.

– De fato é de Aedirn – confirmou o arrais. – E porta o galhardete do governador de Piana. Mas note que ambas as naves têm casco afilado, com quase duas braças de profundidade. Isso significa que não estão navegando para o próprio Hagge, pois não conseguiriam passar pelos baixios na parte superior do rio. Dirigem-se para Piana ou para Ponte Branca. E veja: os conveses estão abarrotados de soldados. Não se trata de embarcações mercantes. São naves de guerra, senhor Geralt.

– No galeão viaja alguém importante. Montaram uma tenda no convés.

– É assim que viajam os ricaços. – Pluskolec meneou a cabeça, palitando os dentes com uma lasca de madeira arrancada da barcaça. – É mais seguro por meio fluvial. As florestas estão cheias de comandos de elfos, e não é possível prever de trás de qual árvore partirá uma flecha. Já no meio de um rio não há tal medo. Os elfos, assim como os gatos, não gostam de água. Preferem ocultar-se no mato...

– A tenda é luxuosa. Deve ser alguém muito importante.

– Quem sabe se o rei Vizimir em pessoa não decidiu honrar o rio com sua presença? Por que não? Hoje em dia, viajam os mais diversos tipos de pessoas... A propósito, quando estávamos em Piana, o senhor me pediu para ficar atento ao fato de alguém demonstrar interesse ou fazer perguntas a seu respeito. Pois aquele pateta...

– Não aponte com o dedo, Pluskolec. Quem é ele?

– E eu lá sei? Pergunte o senhor mesmo, porque ele está vindo para cá. Olhe só como ele cambaleia! E a superfície da água está lisa como um espelho. Com todos os diabos, se o rio estivesse um pouco agitado, o boboca estaria andando de gatinhas.

O "boboca" era um homem magro, de estatura mediana, idade indefinida, vestido com um sujo casaco de lã fechado por um redondo broche de bronze, cujo pino, evidentemente perdido, fora substituído por um prego dobrado e com a cabeça achatada. O homem se aproximou, pigarreou e apertou os olhos míopes.

– Hummm... Tenho o prazer de me dirigir ao bruxo Geralt de Rívia?

– Sim, o senhor o tem.

– Permita, pois, que me apresente. Sou Linus Pitt, professor doutor de história natural da Academia de Oxenfurt.

– Prazer em conhecê-lo.

– Humm... Disseram-me que o senhor foi contratado pela Companhia Malatius e Grock para proteger o transporte do ocasional ataque de um monstro. Indago-me que tipo de monstro poderia ser.

– Eu me pergunto a mesma coisa – respondeu o bruxo, apoiando-se no parapeito e olhando para os contornos da margem temeriana envoltos em neblina. – E chego à conclusão de que o real motivo de minha contratação é o de proteger a barcaça de um eventual ataque dos comandos Scoia'tael que, ao que parece, grassam pelas cercanias. Já é a sexta vez que faço este trajeto de Piana a Novigrad, e a zygoptera nunca apareceu...

– Zygoptera? Deve ser seu nome popular. Preferiria que o senhor pudesse usar a terminologia científica. Hummm... Zygoptera. Realmente não sei que espécie de ser o senhor tem em mente.

– Tenho em mente um monstro encarquilhado, com duas braças de comprimento, que lembra uma tora coberta de algas, com dez patas e mandíbulas como serras.

– A descrição deixa muito a desejar do ponto de vista da precisão científica. Não seria um espécime da família dos *Hyphydriadae?*

– Não posso excluir essa possibilidade – suspirou Geralt. – Pelo que sei de zygopteras, elas provêm de uma família particularmente asquerosa; portanto, qualquer nome que se dê a elas não será ofensivo demais. A questão, senhor professor, é que aparentemente algum membro dessa tão horrível família atacou uma das barcaças da companhia há duas semanas aqui, no delta, não longe do lugar em que estamos neste preciso momento.

– Quem fez tal afirmação – riu estridentemente Linus Pitt – é ignorante ou mentiroso. Nada parecido poderia ter ocorrido. Conheço profundamente a fauna do delta. Não existe aqui nenhum espécime dos *Hyphydriadae*, nem de outro tipo de predadores tão perigosos. A excessiva salinidade e a atípica composição química da água, principalmente durante a maré baixa...

– Na maré baixa – interrompeu-o Geralt –, quando o refluxo passa pelos canais de Novigrad, o que temos no delta não é exatamente água, mas um líquido quase pastoso, formado por excrementos, restos de sabão, óleo e ratos mortos.

– Infelizmente, infelizmente – entristeceu-se o professor doutor. – Uma degradação do meio ambiente... O senhor não vai acreditar, mas, das mais de duas mil espécies de peixes que viviam neste rio há menos de cinquenta anos, sobraram não mais de novecentas. Isso é realmente lamentável.

Os dois homens apoiaram-se no parapeito e, em silêncio, ficaram olhando para as turvas profundidades verdes. O refluxo já começara, porque a água fedia cada vez mais. Apareceram os primeiros corpos de ratos.

– O caboz, por exemplo, foi extinto – interrompeu o silêncio Linus Pitt. – Sumiram, também, a tainha, o cabeça-de-serpente, o cítara, o bagre-listrado, o barbo, o góbio-bigodudo, o lúcio-real...

A cerca de dez braças de distância da borda da barcaça, a água agitou-se. Por um momento ambos puderam ver um lúcio-real de mais de noventa quilos, que engoliu um rato morto e sumiu nas profundezas, abanando graciosamente a nadadeira caudal.

– O que foi aquilo? – sobressaltou-se o professor.

– Não sei – respondeu Geralt, olhando para o céu. – Talvez um pinguim?

O erudito lançou-lhe um olhar, apertando os lábios.

– Com toda a certeza não foi sua lendária zygoptera! Disseram-me que os bruxos dispõem de um vasto conhecimento de certas espécies raras. No entanto, o senhor não só repete boatos e lendas, como ainda tenta zombar de mim de maneira grosseira... Será que pelo menos ouve o que eu estou falando?

– O nevoeiro não vai se dissipar – falou Geralt, baixinho.

– O quê?

– O vento continua fraco. Quando adentrarmos um dos braços do rio, entre as ilhotas, ele ficará ainda mais fraco. Teremos neblina até Novigrad.

– Eu não estou viajando para Novigrad. Vou saltar em Oxenfurt – declarou Pitt secamente. – Quanto à neblina, ela não me parece tão espessa a ponto de prejudicar a navegação. O que o senhor acha?

O menino do gorro com pena passou correndo por eles, inclinou-se para fora do parapeito e, com uma vara, tentou retirar um rato da água. Geralt aproximou-se e arrancou a vara de sua mão.

– Suma já daqui! Não se aproxime da borda!

– Maaaamãeeee!

– Everett! Venha já para cá!

O professor endireitou-se e olhou para o bruxo de modo penetrante.

– O senhor realmente acredita que algo nos ameaça?

– Senhor Pitt – disse Geralt, o mais calmo possível –, duas semanas atrás, algo arrancou duas pessoas do convés de uma das barcaças da companhia, no meio de um nevoeiro. Não sei o que foi. Talvez tenha sido algum espécime dos *Hyphydriadae*, como o senhor os chama, talvez um góbio-bigodudo. No entanto, ainda acho que foi uma zygoptera.

O erudito estufou os lábios.

– Qualquer suposição – declarou – deve estar apoiada em sólidas bases científicas, e não em rumores e especulações. Já lhe expliquei que os *Hyphydriadae*, que o senhor teima em chamar de zygopteras, não podem viver nas águas do delta. Eles foram exterminados há mais de meio século, graças, diga-se de passagem, à atuação de tipos como o senhor, prontos para matar de imediato tudo o que tem aparência desagradável, sem refletir, sem pesquisar, sem levar em consideração o nicho ecológico.

Por um instante, Geralt teve o sincero desejo de dizer ao professor doutor onde ele podia enfiar as zygopteras e seu nicho, mas pensou melhor.

– Senhor professor – falou calmamente –, uma das pessoas arrancadas do convés foi uma mulher grávida que quis aliviar a dor dos pés inchados mergulhando-os na água. Teoricamente, aquela criança poderia vir a ser um dia o reitor de sua universidade. O que o senhor tem a dizer dessa maneira de encarar a ecologia?

– É uma forma anticientífica, emocional e subjetiva. A natureza é regida pelas próprias regras, e, embora possam ser cruéis e impiedosas, não cabe a nós corrigi-las. É uma luta pela sobrevivência! – O professor inclinou-se sobre o parapeito e cuspiu na água. – E o extermínio de espécies, mesmo predadoras, não pode ser justificado de modo algum. O que me diz?

– Eu lhe digo que é perigoso inclinar-se tanto sobre o parapeito. Pode haver uma zygoptera por perto. Quer sentir na própria pele como ela luta pela sobrevivência?

Linus Pitt largou rapidamente o parapeito e deu um passo para trás. Logo, porém, recuperou a compostura e voltou a estufar os lábios.

– Com certeza o senhor sabe muito sobre as fantásticas zygopteras, senhor bruxo.

– Inegavelmente muito menos que o senhor. Por que, então, não aproveitamos a oportunidade? Ilumine-me, senhor professor, revele-me um pouco de seu conhecimento de predadores aquáticos. Escutarei de bom grado e a viagem ficará menos tediosa.

– O senhor está zombando de mim?

– De modo algum. Eu realmente gostaria de preencher as lacunas de minha educação.

– Bem... Se o senhor está sendo sincero... por que não? Portanto, preste atenção. A família *Hyphydriadae*, que pertence à ordem *Amphipoda*, engloba quatro espécies conhecidas pela ciência. Duas delas vivem apenas em águas tropicais. Já em nosso clima podem ser encontradas, embora raras vezes, a pequena *Hyphydra longicauda* e a *Hyphydra marginata*, bem maior. O meio na qual vivem é o de águas paradas ou que se deslocam muito lentamente. Elas são, sem dúvida, espécies predadoras, com clara preferência por presas de sangue quente... O senhor tem algo a acrescentar?

– Por enquanto, não. Escuto com a respiração presa.

– Sim... hã... É possível encontrar nos livros menções a uma subespécie, denominada *Pseudohyphydra*, que vive nas águas pantanosas de Angren. No entanto, há pouco tempo o doutor Bumbler, de Aldesberg, provou que se tratava de uma espécie muito distinta, da família *Mordidae*, a qual se alimenta exclusivamente de peixes e pequenos répteis. Recebeu o nome de *Ichtyovorax bumbleri*.

– O monstro tem sorte – sorriu o bruxo. – Já recebeu três nomes distintos.

– O que o senhor quer dizer com isso?

– O ser ao qual o senhor se refere é a heteroptera, chamada de cinérea na Língua Antiga. E, se o doutor Bumbler afirma que a heteroptera se alimenta exclusivamente de peixes, deduzo que nunca se banhou em um lago habitado por esse ser. Mas em um ponto ele está certo: a única coisa que a zygoptera tem em comum com a cinérea é a mesma que eu tenho com uma raposa. Ambos gostamos de comer patos.

– Cinérea? – empertigou-se o professor. – Cinérea é um ser mítico! Tenho de admitir que fiquei desapontado com sua falta de conhecimento. Na verdade, estou chocado com...

– Sei – interrompeu-o Geralt. – Perco muito de meu charme quando as pessoas passam a me conhecer melhor. Apesar disso, vou me permitir fazer algumas correções adicionais a suas teorias, senhor Pitt. Saiba que as zygopteras sempre viveram no delta e continuam vivendo. É verdade que houve uma época em que se acreditou que elas haviam desaparecido, porque se alimentavam daquelas pequenas focas...

– Toninhas-anãs fluviais – corrigiu-o o mestre. – Não seja ignorante. Não confunda focas com...

– ... alimentavam-se de toninhas-anãs, e estas foram exterminadas porque pareciam focas. Delas se aproveitavam a pele e a gordura. Mais tarde, foram cavados canais e comportas rio acima. A correnteza ficou mais lenta. E as zygopteras sofreram mutação. Adaptaram-se.

– Como?

– Os humanos alteraram sua cadeia alimentar. Começaram a fornecer a elas seres de sangue quente no lugar das toninhas. Para isso, transportavam pelo delta ovelhas, gado bovino, suínos. Em pouco tempo, as zygopteras se deram conta de que qualquer embarcação, fosse ela um navio, um bote ou uma barcaça, era um enorme prato de comida.

– E quanto à mutação? O senhor não falou de mutação?

– Aparentemente, esse esterco líquido – falou Geralt, apontando para a água verde – convém à zygoptera. Ele reforça seu crescimento. Essa coisa maldita adquiriu tal tamanho que, sem o menor esforço, consegue arrancar uma vaca do convés. Arrancar um homem, portanto, é brincadeira para ela, principalmente do convés de uma das barcaças que a companhia aproveita para transportar passageiros. O senhor mesmo pode ver quão baixo a nossa navega sobre a água.

O professor afastou-se rapidamente da borda, parando o mais longe que conseguiu, até ser detido por carrinhos e bagagens.

– Ouvi um chape! – bufou, olhando atentamente para a neblina no meio das ilhotas. – Senhor bruxo! Ouvi...

– Calma. Além do chape, é possível ouvir rangidos de remos nas forquetas. São os guardas da alfândega da margem redânia. O senhor vai vê-los daqui a pouco. Eles subirão a bordo e causarão um rebuliço maior do que fariam três ou quatro zygopteras.

Pluskolec passou correndo por eles. Soltou um palavrão, porque o garoto do gorro com pena enfiou-se por entre suas pernas. Os passageiros e negociantes reviravam nervosamente seus pertences, esforçando-se para ocultar tudo o que estavam contrabandeando.

Momentos depois, um grande barco bateu de leve no casco da barcaça, e quatro indivíduos furiosos e barulhentos saltaram sobre o convés. Cercaram o arrais gritando ameaças, na tentativa de fazer com que suas pessoas e funções parecessem importantes, e se atiraram avidamente sobre as bagagens dos viajantes.

– Eles estão fazendo a inspeção antes mesmo de desembarcarmos – queixou-se Pluskolec, aproximando-se do bruxo e do professor. – Isso não é ilegal? Afinal, ainda não estamos em território redânio. A Redânia fica na margem direita, a meia milha daqui!

– Não – contestou o professor. – A fronteira entre a Redânia e Temeria passa pelo centro do Pontar.

– E como se pode medir a merda dessa corrente? Estamos no delta! As moitas, bancos de areia e ilhotas vivem mudando de posição, e o canal navegável é diferente a cada dia! Castigo divino! Ei, você, seu fedelho! Deixe em paz esse croque ou vou deixar sua bunda roxa de tanta porrada! Prezada senhora! Tome conta de seu filho! Castigo divino!

– Everett! Largue isso, senão vai se sujar!

– O que há neste baú? – gritavam os aduaneiros. – Ei, desfaçam este embrulho! De quem é este carrinho? Vocês estão levando dinheiro em espécie? Temeriano ou redânio?

– Eis um exemplo da guerra alfandegária – comentou Linus Pitt, fazendo uma careta de sabichão. – Vizimir forçou Novigrad a introduzir o *jus stapulae*. Foltest de Temeria retaliou com um *jus stapulae* absoluto em Wyzim e Gors Velen. Com isso, prejudicou seriamente os negociantes redânios, de modo que Vizimir aumentou o imposto de importação dos produtos temerianos, defendendo a economia da Redânia. Temeria está inundada de produtos baratos vindos das fábricas nilfgaardianas. E é por isso que os aduaneiros estão sendo tão zelosos. Caso os produtos nilfgaardianos conseguissem passar em grande quantidade pelas fronteiras, a economia da Redânia poderia entrar em colapso. A Redânia quase não tem indústrias, e os artesãos não conseguiriam resistir à concorrência de produtos manufaturados.

– Em poucas palavras – sorriu Geralt –, Nilfgaard, por meio de mercadorias e ouro, está conseguindo lentamente conquistar aquilo que não conseguiu obter com armas. E Temeria não se defende? Foltest não introduziu um bloqueio nas fronteiras meridionais?

– De que maneira? As mercadorias seguem através de Mahakam, de Brugge, de Verden e do porto de Cidaris. Os comerciantes não se interessam por política; a única coisa que lhes importa é o lucro. Se o rei Foltest bloqueasse as fronteiras, a guilda dos negociantes ergueria um tremendo clamor...

Um guarda alfandegário com olhos injetados e barba por fazer aproximou-se de Geralt e Linus Pitt.

– Está levando dinheiro? – rosnou. – Algo a declarar?

– Sou um erudito!

– Para mim, você pode ser até um príncipe! Quero saber o que está levando.

– Deixe-os em paz, Boratek – falou o líder do grupo, um homem alto e troncudo com um longo bigode negro. – Não está reconhecendo o bruxo? Salve, Geralt. É um conhecido seu? Um erudito? Quer dizer que o senhor vai saltar em Oxenfurt? Assim, sem bagagem?

– Exatamente. Em Oxenfurt, sem bagagem.

O líder dos aduaneiros tirou da manga um lenço e enxugou a testa, o bigode e o pescoço.

– E como vão as coisas, Geralt? – indagou. – O monstro não apareceu até agora?

– Não. E quanto a você, Olsen, viu alguma coisa?

– Não tenho tempo para ficar olhando em volta. Eu trabalho.

– Meu pai – anunciou Everett, que se aproximara sem ser percebido – é um guerreiro do rei Foltest e tem um bigode mais comprido do que o seu!

– Suma daqui, seu pirralho – disse-lhe Olsen, soltando depois um profundo suspiro. – Será que você não tem um pouco de vodca, Geralt?

– Não.

– Mas eu tenho – surpreendeu a todos o sábio da Academia, tirando do bolso do casaco um frasco achatado.

– E eu tenho um tira-gosto – gabou-se Pluskolec, aparecendo repentinamente. – Lotas defumadas!

– E meu pai...

– Suma daqui, seu fedelho!

Os quatro homens sentaram-se num rolo de cordas, à sombra de uma das carroças paradas no centro do convés, e começaram a bebericar do frasco e a devorar lotas. Olsen precisou deixá-los por um instante, porque teve início uma grande discussão. Um negociante anão de Mahakam queria pagar um imposto menor, tentando convencer os agentes alfandegários de que as peles que transportava não eram de raposas-prateadas, mas de gatos extraordinariamente grandes. Ao mesmo tempo, a mãe do intrometido e onipresente Everett negava-se a se submeter à inspeção, invocando a posição de seu marido e os privilégios dos fidalgos.

A barcaça deslizava suavemente por uma larga passagem entre ilhotas cobertas de vegetação, arrastando, coladas ao casco, longas tranças de nenúfares e alismatáceas. Zangões zuniam ameaçadoramente no meio dos juncos e, de vez em quando, ouviam-se sibilos de tartarugas. Garças, paradas sobre uma perna, olhavam para a água com calma estoica, sabendo que não precisavam ter pressa: mais cedo ou mais tarde, os peixes acabariam aproximando-se da margem.

– E então, senhor Geralt? – falou Pluskolec, lambendo a pele de uma lota. – Mais uma viagem sem incidentes? Vou lhe dizer o que eu acho. Esse monstro não é bobo. Ele sabe que o senhor está atento. Em nosso vilarejo havia um riacho, e nele vivia uma lontra que costumava sair de lá para pegar uma ou outra galinha. Mas era tão esperta que nunca aparecia quando meu pai, eu ou um de meus irmãos estávamos em casa. Agia apenas quando o vovô se encontrava sozinho. E ele, veja só, já não estava bem da cabeça, além de não poder mais andar. A tal lontra, filha de uma cadela, parecia saber disso. Aí, meu pai...

– Dez por cento *ad valorem*! – gritou o negociante anão, agitando no ar uma pele de raposa. – É isso que é devido e não darei nem uma moeda de cobre a mais.

– Então vou confiscar a carga toda – rugiu Olsen, furioso. – E o denunciarei aos guardas de Novigrad, de modo que você vai parar na cadeia com esse seu *ad valorem*! Boratek, cobre o que é devido, até o último centavo! Quanto a vocês três, deixaram algo para mim ou beberam tudo?

– Sente-se, Olsen – disse Geralt, deixando um espaço livre no rolo de cordas. – Vejo que seu trabalho é muito estressante.

– É verdade. Já estou farto desse negócio – suspirou o aduaneiro, dando um gole de bebida e enxugando o bigode. – Vou largar tudo e retornar a Aedirn. Sou um vengerbergiano nato que foi atrás da irmã e do cunhado para a Redânia, mas agora estou voltando. Pretendo me alistar. Dizem que o rei Demawend está convocando homens para formar tropas especiais. Meio ano de treino num acampamento, e depois se começa a receber um soldo três vezes superior ao que se ganha aqui, mesmo considerando os subornos. Estas lotas estão salgadas demais.

– Já ouvi falar dessas tropas especiais – confirmou Pluskolec. – Elas estão sendo preparadas para enfrentar os Esquilos, porque as tropas regulares não conseguem dar conta dos elfos. Pelo que me disseram, na hora da escolha dos candidatos, é dada preferência a meios-elfos. Quanto ao acampamento no qual aprendem a lutar, parece ser o próprio inferno. No fim do treinamento, metade sai para receber soldo e metade vai direto para o cemitério.

– E é assim que deve ser – falou Olsen. – Unidades especiais, arrais, não são de brincadeira. Não se trata de meros portadores de escudo de merda aos quais é preciso mostrar qual dos lados da lança é pontudo. Tropas especiais devem saber lutar... e como!

– E você é um guerreiro tão feroz, Olsen? Não tem medo de os Esquilos encherem seu rabo com flechas?

– Grande coisa! Eu também sei disparar um arco. Para quem lutou contra nilfgaardianos, os elfos não metem medo.

– Dizem – comentou Pluskolec – que quando alguém cai vivo nas mãos desses tais Scoia'tael... teria sido melhor não ter nascido. São mestres torturadores.

– Eeeeh, por que não cala a boca, arrais? Está tagarelando como uma mulher na feira. Guerra é guerra. Às vezes você acerta um chute no traseiro do inimigo; às vezes ele acerta no seu. Pode ter certeza de que os nossos não acariciam os prisioneiros elfos.

– A tática do terror – interveio Linus Pitt, atirando por cima do parapeito a cabeça e a espinha de uma lota. – Violência gera violência. O ódio cresceu nos corações... e envenenou o sangue fraterno...

– O quê? – Olsen fez uma careta. – Fale língua de gente!

– Chegaram tempos difíceis.

– Isso lá é verdade – concordou Pluskolec. – Está na cara que haverá uma grande guerra. O céu vive coberto de corvos; parece que já sentem o cheiro de cadáveres. E a profetisa Ithlinne pressagiou o fim do mundo. Virá a Luz Branca, seguida do Frio Branco... ou o contrário, esqueci a sequência. E o povo anda dizendo que foram vistos claros sinais no céu...

– É melhor você ficar olhando para o canal de passagem, em vez do céu, senão acabaremos encalhando num banco de areia. Ah, estamos na altura de Oxenfurt. Olhem só, já se pode ver a Barrica.

– Isso, meus senhores, é uma estação de tratamento de esgotos experimental – gabou-se o professor doutor, recusando sua vez de dar um trago de vodca. – É um grande avanço da ciência, uma grande conquista da Academia. Nós remontamos o antigo aqueduto dos elfos, as calhas e o decantador. Já estamos neutralizando os dejetos de toda a universidade, da cidadezinha e dos vilarejos e das fazendas das redondezas. Aquilo que os senhores chamam de Barrica é exatamente o tanque de decantação. Um inegável sucesso de nossa ciência...

– Abaixem a cabeça, abaixem a cabeça – alertou Olsen, encolhendo-se debaixo da borda. – Ano passado, quando isso explodiu, voou merda até a Moita do Grou.

A barcaça navegou por entre as ilhas, e a atarracada torre do decantador e o aqueduto sumiram na neblina. Todos respiraram aliviados.

– Você não vai direto pelo braço de Oxenfurt? – indagou Olsen a Pluskolec.

– Primeiro vou parar na Baía das Bétulas para pegar uns negociantes de peixes e outros comerciantes do lado temeriano.

– Hummm... – O aduaneiro coçou o pescoço. – Na Baía das Bétulas... Escute, Geralt, você por acaso teria alguma querela com os temerianos?

– Por quê? Alguém perguntou por mim?

– Acertou. Como pode ver, não me esqueci de seu pedido para ficar de olho em pessoas que estivessem curiosas a seu respeito. Pois imagine que alguns membros da Guarda Temeriana andaram fazendo perguntas sobre você. Quem me disse isso foram os agentes da aduana de lá, com os quais mantenho boas relações. Algo está me cheirando mal, Geralt.

– Será a água? – assustou-se Linus Pitt, olhando com temor para o aqueduto e o inegável sucesso da ciência.

– Ou esse fedelho? – perguntou Pluskolec, apontando para Everett, que continuava rondando por perto.

– Não é disso que estou falando – irritou-se Olsen. – Escute, Geralt. Os funcionários da aduana de Temeria disseram que os guardas fizeram uma série de perguntas esquisitas. Eles sabem que você viaja nos barcos da Malatius e Grock. Perguntaram... se você viajava sozinho, se não estava acompanhado... Que droga... por favor, não ria! Eles estavam interessados numa adolescente que aparentemente fora vista com você.

Pluskolec deu uma risadinha marota. Linus Pitt lançou sobre o bruxo um olhar reprovador, aquele que se deve lançar a homens grisalhos nos quais a lei está interessada por suas tendências sexuais em relação a moças impúberes.

– E por causa disso – pigarreou Olsen – os aduaneiros temerianos acharam que se tratava de uma rixa particular na qual alguém envolvera a guarda, talvez a família ou o namorado da tal jovem. Então, fizeram uma série de perguntas discretas para tentar descobrir quem estava por trás daquilo. E descobriram. Aparentemente, trata-se de um fidalgo bastante rico, loquaz como um chanceler e generoso com a bolsa, que mandou que o chamassem de... Rience ou algo assim. Sua bochecha esquerda está tomada por uma mancha vermelha, parecendo uma queimadura. Você conhece alguém que casa com essa descrição?

Geralt levantou-se.

– Pluskolec – disse. – Vou descer da barcaça na Baía das Bétulas.

– Espere aí! E quanto à viagem de volta?

– É problema seu.

– Já que estamos falando em problemas – interveio Olson –, olhe para o estibordo, Geralt. Bastou falar do diabo...

De trás da ilha, do meio da neblina que se dissipava devagar, surgiu um barco em cujo mastro tremulava preguiçosamente uma bandeira negra pontilhada de lírios prateados. Sua tripulação consistia em um grupo de homens com os pontudos gorros da Guarda Temeriana.

Geralt meteu rapidamente a mão na bolsa, tirou as duas cartas – a de Ciri e a de Yennefer –, rasgou-as em pedacinhos e os atirou no rio. O aduaneiro ficou observando-o em silêncio.

– Pode-se saber o que você está fazendo?

– Não, não pode. Pluskolec, cuide de meu cavalo.

– Você quer... – Olsen franziu o cenho. – Você pretende...

– O que eu pretendo fazer é assunto meu. Não se envolva nisso, senão poderá criar um incidente diplomático. Eles estão navegando sob a bandeira de Temeria.

– Caguei solenemente na bandeira deles – retrucou o aduaneiro, ajustando o sabre numa posição mais acessível no cinturão e polindo com a manga o gorjal esmaltado com a imagem de uma águia num campo vermelho. – Se estou exercendo o controle deste barco, aqui é Renânia. Não permitirei...

– Olsen – interrompeu-o o bruxo, pegando-o pela manga. – Por favor, não se intrometa. O sujeito de rosto queimado não está no barco, e eu preciso descobrir quem é ele e o que quer. Tenho de me encontrar com ele cara a cara.

– Você vai permitir que eles o metam num tronco? Não seja estúpido! Caso se trate de um ajuste de contas ou de uma vingança encomendada por alguém, então logo depois daquela ilhota você será atirado por cima da amurada, com uma âncora presa ao pescoço. Você vai se encontrar cara a cara é com caranguejos no fundo do rio!

– Eles são guardas temerianos, e não simples bandidos.

– Ah, é? Olhou bem para a cara deles? Deixe que eu já vou descobrir quem eles são de verdade. Você vai ver.

O barco aproximou-se rapidamente e encostou no casco da barcaça. Um dos guardas atirou uma corda, enquanto outro encaixava um bicheiro na borda.

– Eu sou o arrais! – anunciou formalmente Pluskolec, bloqueando a passagem de três indivíduos prestes a saltar no convés. – A barcaça pertence à Companhia Malatius e Grock! O que vocês...

Um dos homens, careca e corpulento, empurrou-o para o lado sem cerimônia, com um braço grosso como um ramo de carvalho.

– Um tal de Gerald, chamado de Gerald de Rívia! – urrou, lançando um olhar ameaçador ao arrais. – Ele se encontra no convés?

– Não.

– Sou eu. – O bruxo aproximou-se, passando por entre embrulhos e pacotes. – Eu sou Geralt, chamado de Geralt. De que se trata?

– Em nome da lei, considere-se preso – falou o careca, percorrendo os olhos por todos os viajantes. – Onde está a garota?

– Estou sozinho.

– Mentira!

– Um momento, um momento – pronunciou-se Olsen, saindo de trás do bruxo e colocando a mão em seu ombro. – Vamos manter a calma e abaixar o tom de voz. Vocês chegaram tarde demais, temerianos. Ele já está preso, também em nome da lei. Fui eu quem o prendeu. Por contrabando. De acordo com minhas ordens, ele está sendo levado para a casa de guarda em Oxenfurt.

– Como é? – O careca franziu o cenho. – E a garota?

– Aqui não tem e nunca teve garota alguma.

Os guardas entreolharam-se num silêncio indeciso. Olsen deu um largo sorriso e contorceu o bigode negro.

– Sabe o que faremos? – bufou. – Vocês, temerianos, virão conosco até Oxenfurt. Tanto nós quanto vocês somos pessoas simples; como podemos saber o que está certo ou errado perante a lei? Já o comandante da casa de guarda de Oxenfurt é um homem ponderado e experiente. Vamos deixar que ele decida quem está com a razão. Vocês devem conhecê-lo, porque ele conhece muito bem o comandante da Baía das Bétulas. Aí, vocês vão lhe expor seu caso e mostrar o mandado com os selos... Porque vocês têm um mandado com todos os selos, como regem as normas, não é verdade?

O careca permaneceu calado, olhando soturnamente para o aduaneiro.

– Não tenho tempo nem vontade de ir para Oxenfurt! – gritou, por fim. – Vou levar esse passarinho para até nossa margem e pronto! Stran, Vitek! Rápido, revistem a barcaça e achem a garota!

– Vamos com calma – disse Olsen, clara e pausadamente, não parecendo se impressionar com os gritos do careca. – Vocês estão do lado redânio do delta, temerianos. Não têm nada a declarar a nossa aduana? Algum contrabando, talvez? Já vamos verificar. Vamos revirar seu barco, e, se acharmos algo, então vocês terão de nos acompanhar até Oxenfurt, mesmo contra sua vontade. Rapazes! Venham aqui!

– Meu papai – piou repentinamente Everett, aparecendo não se sabe de onde ao lado do careca – é um guerreiro! E ele tem uma faca ainda maior que a sua!

Rápido como um raio, o careca agarrou-o pela gola de pele de castor e o ergueu do convés, deixando cair o gorro adornado com pluma. Envolvendo-o pela cintura com o braço, aproximou a faca de sua garganta.

– Para trás! – vociferou. – Para trás, ou cortarei a garganta deste fedelho!

– Evereeeeett! – uivou a fidalga.

– Que métodos estranhos – comentou o bruxo calmamente – são usados pela Guarda Temeriana... Na verdade, são tão estranhos que não dá para acreditar que vocês sejam realmente membros da guarda.

– Cale a boca! – berrou o careca, sacudindo Everett, que guinchava como um porco. – Stran, Vitek! Amarrem-no e o atirem no barco. Quanto a vocês, recuem! Onde está a menina? Se não a entregarem, degolarei este pirralho!

– Pode degolar – escandiu Olsen, fazendo um sinal a seus homens e sacando seu sabre. – Não o conheço. E, quando você o tiver degolado, aí teremos uma conversinha.

– Não se intrometa! – falou Geralt, atirando sua espada sobre o convés e detendo com um gesto os aduaneiros de Olsen e os marinheiros de Pluskolec. – Estou a suas ordens, senhor falso guarda. Solte o menino.

– Para o barco! – gritou o careca, recuando até a amurada sem soltar Everett. – Vitek, pegue-o! E vocês todos, para trás! Se um de vocês mexer um dedo, o garoto morre.

– Você enlouqueceu, Geralt? – rosnou Olsen.

– Não se intrometa!

– Evereeeeett!!!

O barco temeriano balançou repentinamente e afastou-se da barcaça. A água explodiu num violento esguicho, fazendo emergir duas longas e ásperas patas verdes cheias de pontas como as pernas de um louva-a-deus. As patas agarraram o guarda com o bicheiro e, num piscar de olhos, levaram-no para debaixo da água. O careca uivou selvagemente, soltou Everett e agarrou-se às cordas pendentes do casco do barco. O garoto caiu na água, já vermelha de sangue. Todos – tanto os do barco quanto os da barcaça – começaram a gritar como loucos.

Geralt livrou-se dos dois guardas que tentavam amarrá-lo. Acertou o primeiro com um golpe no queixo, atirando-o na água por cima da amurada. O segundo, prestes a atacá-lo com um gancho de ferro, dobrou-se e desabou no convés com o sabre de Olsen enfiado até o cabo no meio de suas costelas.

O bruxo saltou sobre a borda. Antes de a água fechar-se sobre sua cabeça, pôde ouvir o grito de Linus Pitt, professor de história natural da Academia de Oxenfurt:

– O que é isso? Qual espécie? Não existem animais assim!

Geralt emergiu junto do barco temeriano, escapando por um triz de ser atingido pelo arpão com o qual queria feri-lo um dos homens do careca. O guarda não teve condições de tentar mais uma vez, caindo na água com uma flecha cravada na garganta. Geralt, pegando o arpão que o guarda deixara cair, afastou-se do barco empurrando-o com os pés e mergulhou no turbilhão, desferindo um golpe em algo que esperava que não fosse Everett.

– Não é possível! – ouvia os gritos do professor doutor. – Um animal assim não pode existir! Pelo menos, não deveria existir!

"Não posso deixar de concordar com isso", pensou Geralt, atacando com o arpão a dura couraça coberta de aguçadas pontas da zygoptera. O ensanguentado cadáver do guarda temeriano se removia inanimado entre as recurvadas mandíbulas do monstro. A zygoptera agitou violentamente a cauda e mergulhou, deixando nuvens de lodo atrás de si.

Geralt ouviu um grito agudo. Everett, agitando-se na água como um cachorrinho, conseguiu agarrar as pernas do careca, que tentava subir no barco escalando as cordas pendentes da borda. As cordas se soltaram, e ambos sumiram debaixo da superfície. Geralt mergulhou na direção deles. O fato de ter tocado de imediato na gola de pele de castor foi pura sorte. Tirou Everett do emaranhado de plantas aquáticas e, nadando de costas, levou-o até a barcaça.

– Aqui, senhor Geralt! Aqui! – ouvia gritos sobrepondo-se uns aos outros. – Passe-o para cá! A corda! Pegue a corda! Que merda! A corda! Com o bicheiro! Com o bicheiro! Meu filhinhooooo!

Arrancaram o menino de suas mãos e o ergueram até o convés. No mesmo instante, alguém agarrou o pé do bruxo, golpeou-o na nuca, subiu em suas costas e empurrou-o para debaixo da água. Geralt soltou o arpão, virou-se, puxou o atacante pelo cinto e, com a outra mão, tentou agarrar seus cabelos. A tentativa foi vã: era o careca.

Ambos emergiram ao mesmo tempo, mas só por um momento. O barco temeriano já se afastara da barcaça. O bruxo e o guarda, unidos num abraço, estavam no vão entre as duas embarcações. O careca agarrou Geralt pela garganta, e este enfiou o dedão em seu olho. O guarda deu um berro, soltou o bruxo e nadou para mais longe. Geralt não conseguiu segui-lo: algo o segurava pelo pé e o puxava para as profundezas. A seu lado, parecendo uma rolha, emergiu na superfície a metade de um corpo humano. Geralt já sabia o que o segurava; não precisava da informação gritada por Linus Pitt do convés da barcaça:

– É um artrópode! Da ordem *Amphipoda*, da classe dos megamandibulares!

Geralt agitou violentamente os braços, tentando arrancar o pé das garras da zygoptera, que o puxavam na direção das mandíbulas, as quais se abriam e fechavam ritmicamente. O professor doutor estava certo mais uma vez: as mandíbulas não eram pequenas.

– Pegue a corda! – urrava Olsen. – Pegue a corda!

Um arpão atirado do convés silvou junto da orelha do bruxo e se cravou na emersa e coberta de algas couraça do monstro. Geralt agarrou a haste do arpão, apoiou-se nela e afastou o corpo, desferindo um violento chute na zygoptera com a perna livre. Conseguiu desvencilhar-se das patas pontiagudas, deixando nelas a bota, parte das calças e um bom pedaço de pele. No ar sibilaram mais e mais arpões, a maioria deles errando o alvo. A zygoptera recolheu as patas, agitou a cauda e, com grande graça, mergulhou para as esverdeadas profundezas.

Geralt agarrou a corda que caíra perto de seu rosto. Um bicheiro enganchou-se em seu cinturão, ferindo-lhe o quadril. Sentiu um puxão, foi erguido e, agarrado por diversas mãos, rolado por cima da amurada até desabar sobre o convés, salpicando-o com água, lodo, limo e sangue. A sua volta atropelavam-se os passageiros, os tripulantes e os aduaneiros. O anão das peles de raposa e Olsen disparavam flechas, inclinados sobre o parapeito. Everett, molhado e coberto de plantas aquáticas, batia os dentes nos braços de sua mãe e soluçava, tentando explicar a todos que não queria ter feito o que fez.

– Senhor Geralt! – gritou Pluskolec perto do ouvido do bruxo. – O senhor está vivo!

– Que merda... – Geralt cuspiu algumas algas. – Estou velho demais para esse tipo de coisa... Velho demais...

A seu lado, o anão abaixou o arco, e Olsen deu um grito de alegria.

– Uau! Diretamente na pança! Lindo disparo, senhor peleiro! Ei, Boratek! Devolva-lhe o dinheiro! Com uma flechada dessas, ele faz jus à liberação da taxa alfandegária!

– Parem... – balbuciou o bruxo, tentando inutilmente ficar de pé. – Não matem todos, com os diabos! Preciso de pelo menos um deles vivo!

– Deixamos um – garantiu-lhe Olsen. – Aquele careca que quis se meter comigo. Os demais abatemos com flechadas. O careca está nadando ali. Já vamos pescá-lo. Ei, vocês aí! Tragam bicheiros!

– Uma descoberta! Uma descoberta monumental! – gritou Linus Pitt, dando pulinhos junto da amurada. – Uma espécie nova, totalmente desconhecida! O senhor nem pode imaginar quanto lhe sou grato, senhor bruxo! A partir de agora, essa espécie figurará nos livros de estudos como... como *Geraltia maxiliosa pitti*!

– Senhor professor – gemeu Geralt –, se o senhor quer realmente me mostrar sua gratidão... nomeie esse bicho de *Everetia*.

– Também um lindo nome – concordou o mestre. – Mas que descoberta! Que espécime maravilhoso e único! Certamente o único vivo no delta...

– Não – falou Pluskolec. – Não o único. Olhem!

O extenso tapete de nenúfares que se estendia até uma ilhota próxima tremeu e balançou violentamente. Todos viram uma onda, logo seguida por um enorme e comprido corpo parecido com um tronco de árvore apodrecido, que, agitando rapidamente uma porção de tentáculos, abria e fechava possantes mandíbulas. O careca olhou para trás, soltou um grito de horror e, desesperado, pôs-se a nadar, revolvendo a água com pernas e braços.

– Que espécime, que espécime! – Pitt anotava rapidamente, excitado ao extremo. – Tentáculos preensores na cabeça, quatro pares de pedipalpos... Forte parte superior da barbatana caudal... Pinças afiadas...

O careca voltou a olhar para trás e uivou ainda mais horrivelmente. A *Everetia maxiliosa pitti* estendeu os tentáculos preensores da cabeça e agitou com força a barbatana caudal. O careca agitou-se na água num desesperado e inútil esforço para escapar.

– Que a água lhe seja leve – disse Olsen, mas sem tirar o gorro.

– Meu papai – falou Everett, batendo os dentes – sabe nadar mais rápido do que aquele senhor.

– Tirem esse moleque daqui! – rosnou o bruxo.

O monstro abriu as pinças e bateu as mandíbulas. Linus Pitt empalideceu e virou-se de costas.

O careca soltou um grito curto e desapareceu sob a superfície. A água tingiu-se de vermelho.

– Que droga! – Geralt sentou-se pesadamente no convés. – Não tenho mais idade para essas coisas... Decididamente estou velho demais...

•

Não havia o que discutir: Jaskier simplesmente adorava a cidadezinha de Oxenfurt.

O *campus* da universidade era cercado por um anel de muros, em torno do qual havia outro anel: o enorme, barulhento, ofegante, agitado e ruidoso anel da colorida cidadezinha de madeira com ruelas apertadas e telhados pontudos. Uma cidadezinha que vivia da Academia, seus estudantes, professores, pesquisadores e convidados; que vivia de educação e conhecimento, de tudo aquilo que acompanha o processo do aprendizado. Pois era das sobras e dos fragmentos da teoria que provinham a prática, os negócios e o lucro da pequena Oxenfurt.

O poeta cavalgava lentamente por uma apinhada ruela lamacenta, passando por oficinas, ateliês, barracas e lojas que, graças à Academia, fabricavam e vendiam milhares de mercadorias e maravilhas inalcançáveis em outras partes do mundo, onde sua produção era considerada impossível ou sem utilidade prática. Passava por estalagens, albergues, quiosques, tendas e tabuleiros sobre tripés, dos quais emanavam deliciosos aromas de iguarias não existentes nos demais recantos do mundo, preparadas de formas ignoradas em outros lugares e temperadas com condimentos não conhecidos ou não usados por ninguém mais. Assim era Oxenfurt, a colorida, alegre e buliçosa cidadezinha de coisas milagrosas, na qual pessoas espertas e cheias de iniciativa sabiam transformar a seca e inútil teoria pescada aos poucos da universidade. Oxenfurt era, também, uma cidade de diversões, de festivais constantes, feriados permanentes e folguedos incessantes. Durante o dia, as ruelas ecoavam com o som de músicas, cantos e cálices e canecos batendo uns contra os outros, já que nada aumenta mais a sede do que o processo de absorção do conhecimento. Apesar de o reitor ter proibido alunos e mestres de consumir álcool antes do pôr do sol, bebia-se tanto de dia como de noite, pois, se há algo que pode aumentar mais a sede do que o processo de absorção do conhecimento, esse algo é uma proibição total ou parcial.

Jaskier estalou a língua para seu baio castrado e seguiu adiante, forçando passagem através da multidão que ocupava as ruas. Bufarinheiros, vendedoras ambulantes, camelôs de todas as espécies ofereciam seus produtos e serviços em altos brados, potencializando a barulheira reinante em volta.

– Lulas! Lulas fritas!

– Pomada contra espinhas! Somente aqui! Milagrosa e infalível!

– Gatos! Gatos caçadores de ratazanas! Ouçam só como eles miam!

– Amuletos! Elixires! Poções mágicas! Afrodisíacos garantidos! Basta uma pitada, e mesmo um morto readquirirá o vigor! Quem vai levar?!

– Arranco dentes, quase sem dor! Barato, baratinho!

– O que você chama de "baratinho"? – interessou-se Jaskier, mordendo uma lula enfiada em um espeto, dura como uma sola de couro.

– Duas coroas por hora!

O poeta estremeceu e cutucou o baio com os calcanhares. Olhou disfarçadamente para trás. Os dois indivíduos que o seguiam desde a sede da prefeitura pararam junto de uma barbearia, fingindo interesse em seus serviços, descritos com giz numa tábua. Jaskier não deixou se enganar. Sabia muito bem o que realmente interessava a eles.

Continuou cavalgando. Passou diante do enorme prédio do bordel O Botão de Rosa, onde, como sabia, eram oferecidos refinados serviços desconhecidos ou não muito populares em outras partes do mundo. Travou uma batalha entre a razão e o caráter quanto à conveniência de passar uma horinha naquele local. Por fim, a razão triunfou. Jaskier soltou um suspiro e encaminhou-se na direção da universidade, fazendo um esforço para não olhar para os bares, dos quais lhe chegavam sons de uma alegre folia.

Sim. Não havia o que discutir: o trovador adorava a cidadezinha de Oxenfurt.

Voltou a olhar para trás. Os dois indivíduos não desfrutaram dos serviços oferecidos pelo barbeiro, embora fosse evidente que deveriam tê-lo feito. Naquele momento estavam parados diante de uma loja de instrumentos musicais, fingindo interesse em ocarinas de barro. O vendedor enaltecia suas características, esperando ganhar uma comissão. Jaskier sabia que ele estava gastando seu tempo à toa.

Dirigiu o cavalo para o Portão dos Filósofos, o principal pórtico da Academia. Em questão de minutos resolveu as questões formais, que consistiam em assinar o livro de visitantes e entregar o baio para ser levado à cocheira.

Do outro lado do Portão dos Filósofos, o poeta foi saudado por outro mundo. O *campus* da universidade estava completamente desconectado da estrutura urbana; não era, como a cidade, o cenário de uma selvagem batalha por centímetros de espaço. Ali, tudo estava praticamente como fora deixado pelos elfos. Largas alamedas pavimentadas com seixos coloridos entre esbeltos palacetes agradáveis aos olhos, cercas rendadas, muretas, sebes, canais, pequenas pontes, canteiros de flores e extensos gramados verdejantes esmagados apenas em alguns lugares por pesadas construções acrescidas mais tarde, já nos tempos pós-élficos. Tudo era limpo, calmo e distinto, e qualquer tipo de comércio e de serviço pago, incluindo diversões ou prazeres da carne, era estritamente proibido.

Pelas aleias do parque passeavam estudantes com o nariz enfiado em livros e pergaminhos. Outros, sentados em bancos, gramados e muretas, repassavam as lições do dia, discutiam ou discretamente jogavam porrinha ou cara ou coroa, pulavam carniça ou se distraíam com outros jogos que demandavam inteligência. Passeavam ali também professores absortos, com dignidade e decoro, em conversas e debates. Bacharéis recém-graduados vagabundeavam por toda parte, com os olhos fixos nas nádegas das estudantes mais bonitas. Com um misto de saudade e alegria, Jaskier constatou que nada mudara na Academia desde seus tempos de estudante.

Uma leve brisa soprava do delta do rio, trazendo consigo um tênue cheiro do mar e um forte fedor de gás sulfídrico vindo do imponente prédio da Cátedra de Alquimia, que dominava o canal. No meio dos arbustos, junto das paredes dos dormitórios dos estudantes, chilreavam tentilhões amarelo-esverdeados, e sobre o galho de um álamo estava sentado um orangotango, que certamente havia fugido do zoológico mantido pela Cátedra de História Natural.

Sem perder tempo, o poeta atravessou rapidamente o labirinto de aleias e sebes. Conhecia a universidade como a palma da mão, o que não era de estranhar; afinal, estudara ali por quatro anos e passara mais um lecionando na Cátedra de Trova e Poesia. Propuseram-lhe a posição de professor assim que fora aprovado com louvor nos exames finais, surpreendendo seus mestres, para os quais, durante o tempo de estudante, sempre dera a impressão de ser preguiçoso, bagunceiro e idiota. Anos mais tarde, depois de vagar pelo país com seu alaúde e sua fama de menestrel ter se espalhado por todas as regiões, a Academia passou a convidá-lo com frequência para visitas e palestras. Jaskier cedia àqueles apelos apenas esporadicamente, uma vez que sua paixão por viagens e aventuras vivia em permanente conflito com seu desejo de desfrutar de conforto, luxo e uma fonte de renda constante. Além de, obviamente, sua simpatia pela cidadezinha de Oxenfurt.

Olhou para trás. Os dois indivíduos, que não compraram nenhuma ocarina, flauta ou pífaro, caminhavam a certa distância dele, observando com atenção o topo das árvores e a fachada dos prédios.

Assoviando despreocupadamente, o poeta mudou a direção e encaminhou-se para o palacete que abrigava a Cátedra de Medicina e Herbologia. A aleia que levava até ali estava repleta de alunas, vestidas com o característico jaleco verde-claro. Jaskier olhava atentamente para todos os lados, à procura de um rosto conhecido.

– Shani!

Uma jovem estudante de medicina de cabelos ruivos cortados na altura das orelhas ergueu a cabeça de um atlas de anatomia e levantou-se do banco.

– Jaskier! – sorriu, apertando os alegres olhos cor de cerveja. – Há anos que não o vejo! Venha, vou apresentá-lo a minhas amigas... elas adoram seus versos.

– Mais tarde – sussurrou o bardo. – Olhe discretamente, Shani. Está vendo aqueles dois?

– Tiras. – A futura médica franziu o narizinho arrebitado, fazendo com que Jaskier ficasse mais uma vez impressionado com a facilidade com a qual os universitários sabiam reconhecer investigadores, espiões e delatores. A aversão nutrida por eles aos serviços secretos era proverbial, embora não de todo racional. A área da universidade era sagrada, e os estudantes e professores, intocáveis. Os agentes podiam ficar fuçando à vontade, mas não ousavam aborrecer nem importunar os acadêmicos.

– Estão me seguindo desde a praça do mercado – explicou Jaskier, abraçando a estudante de medicina como se lhe fizesse a corte. – Você faria uma coisa para mim, Shani?

– Depende do quê. – A jovem desvencilhou-se dele feito uma corça assustada. – Se você se meteu em outra encrenca imbecil...

– Não, não – acalmou-a o bardo. – Apenas quero transmitir uma informação, mas não posso fazer isso pessoalmente por causa dessa merda que grudou na sola de meus sapatos...

– Quer que eu chame os rapazes? Basta eu soltar um grito, e você não terá mais nenhum problema com esses tiras.

– Não faça isso. Quer provocar uma confusão? Mal acabaram os distúrbios por causa da discriminação dos inumanos nos bancos dos jardins, e você já está ansiando por outros? Além disso, abomino qualquer tipo de violência. Darei um jeito naqueles tiras. Quanto a você, se puder...

Aproximou os lábios dos cabelos da jovem e ficou sussurrando por algum tempo. Os olhos de Shani brilharam.

– Um bruxo? Um bruxo de verdade?

– Fale mais baixo, pelo amor dos deuses. Você fará isso, Shani?

– É lógico que sim – sorriu, satisfeita, a futura médica. – Nem que seja pela curiosidade de ver de perto o famoso...

– Já lhe pedi para falar mais baixo. E lembre-se: nem uma palavra sequer a quem quer que seja.

– Será um segredo profissional. – Shani abriu um sorriso ainda mais lindo.

Jaskier voltou a querer compor uma balada sobre jovens exatamente como ela: não bonitas demais, mas belas, daquelas com as quais se sonha à noite, enquanto as classicamente lindas são esquecidas em cinco minutos.

– Obrigado, Shani.

– De nada, Jaskier. Até breve.

Beijaram-se nas bochechas e partiram em direções opostas: ela, para a Cátedra de Medicina e Herbologia; ele, para o Parque dos Pensadores.

Jaskier passou pelo moderno e soturno prédio da Cátedra de Técnica, conhecido entre os estudantes pelo apelido de "Deus Ex Machina", e dobrou na direção da Ponte Guildenstern. Não foi longe. Logo após a curva da aleia, junto do canteiro com o busto de bronze de Nicodemus de Boot, o primeiro reitor da Academia, aguardavam-no os dois indivíduos. Como todos os tiras do mundo, evitavam olhar nos olhos e, como todos os tiras do mundo, tinham rostos comuns e inexpressivos, esforçando-se para transmitir um ar de inteligência, o que os fazia parecer macacos com algum tipo de doença mental.

– Saudações da parte de Dijkstra – falou um dos espiões. – Vamos.

– Igualmente – respondeu o bardo, irônico. – Vão.

Os espiões se entreolharam e, sem sair do lugar, fixaram os olhos num palavrão que alguém escrevera com carvão na base do busto do reitor. Jaskier suspirou.

– Foi o que pensei – disse, ajeitando o alaúde no ombro. – Quer dizer que serei inapelavelmente forçado ir a algum lugar com os prezados senhores? Contra fatos, não há argumentos; portanto, vamos. Os senhores à frente e eu atrás. Neste caso concreto, a beleza cederá o lugar de honra à idade.

•

Dijkstra, o chefe do serviço secreto do rei Vizimir da Redânia, não tinha a aparência de um espião. Ao contrário, estava longe do estereótipo segundo o qual um espião tinha de ser baixinho, magro, lembrando um rato com penetrantes olhinhos negros espiando sob um capuz preto. Dijkstra, como Jaskier bem sabia, nunca usava capuz e invariavelmente demonstrava uma preferência por trajes de cores claras. Tinha quase sete pés de altura e pesava cerca de doze quintais. Quando cruzava os antebraços sobre o peito – o que fazia com frequência e prazer –, parecia que dois cachalotes estavam desabando sobre uma baleia, e os traços fisionômicos, assim como a cor dos cabelos e da pele, davam-lhe o aspecto de um leitão recém-lavado. Jaskier conhecera poucas pessoas cuja aparência fosse tão enganadora quanto a de Dijkstra. Aquele gigante suíno, que mais parecia um idiota sonolento, tinha a mente muito aguçada, além de considerável autoridade. Um jocoso dito popular na corte do rei Vizimir afirmava que, caso Dijkstra dissesse que era meio-dia e tudo estivesse mergulhado em escuridão, então era recomendável se preocupar com o destino do sol.

Contudo, no presente momento, o poeta tinha outros motivos para estar preocupado.

– Jaskier – falou Dijkstra sonolentamente, cruzando os cachalotes sobre a baleia –, seu imbecil completo. Idiota patenteado. Será que sempre tem de estragar tudo em que se mete? Será que pelo menos uma vez na vida não pode fazer algo da forma como deve ser feito? Estou ciente de que não consegue raciocinar sozinho. Sei que tem quase quarenta anos, aparenta ter perto de trinta, acha que tem pouco mais de vinte e se comporta como se ainda não tivesse completado dez. É por tudo isso que costumo lhe dar instruções precisas. Digo-lhe o que você tem de fazer, quando fazê-lo e de que maneira. E sempre acabo tendo a impressão de ter falado com uma parede.

– Já eu – retrucou o poeta, posando de insolente – sempre tenho a impressão de que você fala apenas para exercitar os lábios e a língua. Portanto, passe logo para casos concretos, eliminando de seu discurso as figuras retóricas e a falsa oratória. De que se trata desta vez?

Estavam sentados a uma grande mesa de carvalho, entre estantes repletas de livros e rolos de pergaminhos, no último andar da reitoria, num aposento alugado que Dijkstra chamava jocosamente de Cátedra de História Novíssima, e Jaskier, de Cátedra de Espionagem Comparativa e Sabotagem Aplicada. Além de Dijkstra e do poeta, participavam da conversa mais duas pessoas. Uma delas, como de costume, era Ori Reuven, o idoso e permanentemente resfriado secretário do chefe dos espiões redânios. A outra não era uma pessoa comum.

– Você sabe muito bem de que se trata – respondeu Dijkstra secamente. – No entanto, já que se fingir de idiota parece diverti-lo, não o decepcionarei e explicarei tudo em palavras claras. Ou será que você, Filippa, quer ter esse privilégio?

Jaskier lançou um olhar para a até então calada quarta participante da reunião. Filippa Eilhart chegara a Oxenfurt havia pouco tempo ou então pretendia partir dali em breve, uma vez que não trajava um vestido, não ostentava suas adoradas joias de ágata negra, nem estava maquiada cuidadosamente. Usava um curto casaco masculino, calças de malha justas e botas de cano alto, traje que o poeta denominava "de campanha". Os negros cabelos da feiticeira, normalmente soltos numa pitoresca desordem, estavam agora penteados para trás, amarrados com uma fita junto da nuca.

– Não devemos perder tempo – falou Filippa, erguendo as bem delineadas sobrancelhas. – Jaskier tem razão. Considerando que o assunto a ser resolvido é simples e banal, podemos poupar-nos a eloquência e as frases de efeito que levam a nada.

– Oh, sim – sorriu Dijkstra. – Muito banal. O mais perigoso agente nilfgaardiano, que já poderia estar banalmente trancado em minha mais profunda masmorra em Tretogor, conseguiu banalmente escapar, pois foi banalmente alertado e assustado pela banal estupidez dos senhores Jaskier e Geralt. Já vi pessoas levadas ao cadafalso por banalidades bem menores. Por que não me falou nada da emboscada na qual você caiu, Jaskier? Não lhe recomendei informar-me de todas as intenções do bruxo?

– Eu não sabia dos planos de Geralt – mentiu Jaskier com convicção. – Já quanto ao fato de ele ter partido para Temeria e Sodden à procura do tal Rience, eu informei você. Também lhe disse que ele havia voltado. Estava convencido de que ele desistira. Rience simplesmente se dissolveu no ar, e o bruxo não conseguiu encontrar nenhum rastro dele, algo que, se você vasculhar a memória, levei a seu conhecimento...

– Você mentiu – afirmou o espião friamente. – O bruxo encontrou rastros de Rience... na forma de cadáveres. Foi quando ele decidiu mudar de tática. Em vez de ir atrás de Rience, resolveu ficar esperando até este achá-lo. Empregou-se como segurança numa barcaça da Companhia Malatius e Grock. E o fez com premeditação. Sabia que a Malatius e Grock anunciaria tal fato aos quatro ventos, que Rience tomaria conhecimento dele e empreenderia alguma ação. E, efetivamente, o senhor Rience agiu. O estranho e inalcançável senhor Rience. O insolente e descarado senhor Rience, que nem se dá ao trabalho de usar apelidos ou pseudônimos. O senhor Rience, que, a milhas de distância, fede à fumaça de uma chaminé nilfgaardiana e a um feiticeiro renegado. Não é verdade, Filippa?

A feiticeira nem confirmou nem negou. Ficou calada, olhando para Jaskier de modo especulativo e penetrante. O poeta abaixou os olhos e pigarreou; não gostava de tal tipo de olhar.

Jaskier dividia as mulheres atraentes, inclusive feiticeiras, em quatro categorias: as muito agradáveis, as agradáveis, as desagradáveis e as muito desagradáveis. Diante de um convite para se deitarem com ele, as muito agradáveis reagiam com jubilosa concordância; as agradáveis, com um alegre sorriso; e as desagradáveis, de uma forma difícil de prever. Já no rol das muito desagradáveis, o trovador incluía as que só a ideia de lhes fazer semelhante proposta provocava um frio na espinha e um forte tremor nos joelhos.

Filippa Eilhart, embora muito atraente, era definitivamente muito desagradável.

Além disso, Filippa Eilhart era uma pessoa importante no Conselho de Magos e feiticeira de confiança na corte do rei Vizimir. Maga muito hábil, circulavam rumores de que era uma das poucas que dominavam a arte do polimorfismo. Aparentava ter trinta anos; provavelmente, tinha mais de trezentos.

Dijkstra girava os polegares, com as mãos rechonchudas entrelaçadas sobre a barriga. Filippa continuava calada. Ori Reuven tossia, fungava e mexia-se em seu assento, constantemente ajeitando sua grande toga. A toga lembrava a de um professor, mas não parecia ter sido recebida do Senado Acadêmico, e sim encontrada numa lixeira.

– Acontece – rosnou o espião repentinamente – que seu bruxo subestimou o senhor Rience. Ele preparou uma emboscada, porém, demonstrando total falta de inteligência, partiu do princípio de que Rience o procuraria pessoalmente. De acordo com o plano do bruxo, Rience deveria sentir-se seguro. Rience não poderia suspeitar de nenhuma emboscada, tampouco descobrir agentes do senhor Dijkstra procurando por ele. E isso porque, a pedido do bruxo, o senhor Jaskier não disse uma só palavra ao senhor Dijkstra sobre a planejada tocaia, embora fosse sua obrigação fazê-lo. O senhor Jaskier tinha instruções claras nesse sentido, que ele achou por bem não levar em consideração.

– Não sou um subordinado seu – disse o poeta com empáfia. – E não preciso acatar suas recomendações ou ordens. Eu o tenho ajudado ocasionalmente, mas faço isso apenas por vontade própria, movido por uma obrigação patriótica para não permanecer passivo diante das mudanças que estão por vir...

– Você espiona para qualquer um que lhe pague – interrompeu-o Dijkstra secamente. – Passa informações a qualquer um com quem tenha rabo preso. E eu tenho muitos motivos para você ter o rabo preso comigo, Jaskier. Portanto, não banque o valentão.

– Jamais me submeterei a uma chantagem!

– Quer apostar?

– Cavalheiros. – Filippa Eilhart ergueu a mão. – Mais respeito, por favor. Não vamos nos desviar do assunto.

– Certo – falou o espião, esparramando-se na poltrona. – Escute bem, poeta. Não adianta chorar sobre leite derramado. Rience foi alertado e não deixará ser enganado novamente. Mas não posso permitir que fatos semelhantes se repitam no futuro. Por isso, quero me encontrar com o bruxo. Traga-o aqui. Pare de flanar pela cidade tentando despistar meus agentes. Vá direto até Geralt e traga-o para a Cátedra. Preciso conversar com ele pessoalmente, sem testemunhas, sem o escândalo que eclodiria caso eu o prendesse. Traga-o até mim, Jaskier. Por ora, essa é a única coisa que lhe peço.

– Geralt partiu – mentiu o bardo calmamente.

Dijkstra lançou um olhar para a feiticeira, e Jaskier encolheu-se todo, aguardando o impulso que sondaria seu cérebro. No entanto, não sentiu coisa alguma. Filippa olhava para ele com os olhos semicerrados, porém nada indicava que pretendia lançar mão de feitiços para verificar a veracidade de sua afirmação.

– Terei de aguardar seu retorno – suspirou Dijkstra, fingindo que acreditava. – O assunto que tenho a tratar com ele é muito importante, de modo que farei alterações em minha agenda e esperarei pelo bruxo. Quando ele voltar, traga-o aqui. Quanto mais cedo isso ocorrer, melhor. Melhor para muitas pessoas.

– Podem surgir dificuldades – falou Jaskier, fazendo uma careta – na tarefa de convencer Geralt a vir aqui. Ele, imagine só, tem uma inexplicável aversão a espiões. Embora consiga compreender que se trata de uma profissão como qualquer outra, aqueles que a exercem o repugnam. Estímulos patrióticos, ele costuma dizer, são uma coisa, mas para a profissão de espião contratam-se exclusivamente canalhas e pessoas dos mais baixos...

– Basta, basta. – Dijkstra fez um gesto depreciativo com a mão. – Sem grandes fraseados, por favor. Fraseados me entediam; são muito simplórios.

– Sou da mesma opinião – disse o trovador. – Mas o bruxo é um sujeito ingênuo e honesto em suas avaliações, bem diferente de nós, homens mundanos. Ele simplesmente despreza espiões e não vai querer conversar com você por nada neste mundo, quanto mais ajudar em tal tipo de serviço. E ele não tem o rabo preso com você.

– É aí que você se engana – retrucou o espião. – Ele tem, e por mais de um motivo. Por enquanto, porém, basta-me o confronto na Baía das Bétulas. Você sabe quem eram aqueles indivíduos que subiram no convés? Não eram homens de Rience.

– Isso não é novidade para mim – falou o poeta, despreocupado. – Estou seguro de que eram alguns dos patifes que não faltam na Guarda Temeriana. Rience andou perguntando pelo bruxo, provavelmente prometendo pagar por qualquer informação. Era evidente que estava muito interessado nele. Assim, alguns espertalhões tentaram sequestrar Geralt, escondê-lo numa caverna qualquer e depois vendê-lo a Rience, ditando condições e conseguindo muito mais do que por uma simples informação.

– Parabéns pela perspicácia. Obviamente ao bruxo e não a você, porque você jamais conseguiria chegar a essa conclusão. Mas o caso é muito mais complicado do que imagina. Como ficou evidente, meus confrades, homens do serviço secreto do rei Foltest, também estão interessados no senhor Rience. Eles descobriram o plano daqueles espertalhões, como você os chamou, e se anteciparam. Foram eles que abordaram a barcaça querendo sequestrar o bruxo, talvez para usá-lo como isca para atrair Rience ou para outro fim. Na Baía das Bétulas, o bruxo matou agentes temerianos, e o chefe deles está muito, muito zangado. Você disse que Geralt partiu? Espero que não tenha ido para Temeria. Pode ser que não retorne de lá.

– E é isso que você tem contra ele?

– Exatamente. Posso resolver a questão com os temerianos. Mas não de graça. Para onde foi o bruxo, Jaskier?

– Para Novigrad – mentiu o trovador sem pestanejar. – Partiu em busca de Rience.

– Foi um erro, um erro – sorriu o espião, fingindo não ter percebido a mentira. – Está vendo como foi um erro ele não ter dominado sua aversão e ter-se comunicado comigo? Eu o teria poupado de uma viagem à toa. Rience não está em Novigrad. De outro lado, estão lá muitos agentes temerianos, provavelmente esperando pelo bruxo. Eles devem ter descoberto algo que eu já sei há muito tempo: que o bruxo Geralt de Rívia, se for devidamente questionado, poderá responder a uma série de perguntas. Perguntas que começam a ser feitas pelos serviços secretos de todos os Quatro Reinos. Minha proposta não poderia ser mais simples: o bruxo virá até mim, aqui na Cátedra, e responderá a todas essas perguntas. E será deixado em paz. Acalmarei os temerianos e lhe garantirei segurança.

– E que perguntas seriam essas? Talvez eu possa responder a elas.

– Não me faça rir, Jaskier.

– No entanto – falou Filippa Eilhart repentinamente –, talvez ele possa, sim. Isso nos pouparia muito tempo. Não se esqueça, Dijkstra, de que nosso poeta está enfiado nesse negócio até o pescoço e nós o temos, enquanto não temos o bruxo. Onde está a criança que foi vista em Kaedwen na companhia de Geralt? Uma menina de cabelos cinzentos e olhos verdes? Onde o bruxo a escondeu? Para onde foi Yennefer assim que recebeu uma carta de Geralt? Onde se escondeu Triss Merigold e o que a levou a se esconder?

Dijkstra não fez movimento nenhum, mas, pelo rápido olhar que ele lançou à feiticeira, Jaskier se deu conta de que o espião ficara surpreso. As perguntas feitas por Filippa foram claramente explicitadas cedo demais. E à pessoa errada. Pareciam precipitadas e imprudentes. O problema residia no fato de que Filippa Eilhart podia ser acusada de tudo, exceto de precipitação e imprudência.

– Sinto muito – respondeu Jaskier lentamente –, porém não tenho resposta para nenhuma dessas perguntas. Se soubesse como, teria o máximo prazer em ajudá-los, mas não sei.

Filippa fitou-o diretamente nos olhos.

– Jaskier – escandiu. – Se você sabe onde está a menina, diga-nos. Garanto-lhe, tanto em meu nome como no de Dijkstra, que nosso único interesse é sua segurança. Segurança que está ameaçada.

– Não duvido – mentiu o poeta – que é exatamente isso que vocês têm em mente. Mas eu na verdade não sei do que vocês estão falando. Nunca vi a tal criança que tanto lhes interessa. Quanto a Geralt...

– Geralt – interrompeu-o Dijkstra – não lhe confidenciou nada; não lhe disse uma só palavrinha, embora eu tenha certeza de que você o bombardeou com perguntas. Por quê, Jaskier? Será que aquela alma simplória que tem aversão a espiões conseguiu pressentir o que você realmente é? Deixe-o em paz, Filippa. É perda de tempo. Ele não sabe de merda nenhuma; não se iluda com as poses de inteligente e os sorrisos significativos. Ele pode nos ajudar de uma só forma. Quando o bruxo sair de seu esconderijo, vai procurá-lo e a ninguém mais. Imagine que ele o considera um amigo do peito.

Jaskier ergueu lentamente a cabeça.

– É verdade – confirmou. – Ele me considera um amigo, e acredite, Dijkstra, que ele tem motivos para isso. Aceite finalmente tal fato e tire as conclusões que achar adequadas. Já tirou? Então agora pode tentar lançar mão de chantagem.

– Ora, ora – sorriu o espião. – Como você é sensível nesse ponto! Mas não fique zangado, poeta. Eu estava apenas brincando. Falar de chantagem entre nós... camaradas? Nem pensar numa coisa dessas. E, quanto a seu bruxo, saiba que não lhe quero mal e não pretendo prejudicá-lo de modo algum. Quem sabe se um dia nós dois não chegaremos a um acordo que seja vantajoso para ambas as partes? Mas, para que isso aconteça, preciso me encontrar com ele. Portanto, quando ele aparecer, traga-o aqui, por favor. Isso é muito importante para mim, Jaskier. Você entende quanto?

O trovador bufou.

– Entendo, sim.

– Gostaria de acreditar que você está sendo sincero. Muito bem, pode ir. Ori, acompanhe o senhor trovador até a porta de saída.

– Passe bem – disse Jaskier. – Desejo-lhe sucesso tanto na vida profissional como na pessoal. Meus respeitos, Filippa. Ah, sim! Dijkstra, por favor, dispense seus agentes que vivem me seguindo.

– Naturalmente – mentiu o espião. – Vou dispensá-los. Será que não acredita em mim?

– Imagine – mentiu o poeta. – É lógico que acredito em você.

•

Jaskier permaneceu no *campus* da Academia até o anoitecer. Ficou olhando em volta o tempo todo, mas não conseguiu ver nenhum tira em sua cola, algo que o deixou muito preocupado.

Na Cátedra de Trova e Poesia, ouviu uma palestra sobre poesia clássica. Em seguida, adormeceu docemente durante um seminário sobre poesia contemporânea. Foi despertado por alguns bacharéis conhecidos seus, com os quais foi até a Cátedra de Filosofia para participar de um longo e tempestuoso debate sobre o tema "O ser e a origem da vida". Antes de escurecer, metade dos participantes estava totalmente embriagada, enquanto o resto partia para a agressão, gritando uns com os outros e fazendo uma balbúrdia impossível de descrever, algo que veio a calhar ao poeta.

Evadiu-se sem ser visto para a mansarda, saiu pela janela, desceu deslizando pelo cano da calha até o telhado da biblioteca e pulou, quase quebrando as pernas, sobre o telhado da sala de dissecações. De lá, chegou ao muro do jardim, onde, entre os ramos de hera, encontrou o buraco que ele mesmo alargara ainda na época de estudante. Do outro lado do buraco ficava a cidadezinha de Oxenfurt.

Enfiou-se no meio da multidão e esgueirou-se rápido por ruelas secundárias, parecendo uma lebre perseguida por perdigueiros. Quando finalmente chegou à cocheira, escondeu-se num canto e ficou esperando por mais de meia hora. Não notando nada suspeito, subiu por uma escada até o teto de palha e, de lá, pulou para o telhado da casa de Wolgang Amadeus Barbacabra, um mestre-cervejeiro seu conhecido. Agarrando-se a telhas cobertas de musgo, viu-se por fim diante da janela da mansarda certa. Do outro lado, brilhava uma lamparina a óleo. Plantando-se perigosamente sobre a calha, Jaskier bateu na moldura de chumbo. A janelinha não estava trancada, de modo que se abriu ao simples toque.

– Geralt! Ei, Geralt!

– Jaskier? Um momento... Não entre, por favor...

– Como "não entre"? O que significa "não entre"? – bufou o poeta, empurrando a janela. – Por acaso não está sozinho? Está comendo alguém?

Sem esperar por uma resposta, subiu no parapeito, derrubando as maçãs e cebolas nele deitadas.

– Geralt... – falou, mas imediatamente se calou e soltou um palavrão, olhando, incrédulo, para o jaleco de estudante de medicina verde-claro caído no chão. Abriu a boca de espanto e voltou a praguejar. Podia esperar qualquer coisa, menos isso.

– Shani... – Meneou a cabeça. – Não dá para acreditar...

– Por favor, sem comentários. – O bruxo sentou-se na cama, enquanto Shani cobria-se com o lençol até o narizinho arrebitado.

– Entre – disse Geralt, vestindo as calças. – Já que você entrou pela janela, o assunto deve ser importante; se não for importante, vou atirá-lo para fora pela mesma janela.

Jaskier desceu do parapeito, derrubando o resto das cebolas. Puxou com o pé uma cadeira para junto de si e acomodou-se. O bruxo tirou as roupas do chão – as suas e as de Shani. Sem graça, vestia-se em silêncio. A futura médica, ocultando-se atrás das costas dele, brigava com a blusa. O poeta ficou observando-a de maneira descarada, procurando mentalmente rimas e comparações para seus seios pequeninos e sua pele dourada à luz da lamparina.

– De que se trata, Jaskier? – indagou o bruxo, afivelando as botas. – Fale logo.

– Embrulhe suas coisas – respondeu o poeta, seco. – Você tem de partir rapidamente.

– Quão rapidamente?

– O mais rapidamente possível.

– Rience?

– Pior.

– O que poderia ser? Espere. Os redânios? Tretogor? Dijkstra?

– Acertou.

– Isso ainda não é motivo...

– Pois saiba que é – interrompeu-o Jaskier. – Eles não estão mais interessados em Rience, Geralt. Eles estão atrás da menina e de Yennefer. Dijkstra quer saber onde elas estão. Vai forçá-lo a revelar seu paradeiro. Agora entendeu?

– Agora, sim. Portanto, precisamos fugir. Tem de ser pela janela?

– Sem dúvida. Shani, você consegue?

A jovem acabara de se vestir.

– Não é a primeira janela em minha vida.

– Não duvido. – O poeta olhou para ela com atenção, esperando notar um rubor digno de uma rima ou metáfora. Decepcionou-se. A única coisa que viu foi a alegria estampada nos olhos cor de cerveja e um sorriso atrevido.

Sobre o parapeito pousou silenciosamente uma enorme coruja cinzenta. Shani soltou um gritinho. Geralt colocou a mão sobre a empunhadura da espada.

– Pare com essa palhaçada, Filippa – falou Jaskier.

A coruja sumiu, e em seu lugar apareceu Filippa Eilhart, agachada numa postura deselegante. A feiticeira pulou imediatamente para dentro do quarto, ajeitando os trajes e cabelos.

– Boa-tarde – disse secamente. – Apresente-nos, Jaskier.

– Geralt de Rívia. Shani de Medicina. Já essa coruja que tão espertamente seguiu meus passos não é uma coruja de verdade. É Filippa Eilhart, membro do Conselho de Magos, hoje servindo ao rei Vizimir, um ornamento na corte de Tretogor. É uma pena dispormos de apenas uma cadeira.

– É mais do que suficiente. – A feiticeira acomodou-se na cadeira que o trovador deixara livre e passou o olhar pelos presentes, detendo-se mais em Shani. Para grande surpresa de Jaskier, a estudante de medicina corou.

– Em princípio, o que me traz aqui tem a ver exclusivamente com Geralt de Rívia – disse Filippa após um breve intervalo. – No entanto, como estou ciente de que pedir a qualquer um de vocês que saia daqui seria uma grosseria...

– Eu posso sair – falou Shani, insegura.

– Não pode – rosnou Geralt. – Ninguém vai sair enquanto a situação não ficar totalmente clara. Não é isso, senhora Eilhart?

– Para você, Filippa – sorriu a feiticeira. – Vamos deixar as formalidades de lado. E ninguém precisa sair daqui, uma vez que a presença de vocês não me incomoda de maneira alguma; no máximo, me espanta. Mas a vida é uma interminável sequência de surpresas... como dizia uma de minhas conhecidas... uma conhecida comum nossa, Geralt. Você está estudando medicina, Shani? Está em que ano?

– Terceiro – balbuciou a jovem.

– Ah – suspirou Filippa Eilhart, não olhando para ela, e sim para o bruxo. – Dezessete anos, que idade linda! Yennefer pagaria uma fortuna para tê-la de novo. Não concorda, Geralt? De qualquer modo, vou perguntar a ela na primeira oportunidade.

O bruxo deu um sorriso horrendo.

– Não duvido de que você vai perguntar, assim como não duvido de que vai enriquecer a pergunta com comentários sarcásticos. E não duvido de que isso lhe dará enorme satisfação. Mas agora, por favor, vá diretamente ao que interessa.

– Certo. – A feiticeira adotou um ar mais sério. – Não vamos perder mais tempo. Aliás, tempo é algo que você não tem de sobra. Certamente Jaskier já lhe contou que Dijkstra adquiriu o repentino desejo de se encontrar com você e ter uma conversa para saber onde se encontra certa menina. Nessa questão Dijkstra recebeu ordens específicas do rei Vizimir, de modo que acho que ele vai insistir muito para que você revele tal lugar.

– É óbvio. Agradeço seu alerta. Apenas uma coisa desperta minha curiosidade. Você diz que Dijkstra recebeu ordens do rei. E quanto a você? Não recebeu também? Como isso é possível se você ocupa um posto proeminente no conselho de Vizimir?

– É verdade – respondeu a feiticeira, não se deixando afetar pela ironia. – É verdade que ocupo um posto proeminente e cumpro com seriedade minhas obrigações, que consistem em alertar o rei para que não cometa certos erros. Algumas vezes, como nesse caso concreto, não me é permitido dizer ao rei diretamente que está cometendo um erro ou tentar dissuadi-lo de tomar medidas precipitadas. Então, cabe-me simplesmente a tarefa de impossibilitá-lo de tomá-las. Deu para entender?

O bruxo fez que sim com a cabeça. Jaskier ficou em dúvida se ele realmente entendera, uma vez que sabia que Filippa mentia como ninguém.

– Vejo – falou Geralt lentamente, provando que entendera tudo direitinho – que o Conselho de Magos também está interessado em minha protegida. Os feiticeiros desejam saber onde ela está e querem pôr as mãos nela antes de Vizimir ou qualquer outra pessoa. Por quê, Filippa? O que há em minha protegida que desperta tanto interesse por ela?

Os olhos da feiticeira se estreitaram.

– Você não sabe? – sibilou. – Será que realmente sabe tão pouco sobre ela? Não gostaria de tirar conclusões precipitadas, mas tal desconhecimento parece indicar que você não tem qualificações adequadas para ser seu protetor. E estou surpresa com o fato de você, tão ignorante e desinformado, ter decidido protegê-la. Além do mais, você decidiu tirar dos outros o direito de protegê-la, daqueles que têm não apenas as qualificações necessárias, mas também esse direito. E, diante disso tudo, ainda tem a petulância de perguntar por quê? Tome cuidado, Geralt, para que tanta arrogância não acabe com você. Tome cuidado e cuide daquela criança. Cuide dela como a menina de seus olhos! Se não for capaz, peça a outros que o façam por você!

Jaskier pensou por um momento que o bruxo mencionaria o papel assumido por Yennefer. Não arriscaria nada e anularia os argumentos de Filippa. Geralt, porém, permaneceu calado. O poeta adivinhou os motivos. Filippa sabia de tudo. Filippa o estava advertindo. E o bruxo entendera a advertência.

O poeta concentrou-se em observar os olhos e o rosto de Geralt e Filippa, tentando descobrir se algo no passado havia ligado aqueles dois. Jaskier sabia que tal tipo de fascinantes duelos de palavras e meias palavras entre o bruxo e feiticeiras frequentemente terminava na cama. Mas, como quase sempre, a observação não levou a nada. Para descobrir se algo ligava o bruxo a alguém, havia somente um meio: entrar pela janela na hora certa.

– Tomar conta de alguém – retomou a feiticeira após um momento – é assumir a responsabilidade pela segurança de um ser incapaz de garantir a segurança de si mesmo. Se você expuser sua protegida a um perigo... se algo terrível acontecer a ela, a responsabilidade será sua, Geralt. Exclusivamente sua.

– Sei disso.

– Temo que você ainda não saiba o suficiente.

– Então me esclareça. O que faz com que repentinamente tantas pessoas queiram livrar-me do peso da responsabilidade, desejem assumir minhas obrigações e ocupar-se de minha pupila? O que quer de Ciri o Conselho de Magos? O que querem dela Dijkstra e o rei Vizimir? O que querem dela os temerianos? O que quer dela o tal Rience, que em Sodden e Temeria já matou três pessoas que tiveram contato comigo e com a garota dois anos atrás e quase assassinou Jaskier tentando arrancar dele uma informação? Quem é esse tal Rience, Filippa?

– Não sei – respondeu a feiticeira. – Não sei quem é o tal Rience e, assim como você, bem que gostaria saber.

– O tal Rience – manifestou-se Shani inesperadamente – tem no rosto uma cicatriz provocada por queimadura de terceiro grau? Se sim, então eu sei quem é ele. E sei onde está.

Em meio ao silêncio que se seguiu, ouviu-se, do outro lado da janela, o som das primeiras gotas de chuva caindo sobre a calha.

CAPÍTULO SEXTO

Um assassinato será sempre um assassinato, independentemente dos motivos e das circunstâncias. Assim, todos aqueles que matam ou preparam um assassínio são delinquentes e criminosos, não importando quem sejam: reis, príncipes, marechais ou juízes. Ninguém que planeja ou comete uma violência tem o direito de julgar-se melhor do que um simples criminoso. Porque toda violência, pela própria natureza, leva inevitavelmente ao crime.

Nicodemus de Boot,
Meditações sobre a vida, a felicidade e a prosperidade

– Não cometamos um erro – falou Vizimir, rei da Redânia, enfiando os dedos cheios de anéis nos cabelos da têmpora. – Não podemos nos permitir nenhum erro ou equívoco.

Os demais presentes permaneceram calados. Demawend, rei de Aedirn, estava esparramado numa poltrona, olhando pensativamente para um caneco de cerveja equilibrado sobre sua barriga. Foltest, senhor de Temeria, Pontar, Mahakam e Sodden e havia pouco tempo o principal protetor de Brugge, exibia o nobre perfil, com a cabeça virada na direção da janela. Do lado oposto da mesa, Henselt, rei de Kaedwen, observava todos com os pequeninos olhos penetrantes brilhando no rosto coberto por uma espessa barba, o que o fazia parecer mais um bandido do que um monarca. Meve, rainha de Lyria, brincava distraidamente com os enormes rubis de seu colar, contorcendo vez por outra os belos lábios carnudos num sorriso ambíguo.

– Não cometamos um erro – repetiu Vizimir. – Porque um erro pode nos custar muito caro. Vamos aproveitar a experiência alheia. Quando, há quinhentos anos, nossos antepassados desembarcaram nas praias, os elfos também enterraram a cabeça na areia. E nós fomos arrancando deles o país pedaço a pedaço, e eles recuaram, sempre achando que havíamos atingido a última fronteira, que não avançaríamos mais. Temos de ser mais espertos! Porque agora chegou nossa vez. Agora, os elfos somos nós. Os nilfgaardianos estão parados à margem do Jaruga, e eu ouço aqui: "Deixem que fiquem". Ouço: "Eles não vão avançar mais". Mas eles vão avançar. Vocês verão. Repito: não cometamos o mesmo erro que cometeram os elfos!

As gotas de chuva voltaram a bater na vidraça da janela e o vento uivou diabolicamente. A rainha Meve ergueu a cabeça; pareceu-lhe ter ouvido grasnidos de corvos e gralhas, mas era somente o vento. O vento e a chuva.

– Não nos compare aos elfos – falou Henselt de Kaedwen. – Você nos desonra com tal comparação. Os elfos não sabiam combater, fugiam de nossos antepassados, escondendo-se nas montanhas e florestas. Os elfos não proporcionaram uma Sodden aos nossos antepassados. Em contrapartida, já mostramos aos nilfgaardianos o que significa provocar-nos. Não tente nos assustar com Nilfgaard, Vizimir, não fique fomentando essa propaganda. Você diz que os nilfgaardianos estão parados à margem do Jaruga? Pois eu lhe digo que eles estão do outro lado do rio como camundongos debaixo de uma vassoura, porque nós, em Sodden, partimos sua espinha dorsal! Não só foram derrotados militarmente, como, acima de tudo, moralmente. Não sei se é verdade que àquela época Emhyr var Emreis era contrário a uma agressão de tais proporções e que o ataque a Cintra foi o trabalho de um partido de oposição a ele. Suponho que, caso tivesse conseguido nos derrotar, ele teria batido palmas e distribuído concessões e privilégios. Mas, depois de Sodden, ficou repentinamente claro que ele havia sido contrário e que tudo o que acontecera fora por culpa da insubordinação dos marechais. E cabeças rolaram. E muito sangue escorreu dos cadafalsos. Trata-se de fatos concretos, e não de boatos ou fofocas. Oito execuções sumárias e muitas outras penas menores. Uma porção de mortes aparentemente naturais, mas claramente suspeitas, além de uma enxurrada de aposentadorias inesperadas. Afirmo-lhes que Emhyr teve um acesso de fúria e praticamente extinguiu toda sua oficialidade. Quem, então, vai conduzir seu exército? Centuriões?

– Não, não centuriões – falou Demawend de Aedirn secamente. – Quem vai conduzi-lo serão os jovens e talentosos oficiais que por muito tempo aguardam essa oportunidade e que Emhyr tem treinado há anos. Os mesmos a quem os velhos marechais não permitiam que assumissem o comando de tropas nem que fossem promovidos. Jovens e talentosos oficiais sobre os quais já se ouve falar. Os mesmos que esmagaram os levantes de Metinna e Nazair e que, em pouco tempo, acabaram com os rebeldes de Ebbing. Comandantes que sabem dar o devido valor às manobras flanqueadoras, às avançadas cargas de cavalaria, aos rápidos deslocamentos de infantaria e aos repentinos desembarques de tropas no território inimigo. Líderes militares que desferem golpes fulminantes em lugares previamente escolhidos e que, ao assaltarem fortalezas, usam as mais modernas técnicas em vez de se apoiarem nos incertos efeitos da magia. Tudo com o que eles sonham é ter a oportunidade de atravessar o Jaruga e provar que aprenderam algo com os erros dos velhos marechais.

– Se eles aprenderam algo – disse Henselt, dando de ombros –, então não vão atravessar o Jaruga. A foz do rio na fronteira entre Cintra e Verden ainda é controlada por Ervyll e suas três fortalezas: Nastrog, Rozrog e Bodrog. Essas fortalezas não são fáceis de tomar, e de nada servirão as tais técnicas modernas. Nosso flanco é protegido pela frota de Ethain de Cidaris, graças à qual controlamos a costa, e também graças aos piratas de Skellige. Como vocês devem estar lembrados, o duque Crach an Craite não assinou nenhum cessar-fogo com Nilfgaard, atacando, saqueando e incendiando seus fortes e assentamentos costeiros. Os nilfgaardianos deram-lhe um apelido: Tirth ys Muire, o Javali do Mar. Assustam as criancinhas com ele!

– Assustar crianças nilfgaardianas – Vizimir franziu o cenho – não garantirá nossa segurança.

– Não – concordou Henselt. – O que a garantirá é algo diverso: o fato de não ter o controle sobre a foz do rio e a costa, aliado a um flanco desprotegido, faz com que Emhyr var Emreis não tenha condições de abastecer as tropas que decidirem passar para a margem direita do Jaruga. Avançadas cargas de cavalaria e rápidos deslocamentos de infantaria? Não me façam rir! Três dias depois de atravessar o rio, todo o exército ficará atolado no mesmo lugar. Metade dele vai sitiar as fortalezas, enquanto o resto vai se dispersar em busca de alimentos e saque. E, quando sua famosa cavalaria já tiver comido a maior parte de seus cavalos, nós lhe daremos uma segunda Sodden. Com os diabos! Como eu gostaria que eles atravessassem o rio! Mas não temam; eles não o farão.

– Suponhamos – falou repentinamente Meve de Lyria – que eles não atravessem o Jaruga. Suponhamos que Nilfgaard fique apenas esperando. Não deveríamos nos perguntar a quem isso seria mais vantajoso: a ele ou a nós? Quem pode se permitir uma espera sem fim e quem não tem condições para isso?

– Perfeito! – Vizimir aproveitou a deixa. – Como sempre, Meve fala pouco, mas atinge o âmago da questão. Emhyr dispõe de todo o tempo do mundo, meus senhores, e nós não. Será que não veem o que está se passando? Três anos atrás, Nilfgaard deslocou uma pedrinha no sopé da montanha e aguarda calmamente a vinda de uma avalanche. Não faz nada a não ser aguardar, enquanto novas pedrinhas vão se soltando da montanha. Porque aquela primeira pareceu a muitos uma rocha impossível de mover. Mas, quando ficou claro que bastava dar-lhe um empurrãozinho, logo surgiram outros pensando numa avalanche. Desde os Montes Roxos até Bremervoord vagueiam comandos élficos. Já não se trata de uma guerrilha, e sim de uma guerra de verdade. Falta pouco para os elfos livres de Dol Blathanna se engajarem nos combates. Em Mahakam, os anões estão se rebelando, e as dríades de Brokilon têm ficado cada vez mais ousadas. Trata-se de uma guerra interna, civil, nossa. Enquanto isso, Nilfgaard aguarda... Portanto, em prol de quem vocês acham que trabalha o tempo? Os comandos dos Scoia'tael são formados por elfos de trinta ou quarenta anos de idade, mas eles vivem até trezentos! Eles têm tempo, e nós não!

– Os Scoia'tael – admitiu Henselt – são realmente uma aporrinhação. Paralisam o comércio, atrapalham os transportes e aterrorizam os fazendeiros... Temos de dar fim a isso!

– Se os inumanos querem guerra, eles a terão – falou Foltest de Temeria. – Sempre fui partidário da reconciliação e da coexistência, mas, se eles pretendem testar as forças, então vamos ver quem se revelará mais forte. Posso assumir o compromisso de acabar com os Esquilos em Temeria e Sodden em menos de seis meses. Aquelas terras já estiveram encharcadas de sangue de elfos derramado por nossos antepassados. Considero isso uma tragédia, mas não vejo outra saída a não ser repeti-la. Os elfos têm de ser pacificados.

– Assim que você ordenar, seus soldados partirão para combater os elfos – assentiu Demawend com a cabeça. – Mas será que eles estarão dispostos a marchar contra humanos? Contra camponeses entre os quais você recruta sua infantaria? Contra as guildas? Contra as cidades livres? Ao mencionar os Scoia'tael, Vizimir descreveu apenas uma pedrinha da avalanche. Sim, sim, meus senhores; não fiquem me encarando com olhos arregalados! Nos vilarejos e cidadezinhas já circulam rumores de que nas terras conquistadas por Nilfgaard os camponeses, os fazendeiros e os artesãos levam uma vida melhor, mais livre e mais rica... que as guildas comerciais dispõem de mais privilégios... Eles nos inundam com produtos vindos das manufaturas nilfgaardianas. Em Brugge e Verden, sua moeda é mais valorizada que a local. Se continuarmos sentados sem tomar providências, acabaremos desaparecendo, envolvidos em conflitos mútuos, mergulhados em tempestades de rebeliões e levantes, submetidos gradativamente ao poderio econômico nilfgaardiano. Morreremos sufocados em nossas terras, porque devemos ter em mente que Nilfgaard bloqueia nosso acesso ao Sul e nós precisamos nos expandir; caso contrário, não haverá aqui espaço suficiente para nossos netos!

Os presentes permaneceram calados. Vizimir da Redânia soltou um profundo suspiro, pegou uma das taças da mesa e bebeu por muito tempo. O silêncio começou a pesar, enquanto a chuva batia nas vidraças das janelas e o vento uivava e agitava as venezianas.

– Todas essas preocupações que estamos discutindo – disse finalmente Henselt – são fruto de ações de Nilfgaard. São os emissários de Emhyr que instigam os inumanos, espalham propaganda e incitam rebeliões. São eles que lançam mão do ouro para subornar as guildas e prometem aos barões e duques altas posições nas províncias que criarão no lugar de nossos reinos. Não sei como vão as coisas no país de vocês, mas em Kaedwen fomos repentinamente inundados por sacerdotes, pregadores, adivinhos e outros místicos de merda, anunciando o fim do mundo...

– O mesmo se passa em meu reino – confirmou Foltest. – Que droga! Desde os tempos em que meu avô dizimou os sacerdotes e mostrou-lhes seu lugar, eles passaram a se dedicar a coisas úteis: estudar livros e enfiar conhecimento na cabeça das crianças, curar enfermos e preocupar-se com pobres, aleijados e moradores de rua. Só que agora resolveram despertar e ficam nos templos gritando besteiras para a plebe. E a plebe escuta e acha que finalmente sabe a razão pela qual está tão mal de vida. Eu tolero isso porque sou menos impetuoso que meu avô e menos sensível quanto a minha autoridade e dignidade majestáticas. Afinal, que tipo de autoridade ou dignidade seria essa, capaz de ser abalada pelos guinchos de algum fanático? Mas minha paciência tem limites. Ultimamente, o principal tema dos sermões tem sido certo Salvador que virá do Sul. Do Sul, entenderam? Da outra margem do Jaruga.

– A Chama Branca – murmurou Demawend. – Virá o Frio Branco, seguido da Luz Branca. E depois o mundo renascerá graças à Chama Branca e à Rainha Branca... Também ouvi isso. Trata-se de um arremedo da profecia de Ithlinne aep Aevenien, a sibila dos elfos. Mandei que prendessem um sacerdote que o anunciava aos quatro ventos no mercado de Vengerberg, e o carrasco ficou lhe perguntando gentilmente por muito tempo quanto ouro ele recebera por isso de Emhyr... Mas o desgraçado só falava de Chama Branca e Rainha Branca... até o fim.

– Cuidado, Demawend – falou Vizimir, franzindo o cenho. – Não produza mártires, porque é exatamente o que Emhyr quer. Pegue agentes nilfgaardianos, mas não toque em sacerdotes, porque as consequências poderão ser imprevisíveis. Eles são respeitados pelo populacho e exercem influência sobre ele. Já nos bastam os problemas que temos com os Esquilos para arriscar agitações nas cidades e revoltas camponesas.

– Com todos os diabos! – explodiu Foltest. – Não vamos fazer isso, nem arriscar aquilo, e tal coisa também nos é proibida... Foi para isso que nos reunimos? Para discutir o que não podemos fazer? Foi para chorar nossas mágoas e lamentar nossa fraqueza e impotência que você, Demawend, nos fez vir até Hagge? Está na hora de começarmos agir! Precisamos fazer alguma coisa! Temos de dar um basta ao que está se passando!

– É o que eu tenho proposto desde o início – falou Vizimir, aprumando-se na cadeira. – Estou propondo exatamente isto: agir.

– Como?

– O que podemos fazer?

O silêncio voltou a reinar. O vento sussurrava e as venezianas batiam contra as paredes do castelo.

– Por que – indagou Meve repentinamente – vocês todos estão olhando para mim?

– Admiramos sua beleza – resmungou Henselt do fundo do caneco.

– É verdade – confirmou Vizimir. – Além disso, todos sabemos que você sempre encontra uma saída, por mais complicada que seja a situação. Você possui intuição feminina, é uma mulher inteligente...

– Pare de me bajular – disse a rainha, entrelaçando os dedos das mãos sobre o regaço e fixando os olhos na escurecida tapeçaria com cenário de caça. Sabujos saltavam em pleno ar, estendendo a bocarra na direção de um unicórnio branco em fuga. "Em toda minha vida nunca vi um unicórnio vivo", pensou Meve. "E, provavelmente, jamais verei." – A situação na qual nos encontramos – falou após um momento, afastando os olhos da tapeçaria – lembra-me das longas tardes de inverno no castelo de Rívia. Havia sempre algo suspenso no ar. Meu marido se concentrava em como pôr as mãos em mais uma de minhas damas de companhia. O marechal pensava na melhor maneira de provocar uma guerra na qual poderia cobrir-se de glória. O feiticeiro imaginava que era o rei. Os serviçais não tinham vontade de servir, o bobo da corte ficava tristonho, soturno e terrivelmente maçante, os cães uivavam de melancolia e os gatos dormitavam, não dando a mínima atenção aos ratos que andavam sobre as mesas. Todos esperavam por algo. Todos lançavam olhares mal-humorados em minha direção. E aí eu... eu... eu lhes mostrava. Eu lhes mostrava do que era capaz, a ponto de as muralhas tremerem e os ursos das redondezas despertarem da hibernação. E os pensamentos tolos sumiam como por encanto da mente de todos. De repente, todos se davam conta de quem reinava ali.

Ninguém se pronunciou. O vento uivou mais forte. Os guardas nas muralhas continuavam gritando regularmente. As batidas das gotas de chuva sobre a moldura plúmbea das janelas transformaram-se num violento *staccato*.

– Nilfgaard olha e aguarda – continuou Meve devagar, brincando com o colar. – Nilfgaard observa. Algo está suspenso no ar, e em muitas cabeças nascem ideias bobas. Assim, devemos mostrar a todos do que somos capazes. Vamos mostrar quem é realmente rei. Vamos sacudir os muros do castelo afundado no marasmo de inverno!

– Esmagar os Esquilos – falou Henselt rapidamente. – Começar uma operação bélica conjunta. Dar um banho de sangue nos inumanos. Que os rios Pontar, Gwenllech e Buina fluam da nascente à foz com sangue dos elfos!

– Enviar uma expedição punitiva para abafar os elfos livres de Dol Blathanna – acrescentou Demawend, enrugando a testa. – Introduzir forças intervencionistas em Mahakam. Permitir finalmente a Ervyll de Verden que se lance contra as dríades em Brokilon. Sim, um banho de sangue! E, quanto aos sobreviventes, deportá-los para reservas!

– Atiçar Crach an Craite contra a costa nilfgaardiana – pegou a deixa Vizimir. – Apoiá-lo com a frota de Ethain de Cidaris e fazer com que incendeie a região, desde o Jaruga até perto de Ebbing! Uma demonstração de força...

– É pouco. – Foltest meneou a cabeça. – Tudo isso não será suficiente. Vai ser preciso... Sei o que vai ser preciso.

– Então diga logo!

– Cintra.

– O quê?

– Retomar Cintra dos nilfgaardianos. Atravessar o Jaruga e atacar de surpresa agora, quando menos esperam. Expulsá-los de volta para além de Marnadal.

– De que modo? Acabamos de dizer que as tropas não estão em condições de atravessar o Jaruga...

– As nilfgaardianas. Mas as nossas controlam o rio. A foz está em nosso poder, dispomos de linhas de abastecimento livres e temos o flanco defendido por Skellige, Cidaris e a Fortaleza em Verden. Para Nilfgaard, transportar quarenta ou cinquenta mil homens através do rio é um esforço e tanto, enquanto nós podemos levar à margem esquerda muitos mais. Não me olhe assim de boca aberta, Vizimir. Você não queria uma coisa que interrompesse a espera? Algo espetacular? Uma coisa que fizesse com que voltássemos a ser reis de verdade? Pois essa coisa será Cintra. Cintra vai nos consolidar, porque Cintra é um símbolo. Lembrem-se do que se passou em Sodden! Não fosse o massacre perpetrado na cidade e o martírio de Calanthe, não teríamos obtido a vitória. As forças eram parelhas; ninguém poderia imaginar que nós os esmagaríamos de tal maneira. Mas nossos homens atiraram-se à garganta dos inimigos como lobos, como cães raivosos, para vingar a morte da Leoa de Cintra. E ainda há pessoas cuja sede de sangue não foi suficientemente aplacada com o que foi vertido no campo de Sodden. Pensem em Crach an Craite, o Javali do Mar!

– É verdade – concordou Demawend. – Crach jurou uma vingança sangrenta a Nilfgaard. Por Eist Tuirseach, morto na batalha de Marnadal. E por Calanthe. Se nós atacarmos a margem esquerda, Crach nos apoiará com todas as forças de Skellige. Pelos deuses, isso nos dará uma chance de vitória! Apoio totalmente a tese de Foltest! Não vamos esperar! Vamos atacar imediatamente, libertar Cintra e expulsar os filhos da puta para além do passo de Amell!

– Calma – rosnou Henselt. – Em primeiro lugar, não se apressem em puxar os bigodes do leão, porque o leão ainda não está morto. Em segundo, se atacarmos antes, ficaremos na posição de agressores. Teremos quebrado o cessar-fogo firmado por nós, com nossos selos. Não seremos apoiados nem por Niedamir e sua Liga, nem por Esterat Thyssen. Não sei como Ethain de Cidaris vai se comportar. Nossas guildas de artesãos, os comerciantes e a nobreza se pronunciarão contra uma guerra de agressão... E, acima de todos, os feiticeiros. Não se esqueçam dos feiticeiros!

– Os feiticeiros não apoiarão um ataque à margem esquerda – afirmou Vizimir. – O cessar-fogo foi obra de Vilgeforz de Roggeveen. Todos nós sabemos que em seus planos o cessar-fogo é apenas o primeiro passo para um tratado de paz permanente. Vilgeforz não apoiará uma guerra. E o Capítulo, acreditem, fará o que Vilgeforz mandar. Depois de Sodden, ele é a pessoa mais importante do Capítulo. Os outros magos podem falar o que quiserem, mas lá é ele quem toca o primeiro violino.

– Vilgeforz, Vilgeforz – indignou-se Foltest. – Esse mago cresceu demais ultimamente. Começa a me irritar o fato de levarmos em consideração os planos de Vilgeforz e do Capítulo, planos que, aliás, desconheço e não compreendo. Mas tudo tem uma solução, meus senhores. O que vocês diriam se a agressão partisse de Nilfgaard? Em Dol Angra, por exemplo? Um ataque a Aedirn e Lyria? Poderíamos arranjar isso... uma encenação... uma provocaçãozinha... um incidente numa fronteira causado por ele? Digamos... um ataque a um forte fronteiriço? É óbvio que estaremos preparados e reagiremos decididamente e com força, com aprovação total de todos, até de Vilgeforz e todo o resto do Capítulo dos Feiticeiros. E aí, quando Emhyr var Emreis desviar o olhar de Sodden e Trásrios, os cintrenses, que emigraram ou fugiram para Brugge e estão se organizando sob o comando de Vissegerd, vão querer seu país de volta. São mais de oito mil, todos armados. Poderia haver melhor ponta de lança? Eles vivem nutrindo a esperança de reconquistar sua pátria, da qual tiveram de fugir. Anseiam por lutar. Estão prontos para atacar a margem esquerda. Apenas aguardam um sinal.

– Um sinal – confirmou Meve – e uma promessa de que serão apoiados. Porque, para dar conta de oito mil homens, basta a Emhyr lançar mão de suas guarnições fronteiriças, sem precisar convocar reforços. Vissegerd está ciente disso e não se moverá enquanto não tiver certeza absoluta de que logo atrás dele desembarcarão na margem esquerda as tropas de Foltest apoiadas por corpos redânios. Mas, antes de tudo, Vissegerd aguarda a Leoazinha de Cintra. Parece que a neta de Calanthe escapou do massacre. Aparentemente, alguém a viu entre os fugitivos, só que mais tarde a criança desapareceu misteriosamente. Os emigrantes procuram-na incessantemente... Porque precisam de alguém com sangue real para ocupar o trono de Cintra. Com sangue de Calanthe.

– Bobagem – falou Foltest friamente. – Passaram-se mais de dois anos. Se a criança não apareceu até agora, quer dizer que não está viva. Podemos esquecer essa lenda. Não há mais Calanthe, não existe nenhuma Leoazinha, não há sangue real ao qual é devido o trono. Cintra jamais voltará a ser o que foi à época da Leoa. Obviamente, não devemos dizer isso aos emigrantes de Vissegerd.

– O que quer dizer que você pretende enviar os guerrilheiros cintrenses para a morte certa? – Meve semicerrou os olhos. – Na primeira linha? Sem lhes dizer que Cintra poderá renascer somente como um país vassalo, sob sua tutela? Você nos propõe um ataque conjunto a Cintra exclusivamente em seu benefício? Você deu um jeito de ficar com Sodden e Brugge, está afiando os dentes para morder Verden... e agora sentiu o cheiro de Cintra; é isso?

– Confesse, Foltest – rosnou Henselt. – Meve está certa? É por isso que você quer que nos metamos nessa aventura?

– Parem com isso! – indignou-se o senhor de Temeria, franzindo o nobre semblante. – Não façam de mim um conquistador que de repente sonhou com um vasto império. De que vocês estão falando? De Sodden e Brugge? Ekkehard de Sodden era meio-irmão de minha mãe. Vocês acham estranho que os Estados Livres tenham dado a coroa a mim, seu parente sanguíneo? Sangue não é água! Venzlav de Brugge rendeu-me homenagem como vassalo sem coerção alguma! Ele o fez para defender seu país, porque num dia claro pode ver o brilho da ponta das lanças nilfgaardianas na margem esquerda do Jaruga!

– Pois é exatamente sobre essa margem esquerda que estamos falando – escandiu a rainha de Lyria. – Sobre a margem que devemos atacar. E a margem esquerda é Cintra. Destruída, incendiada, arruinada, dizimada, ocupada... mas sempre Cintra. Os cintrenses não lhe trarão a coroa, Foltest, nem lhe renderão homenagens. Cintra jamais concordará em ser um país vassalo. Sangue não é água!

– Cintra, se... quando a libertarmos, deverá tornar-se um protetorado de todos nós – disse Demawend de Aedirn. – Cintra é a foz do Jaruga, um ponto demasiadamente estratégico para nos darmos ao luxo de perder o controle sobre ele.

– Cintra tem de ser um país livre – protestou Vizimir. – Livre, independente e forte. Um país que será um portão de ferro, o baluarte do Norte, e não uma faixa de terra queimada sobre a qual a cavalaria nilfgaardiana possa adquirir ímpeto para nos atacar.

– E será possível reconstruir uma Cintra assim? Sem Calanthe?

– Não fique excitado, Foltest. – Meve estufou os lábios. – Já lhe disse que os cintrenses jamais aceitarão ser um protetorado ou ter alguém com sangue alheio sentado em seu trono. Se você tentar se impor como seu soberano, a situação se inverterá. Vissegerd preparará suas tropas para lutarem, só que dessa vez sob as asas de Emhyr. E, um dia, elas se atirarão sobre nós, como corpo avançado das tropas nilfgaardianas... como pontas de lança, como você acabou de descrever de maneira tão figurativa.

– Foltest está ciente disso – bufou Vizimir. – É por isso que ele procura tão ansiosamente a Leoazinha, neta de Calanthe. Vocês ainda não entenderam? Sangue não é água, coroa por meio de matrimônio. Basta que encontre a menina e a obrigue a se casar com ele...

– Você enlouqueceu? – engasgou o rei de Temeria. – A Leoazinha não está viva! Não estou procurando a tal menina, e, mesmo que estivesse... nem me passaria pela cabeça a ideia de obrigá-la a que quer que seja...

– Você não precisaria obrigá-la – interrompeu-o Meve, sorrindo graciosamente. – Você continua sendo um homem extremamente bem-apessoado, caro primo. E nas veias da Leoazinha corre o sangue de Calanthe. Um sangue muito quente. Conheci Cali ainda jovem. Quando via um homem atraente, ficava tão agitada que, se colocassem gravetos a sua volta, eles pegariam fogo. Sua filha, Pavetta, mãe da Leoazinha, era exatamente igual. Quem sai aos seus não degenera, de modo que a Leoazinha não deve ser diferente. Alguns galanteios, e pronto: a garota não resistirá por muito tempo. Admita, Foltest, que era com isso que você contava.

– É lógico que ele contava com isso – gargalhou Demawend. – Mas que plano mais engenhoso nosso reizinho bolou para si! Atacaremos a margem esquerda e, antes de nos darmos conta, nosso Foltest encontrará a menina, conquistará seu coraçãozinho e terá uma jovem esposa que colocará no trono de Cintra, com seus habitantes chorando de alegria e mijando nas calças de tanta felicidade. Afinal de contas, eles terão sua rainha, a descendente mais direta de Calanthe. Terão uma rainha... mas com um rei. O rei Foltest.

– Nunca ouvi tanta bobagem junta! – gritou Foltest, empalidecendo e enrubescendo alternadamente. – O que deu na cabeça de vocês? Tudo isso que estão falando não faz o menor sentido!

– Pois saiba que faz – falou secamente Vizimir. – Porque eu sei que alguém está procurando aquela criança com muito afinco. Quem poderia ser, Foltest?

– Mas isso é óbvio! Vissegerd e seus cintrenses!

– Não, não são eles. Pelo menos, não apenas eles. Há mais alguém. Alguém cuja passagem é marcada por cadáveres. Alguém disposto a lançar mão de chantagem, suborno e torturas... E, já que estamos falando disso, por acaso um cavalheiro chamado Rience está a serviço de um de vocês? Ah, por suas expressões, vejo que não está, ou vocês não querem admitir isso, o que dá no mesmo. Repito: estão procurando a neta de Calanthe, e procurando de uma forma muito peculiar. Quem, pergunto, a está procurando?

– Com todos os diabos! – exclamou Foltest, batendo com o punho na mesa. – Não sou eu! Nem me passa pela cabeça a ideia de me casar com uma criança por causa de um trono! Afinal, eu...

– Afinal, há quatro anos você mantém um romance secreto com a baronesa La Valette – sorriu Meve novamente. – Vocês se amam como dois pombinhos e apenas ficam aguardando o velho barão esticar as canelas. Por que está me olhando assim? Todos nós sabemos disso. Você acha que nós pagamos espiões para quê? Mais de um rei estaria disposto a sacrificar a felicidade pessoal para conseguir o trono de Cintra...

– Um momento – falou Henselt, coçando a barba. – "Mais do que um rei", você disse. Em vista disso, deixem Foltest em paz por um momento, porque há outros reis. Houve um tempo em que Calanthe quis casar sua neta com o filho de Ervyll de Verden. Cintra poderia ser interessante a Ervyll. E não só a ele...

– Hummm... – murmurou Vizimir. – É verdade. Ervyll tem três filhos. E o que dizer sobre os presentes que também possuem descendentes do sexo masculino? E quanto a você, Meve? Não estaria querendo nos enrolar?

– Vocês podem me excluir de sua lista de suspeitos – sorriu ainda mais sedutoramente a rainha de Lyria. – É verdade que dois rebentos meus... frutos de um delicioso olvido... devem estar vagando pelo mundo, se não foram enforcados até agora. Não creio que algum deles venha a ter o repentino desejo de reinar. Não tinham predisposição nem jeito para isso. Ambos eram ainda mais estúpidos que o pai... que a terra lhes seja leve. Quem conheceu meu falecido marido sabe o que isso significa.

– É verdade – confirmou o rei da Redânia. – Eu o conheci. Você diz que os filhos são ainda mais estúpidos? Que coisa! Sempre achei que ninguém poderia ser mais estúpido do que ele... Perdoe-me, Meve...

– Não há por quê, Vizimir.

– Quem mais tem filhos?

– Você, Henselt.

– Meu filho é casado!

– E para que serve o veneno? Como alguém disse acertadamente, pelo trono de Cintra, mais de um rei sacrificaria a felicidade pessoal. Valeria a pena!

– Não vejo graça alguma nesse tipo de insinuação! Deixem-me em paz! Outros reis também têm filhos!

– Niedamir de Hengfors tem dois, além de ser viúvo e não muito velho. Não se esqueçam também de Esterat Thyssen de Kovir.

– Eu eliminaria ambos. – Vizimir meneou a cabeça. – A Liga de Hengfors e Kovir planeja uniões dinásticas entre si e não está interessada em Cintra ou no Sul... Mas Ervyll de Verden... seu reino fica junto de Cintra.

– Mais alguém está tão próximo quanto ele – observou Demawend repentinamente.

– Quem?

– Emhyr var Emreis, que é solteiro e mais jovem do que você, Foltest.

– Que droga. – O rei da Redânia franziu o cenho. – Se isso for verdade... Emhyr nos enrabaria a seco. Está claro, o povo e a nobreza de Cintra seguirão sempre o sangue de Calanthe. Vocês podem imaginar o que aconteceria se Emhyr conseguisse pôr as mãos na Leoazinha? Só faltava isso! Rainha de Cintra e imperatriz de Nilfgaard!

– Que imperatriz, que nada! – bufou Henselt. – Você está exagerando, Vizimir. Por que Emhyr precisaria da garota e casar-se com ela? Por causa do trono de Cintra? Mas ele já o tem! Derrotou o país e transformou-o numa província nilfgaardiana! Está sentado no trono com a bunda toda e ainda tem espaço para rebolar!

– Em primeiro lugar – observou Foltest –, Emhyr governa Cintra pelo direito, aliás, pela falta de direito, do agressor. Caso tivesse a garota e se casasse com ela, poderia passar a governar legalmente. Conseguem entender? Um Nilfgaard ligado por laços matrimoniais com o sangue de Calanthe deixa de ser um Nilfgaard invasor que arreganha os dentes para todo o Norte. É um Nilfgaard vizinho, que sempre deverá ser levado em consideração. Como vocês iam querer expulsar um Nilfgaard desses para além de Marnadal, para o outro lado do passo de Amell? Atacando um reinado cujo trono é ocupado legitimamente pela Leoazinha, neta da Leoa de Cintra? Com todos os diabos! Eu não sei quem está procurando aquela criança. Eu não estava, mas agora vou começar. Continuo achando que a menina está morta, porém não podemos arriscar. Ficou evidente que ela é uma personagem muito importante. Se ela sobreviveu, então temos de encontrá-la!

– Não seria o caso de definirmos desde já com quem ela deverá se casar quando a encontrarmos? – Henselt fez uma careta de desagrado. – Questões como essa não devem ser deixadas ao acaso. Não tenho nada contra entregá-la amarrada a uma longa estaca como um estandarte aos guerrilheiros de Vissegerd, para ser levada à frente quando forem atacar a outra margem do rio. Mas a recuperada Cintra terá de servir a todos nós... Imagino que vocês saibam a que estou me referindo... Se atacarmos Nilfgaard e retomarmos Cintra, conseguiremos colocar a Leoazinha no trono; só que a Leoazinha poderá ter somente um marido.

Um marido que assegurará nossos interesses na foz do Jaruga. Qual dos presentes se oferece como voluntário?

– Eu não – falou Meve jocosamente. – Abro mão do privilégio.

– E eu não excluo os ausentes – anunciou Demawend, sério. – Nem Ervyll, nem Niedamir, nem Thyssen. E o tal Vissegerd não deve ser deixado de lado, porque ele pode surpreendê-los e fazer um uso inesperado do estandarte preso a uma longa estaca. Nunca ouviram falar de casamentos morganáticos? Vissegerd é velho e feio como bosta de vaca, mas, se derem de beber extratos de absinto e damiana à Leoazinha, ela poderá apaixonar-se perdidamente por ele. A figura do rei Vissegerd cabe nos planos de algum de vocês?

– Não – murmurou Foltest. – Decididamente não nos meus.

– Hummm... – hesitou Vizimir. – Não. Também não nos meus. Vissegerd é uma ferramenta, e não um parceiro. E é esse o papel que lhe cabe em nossos planos de ataque a Nilfgaard. Diante disso, se aquele que tão avidamente procura a Leoazinha for realmente Emhyr var Emreis, então não podemos correr um risco de tal magnitude.

– Decididamente não podemos – concordou Foltest. – A Leoazinha não pode cair nas mãos de Emhyr. Não pode cair em mãos inapropriadas... pelo menos, não viva.

– Infanticídio? – falou Meve, com um esgar de desagrado. – Não é uma solução muito bonita, senhores monarcas. Indigna. E, acredito, desnecessariamente drástica. Primeiro, temos de achar a menina, porque ainda não a temos. E, quando a acharmos, que seja entregue a mim. Vou mantê-la por um ou dois anos num castelo nas montanhas e casá-la com um de meus cavaleiros. Quando vocês voltarem a vê-la, ela já estará com dois filhos e um barrigão.

– Se minhas contas estão certas, acabaríamos tendo no mínimo mais três pretendentes e usurpadores. – Vizimir meneou a cabeça. – Não, Meve. Concordo que a solução não é bonita nem digna, mas, se a Leoazinha sobreviveu, agora ela tem de morrer. Razões de Estado. Concordam, senhores?

A chuva batia nas vidraças. Entre as torres do soturno castelo de Hagge uivava um vento forte.

Os reis permaneceram calados.

•

– Vizimir, Foltest, Demawend, Henselt e Meve – repetiu o marechal. – Eles se reuniram secretamente à beira do Pontar, no castelo de Hagge, para maquinar alguma coisa.

– Quão simbólico – falou, sem se virar da janela, um esbelto homem moreno metido num gibão de pele de alce com marca de armadura e manchas de ferrugem. – Pois foi exatamente em Hagge, há menos de quarenta anos, que Virfuil derrotou os exércitos de Medell, reforçando seu controle sobre o vale do Pontar e definindo de uma vez por todas a atual fronteira entre Aedirn e Temeria. E eis que hoje Demawend, filho de Virfuil, convida Foltest, filho de Medell, para visitá-lo em Hagge, na companhia de Vizimir de Tretogor, Henselt de Ard Carraigh e a viúva alegre Meve de Lyria. Encontram-se às escondidas e tramam algo. Você consegue adivinhar o que estão tramando, Coehoorn?

– Consigo – respondeu o marechal sucintamente, não dizendo mais nada. Sabia que o homem junto da janela não suportava que alguém fosse eloquente demais em sua presença ou fizesse qualquer comentário sobre fatos evidentes.

– Não convidaram Ethain de Cidaris – disse o homem de gibão de alce, cruzando as mãos às costas, caminhando desde a janela até a mesa e retornando ao mesmo lugar – nem Ervyll de Verden. Não convidaram Esterat Thyssen nem Niedamir. O que significa que eles se sentem muito fortes ou muito inseguros. Não convidaram ninguém do Capítulo dos Feiticeiros. Isso é interessante... e significativo. Coehoorn, faça com que os feiticeiros tomem conhecimento dessa reunião. Quero que saibam que seus monarcas não os tratam como iguais. Tenho a impressão de que os feiticeiros do Capítulo nutriam dúvidas a esse respeito. Disperse-as.

– Sim, Alteza!

– Alguma notícia de Rience?

– Nenhuma.

O homem permaneceu junto da janela por bastante tempo, olhando para as colinas molhadas pela chuva. Coehoorn ficou esperando, abrindo e fechando nervosamente as mãos sobre a empunhadura de sua espada. Temia ser obrigado a ouvir um longo monólogo. O marechal sabia que aquele homem junto da janela considerava um monólogo seu uma conversa e o ato de conversar com alguém uma honra e prova de confiança. Mesmo sabendo disso, continuava não gostando de ouvir monólogos.

– O que acha deste país, governador? Já conseguiu gostar de sua nova província?

Coehoorn foi pego de surpresa. Não esperava por aquela pergunta e, antes de responder, pensou bastante. Uma demonstração de insinceridade ou de indecisão poderia custar-lhe muito caro.

– Não, Alteza. Não consegui. Este país é muito... soturno.

– Ele já foi diferente – respondeu o homem, ainda sem se virar da janela. – E voltará a ser diferente. Você vai ver. Você ainda vai ver uma Cintra linda e alegre, Coehoorn. Prometo-lhe. Mas não fique triste, pois não pretendo mantê-lo aqui por muito tempo. Acharei alguém para assumir o posto de governador desta província. Precisarei de você em Dol Angra. Você partirá imediatamente após o esmagamento da rebelião. Será necessária a presença, em Dol Angra, de alguém que seja responsável, que não se deixe ser provocado. A viúva alegre de Lyria ou Demawend... eles vão querer nos provocar. Você terá de manter os jovens oficiais com rédeas curtas. Esfriar a cabeça deles. Somente permitirá que sejam provocados quando eu der uma ordem nesse sentido. Não antes.

– Sim, Alteza!

Da antecâmara chegou a eles o som de armas e esporas, além de vozes exaltadas. Alguém bateu à porta. O homem de gibão de alce virou-se da janela e fez um gesto de aprovação com a cabeça. O marechal, após uma leve mesura, saiu do aposento.

O homem retornou à mesa, sentou-se e inclinou a cabeça sobre uma pilha de mapas. Ficou examinando-os por bastante tempo e então apoiou a testa nas mãos entrelaçadas. Sob a luz das velas, o gigantesco brilhante de seu anel lampejou com milhares de faíscas.

– Vossa Alteza? – A porta rangeu levemente.

O homem não mudou de posição, mas o marechal notou que suas mãos tremeram ligeiramente. Percebeu isso por causa do relampejo do brilhante. Devagar e com o maior cuidado, fechou a porta atrás de si.

– Alguma novidade, Coehoorn? Talvez de Rience?

– Não, Alteza. Mas trago boas notícias. A rebelião na província foi totalmente sufocada. Destroçamos os rebeldes. Somente um punhado deles conseguiu fugir para Verden. Pegamos seu líder, o duque Windhalm de Attre.

– Muito bem – disse o homem, ainda com a cabeça apoiada nas mãos. – Windhalm de Attre. Mande decapitá-lo. Não... Não decapitá-lo. Matá-lo de outra maneira. Espetacular, demorada e o mais cruenta possível. E em público, evidentemente. Precisamos dar um castigo exemplar. Algo que assuste os outros. Apenas lhe peço, Coehoorn, que me poupe os detalhes. Não precisa se esforçar em descrições pictóricas. Elas não me proporcionam nenhum prazer.

O marechal engoliu em seco; também não encontrava prazer naquilo. Definitivamente, nenhum prazer. Diante disso, decidiu transferir a execução da tarefa a especialistas, sem pretender pedir detalhes e menos ainda estar presente ao ato.

– Você estará presente ao ato de execução. – O homem ergueu a cabeça, pegou uma carta da mesa e quebrou seu lacre. – Oficialmente. Na qualidade de governador de Cintra. Como meu representante. Não tenho a mínima intenção de olhar para aquilo. É uma ordem, Coehoorn.

– Sim, Alteza! – respondeu o marechal, sem fazer nenhum esforço em ocultar seu constrangimento e desconforto. Diante do homem que dera a ordem, não era permitido ocultar nada, e foram poucos que o conseguiram.

O homem lançou um olhar para a carta e, quase imediatamente, atirou-a nas chamas da lareira.

– Coehoorn.

– Sim, Alteza?

– Não vou aguardar o relatório de Rience. Ponha os magos para trabalhar; que preparem a telecomunicação com o ponto de contato na Redânia e transmitam minha ordem verbal a Rience sem demora. O conteúdo da ordem é o seguinte: Rience tem de parar imediatamente com essa embromação; tem de parar de brincar com o bruxo, porque isso pode acabar muito mal. Ninguém brinca com o bruxo. Eu o conheço, Coehoorn. Ele é esperto demais para conduzir Rience à pista. Insisto: Rience deve preparar imediatamente um atentado e eliminar o bruxo do jogo de uma vez por todas. Matá-lo e depois sumir, esconder-se e ficar no aguardo de novas ordens minhas. E se por acaso ele der de cara com uma pista da feiticeira, deverá deixá-la em paz. Nem um só cabelo poderá cair da cabeça de Yennefer. Entendido, Coehoorn?

– Sim, Alteza.

– A telecomunicação tem de ser cifrada e firmemente protegida de leituras mágicas. Avise isso aos feiticeiros. Se eles falharem e pessoas desautorizadas tiverem acesso ao teor dessa ordem, eu os responsabilizarei por isso.

– Sim – pigarreou o marechal, ficando em posição de sentido.

– Algo mais, Coehoorn?

– O conde... já está aqui, Alteza. Ele veio conforme lhe foi ordenado.

– Já? – sorriu o homem. – Sua rapidez é digna de admiração. Espero que ele não tenha exaurido aquele cavalo preto que todos tanto invejavam. Que entre.

– Devo estar presente à conversa, Alteza?

– É óbvio que sim, senhor governador de Cintra.

O cavaleiro convocado da antecâmara entrou no aposento com passos enérgicos e marciais, envolto pelos rangidos da armadura negra. Parou, empertigou-se orgulhosamente e, atirando às costas a capa encharcada e suja de lama, colocou a mão na empunhadura de uma possante espada e apoiou no quadril o elmo negro adornado com asas de ave de rapina. Coehoorn olhou para o rosto do guerreiro. Deparou com uma atrevida expressão de aguerrido orgulho. Não encontrou nenhum sinal que seria de esperar no rosto de um homem que passara trancado os últimos dois anos numa torre, lugar do qual, como tudo parecia indicar, somente sairia direto para o cadafalso. O marechal deu um discreto sorriso. Sabia que o desprezo pela morte e a indômita coragem dos jovens resultavam exclusivamente de sua falta de imaginação. Sabia disso como ninguém, porque, no passado, ele mesmo fora um desses jovens.

O homem sentado atrás da mesa apoiou o queixo nas mãos entrelaçadas e olhou atentamente para o cavaleiro. O jovem reteso-se como uma corda de violino.

– Para que tudo fique claro – disse-lhe o homem –, saiba que o erro que você cometeu nesta cidade dois anos atrás não lhe foi perdoado de maneira alguma. Você terá mais uma chance e receberá mais uma ordem. A forma como você vai executá-la influirá em minha decisão quanto a seu futuro.

Nenhum músculo se moveu no rosto do cavaleiro, assim como não se moveu uma só pluma do elmo apoiado em seu quadril.

– Não tenho por costume enganar as pessoas e nunca dou a ninguém falsas esperanças – continuou o homem. – Portanto, saiba que poderá vislumbrar a possibilidade de salvar seu pescoço do machado do carrasco, desde que, evidentemente, não cometa nenhum erro dessa vez. As chances de você obter um indulto são poucas. Já as de eu perdoar e esquecer... nenhuma.

Também dessa vez o jovem guerreiro de armadura negra não tremeu, mas Coehoorn viu o brilho de seus olhos. "Ele não acredita nisso", pensou. "Não acredita e se ilude. Está cometendo um grave erro."

– Preste bem atenção – disse o homem atrás da mesa. – Você também, Coehoorn, pois as ordens que vou dar daqui a pouco também lhe dizem respeito. Daqui a pouco, porque preciso me concentrar em sua forma e substância.

O marechal Menno Coehoorn, governador da província de Cintra e futuro comandante em chefe do exército de Dol Angra, ergueu a cabeça e, com a mão na empunhadura da espada, ficou em posição de sentido. A mesma postura foi adotada pelo cavaleiro de armadura negra e elmo adornado com asas de ave de rapina. Ambos ficaram aguardando. Em silêncio. Pacientemente. Como se deviam aguardar as ordens cuja forma e substância eram objeto da concentração do imperador de Nilfgaard, Emhyr var Emreis, Deithwen Addan yn Carn aep Morvudd, a Chama Branca Dançante sobre Mamoas dos Inimigos.

•

Ciri acordou.

Estava deitada, ou melhor, meio sentada, com a cabeça apoiada numa pilha de travesseiros. As compressas que tinha na testa já estavam mornas e apenas levemente úmidas. Tirou-as, não podendo mais suportar o desagradável peso e a ardência da pele. Respirava com dificuldade. A garganta estava ressecada, e o nariz, quase totalmente bloqueado pelo sangue coagulado. Mas os elixires e encantos funcionaram. A dor, que, algumas horas atrás, obscurecia a visão e parecia querer explodir o crânio, acabou cedendo, deixando atrás de si apenas uma pulsação embotada e a sensação de um aperto nas têmporas.

Tocou cuidadosamente o nariz com o dorso da mão. Já não sangrava.

"Que sonho mais estranho eu tive!", pensou. "O primeiro sonho depois de tantos dias. O primeiro no qual não senti medo. O primeiro que não se referia a mim. Eu era... uma observadora. Eu via tudo de cima, de muito alto... Como se eu fosse uma ave... uma ave noturna. Um sonho no qual via Geralt."

Naquele sonho era noite. E caía uma chuva que enrugava a superfície do canal, zumbia nas ripas de madeira do telhado das casas e nos colmos das choupanas, brilhava nas tábuas das passarelas e nos conveses dos barcos e barcaças... E Geralt estava lá. Não sozinho, mas acompanhado de um homem de chapeuzinho engraçado com uma pena encharcada e de uma mulher esbelta vestida com uma capa verde com capuz... Os três andavam lenta e cuidadosamente sobre uma passarela molhada... "E eu os via de cima, como se fosse uma ave... uma ave noturna..."

Geralt parou.

– Falta muito? – perguntou.

– Não – respondeu a jovem esbelta, sacudindo as gotas de chuva de sua capa verde. – Estamos quase lá.

– Ei, Jaskier, não fique para trás, porque poderá se perder nestes becos... E onde, com todos os diabos, se meteu Filippa? Acabei de vê-la minutos atrás, voando ao longo do canal... Que tempo mais miserável... Vamos. Conduza-nos, Shani. Cá entre nós, como você veio a conhecer esse curandeiro? Qual é sua ligação com ele?

– De vez em quando eu lhe vendo medicamentos surrupiados do laboratório da universidade. Por que está me olhando assim? Meu padrasto tem dificuldades para pagar meus estudos... Há momentos em que preciso de algum dinheiro... E o curandeiro, tendo remédios de verdade, pode curar as pessoas sem envenená-las... Mas basta; vamos em frente.

"Que sonho mais estranho!", pensou Ciri. "É uma pena eu ter acordado. Gostaria de saber o que se passou em seguida... Gostaria de saber o que eles estão fazendo lá. Para onde eles vão..."

Do aposento ao lado alcançavam-na vozes; foram elas que a acordaram. Mãe Nenneke falava rápido e estava claramente excitada, nervosa e zangada.

– Você traiu minha confiança – dizia. – Eu não devia ter permitido isso. Eu poderia ter adivinhado que sua antipatia por ela acabaria em desgraça. Não devia ter permitido... porque conheço você muito bem. Além de inescrupulosa e cruel, ainda por cima você se revelou irresponsável e descuidada. Você abusa dessa criança sem dó nem piedade, obriga-a a esforços acima de suas possibilidades. Você não tem coração. Realmente, Yennefer, você não tem coração.

Ciri aguçou os ouvidos, tentando escutar a resposta da feiticeira, com sua voz fria, dura e melodiosa. Queria ouvir como ela reagiria, como zombaria da arquissacerdotisa, como caçoaria de sua superproteção. Como ela diria aquilo que costumava dizer constantemente: que ser feiticeira não era coisa fácil, que não era uma ocupação para senhoritas de porcelana, para bonecas de vidro fino soprado. Mas Yennefer respondeu em voz baixa, tão baixa que a menina não teve condições de compreender o que se dizia, nem mesmo de reconhecer qual das vozes era de quem.

"Vou adormecer", pensou, tateando com cuidado e delicadeza o nariz cheio de sangue ressecado, ainda sensível ao toque. "Voltarei a meu sonho. Verei o que está fazendo Geralt lá na escuridão, na chuva, sobre um canal..."

Yennefer segurava-a pela mão. Estavam andando ao longo de um escuro corredor com colunas de pedra, ou talvez estátuas. Na espessa escuridão, Ciri não conseguia distinguir suas formas. Mas havia alguém oculto naquela escuridão, alguém que as observava à medida que avançavam. Ciri ouvia sussurros, baixinhos como o murmúrio do vento.

Yennefer segurava-a pela mão, andando com passos rápidos, seguros e tão decididos que Ciri mal conseguia acompanhá-la.

Diante delas abriam-se portas. Sucessivamente. Uma após outra. Incontáveis portas com folhas gigantescas e pesadas abrindo-se diante delas sem ruído algum.

A escuridão foi se adensando cada vez mais. Diante de si, Ciri viu a porta seguinte. Yennefer não diminuiu o passo, mas Ciri sentiu repentinamente que aquela porta não se abriria sozinha. E teve a assustadora certeza de que não era permitido abrir aquela porta. De que não era permitido passar por ela. De que algo a aguardava atrás daquela porta...

Ciri parou e tentou livrar-se de Yennefer, mas a feiticeira segurava sua mão com força inabalável e arrastava-a sem piedade em frente. E Ciri se deu conta finalmente de que havia sido traída, enganada, vendida. De que sempre, desde o primeiro encontro, desde o começo, desde o primeiro dia, fora apenas uma marionete, uma boneca presa a uma vareta. Fez um esforço maior para se livrar e conseguiu soltar-se. A escuridão ondulou, os sussurros nas trevas cessaram repentinamente. Yennefer deu um passo à frente, parou, virou-se e olhou para ela.

– Se você está com medo, volte.

– Você sabe que não é permitido abrir essa porta.

– Sei.

– E, no entanto, está me conduzindo a ela.

– Se você está com medo, volte. Ainda há tempo para voltar. Ainda não é tarde demais.

– E você?

– Para mim, já é tarde demais.

Ciri olhou para trás. Apesar da escuridão, pôde ver a porta que acabaram de atravessar, uma longa e distante perspectiva. E foi de lá, de longe, da escuridão, que ela ouviu...

O som de ferraduras. O ranger de uma armadura negra. E o sussurro das penas de asas de uma ave de rapina. E uma voz. Uma voz baixa que parecia querer penetrar seu crânio...

"Você se confundiu. Você confundiu o céu com as estrelas refletidas durante a noite na superfície de um lago."

Ciri acordou. Ergueu rapidamente a cabeça, derrubando a nova compressa, úmida e fresca. Estava coberta de suor e voltou a sentir um aperto nas têmporas e a pulsação embotada. Yennefer estava sentada na cama, a seu lado, com a cabeça virada, de modo que Ciri não podia ver-lhe o rosto. Via apenas a espessa cabeleira negra.

– Tive um sonho... – sussurrou. – Nesse sonho...

– Eu sei – disse a feiticeira com voz estranha, que não parecia sua. – É por isso que estou aqui, a seu lado.

Do outro lado da janela, na escuridão, a chuva sussurrava nas folhas das árvores.

•

– Que droga! – rosnou Jaskier, sacudindo a água da aba de seu chapeuzinho, amolecida pela chuva. – Isto aqui é praticamente uma fortaleza, e não uma residência. O que afinal teme esse curandeiro para se proteger de tal forma?

Atados ao cais, os barcos e escaleres balançavam-se preguiçosamente, batendo uns nos outros, rangendo e tilintando as correntes.

– Estamos num bairro portuário – esclareceu Shani. – Se há algo que não falta aqui são bandidos e saqueadores, tanto locais como forasteiros. Myhrman é procurado por muitas pessoas que pagam por seus serviços... E todos sabem disso, assim como do fato de que ele vive sozinho. Então, ele achou conveniente tomar algumas precauções. Estão surpresos?

– Nem um pouco – respondeu Geralt, olhando para a mansão erguida sobre estacas fixadas no fundo do canal. – Estou me perguntando o que fazer para chegar até aquela palafita de luxo. Acho que vamos ter de alugar um desses barcos presos ao cais...

– Não vai ser preciso – falou a futura médica. – Lá existe uma ponte levadiça.

– E como você vai convencer o curandeiro a abaixá-la? Além do mais, há um portão, e nós não trouxemos um aríete...

– Deixem tudo por minha conta.

Uma enorme coruja cinzenta pousou silenciosamente no parapeito da passarela. Agitou as asas, eriçou-se e se transformou em Filippa Eilhart, também encharcada e eriçada.

– O que estou fazendo aqui? – resmungou a feiticeira. – Que merda vim fazer aqui, com vocês? Estou me balançando numa barra de madeira molhada... e prestes a trair meu país. Se Dijkstra descobrir que andei ajudando vocês... E, para piorar as coisas, essa garoa insuportável! Odeio voar quando chove. Chegamos ao lugar? Isso aí é a casa de Myhrman?

– Sim – confirmou Geralt. – Escute, Shani. Vamos tentar...

Passaram a confabular, sussurrando ocultos na escuridão sob o beiral do telhado de uma choupana. Um feixe de luz emanou da taberna no outro lado do canal. Podiam-se ouvir cantos, risos e gritos. Três barqueiros saíram cambaleando e foram até a margem. Dois deles estavam discutindo, empurrando-se e soltando sem cessar os mesmos palavrões. O terceiro, apoiado numa estaca, mijava para dentro do canal assoviando desafinadamente.

Dong, ressoou uma chapa de metal presa por uma tira de couro a um poste junto da passarela. *Dong*.

O curandeiro Myhrman abriu uma janelinha e olhou para fora. A lanterna que tinha na mão o cegava, de modo que ele a colocou de lado.

– Quem está batendo no meio da noite, com todos os diabos? – urrou, furioso. – Se você teve o repentino desejo de bater em alguma coisa, bata em sua cabeça oca, seu desgraçado! Suma daqui imediatamente, seu beberrão! Tenho uma besta armada! Quer ter seis flechas cravadas na bunda?

– Senhor Myhrman! Sou eu, Shani!

– O quê? – O curandeiro debruçou-se mais para fora. – A senhorita Shani? Agora, no meio da noite? O que significa isso?

– Abaixe a ponte, senhor Myhrman! Eu trouxe o que o senhor pediu!

– Logo agora, em plena escuridão? A senhorita não podia ter esperado até o amanhecer?

– Durante o dia há olhos demais. Se alguém descobrir o que eu tenho trazido ao senhor, serei expulsa da Academia. Abaixe logo a ponte; não quero ficar na chuva; meus sapatos estão encharcados!

– Vejo que não está sozinha – observou o curandeiro, receoso. – Normalmente, a senhorita vem desacompanhada. Quem a acompanha?

– Um amigo, estudante da Academia como eu. O senhor queria que eu andasse sozinha à noite por seu bairro decadente?

Acha que não prezo minha virtude ou algo parecido? Deixe-me entrar logo, com todos os diabos!

Murmurando palavras ininteligíveis, Myhrman soltou o freio do sarilho, e a ponte abaixou, rangendo, até bater nas tábuas da passarela. O curandeiro caminhou até a porta, destravou-a e, sem soltar a besta, saiu cuidadosamente para olhar.

Não notou um punho metido numa luva preta cravejada de pontas prateadas desferido na direção de sua têmpora. E, embora a noite estivesse escura, por causa da lua nova e do céu nublado, viu repentinamente dez mil deslumbrantes estrelas luminosas.

•

Toublanc Michelet passou mais uma vez a pedra de amolar sobre a lâmina da espada, parecendo estar totalmente absorto naquela atividade.

– Em suma, devemos matar um homem para o senhor – falou, colocando a pedra de lado, esfregando a lâmina com um pedaço de couro untado com gordura de coelho e olhando criticamente para sua obra. – Um homem que anda sozinho pelas ruas de Oxenfurt, sem nenhuma escolta ou guarda-costas, nem mesmo um mísero empregado. Para pegá-lo, não vamos precisar escalar muros de um castelo, prédio público, mansão, palacete ou quartel... É isso, senhor Rience? Interpretei corretamente a tarefa que o senhor nos propõe?

O homem com o rosto desfigurado por uma queimadura concordou com um meneio da cabeça, semicerrando levemente os escuros olhos úmidos de aspecto desagradável.

– Além disso – continuou Toublanc –, depois de matar o tal sujeito, não precisaremos nos esconder pelos próximos seis meses, porque ninguém nos perseguirá ou procurará por nossos rastros. Ninguém contratará caçadores de recompensas para nos pegarem. Não correremos o risco de ser atacados por membros de seu clã ou vitimados por desejos de vingança. Em outras palavras, senhor Rience, o senhor quer que nós assassinemos um tipo comum, sem importância alguma para quem quer seja?

O homem com o rosto queimado não respondeu. Toublanc olhou para seus irmãos, sentados no banco, imóveis. Como de costume, Rizzi, Flavius e Ludovico permaneceram calados. Naquela equipe familiar, eles apenas matavam, enquanto a tarefa de conversar ficava por conta de Toublanc, porque ele fora o único que cursara a escola num santuário. Toublanc matava tão eficientemente quanto os irmãos, mas também sabia ler, escrever... e conversar.

– E, para acabar com esse tipo insignificante, senhor Rience, o senhor não procurou um bandido qualquer do porto, e sim a nós, os irmãos Michelet, oferecendo-nos cem coroas nilfgaardianas?

– É o preço que vocês cobram por esse tipo de serviço – escandiu o homem da queimadura. – Certo?

– Errado – respondeu Toublanc friamente. – Porque nós não costumamos assassinar tipos insignificantes. Mas, se tivermos de fazê-lo, senhor Rience, o sujeito que o senhor deseja morto lhe custará duzentas... duzentas brilhantes coroas estampadas com o brasão de Nilfgaard. E o senhor sabe por quê? Porque há um embuste nessa história, meu prezado senhor. Não precisa nos contar em que consiste tal embuste; saberemos lidar com ele. Mas o senhor deverá pagar por isso. Duzentas, eu disse. Se o senhor aceitar pagar esse preço, considere seu não amigo um homem morto. Se não aceitar, então procure outro para fazer o serviço.

O porão fedendo a mofo e a vinho azedado ficou em silêncio. Pelo piso de terra batida passou correndo uma barata, movendo rapidamente as patinhas. Flavius Michelet esmagou-a com um rápido movimento da perna, quase sem mudar a posição do corpo no banco, não alterando em nada a expressão facial.

– De acordo – falou Rience. – Vocês receberão duzentas coroas. Vamos.

Toublanc Michelet, assassino profissional desde os catorze anos de idade, não traiu seu espanto nem mesmo com um leve tremor de pálpebra. Não esperava conseguir negociar mais do que cento e vinte, no máximo cento e cinquenta coroas. Deu-se conta de repente de que estabelecera um preço muito baixo para o embuste oculto naquele "trabalho".

•

O curandeiro Myhrman voltou a si. Estava deitado de costas no piso de seu aposento, amarrado como um cordeiro. O occipício doía-lhe terrivelmente, e lembrou-se de que batera a cabeça ao deslizar na porta durante a queda. Doía-lhe, também, a têmpora na qual fora atingido. Não conseguia se mover, porque seu peito estava sendo impiedosamente esmagado por uma bota de cano alto fechada com uma fivela. Semicerrando os olhos e enrugando o rosto, o curandeiro olhou para cima. A bota pertencia a um homem alto e de cabelos brancos como leite. Myhrman não conseguia ver-lhe o rosto, oculto no ambiente pouco iluminado pela lanterna pousada na mesa.

– Não me matem... – gemeu. – Poupem-me; eu lhes imploro em nome dos deuses... Posso devolver-lhes o dinheiro... Vou lhes dar tudo... Vou lhes mostrar onde está escondido...

– Onde está Rience, Myhrman?

Ao som daquela voz, um tremor percorreu o corpo do curandeiro. Ele não costumava se assustar com facilidade, e poucas coisas causavam-lhe medo. Mas na voz do homem de cabelos brancos estavam todas elas e mais algumas, a título de suplemento.

Num esforço sobre-humano, conseguiu sobrepujar o pavor que se movia em suas entranhas como um nojento inseto.

– Como? – fingiu-se de desentendido. – Quem? O que senhor disse?

O homem de cabelos brancos inclinou-se. Myhrman viu seu rosto. Viu seus olhos. E, diante daquela visão, o estômago deslizou-lhe até o ânus.

– Não embrome, Myhrman – emanou das sombras a conhecida voz da futura médica Shani. – Quando estive aqui três dias atrás, encontrei sentado naquela cadeira, atrás da mesa, um homem vestido com um casaco forrado de pele de rato-almiscarado. Estava bebendo vinho, e você costuma oferecer tais regalias somente a seus melhores amigos. Ele quis engraçar-se comigo, convidando-me para dançar no Três Sininhos, e levou um tapa na mão por tentar me apalpar. Está lembrado? E você lhe disse: "Deixe-a em paz, senhor Rience; não a assuste, porque preciso manter um bom relacionamento com os estudantes de medicina para que meus negócios prosperem." Aí vocês dois, você e seu senhor

Rience de rosto queimado, ficaram rindo. Portanto, não se finja de bobo, porque não está diante de gente mais boba que você. Fale logo, enquanto eles estão perguntando gentilmente.

"Sua estudantezinha metida a besta", pensou o curandeiro. "Você não passa de um réptil traiçoeiro, uma ruivinha assanhada... Pode deixar que, assim que conseguir me safar desta enrascada, vou encontrar você e fazê-la pagar direitinho..."

– Que Rience? – ganiu, contorcendo-se em vão na tentativa de se livrar do salto da bota que lhe esmagava o esterno. – Como posso saber quem é ele e onde se encontra? Recebo a visita de um montão de pessoas, fulanos e sicranos; como eu...

O homem de cabelos brancos inclinou-se ainda mais, retirou lentamente uma adaga do cano da outra bota e pisou com mais força no peito do curandeiro.

– Myhrman – falou baixinho –, acredite ou não, se não revelar imediatamente como você se contata com ele... vou alimentar as enguias do canal com seu corpo, pedaço por pedaço, começando pelas orelhas.

Algo naquela voz fez com que o curandeiro acreditasse piamente em cada palavra. Olhava para a lâmina da adaga e sabia que era ainda mais afiada do que as facas que ele usava para perfurar furúnculos e abscessos. Começou a tremer tanto que a bota apoiada em seu peito passou a saltar nervosamente. No entanto, ficou calado. Tinha de ficar. Por enquanto. Porque, caso Rience voltasse e perguntasse por que ele o havia traído, Myhrman deveria ter uma forma de demonstrar o motivo. "Uma orelha", pensou, "uma orelha terei de suportar. Depois, direi..."

– Por que perder tempo e sujar-se de sangue? – ouviu-se das sombras uma suave voz de contralto. – Por que arriscar que ele minta ou torça a verdade? Deixem que eu me ocupe dele do meu jeito. Ele vai falar tão rapidamente que morderá a própria língua. Segurem-no.

O curandeiro urrou e agitou-se entre as cordas que o envolviam, mas o homem de cabelos brancos apertou-o com o joelho contra o chão, agarrando-o pelos cabelos e fazendo-o virar a cabeça. Alguém se ajoelhara a seu lado. Myhrman percebeu o cheiro de perfume misturado ao de penas molhadas; sentiu o toque de dedos em sua têmpora. Quis gritar, mas sua garganta estava travada pelo terror; o máximo que conseguiu foi soltar um grasnido.

– Já está querendo gritar? – ronronou maciamente como um gato a voz de contralto junto de seu ouvido. – Cedo demais, Myhrman, cedo demais. Eu ainda nem comecei. Mas vou começar logo. Se a evolução traçou algum sulco em seu cérebro, eu vou aprofundá-lo. Aí você verá o que pode ser um grito.

•

– Quer dizer – falou Vilgeforz depois de ouvir o relato – que nossos reis começaram a pensar por conta própria, a tecer planos de maneira autônoma, evoluindo com surpreendente rapidez do nível tático ao estratégico? Interessante. Ainda há pouco, na batalha de Sodden, a única coisa que sabiam era galopar soltando gritos selvagens, com a espada erguida e à testa de seus destacamentos, sem nem mesmo virar a cabeça a fim de se certificar de que eles não haviam ficado para trás ou galopado em outra direção. E hoje, vejam só, reúnem-se no castelo de Hagge para decidir o destino do mundo. Interessante. Mas, a bem da verdade, eu já esperava por isso.

– Sabemos disso – confirmou Artaud Terranova –, assim como estamos lembrados de você nos ter advertido sobre essa possibilidade. E é exatamente por essa razão que viemos avisá-lo.

– Agradeço a lembrança – sorriu o feiticeiro.

No mesmo instante, Tissaia de Vries teve certeza de que Vilgeforz já tinha conhecimento dos fatos que lhe eram comunicados. Não disse uma palavra. Sentada aprumada na poltrona, ajeitou os punhos de renda para que ficassem iguais, uma vez que o esquerdo estava mais dobrado que o direito. Notou o olhar de desagrado de Terranova e a divertida expressão de Vilgeforz. Sabia que seu lendário pedantismo enervava ou divertia a todos, mas não ligava para aquilo.

– E o que o Capítulo tem a dizer sobre tudo isso?

– Antes de tudo – respondeu Terranova –, queríamos ouvir sua opinião, Vilgeforz.

– Antes de tudo – disse o feiticeiro com um sorriso –, vamos comer e beber algo. Temos tempo de sobra, portanto permitam que eu me revele bom anfitrião. Vejo que vocês estão quase congelados e cansados pela viagem. Quantas baldeações em teleportais, se é que posso perguntar?

– Três – respondeu Tissaia de Vries, dando de ombros.

– Eu estava mais perto. – Artaud espreguiçou-se. – Bastaram-me duas, mas tenho de admitir que ambas foram complicadas.

– E em todos os lugares o mesmo tempo horrível?

– Em todos.

– Então, vamos recuperar as forças com comida e com um bom velho vinho tinto de Cidaris. Lydia, você faria a gentileza?

Lydia van Bredevoort, assistente e secretária particular de Vilgeforz, surgiu de trás da cortina como um fantasma etéreo e sorriu com os olhos para Tissaia de Vries. Tissaia, controlando o semblante, respondeu com um sorriso caloroso e uma leve inclinação da cabeça. Artaud Terranova levantou-se e fez uma reverência. Ele também manteve um perfeito controle do semblante. Conhecia Lydia.

Duas empregadas puseram a mesa, movendo-se rapidamente, fazendo farfalhar as longas saias. Lydia van Bredevoort acendeu as velas do candelabro, criando por encanto uma discreta chama entre o polegar e o indicador. Tissaia percebeu que seus dedos tinham manchas de tinta. Guardou tal fato na memória, para mais tarde, após o jantar, pedir à jovem feiticeira que lhe mostrasse sua última obra, pois Lydia era uma pintora de grande talento.

Jantaram em silêncio. Desinibido, Artaud Terranova avançava sobre as travessas e, um tanto frequentemente demais e sem nenhuma instigação do anfitrião, fazia ressoar a prateada tampa do jarro de vinho. Tissaia de Vries comia devagar, dando mais importância à disposição dos pratos e talheres sobre a mesa do que à comida. Em sua opinião, eles não estavam alinhados devidamente, o que feria sua paixão por ordem e seu senso estético. Bebia com moderação. Vilgeforz comia e bebia ainda mais moderadamente, enquanto Lydia, claro, não comia nem bebia nada.

As chamas das velas ondulavam com longos bigodes de fogo vermelho-amarelado. Gotas de chuva batiam nos vitrais das janelas.

– E então, Vilgeforz – falou Terranova por fim, mexendo com o garfo na travessa à procura de um naco de carne de javali suficientemente gorduroso –, qual é sua posição diante da atividade de nossos monarcas? Hen Gedymdeith e Francesca enviaram-nos para cá porque querem saber sua opinião. Tanto eu como Tissaia também estamos curiosos. O Capítulo deseja adotar uma posição comum nesse assunto. E, quando for hora de agir, gostaríamos de agir de comum acordo. Portanto, o que você nos aconselha?

– Sinto-me profundamente lisonjeado – disse Vilgeforz, negando com um gesto de agradecimento mais brócolis que Lydia pretendia colocar em seu prato – pelo fato de minha opinião nesse caso ser decisiva para o Capítulo.

– Ninguém afirmou tal coisa – respondeu Artaud, servindo-se de mais vinho. – A decisão será tomada em colegiado, quando o Capítulo se reunir. Mas seria conveniente todos terem a oportunidade de antes expor seu ponto de vista. Assim, somos todos ouvidos.

"Se já terminaram de jantar, então vamos para o escritório", sugeriu Lydia telepaticamente, sorrindo com os olhos. Terranova observou seu sorriso e bebeu de um trago todo o conteúdo de sua taça de vinho, até a última gota.

– Boa ideia. – Vilgeforz limpou os dedos no guardanapo e ergueu-se. – Ficaremos mais à vontade, além de termos lá mais proteção contra escutas mágicas. Vamos. Pode levar o jarro, Artaud.

– Com todo o prazer. É minha safra preferida.

Passaram para o escritório. Tissaia não resistiu ao impulso de lançar um olhar sobre a bancada com retortas, cadinhos, provetas, cristais e incontáveis utensílios mágicos. Todos estavam protegidos por um feitiço de camuflagem, mas Tissaia de Vries era arquimaga; não havia véu que ela não pudesse atravessar com o olhar. E ela estava interessada em saber em que o feiticeiro vinha trabalhando. Não precisou de muito tempo para concluir para que servia aquela configuração de aparelhos utilizados recentemente: para descobrir onde estavam pessoas desaparecidas e para permitir o uso da visão psíquica por meio do método "cristal, metal, pedra". O feiticeiro estava procurando por alguém ou tentava resolver um problema teórico de logística. Vilgeforz de Roggeveen era conhecido pela satisfação que lhe trazia a resolução de tal tipo de problemas.

Sentaram-se em pesadas poltronas esculpidas em ébano. Lydia olhou para Vilgeforz, captou o sinal que ele lhe fez e imediatamente saiu do aposento. Tissaia soltou um imperceptível suspiro.

Todos sabiam que Lydia van Bredevoort estava apaixonada por Vilgeforz de Roggeveen, que havia anos nutria por ele um amor silencioso, obstinado e implacável. O feiticeiro, evidentemente, também estava ciente disso, mas fingia não saber. Lydia facilitara a situação, pois jamais lhe revelara seus sentimentos, nunca dera o menor passo, não fizera um ínfimo gesto ou sinalização mental e, mesmo que pudesse falar, jamais diria uma palavra sequer. Era orgulhosa demais para fazê-lo. Vilgeforz tampouco assumia uma atitude, porque não estava apaixonado por Lydia. Obviamente, ele poderia tomá-la por amante e, com isso, ter uma ligação ainda mais forte com ela e, quem sabe, até fazê-la feliz. Houve quem lhe recomendasse que o fizesse, mas Vilgeforz não o fez. Era muito orgulhoso e cheio de princípios para agir de tal maneira. E, assim, embora a situação não fosse auspiciosa, era estável, e isso ostensivamente agradava a ambos.

– Quer dizer – rompeu o silêncio o jovem feiticeiro – que o Capítulo está quebrando a cabeça sobre o que fazer diante das iniciativas e planos de nossos monarcas? Pois estão desperdiçando tempo. Os planos deveriam ser simplesmente ignorados.

– O quê? – Artaud Terranova congelou, com a taça em uma das mãos e o jarro na outra. – Será que ouvi direito? Devemos ficar sem fazer nada? Devemos permitir...

– Nós já permitimos – interrompeu-o Vilgeforz. – Porque ninguém pediu nossa permissão. E ninguém vai pedir. Repito: devemos fingir que não sabemos de nada. É a única solução sensata.

– O que eles estão tramando pode terminar em guerra, numa guerra em larga escala.

– O que eles estão tramando chegou a nosso conhecimento graças a uma enigmática e incompleta informação vinda de uma fonte misteriosa e bastante suspeita. Tão suspeita que a palavra "desinformação" se insinua obstinadamente. E, mesmo que seja verdadeira, as iniciativas dos monarcas ainda estão na fase de planejamento e nela vão permanecer por muito tempo. E, se eles saírem dessa fase... Paciência... vamos ter de nos adaptar à situação.

– Você quer dizer – falou Terranova, com uma careta – que dançaremos conforme a música que nos for tocada?

– Sim, Artaud – respondeu Vilgeforz, encarando-o com os olhos brilhando. – Você vai dançar de acordo com o que lhe tocarem ou terá de sair do salão. Porque o tablado no qual está a orquestra é demasiadamente alto para você subir nele e ordenar aos músicos que toquem outra melodia. Dê-se conta disso de uma vez por todas. Se acha que há outra saída, está cometendo um grave erro de avaliação. Está confundindo o céu com as estrelas refletidas durante a noite na superfície de um lago.

"O Capítulo fará o que ele mandar, disfarçando a ordem como se fosse um conselho", pensou Tissaia de Vries. "Todos nós somos peões em seu tabuleiro de xadrez. Ele ascendeu, cresceu, obscureceu-nos com seu brilho, subordinou-nos a ele. Somos peões em seu jogo. Um jogo cujas regras não conhecemos."

A manga esquerda voltou a ficar desalinhada em relação à direita. A feiticeira ajeitou-a.

– Na verdade, os planos dos reis estão na fase de realização – falou lentamente. – Em Kaedwen e Aedirn já teve início a ofensiva contra os Scoia'tael. Sangue de jovens elfos está sendo derramado. Há perseguições e *pogroms* contra os inumanos. Fala-se de ataques a elfos livres de Dol Blathanna e Montes Roxos. Trata-se de assassínios em massa. Você quer que transmitamos a Gedymdeith e Enid Findabair sua recomendação de ficarmos contemplando o que está se passando sem fazer nada? De fingirmos que nada vemos?

Vilgeforz virou a cabeça em sua direção. "Agora, você vai mudar de tática", pensou Tissaia. "Você é um jogador e reconheceu, pelo som, como os dados vão cair sobre a mesa. Vai mudar de tática. Vai bater em outra tecla."

Vilgeforz não desgrudou seus olhos dos dela.

– Tem razão – disse. – Você está certa, Tissaia. A guerra com Nilfgaard é uma coisa, mas olhar para o massacre dos inumanos sem tomar uma atitude está errado. Portanto, proponho convocar uma reunião geral de todos, inclusive os Mestres do Terceiro Grau, ou seja, os que depois de Sodden passaram a participar dos conselhos reais. Uma vez reunidos, vamos chamá-los à razão e ordenar-lhes que abrandem seus respectivos monarcas.

– Eu apoio esse projeto – falou Terranova. – Vamos convocar a reunião e lembrar-lhes a quem devem lealdade em primeiro lugar. Observem que até alguns membros de nosso Conselho agora fazem recomendações aos reis, os quais desfrutam dos serviços de Carduin, Filippa Eilhart, Fercart, Radcliffe, Yennefer...

Ao ouvir o último nome, Vilgeforz estremeceu... Por dentro, bem entendido. Mas Tissaia de Vries era arquimaga. Ela captou o pensamento, o impulso que saltou da bancada e dos utensílios mágicos para os dois livros colocados na mesa. Ambos estavam protegidos por um véu mágico. A feiticeira concentrou-se e atravessou-o.

Aen Ithlinnespeath, a profecia de Ithilinne Aegli aep Aevenien, a sibila dos elfos. A profecia do fim da civilização, da aniquilação, da destruição e do retorno do barbarismo que deveriam sobrevir com as massas de gelo geradas pelo Frio Eterno. E o outro livro... velho e gasto... *Aen Hen Ichaer*... Sangue Antigo... Sangue dos Elfos?

– Tissaia, o que você tem a dizer sobre isso?

– Apoio – respondeu a feiticeira, ajeitando o anel que girara num sentido inadequado. – Apoio o projeto de Vilgeforz. Vamos convocar a reunião. Quanto mais cedo, melhor.

"Metal, pedra, cristal", pensou. "Estará procurando por Yennefer? Por quê? E o que Yennefer tem a ver com a profecia de Ithilinne? E com o Sangue Antigo dos Elfos? O que você está aprontando, Vilgeforz?"

"Desculpem", falou telepaticamente Lydia van Bredevoort, adentrando o escritório em silêncio.

O feiticeiro se levantou.

– Queiram me desculpar – disse –, mas trata-se de um assunto urgente. Estava aguardando esta carta desde ontem. Não vou demorar.

Artaud bocejou, abafou um arroto e esticou o braço na direção do jarro de vinho. Tissaia voltou-se para Lydia. Lydia sorriu. Com os olhos. Não podia de outra maneira.

A parte inferior do rosto de Lydia van Bredevoort era uma ilusão.

Quatro anos antes, atendendo a uma recomendação de Vilgeforz, seu mestre, Lydia participara das investigações das propriedades de um artefato encontrado nas escavações de uma necrópole da Antiguidade. O artefato revelou-se envolto por um possante anátema. Foi posto para funcionar uma única vez. Dos cinco feiticeiros que participaram do experimento, três morreram na hora. O quarto perdeu os olhos e os dois braços e enlouqueceu. Lydia escapou com graves queimaduras, a mandíbula destroçada e uma mutação da laringe e da garganta que vinha resistindo a todas as tentativas de recuperação. Diante disso, optou-se por uma forte ilusão, para que as pessoas não desmaiassem ao ver seu rosto. A ilusão era poderosa, muito bem instalada e difícil de penetrar, mesmo para os Escolhidos.

– Hummm... – pigarreou Vilgeforz, pondo a carta de lado. – Obrigado, Lydia.

Lydia sorriu. "O mensageiro aguarda uma resposta", falou.

– Não haverá resposta.

"Compreendo. Mandei preparar aposentos para as visitas."

– Obrigado. Tissaia, Artaud, peço desculpas pela curta interrupção. Vamos continuar. Onde foi que paramos?

"Em lugar nenhum", pensou Tissaia de Vries. "Mas o escutarei com atenção, porque em algum momento você abordará assuntos que realmente lhe interessam."

– Ah, sim – começou lentamente Vilgeforz. – Já sei de que eu queria falar. Dos mais recentes membros do Conselho. Fercart e Yennefer. Pelo que sei, Fercart está ligado a Foltest de Temeria; é membro do conselho real com Triss Merigold. Mas a quem está ligada Yennefer? Você disse, Artaud, que ela fazia parte do grupo que serve a reis.

– Artaud exagerou – falou Tissaia, impassível. – Yennefer vive em Vengerberg, de modo que Demawend procura sua ajuda de vez em quando, mas eles não colaboram constantemente. Não se pode afirmar que ela está a serviço de Demawend.

– Como está a visão dela? Espero que tudo esteja bem.

– Sim. Está tudo bem.

– Que bom! Muito bom! Estive preocupado... Saibam que tentei entrar em contato com ela, mas ela tinha viajado, ninguém sabia para onde.

"Pedra, metal, cristal", pensou Tissaia de Vries. "Tudo o que Yennefer usa é ativo e não pode ser detectado por visão psíquica.

Você não conseguirá encontrá-la com esse método, meu caro. Se ela não deseja que se saiba onde está, ninguém conseguirá achá-la."

– Escreva para ela – sugeriu calmamente, ajeitando mais uma vez os punhos do casaco. – E mande a carta pelo método comum. Pode ter certeza de que ela chegará a seu destino. E Yennefer, não importa onde estiver, responderá. Ela sempre responde.

– Yennefer – comentou Artaud – costuma sumir com frequência, às vezes por meses a fio. Os motivos costumam ser um tanto triviais...

Tissaia olhou para ele, apertando os lábios. O feiticeiro calou-se. Vilgeforz deu um leve sorriso.

– Pois é – disse. – Foi isso mesmo que pensei. Houve um tempo em que ela esteve profundamente ligada a... certo bruxo. Geralt, se não me engano. Tenho a impressão de que não foi um simples namorico passageiro. Parece que Yennefer estava bastante envolvida...

Tissaia de Vries aprumou-se, apertando as mãos nos braços da poltrona.

– Por que você fala sobre isso? São assuntos privados, que não são de nossa conta.

– Evidentemente. – Vilgeforz lançou um olhar para a carta atirada sobre o atril. – Não são de nossa conta. Mas o que me move não é uma curiosidade doentia, e sim a preocupação com o estado emocional de um membro do Conselho. Reflito sobre a reação de Yennefer ao receber a notícia da morte daquele... Geralt. Ela será capaz de assimilar a perda, a resignar-se, sem cair em depressão ou assumir um luto exagerado?

– Ela saberá – respondeu Tissaia em tom gélido. – Principalmente porque notícias como essas chegam a ela de tempo em tempo e, infalivelmente, revelam-se meros boatos.

– É isso mesmo – confirmou Terranova. – Esse tal Geralt, ou seja lá qual for seu nome, sabe cuidar muito bem de si. E não é de espantar. Trata-se de um mutante, um autômato assassino, programado para matar e não ser morto. Já no que se refere a Yennefer, não devemos exagerar quanto a suas supostas emoções. Ela jamais se deixa levar por emoções. Brincava com o bruxo, só isso. Estava fascinada pela morte, com a qual aquele tipinho vivia jogando. E, quando finalmente ele perder o jogo, a brincadeira terá chegado ao fim.

– Por enquanto – disse, secamente, Tissaia de Vries –, o bruxo está vivo.

Vilgeforz sorriu e voltou a lançar um olhar sobre a carta jogada no atril.

– Estará? – falou. – Não creio.

•

Geralt agitou-se levemente, sentindo dificuldade em engolir a saliva. Já passara o primeiro choque depois de ter tomado o elixir, e iniciava-se a fase de sua atuação, sinalizada por uma leve porém desagradável tontura ligada ao processo de adaptação dos olhos à escuridão.

A adaptação avançava rapidamente. As trevas foram clareando, com tudo ao redor adquirindo um matiz acinzentado, de início meio turvo e confuso, tornando-se gradativamente cada vez mais contrastante, claro e nítido. Na ruela que desembocava no canal, poucos instantes antes ainda escura como breu, Geralt já podia ver ratazanas andando pelas calhas, farejando poças de água e fendas nos muros.

Sua audição também ficara mais aguçada sob o efeito da poção mágica. O vazio emaranhado de becos, no qual momentos antes se escutava somente o murmúrio da chuva escorrendo pelas calhas, começou a ganhar vida, a pulsar com sons. Geralt ouvia guinchos de gatos brigando, latidos de cães do outro lado do canal, risos e gritos dos bares e estalagens de Oxenfurt, cantorias da taberna dos barqueiros e o distante e suave som de uma flauta tocando uma alegre melodia. As adormecidas casas adquiriram vida. Geralt passou a reconhecer o ronco de pessoas adormecidas, o barulho dos bois nos estábulos, o bufo dos cavalos nas cocheiras. De uma das casas no fim da ruela provinham espasmódicos e abafados gemidos de uma mulher sendo amada.

Os sons cresciam, adquiriam força. Geralt já estava em condições de distinguir as obscenas palavras de canções picarescas e conseguiu inteirar-se do nome do amante da mulher que gemia.

Do outro lado do canal, da mansão sobre palafitas de Myhrman, chegavam a ele os gaguejantes e incompreensíveis balbucios do curandeiro, levado pelo tratamento de Filippa Eilhart a um completo e, na certa, permanente estado de idiotice.

Amanhecia. A chuva finalmente parou de cair, e uma corrente de vento dispersou as nuvens. Ao leste, o céu estava clareando.

As ratazanas no beco ficaram repentinamente agitadas e começaram a correr para todos os lados, escondendo-se no meio de caixotes e lixo.

O bruxo ouviu som de passos. Pareceram-lhe ser de quatro ou cinco pessoas; não tinha certeza. Olhou em volta, mas não viu Filippa.

Imediatamente mudou de tática. Caso Rience estivesse naquele grupo, Geralt teria poucas chances de pegá-lo. Precisaria lutar antes com a escolta, algo que não desejava. Primeiro, por estar sob o efeito do elixir, o que significaria que aqueles homens morreriam; segundo, porque, nesse ínterim, Rience teria tido tempo para fugir.

Os passos foram se aproximando. Geralt saiu da sombra.

Rience surgiu do beco. O bruxo reconheceu-o de imediato e instintivamente, embora nunca o tivesse visto. A queimadura, um presente de Yennefer, estava encoberta pela sombra de seu capuz.

Estava sozinho. Sua escolta não apareceu; ficou escondida na ruela. Geralt logo compreendeu o motivo daquilo. Rience sabia quem o aguardava junto da casa do curandeiro. Rience sabia que se tratava de uma emboscada, mas veio assim mesmo. O bruxo entendeu por quê. E isso antes mesmo de ouvir o rangido de espadas sendo desembainhadas. "Muito bem", pensou. "Se é isso que vocês querem, que seja."

– É um prazer caçá-lo – falou Rience, baixinho. – Não é preciso procurá-lo. Você aparece no local onde o queremos.

– Posso dizer o mesmo – respondeu o bruxo calmamente. – Você apareceu aqui. Era a este lugar que eu queria que você viesse, e você veio.

– Myhrman deve ter sido muitíssimo pressionado para lhe falar do amuleto, mostrar onde ele estava escondido e ensinar como ativá-lo para enviar uma mensagem. Mas Myhrman não sabia que o amuleto informava e alertava ao mesmo tempo, de modo que não poderia ter-lhe dito isso, mesmo queimado com carvões em brasa. Andei distribuindo muitos desses amuletos. Sabia que, mais cedo ou mais tarde, você encontraria um deles.

Da esquina da ruela quatro homens começaram a avançar lenta e agilmente, sem fazer ruído algum. Ainda ocultos nas sombras, seguravam as espadas desnudas de modo que não pudessem ser traídos pelo brilho das lâminas. O bruxo via-os claramente, mas não demonstrava tal fato. "Muito bem, assassinos", pensou. "Se é isso que vocês querem, é o que terão."

– Fiquei esperando – continuou Rience, sem se mover do lugar. – E consegui o que queria. Pretendo finalmente aliviar a terra de seu peso, seu mutante horrendo.

– Você diz que pretende? Está se superestimando. Você é apenas uma ferramenta. Um capanga alugado por outros para fazer trabalhos sujos. Quem o enviou, servo?

– Está querendo saber demais, mutante. Você me chama de servo, mas tem ideia do que é você? Um monte de esterco na estrada que precisa ser removido porque alguém não quer sujar as botas. Não, não vou lhe revelar quem é essa pessoa, embora pudesse. Porém vou lhe dizer outra coisa, sobre a qual poderá ficar pensando no caminho para o inferno. Sei onde está a fedelha que você tanto protegia. E sei, também, onde está sua feiticeira, Yennefer. Ela não interessa a meus patrões, mas eu tenho algo pessoal contra aquela puta. Assim que acabar com você, vou me ocupar dela. Farei com que se arrependa daquele truquezinho com fogo. Oh, sim. Ela vai se arrepender. Amargamente.

– Não devia ter dito isso – sorriu o bruxo horrivelmente, já sentindo a euforia da luta provocada pela reação do elixir com a adrenalina. – Enquanto você não disse isso, ainda tinha alguma chance de sobreviver. Agora, não a tem mais.

Um forte tremor de seu medalhão advertiu Geralt de um ataque repentino. Pulou para o lado, sacou a espada e, com a lâmina coberta de runas, aparou e aniquilou uma paralisante onda de energia mágica disparada em sua direção. Rience deu um passo para trás e ergueu a mão para fazer um gesto, mas no último momento acovardou-se. Sem tentar um novo encanto, recuou rapidamente para dentro do beco. O bruxo não pôde persegui-lo, porque foi atacado pelos quatro homens que achavam estar ocultos nas sombras. Espadas brilharam.

Tratava-se de profissionais. Todos os quatro. De profissionais experientes, bem treinados e extremamente coordenados. Atacaram-no aos pares, dois do lado esquerdo e dois do direito. Aos pares, para um deles estar sempre protegido às costas do segundo. O bruxo escolheu o par da esquerda. A euforia provocada pelo elixir foi potencializada pela raiva.

O primeiro capanga começou o ataque com uma finta à direita, apenas para pular para o lado e permitir ao outro, que estava às suas costas, desferir um golpe traiçoeiro. Geralt fez uma pirueta, passou por eles e acertou o segundo por trás com a ponta da espada, cortando-lhe o occipício, a nuca e as costas. Estava zangado e o atingiu com força. Um esguicho de sangue jorrou sobre o muro.

O primeiro agressor recuou rápido, dando espaço ao par seguinte. Os homens se separaram para o ataque, desferindo dois golpes simultâneos em direções diferentes, de modo que apenas um deles fosse aparado e o segundo, forçosamente, acertasse o alvo. Geralt nem tentou se defender e, fazendo uma pirueta, meteu-se entre os dois. Para não se chocarem, ambos tiveram de diminuir o ritmo harmônico e os passos bem ensaiados. Um deles conseguiu se desviar com um macio salto felino. Já o outro não teve tempo. Perdeu o equilíbrio e ficou de costas. O bruxo, fazendo outra pirueta, dessa vez em sentido contrário, tomou impulso e desferiu um possante golpe na altura de seu quadril. Estava zangado. Sentiu a afiada lâmina cortando a coluna vertebral. Um horrendo grito ecoou pelas ruelas. Os dois restantes lançaram-se imediatamente sobre ele com uma saraivada de golpes, que Geralt aparava com grande esforço. Fez mais uma pirueta, escapando das cintilantes lâminas. No entanto, em vez de apoiar-se com as costas no muro e ficar se defendendo, partiu para o ataque.

Era algo que seus oponentes não esperavam, e eles não tiveram tempo para recuar e se separar. Um deles contra-atacou aplicando uma estocada, mas o bruxo esquivou-se, girou e desferiu um golpe para trás, às cegas, guiando-se apenas pela sensação do deslocamento de ar. Estava zangado. Mirou por baixo, na direção da barriga. Acertou. Ouviu um grito curto, porém não conseguiu olhar para trás, porque o último dos capangas já estava junto dele, dirigindo-lhe uma possante sinistra. Geralt aparou-a no último momento e, estático, sem se virar, respondeu com uma quarta destra. O capanga, movido pelo impulso da parada, estendeu-se como uma mola e desferiu um golpe semicircular amplo e forte. Forte demais. Geralt já estava girando. A espada do assassino, muito mais pesada que a do bruxo, cortou o ar, e o capanga teve de seguir o golpe. O ímpeto fez com que ele girasse. Geralt escapou da meia-pirueta, colocando-se a seu lado. Viu um rosto contorcido e um par de olhos arregalados de pavor. Estava zangado. O golpe foi curto, mas forte. E certeiro. Bem entre os olhos.

Ouviu o desesperado grito de Shani querendo livrar-se do abraço de Jaskier sobre a passarela que levava à casa do curandeiro.

Rience recuou ainda mais para dentro do beco, ergueu e estendeu diante de si os dois braços, dos quais já começava emergir uma luz mágica. Geralt agarrou a espada com ambas as mãos e, sem hesitar um momento, correu em sua direção. O feiticeiro acovardou-se novamente. Sem concluir o encanto, pôs-se em fuga desenfreada, gritando algo ininteligível. Mas Geralt compreendeu. Sabia que Rience clamava por ajuda. Que implorava por socorro.

E o socorro veio. A ruela ardeu com uma luz ofuscante e na parede de uma casa manchada por infiltrações brilhou a oval de fogo de um teleportal. Rience lançou-se em sua direção. Geralt pulou atrás. Estava muito zangado.

•

Toublanc Michelet gemeu e contorceu-se, segurando com ambas as mãos a barriga dilacerada. Sentia o sangue se esvair por entre os dedos. Não longe dele jazia Flavius, que um momento antes ainda se contorcia, mas agora estava imóvel. Toublanc cerrou as pálpebras e abriu-as logo em seguida. Porém a coruja sentada ao lado de Flavius não era uma alucinação, porque não desaparecera. Gemeu novamente e virou a cabeça para o outro lado.

Uma mulher muito jovem, a julgar pela voz, gritava sem cessar:

– Largue-me! Eles estão feridos! Eu tenho... Eu sou médica, Jaskier! Já lhe disse para me largar!

– Você não pode ajudá-los – respondeu-lhe a voz surda daquele que se chamava Jaskier. – Nada pode ajudar uma ferida feita com espada de bruxo... É melhor você nem se aproximar. Não olhe... Shani, eu lhe imploro... não olhe para lá.

Toublanc percebeu que alguém se ajoelhava a seu lado. Sentiu o cheiro de perfume misturado ao de penas molhadas. Ouviu uma voz baixinha, suave e mitigadora. Tinha dificuldade em distinguir as palavras, por causa dos enervantes gritos e soluços daquela garota, daquela médica... Mas se a tal médica estava gritando, então quem estava ajoelhado perto dele? Toublanc gemeu.

– ... vai ficar bem. Tudo vai ficar bem.

– Fi... lho... da pu... ta... – gaguejou. – Rience. Ele nos disse... Um tipo insignificante... que se revelou... um bruxo... Então era esse o em... buste... Aju... de-me... Mi... nhas tri... pas...

– Calma, calma, filhinho. Está tudo bem. A dor já passou. Não é verdade que você não sente mais dor? Diga-me, quem trouxe vocês para cá? Quem colocou vocês em contato com Rience? Quem o recomendou a vocês? Quem os meteu nessa trapalhada? Conte-me isso, por favor, filhinho. Aí, tudo ficará bem. Você verá como vai ficar bem. Diga-me, por favor.

Toublanc sentiu gosto de sangue na boca, mas não tinha forças para cuspi-lo. Encostou a bochecha no solo úmido e abriu a boca, fazendo o sangue escorrer.

Não sentia mais nada.

– Diga-me – repetia a voz suave. – Diga-me, filhinho.

Toublanc Michelet, assassino profissional desde os catorze anos de idade, fechou os olhos, deu um sorriso ensanguentado e sussurrou tudo o que sabia.

Quando abriu os olhos, viu um estilete de lâmina muito fina com um pequeno guarda-mão dourado.

– Não tenha medo – falou a voz suave, e a ponta do estilete tocou sua têmpora. – Não vai doer.

Efetivamente, não doeu.

•

Alcançou o feiticeiro no último instante, já à beira do teleportal. Como havia jogado fora a espada, tinha as mãos livres e pôde agarrar com os dedos a borda da capa com capuz. Rience perdeu o equilíbrio, e o puxão forçou-o a dar uns passos para trás. Debateu-se furiosamente e, com um gesto repentino, conseguiu rasgar a capa de uma fivela a outra e livrar-se. Tarde demais.

Geralt virou-o com um soco do punho direito no ombro e, logo em seguida, golpeou-o com o esquerdo na nuca, logo abaixo da orelha. Rience cambaleou, mas não caiu. O bruxo aproximou-se dele com um salto felino e desferiu-lhe um violento soco no meio das costelas. O feiticeiro gemeu e curvou-se. Geralt agarrou-o pela parte da frente do gibão, girou-o no ar e derrubou-o no chão. Pressionado pelo joelho do bruxo, Rience estendeu a mão e abriu a boca para pronunciar um encanto. Geralt cerrou o punho e bateu com toda a força diretamente em sua boca. Os lábios do feiticeiro estouraram como groselhas.

– Você já ganhou um presente de Yennefer – rosnou o bruxo. – Agora, vai receber um de mim.

Socou-o mais uma vez. A cabeça de Rience girou para um dos lados, e sangue jorrou sobre sua testa e bochecha. Geralt espantou-se: não sentia dor alguma, mas era evidente que se ferira na contenda, uma vez que aquele sangue era seu. Não ficou preocupado; aliás, nem teve tempo para localizar o ferimento. Deu mais um soco em Rience. Estava zangado.

– Quem enviou você? Quem o contratou?

Rience cuspiu sangue. O bruxo voltou a socá-lo.

– Quem?

A oval de fogo do teleportal brilhou mais intensamente, a ponto de a luminosidade de seus raios clarear todo o beco. O bruxo sentiu uma força emanando de lá; aliás, ele a havia sentido antes mesmo de seu medalhão vibrar, como advertência.

Rience também detectou a energia vinda do teleportal e pressentiu que o socorro estava chegando. Gritou, agitando-se como um peixe gigantesco. Geralt enfiou o joelho no peito dele, ergueu a mão, formou o Sinal de Aard com os dedos e apontou-os para o chamejante portal. Aquilo fora um erro.

Ninguém saiu do portal. A única coisa que emanou dele foi a força, da qual Rience se alimentou.

Da ponta dos dedos estendidos do feiticeiro emergiram espigões de aço com seis polegadas de comprimento, que se cravaram no peito e no ombro de Geralt com um claramente audível estalido. Da extremidade dos espigões explodiu energia. O bruxo foi atirado para trás com um empurrão convulsivo. O movimento foi tão brusco que ele ouviu seus dentes, fortemente cerrados por causa da dor, estalar e se quebrar – pelo menos dois deles.

Rience tentou erguer-se, mas desabou sobre os joelhos e assim, ajoelhado, arrastou-se na direção do portal. Geralt, arfando pesadamente, tirou a adaga do cano da bota. O feiticeiro olhou para trás, levantou-se e cambaleou. O bruxo também cambaleou, porém mais rápido. Rience, de novo olhando para trás, soltou um grito. Geralt apertou a adaga na mão. Estava zangado. Muito zangado.

Algo o agarrou por trás, subjugando-o e imobilizando-o. O medalhão tremeu com violência em seu pescoço. A dor no ombro latejou espasmodicamente.

Filippa Eilhart estava parada a cerca de dez passos dele. De sua mão erguida emanava uma luz opaca – dois riscos, dois raios. Ambos tocavam suas costas, apertando seus ombros num luminoso alicate. Geralt tentou livrar-se, inutilmente. Não conseguia sair do lugar. Apenas podia olhar como o cambaleante Rience chegava ao teleportal, que agora pulsava com uma luminosidade leitosa.

Lentamente, sem nenhum sinal de pressa, Rience penetrou na luz do teleportal, caindo nele como um mergulhador e sumindo por completo. No segundo seguinte, a oval apagou-se, deixando a ruela imersa numa espessa, impermeável e aveludada escuridão.

•

De longe, do meio dos becos, ouviam-se guinchos de gatos brigando. Geralt pegou a espada, olhou para a lâmina e caminhou na direção da feiticeira.

– Por quê, Filippa? Por que você fez isso?

A feiticeira deu um passo para trás. Continuava segurando o estilete que um momento antes havia cravado no crânio de Toublanc Michelet.

– Por que pergunta? Você sabe muito bem.

– Sim – confirmou o bruxo. – Agora já sei.

– Você está ferido, Geralt. Não sente dor porque está protegido pelo elixir, mas veja como sangra. Dá para você se acalmar e deixar que eu me aproxime para cuidar de seus ferimentos? Pare de me olhar assim, com todos os diabos! E não chegue mais perto. Se der mais um passo, serei obrigada... Não se aproxime! Por favor! Não quero lhe fazer mal algum, mas se você se aproximar...

– Filippa! – gritou Jaskier, ainda segurando a chorosa Shani. – Você enlouqueceu?

– Não – respondeu Geralt. – Ela está completamente sã. E sabe muito bem o que está fazendo. Sempre soube o que fazia o tempo todo. Ela nos usou, nos traiu, nos enganou...

– Acalme-se – insistiu Filippa Eilhart. – Você não vai conseguir entender isso, nem é preciso que entenda. Eu tive de fazer o que fiz. E não me chame de traidora, porque agi assim exatamente para não trair uma causa bem maior do que você pode imaginar. Uma causa tão grande e tão importante que, quando se é colocado diante de uma escolha dessas, é preciso sacrificar todas as questões secundárias, sem a mínima hesitação. Geralt, com todos os diabos, estamos conversando enquanto você está no meio de uma poça de sangue. Acalme-se e permita que Shani e eu cuidemos de você.

– Ela tem razão! – gritou Jaskier. – Que merda! Você está ferido! Temos de tratar de seus ferimentos e ir embora daqui. Vocês podem discutir mais tarde!

– Você e sua grande causa... – falou o bruxo, sem dar ouvidos ao trovador e dando um passo cambaleante para a frente. – Sua grande causa, sua escolha, Filippa, é um ferido assassinado a sangue-frio assim que lhe disse o que você queria saber... que lhe contou aquilo que não é permitido que eu saiba. Sua grande causa é Rience, a quem você permitiu fugir para evitar que revelasse o nome de seu patrão. Para que ele possa continuar assassinando. Sua grande causa são esses cadáveres desnecessários. Perdão, eu me expressei mal. Não são cadáveres. São questões secundárias!

– Eu sabia que você não ia entender.

– Não entendo e nunca entenderei. Mas sei de que se trata. Suas grandes causas, suas guerras, seus esforços para salvar o mundo... seu fim, que justifica qualquer meio... Aguce os ouvidos, Filippa. Está escutando esses guinchos? São gatos lutando por uma grande causa. Pelo domínio indivisível de sobras do lixo. Não se trata de uma coisa banal. Sangue é derramado, tufos de pelos voam pelos ares. Eles estão travando uma guerra. Mas eu não dou a mínima para ambas as guerras... tanto a dos gatos como a de vocês.

– É o que você imagina – sibilou a feiticeira. – Tudo isso passará a interessá-lo, mais cedo do que possa supor. Você está diante de uma necessidade e de uma escolha. Você se enredou no destino, meu caro, muito mais do que pensou que se enredaria. Você acreditou ter colocado sob sua proteção uma criança, uma menininha. Pois saiba que se enganou. Você acolheu uma chama que pode incendiar o mundo todo a qualquer momento. Nosso mundo. O seu, o meu, o dos outros. E você terá de escolher. Assim como eu. Assim como Triss Merigold. Assim como teve de escolher Yennefer. Porque Yennefer já escolheu. Seu destino está nas mãos dela, bruxo. Você mesmo o colocou em suas mãos.

Geralt cambaleou. Shani deu um grito e conseguiu livrar-se dos braços de Jaskier. O bruxo deteve-a com um gesto, endireitou-se e olhou diretamente nos negros olhos de Filippa Eilhart.

– Meu destino... – falou, com visível esforço. – Minha escolha... Vou lhe dizer, Filippa, o que escolhi. Escolhi não permitir que vocês envolvam Ciri em suas imundas maquinações. Estou avisando: todo aquele que ousar fazer qualquer mal a Ciri acabará como estes quatro deitados aqui. Não farei um juramento... porque não tenho sobre o que jurar. Apenas advirto. Você me acusou de não ter qualificações adequadas para ser um protetor, de não saber proteger aquela criança. Pois saiba que vou protegê-la. Vou protegê-la como sei. Vou matar. Vou matar sem dó nem piedade...

– Acredito – sorriu a feiticeira. – Acredito que você o fará. Mas não hoje, Geralt. Não agora. Porque você perdeu tanto sangue que vai desmaiar daqui a pouco. Shani, está pronta?

CAPÍTULO SÉTIMO

Ninguém nasce feiticeiro. Ainda não sabemos o bastante sobre a genética e os mecanismos da hereditariedade. Não dedicamos tempo e recursos suficientes para pesquisas. Infelizmente, continuamos tentando transmitir capacidades mágicas pelo método natural, por assim por dizer. E os resultados desses pseudoexperimentos são encontrados com demasiada frequência nos esgotos das cidades ou junto dos muros dos templos. Vemos e encontramos amiúde mulheres idiotas ou catatônicas, profetas babões e com incontinência urinária, adivinhos de aldeia e milagreiros cretinos com o cérebro degenerado por uma força hereditária e incontrolável.

Tais débeis e cretinos também poderão ter descendentes; poderão transmitir a eles suas aptidões e seguir degenerando-se cada vez mais. Haverá alguém em condições de prever e descrever como será o aspecto do último elo dessa corrente?

A maior parte de nós, feiticeiros, perde a capacidade de procriar por causa de mudanças somáticas e da disfunção da hipófise. Alguns – mais frequentemente algumas – adaptam-se à magia preservando a funcionalidade das gônadas. Podem conceber e dar à luz – e têm o desplante de considerar isso uma felicidade e bênção. Mas eu repito: ninguém nasce feiticeiro. E ninguém deveria nascer assim! Ciente da importância do que escrevo, respondo à pergunta feita no Congresso de Cidaris. Respondo categoricamente: cada uma de nós tem de decidir o que vai ser – feiticeira ou mãe.

Demando a esterilização de todas as adeptas. Sem exceção.

Tissaia de Vries, *A fonte envenenada*

– Vou lhes contar uma coisa – falou repentinamente Iola Segunda, apoiando no quadril o cesto com grãos. – Haverá uma guerra. Foi o que disse o castelão do príncipe, que veio aqui buscar queijos.

– Uma guerra? – espantou-se Ciri, afastando uma mecha de cabelos da testa. – Contra quem? Contra Nilfgaard?

– Não consegui ouvir – admitiu a noviça. – Mas o castelão falou que nosso príncipe recebeu ordens diretamente do rei Foltest. Ele está chamando às armas; as estradas estão cheias de soldados. O que vai acontecer?

– Se for uma guerra – falou Eurneid –, certamente será contra Nilfgaard. Contra quem mais poderia ser? De novo! Pelos deuses, isso é terrível!

– Será que você não está exagerando com essa conversa sobre guerra, Iola? – perguntou Ciri, atirando grãos às galinhas e pintadas, amontoadas a sua volta num agitado e cacarejante redemoinho. – Talvez seja apenas mais uma daquelas investidas contra os Scoia'tael?

– Mãe Nenneke perguntou exatamente isso ao castelão – respondeu Iola Segunda. – O castelão disse que não; que dessa vez não se trata dos Esquilos. Aparentemente, as fortalezas e os castelos receberam ordens para se abastecer de suprimentos para o caso de serem sitiados. Os elfos não fazem cercos a castelos, mas atacam nas florestas. O castelão perguntou se o templo poderia fornecer mais queijos e outras coisas para as despensas dos castelos. E pediu penas de ganso. "Precisamos de muitas penas de ganso", falou ele. Para a fabricação de setas. Para disparar de arcos, entendeu? Oh, pelos deuses! Vamos ter muito trabalho! Vocês vão ver! Nós todas vamos ficar atoladas de trabalho até as orelhas!

– Nem todas nós – falou Eurneid sarcasticamente. – Algumas não vão sujar as mãozinhas. Algumas trabalham apenas dois dias por semana. Não têm tempo para trabalhar, porque, aparentemente, estão estudando truques de feitiçaria. Mas, na verdade, elas ficam matando besouros ou correm pelo parque batendo com um cajado nos caules das plantas. Você sabe de quem estou falando, não é verdade, Ciri?

– Ciri com certeza partirá para a guerra – disse Iola Segunda, dando uma risadinha. – Afinal, dizem que ela é filha de um guerreiro! Uma valente guerreira com uma espada assustadora! Finalmente ela poderá cortar cabeças, em vez de urtigas!

– Não. Ela é uma poderosa feiticeira – contra-argumentou Eurneid, franzindo o nariz. – Ela vai transformar todos os inimigos em ratos do campo. Ciri! Mostre-nos um encanto assustador. Fique invisível, ou faça algo para que as cenouras cresçam mais rápido, ou, então, para que as galinhas se alimentem sozinhas. Vamos, não banque a difícil. Faça um encanto!

– A magia não é para ser alardeada – falou Ciri, zangada. – A magia não é um truque de feira.

– Mas é claro, é claro – riu a noviça. – Não é para ser alardeada. E então, Iola? É como se estivesse ouvindo aquela bruxa Yennefer!

– Ciri está ficando cada vez mais parecida com ela – avaliou Iola, fungando ostensivamente. – Até cheira como ela. Deve ser graças a um sabonete mágico feito de mandrágora e âmbar. Você usa perfumes mágicos, Ciri?

– Não! Eu uso sabão! Uma coisa que vocês usam muito raramente!

– Ora, vejam só! – Eurneid fez uma careta. – Quanto sarcasmo e quanto despeito! E como é metida a besta!

– Ela não costumava ser assim – disse Iola Segunda, estufando os lábios. – Ficou desse jeito depois de conviver com aquela bruxa. Dorme com ela, come com ela, não se afasta daquela Yennefer por um só momento. Praticamente parou de frequentar as aulas no templo e não tem um minuto sequer para nós!

– E nós temos de fazer todo o trabalho dela! Tanto na cozinha como no jardim! Olhe só, Iola, para as mãozinhas dela! Como as de uma princesinha!

– A vida é assim mesmo! – retrucou Ciri. – Há os que têm um pouco de cérebro, e, para eles, há os livros. Já para outros, que só têm palha na cabeça, há as vassouras.

– E, para você, as vassouras servem para voar. Não é verdade, sua feiticeira de meia-tigela?

– Você é boba!

– Boba é você!

– Pois saiba que não sou!

– Pois saiba que é! Vamos, Iola. Não dê atenção a ela. Feiticeiras não são companhia adequada para nós.

– Lógico que não! – gritou Ciri, atirando no chão o cesto com grãos. – A companhia mais adequada para vocês é a de galinhas!

Empinando o nariz, as duas noviças se afastaram, passando pelo cacarejante grupo de aves.

Ciri praguejou em voz alta, repetindo a máxima preferida de Vasemir, cujo sentido nunca conseguiu compreender por completo. Em seguida, adicionou algumas palavras ouvidas de Yarpen Zigrin, cujo significado era um total enigma para ela. Afastou com um pontapé as aves que se precipitaram sobre os grãos derramados. Levantou o cesto, virou-o de cabeça para baixo, fez uma pirueta típica dos bruxos e o atirou, como um disco, por cima do telhado de sapê do galinheiro. Girou sobre os calcanhares e partiu em disparada pelo parque do templo.

Corria levemente, controlando com perícia a respiração. A cada duas árvores pelas quais passava, executava uma perfeita meia-pirueta e desferia um golpe com uma espada imaginária, seguido de uma esquiva e uma finta bem ensaiadas. Saltou agilmente por cima de uma cerca, pousando com suavidade sobre as pernas arqueadas.

– Jarre! – gritou, erguendo a cabeça na direção de uma janelinha na parede de pedra da torre. – Jarre, você está aí? Sou eu!

– Ciri? – O garoto debruçou-se na janela. – O que você está fazendo aqui?

– Posso subir até aí?

– Agora? Hummm... Está bem... Suba.

Ciri adentrou o aposento como uma tempestade, flagrando o jovem noviço no momento em que, virado de costas, arrumava desajeitadamente a roupa e cobria uns pergaminhos com outros espalhados sobre a mesa. Ciri enfiou os polegares por trás do cinto e agitou a cabeleira cinzenta.

– Que guerra é essa, da qual todos falam? – disparou. – Quero saber.

– Por favor, sente-se.

Ciri lançou um olhar pelo aposento. Havia nele quatro mesas, todas ocupadas por pilhas de livros e rolos de pergaminho, e apenas uma cadeira, também repleta de coisas.

– Guerra? – resmungou Jarre. – Sim, ouvi boatos... Você está interessada nisso? Você, uma meni... Não, não se sente sobre a mesa, por favor. Acabei de arrumar estes documentos... Sente-se na cadeira. Um momentinho... Deixe eu tirar os livros... Dona Yennefer sabe que você está aqui?

– Não.

– Hummm... E mãe Nenneke?

Ciri fez uma careta de desagrado. Sabia aonde ele queria chegar. Jarre tinha dezesseis anos e era pupilo da arquissacerdotisa, treinado por ela para ser sacerdote e cronista. Morava em Ellander, onde trabalhava como escriba no tribunal municipal, mas ficava mais tempo no templo de Melitele do que na cidadezinha, passando dias inteiros e até algumas noites estudando, transcrevendo e ilustrando as obras da biblioteca do santuário. Ciri jamais ouvira isso da boca de Nenneke, porém todos sabiam que a arquissacerdotisa era totalmente contrária a que Jarre circulasse no meio das noviças. E vice-versa. No entanto, as noviças lançavam olhares penetrantes para o garoto, comentando livremente entre si as inúmeras oportunidades que poderiam ser proporcionadas pela frequente presença no terreno do templo de algo que portasse calças. Ciri ficava imensamente espantada com tal fato, uma vez que Jarre era a negação de tudo o que, em sua opinião, pudesse ser atraente num homem. Em Cintra, pelo que se lembrava, um homem atraente era aquele cuja cabeça chegava até o teto, cujos ombros eram largos como o vão de uma porta, que praguejava como um anão, berrava como um búfalo e, a um quilômetro de distância, fedia a cavalo, suor e cerveja, independentemente da hora, do dia ou da noite. Homens que não correspondiam a essa descrição não mereciam ser alvo de suspiros e fofocas das damas da corte da rainha Calanthe. Ciri havia visto também outros tipos de homens: os sábios e gentis druidas de Angren, os bonitos e soturnos colonos de Sodden, os bruxos de Kaer Morhen. Mas Jarre era diferente: magro como uma vara, desajeitado, vestido com roupas grandes demais que cheiravam a tinta e poeira, cabelos sempre gordurosos e, em vez de barba, sete ou oito fios de cabelo no queixo, metade dos quais saindo de uma grande verruga. Ciri, efetivamente, não conseguia compreender o que tanto a atraía para a torre de Jarre. Gostava de conversar com ele, pois o garoto sabia muitas coisas e muito poderia ser aprendido com ele. Só que, ultimamente, quando Jarre olhava para ela, seus olhos adquiriam uma estranha expressão embaçada e pegajosa.

– E então? – impacientou-se Ciri. – Vai me contar ou não?

– Não há o que contar. Não haverá guerra. Tudo não passa de simples boatos.

– Pois sim – bufou ela. – Quer dizer que o príncipe está chamando às armas só de brincadeira? Os soldados marcham pelas estradas por puro tédio? Não tente me enrolar, Jarre. Você frequenta a cidade e anda pelo mercado; portanto, sabe de alguma coisa!

– Por que você não pergunta isso a dona Yennefer?

– Porque dona Yennefer tem coisas mais importantes a pensar – respondeu Ciri, zangada, mas logo mudou de tática, sorriu e adejou as pestanas. – Vamos lá, Jarre, conte-me, por favor. Você é tão inteligente! Fala de um jeito tão bonito e erudito que eu poderia ficar ouvindo você por horas! Por favor, Jarre!

O garoto enrubesceu e seus olhos ficaram ainda mais embaçados. Ciri sorriu furtivamente.

– Hummm... – Jarre deu uns passos incertos e agitou as mãos, numa clara demonstração de não saber o que fazer com elas. – O que posso lhe dizer? É verdade que o pessoal na cidade anda fofocando, que está excitado com o que vem se passando em Dol Angra... Mas não haverá guerra. Disso estou certo. Acredite em mim.

– É lógico que acredito – bufou Ciri. – Mas preferiria saber em que se apoia essa sua certeza. Pelo que me consta, você não faz parte do conselho real. E, se você ontem foi nomeado um voivoda, não se faça de rogado e gabe-se disso. Vou lhe dar os parabéns.

– Eu estudo tratados históricos – Jarre enrubesceu ainda mais –, e saiba que por meio deles pode-se descobrir muito mais do que participando de um conselho real. Li *A história das guerras*, do marechal Pelligram, *A estratégia*, do duque de Ruyter, *O predomínio dos líderes guerreiros redânios*, de Bronibor... E sei o suficiente sobre a atual situação política para chegar a conclusões por analogia. Você sabe o que é analogia?

– É lógico que sei – mentiu Ciri, arrancando um caule de grama da fivela de sua bota.

– Se você pegar a história das guerras da Antiguidade – continuou o garoto, olhando para o teto – e a sobrepor à atual geografia política, verá facilmente que pequenos incidentes fronteiriços como aqueles em Dol Angra são ocasionais e não têm significado algum. Você, como estudante de magia, certamente deve estar a par da atual geografia política, não é verdade?

Ciri não respondeu, mexendo distraidamente nos pergaminhos e virando algumas páginas de um grande livro com capa de couro.

– Não toque nisso – preocupou-se Jarre. – Esse livro é único e extremamente valioso.

– Não vou comê-lo.

– É que suas mãos estão sujas.

– Estão bem mais limpas do que as suas. Escute, você teria alguns mapas?

– Sim, mas fechados num cofre – respondeu rapidamente o garoto, porém, ao ver a expressão de desapontamento no rosto de Ciri, deu um suspiro, retirou os pergaminhos de cima de uma arca, ergueu a tampa, ajoelhou-se e começou a remexer o conteúdo.

Ciri, agitando-se na cadeira e balançando as pernas, continuou virando as páginas do livro. De repente, do meio delas caiu uma folha solta com a imagem de uma mulher com os cabelos arrumados em cachos espiralados, totalmente nua e entrelaçada num abraço com um homem barbudo e também nu. Com a ponta da língua para fora, a menina ficou girando a folha em todas as direções, não conseguindo se decidir onde ficavam a parte superior e a inferior do desenho. Finalmente, notou o detalhe mais importante e riu gostosamente. Jarre, que se aproximava com um rolo de pergaminhos debaixo do braço, ficou vermelho como um tomate, arrancou a folha das mãos de Ciri e enfiou-o no meio da pilha de pergaminhos.

– Uma obra única e extremamente valiosa – zombou Ciri. – É esse tipo de analogia que você estuda? Há mais desses desenhos ali? O curioso é o livro ser intitulado *Tratamentos e curas*. Gostaria de saber quais doenças são tratadas dessa maneira.

– Você sabe ler Runas Primárias? – espantou-se o garoto, pigarreando embaraçado. – Eu não sabia...

– Há ainda muitas coisas que você não sabe – respondeu Ciri, com o nariz empinado. – O que você acha? Que sou uma noviça que alimenta galinhas? Eu sou... uma feiticeira. Mas vamos, mostre-me logo esse mapa!

Ajoelharam-se no chão, segurando com os joelhos e as mãos as bordas de uma cartolina que teimava em se enrolar de novo.

Ciri prendeu um dos cantos com o pé da cadeira e Jarre apoiou sobre outro um pesado livro intitulado *A vida e os feitos do grande rei Radowid*.

– Hummm... como é confuso este mapa! Não consigo me orientar... Onde estamos? Onde fica Ellander?

– Aqui – apontou Jarre com o dedo. – Aqui fica Temeria, nesta área. Aqui é Wyzim, a capital de nosso rei Foltest. Aqui, no vale do Pontar, fica o reino de Ellander. E aqui... sim, aqui mesmo fica nosso templo.

– E que lago é este? Aqui não há lagos.

– Isto não é um lago; é um borrão de tinta.

– Ah, bem. E aqui... aqui fica Cintra, certo?

– Sim. Ao sul de Trásrios e Sodden. Por aqui passa o rio Jaruga, que deságua no mar exatamente em Cintra. É um país que, não sei se você sabe, está atualmente ocupado pelos nilfgaardianos...

– Sei – cortou-o secamente Ciri, cerrando os punhos. – Sei muito bem. E onde fica o tal Nilfgaard? Não vejo esse país no mapa. Será que não cabe nele? Mostre-me um maior!

– Hummm... – Jarre coçou a verruga no queixo. – Não tenho mapas maiores, mas sei que Nilfgaard fica mais longe, ao sul... mais ou menos por aqui.

– Tão longe assim? – espantou-se Ciri, olhando para o ponto no chão indicado pelo dedo de Jarre. – Eles vieram de tão longe? E pelo caminho foram conquistando esses outros países?

– Sim, é verdade. Conquistaram Metinna, Maeht, Nazair, Ebbing, todos os reinos ao sul dos Montes Amell. Agora, os nilfgaardianos chamam esses reinos, bem como Cintra e Sodden Superior, de "províncias". Mas não conseguiram dominar Sodden Inferior, Verden e Brugge. Aqui, às margens do Jaruga, os exércitos dos Quatro Reinos os detiveram, derrotando-os na batalha de...

– Sei disso. Estudei história – interrompeu-o Ciri, que, apontando para o mapa, continuou: – Vamos, Jarre, fale-me da guerra. Nós estamos ajoelhados sobre a geografia política. Tire conclusões por meio de analogia ou de qualquer outra coisa que quiser. Sou toda ouvidos.

O garoto pigarreou, enrubesceu e se pôs a explicar, indicando as regiões com a ponta de uma pena de ganso:

– Hoje, a fronteira entre nós e o Sul ocupado por Nilfgaard é formada, como você pode ver, pelo rio Jaruga. Trata-se de um obstáculo praticamente intransponível. Quase nunca congela e, na época das chuvas, atinge tal volume de água que chega a uma milha de largura. Aqui, nesse longo trecho, ele corre por entre escarpas inacessíveis, no meio dos rochedos de Mahakam...

– A terra dos anões e gnomos?

– Sim. Portanto, o Jaruga somente poderia ser atravessado aqui, na parte inferior, em Sodden, e ali, no trecho central, no vale de Dol Angra...

– E foi exatamente ali, em Dol Angra, que ocorreu aquele... incidente?

– Espere. Estou lhe explicando que neste momento nenhum exército pode cruzar o Jaruga. Os únicos dois vales acessíveis que durante séculos foram atravessados por exércitos estão fortemente protegidos tanto por nós como por Nilfgaard. Observe o mapa. Veja quantas fortalezas: aqui fica a de Verden; aqui, a de Brugge; e aqui, a das ilhas de Skellige...

– E isso aí, essa mancha branca, o que é?

Jarre aproximou-se mais, a ponto de Ciri sentir o calor emanando de seu joelho.

– É a floresta de Brokilon – respondeu. – Uma área proibida. O reino das dríades florestais. Brokilon também protege nosso flanco. As dríades jamais deixarão alguém atravessá-lo. Nem os nilfgaardianos...

– Hummm... – Ciri inclinou-se sobre o mapa. – Aqui fica Aedirn... e a cidade de Vengerberg... Jarre! Pare já com isso!

O garoto afastou de imediato os lábios dos cabelos de Ciri, enrubescendo como uma peônia.

– Não quero que você me faça isso!

– Ciri, eu...

– Eu vim até você para tratar de um assunto sério, como uma feiticeira procura um erudito – falou Ciri fria e dignamente, num tom que imitava com perfeição o de Yennefer. – Portanto, comporte-se.

O "erudito" corou ainda mais e ficou com uma expressão tão estúpida que a "feiticeira" teve de se esforçar para não rir, voltando a inclinar-se sobre o mapa.

– Até agora, toda essa sua geografia não leva a nada – disse. – Você fica falando sobre o rio Jaruga, mas os nilfgaardianos já o atravessaram uma vez. O que os impede de fazê-lo agora?

– Naquela época – respondeu Jarre, secando o suor que repentinamente lhe aflorou à testa – eles tinham como adversários apenas Brugge, Sodden e Temeria. Agora, estamos unidos numa aliança, como estivemos na batalha de Sodden. Quatro reinos: Temeria, Redânia, Aedirn e Kaedwen...

– Kaedwen – falou Ciri orgulhosamente. – Sim, sei em que consiste essa aliança. O rei Henselt de Kaedwen fornece uma espécie de ajuda secreta ao rei Demawend de Aedirn. Ele transporta a tal ajuda dentro de barris. E, quando o rei Demawend suspeita que alguém é traidor, coloca pedras nos barris, preparando uma armadilha...

Ciri interrompeu-se ao lembrar que Geralt a proibira de falar do que se passara em Kaedwen. Jarre olhou para ela com desconfiança.

– Realmente? E como você sabe de tudo isso?

– Lendo o livro escrito pelo marechal Pelicano – respondeu altivamente – e outras analogias. Conte-me sobre o que aconteceu no tal Dol Angra ou seja lá qual for o nome. Mas antes mostre-me onde fica.

– Aqui. Dol Angra é um largo vale que vai do sul até os reinos de Lyria e Rívia, até Aedirn e, mais adiante, até Dol Blathanna e Kaedwen... e, através do vale do Pontar, até nós, até Temeria.

– E o que se passou lá?

– Parece que houve alguns conflitos. Sei pouco sobre esse assunto, mas foi o que ouvi falar no castelo.

– Se houve conflitos – Ciri enrugou a testa –, quer dizer que já estamos em guerra! Então, o que você está me contando?

– Não seria a primeira vez que se chega a conflitos – esclareceu Jarre, porém a menina notou que ele estava ficando cada vez menos seguro de si. – Nas fronteiras, as escaramuças são muito frequentes, mas elas não têm grande importância.

– E por que não têm?

– Porque há um equilíbrio de forças. Nem nós, nem os nilfgaardianos temos condições de fazer muita coisa. E nenhum dos lados pode dar *casus belli* ao adversário...

– Dar o quê?

– Um motivo para guerra. Consegue entender? Por isso, os incidentes em Dol Angra são com certeza casos fortuitos, como brigas entre bandidos ou disputas entre contrabandistas... De modo algum poderiam ser ações de exércitos regulares, nem nossos, nem nilfgaardianos... Porque isso, sim, seria *casus belli*...

– Entendi. Escute, Jarre, diga-me... – interrompeu-se, erguendo repentinamente a cabeça, encostando os dedos nas têmporas e fazendo uma careta. – Preciso ir – disse. – Dona Yennefer está me chamando.

– Você consegue ouvi-la? – interessou-se o garoto. – A esta distância? De que modo...

– Preciso ir – repetiu Ciri, pondo-se de pé e limpando a poeira da saia. – Ouça-me, Jarre. Vou partir com dona Yennefer para cuidar de assuntos muito sérios. Não sei quando vamos voltar. Trata-se de questões secretas que têm a ver somente com feiticeiras. Então, não faça perguntas.

Jarre também se levantou. Ajeitou a roupa, mas continuou sem saber o que fazer com as mãos. Sua visão se turvou de maneira repugnante.

– Ciri...

– O que foi?

– Eu... Eu...

– Não sei o que você tem em mente – falou Ciri, impaciente, olhando para ele com os enormes olhos esmeraldinos. – E, pelo visto, você também não sabe. Portanto, vou embora. Fique bem, Jarre.

– Até a vista... Ciri. Faça boa viagem. Vou... Vou pensar em você...

Ciri deu um suspiro resignado.

•

– Aqui estou, dona Yennefer!

A porta, aberta com estrondo, bateu na parede. Ciri irrompeu no aposento como um projétil disparado por uma catapulta. Poderia ter quebrado uma perna tropeçando num tamborete que estava no caminho, mas saltou agilmente sobre ele, executou uma graciosa pirueta e fingiu desferir um golpe com uma espada imaginária. Feliz com sua exibição, riu alegremente. Apesar de ter corrido muito, não arfava; respirava num ritmo harmônico e calmo. Já dominava perfeitamente o controle da respiração.

– Aqui estou! – repetiu.

– Finalmente. Tire a roupa e já para a tina. Rápido.

A feiticeira não se virou da penteadeira e ficou olhando para a imagem de Ciri refletida no espelho. Com movimentos lentos e suaves, penteava os úmidos cachos negros, que se endireitavam sob a pressão do pente apenas para, no momento seguinte, formar novas ondas brilhantes.

A menina desafivelou rapidamente as botas, descalçou-as, tirou toda a roupa e pulou para dentro da tina. Pegando um pedaço de sabão, começou a esfregar energicamente os braços.

Sentada, Yennefer agora olhava pela janela e brincava com o pente. Ciri expelia água pelo nariz, borbulhava e cuspia, porque engasgara com a espuma do sabão. Agitou a cabeça, pensando se existia algum encanto que possibilitasse lavar-se sem água, sem sabão e sem perda de tempo.

A feiticeira largou o pente, mas continuou olhando pensativamente pela janela; bandos de corvos e gralhas voavam para o leste soltando assustadores grasnados. Na penteadeira, junto do espelho e de uma impressionante coleção de frascos de cosméticos, jaziam algumas cartas. Ciri sabia que Yennefer aguardava por elas havia muito tempo e que de seu recebimento dependia a definição do momento em que abandonariam o templo. Contrariamente ao que dissera a Jarre, a menina não tinha a mais vaga noção para onde iriam e com que finalidade. Já naquelas cartas...

Agitando a água com a mão esquerda para despistar, juntou os dedos da direita, concentrou-se na fórmula, fixou o olhar nas cartas e enviou um impulso.

– Nem ouse pensar – falou Yennefer, sem se virar.

– Eu apenas achei... – pigarreou a garota. – Eu achei que uma delas pudesse ser de Geralt...

– Se fosse, eu a teria dado a você – respondeu a feiticeira, virando-se na cadeira e encarando-a. – Ainda vai demorar muito?

– Já terminei.

– Levante-se, por favor.

Ciri obedeceu. Yennefer sorriu levemente.

– Sim – falou. – A infância ficou para trás. Você se arredondou nos lugares certos. Abaixe os braços. Não estou interessada em seus cotovelos. Vamos, sem rubores nem falsas vergonhas. Trata-se de seu corpo, a coisa mais natural sob o sol. O fato de você estar amadurecendo também é totalmente natural. Se sua sina tivesse sido diferente... Se não fosse a guerra, você já seria há muito tempo esposa de um duque ou príncipe. Você se dá conta disso, não é verdade? Conversamos bastante sobre questões relativas ao sexo, de modo suficientemente preciso para você saber que já é uma mulher. Fisiologicamente, bem entendido. Suponho que você não tenha esquecido o que conversamos.

– Não esqueci.

– E espero que não tenha tido problemas de memória durante suas visitas a Jarre.

Ciri abaixou os olhos, mas só por um instante. Yennefer não sorriu.

– Enxugue-se e aproxime-se – falou friamente. – E não molhe o chão, por favor.

Enrolada numa toalha, Ciria sentou-se num tamborete junto dos joelhos da feiticeira. Yennefer ficou penteando seus cabelos, aparando com a tesoura aqui e ali uma ponta rebelde.

– Está zangada comigo? – perguntou a garota meio contra a vontade. – Por eu ter... estado na torre?

– Não. Só que você sabe muito bem que Nenneke não gosta disso.

– Mas eu não... Aliás, Jarre não me interessa. – Ciri enrubesceu levemente. – Eu apenas...

– Pois é – resmungou a feiticeira. – Você apenas... Não se faça de criança, porque você não é mais uma, volto a lhe lembrar. Aquele rapazola começa a babar e gaguejar ao vê-la. Será que não percebe isso?

– Mas não é culpa minha! O que posso fazer?

Yennefer parou de penteá-la e mirou-a com um profundo olhar cor de violeta.

– Não brinque com os sentimentos dele. Isso é maldade.

– Eu não brinco com ele! Apenas converso!

– Gostaria de acreditar – disse a feiticeira, cortando uma ponta de cabelo que por nada no mundo queria ficar no lugar – que durante tais conversas você se lembra daquilo que lhe pedi.

– Eu me lembro! Eu me lembro!

– Ele é um rapaz inteligente e esperto. Uma ou duas palavras inconvenientes podem conduzi-lo ao rastro certo, para questões que ele não deve conhecer. Questões que ninguém deve saber. Ninguém, absolutamente ninguém pode descobrir quem é você.

– Eu me lembro – repetiu Ciri. – Não disse uma só palavrinha a quem quer que fosse, pode ter certeza. É por causa disso que temos de partir tão repentinamente? Está com medo de que alguém tenha descoberto que estou aqui? É por isso?

– Não. Por outros motivos.

– Será porque... porque pode haver uma guerra? Todos estão falando de uma nova guerra! Todos falam disso, dona Yennefer.

– Sim – confirmou a feiticeira friamente, cortando as pontas de cabelo junto da orelha de Ciri. – Esse é um daqueles temas ininterruptos. Falava-se de guerras, fala-se de guerras e vai se falar de guerras. E não sem motivo: sempre houve guerras e sempre as haverá. Incline a cabeça.

– Jarre me disse... que não haverá uma guerra com Nilfgaard. Falou de umas tais analogias... Mostrou-me um mapa. Já nem sei o que pensar disso tudo. Não sei o que é analogia... Na certa é algo muito complicado... Jarre lê diversos livros eruditos e banca o sabichão, mas eu acho...

– Estou curiosa para saber o que você acha, Ciri.

– Em Cintra... Naquela época... Dona Yennefer, minha avó era muito mais inteligente que Jarre. O rei Eist também era inteligente, navegava pelos mares, viu de tudo, até narvais e serpentes do mar; sou capaz de apostar que chegou a ver mais de uma analogia. E daí? De repente eles chegaram, os nilfgaardianos...

Ciri ergueu a cabeça; sua voz ficou presa na garganta. Yennefer abraçou-a com força contra o peito.

– Infelizmente... – falou baixinho. – Infelizmente você tem razão. Se a capacidade de aproveitar as experiências e tirar delas conclusões acertadas fosse decisiva, já teríamos esquecido há muito tempo o que é uma guerra. Mas experiências e analogias nunca detiveram nem deterão aqueles que desejam guerrear.

– Quer dizer que, apesar de tudo... Então é verdade que haverá uma guerra? E é por isso que temos de partir?

– Não vamos falar disso. Não vale a pena sofrer por antecipação.

Ciri fungou.

– Eu já presenciei uma guerra – sussurrou. – E não quero presenciar outra. Nunca mais. Não quero ficar sozinha de novo. Não quero sentir medo. Não quero perder tudo, como da última vez. Não quero perder Geralt... nem você, dona Yennefer. Não quero perdê-la. Quero estar a seu lado. E ao lado dele. Sempre.

– E você estará. – A voz da feiticeira tremeu ligeiramente. – E eu estarei a seu lado, Ciri. Sempre. Prometo-lhe.

Ciri voltou a fungar. Yennefer pigarreou, colocou de lado a tesoura e o pente, ergueu-se e foi até a janela. Os corvos e gralhas continuavam a grasnar, voando na direção das montanhas.

– Quando eu cheguei aqui... – disse a feiticeira com a costumeira voz melodiosa e levemente sarcástica. – Quando nos encontramos pela primeira vez... você não gostou de mim.

Ciri permaneceu calada. "Nosso primeiro encontro", pensou. "Estou lembrada. Eu estava com as outras meninas na Gruta. Cortusa nos mostrava plantas e ervas. Foi quando chegou Iola Primeira e sussurrou algo no ouvido de Cortusa. A sacerdotisa fez uma careta de desagrado, e Iola Primeira aproximou-se de mim com uma estranha expressão no rosto. 'Prepare-se, Ciri', falou. 'Vá rápido ao refeitório. Mãe Nenneke está chamando você. Alguém chegou.'

"Estranhos olhares significativos, excitação no ar. E sussurros. 'Yennefer. A feiticeira Yennefer. Mais rápido, Ciri; apresse-se. Mãe Nenneke está aguardando. E ela está aguardando.'

"Eu soube desde o primeiro momento que se tratava dela, porque já a tinha visto. Na noite anterior. Em meu sonho.

"Ela.

"Naquela época, eu não conhecia seu nome. Em meu sonho ela permaneceu calada. Apenas ficou olhando para mim diante de uma porta fechada..."

Ciri soltou um suspiro. Yennefer virou-se da janela, e a estrela de obsidiana em seu pescoço brilhou com milhares de reflexos.

– Você tem razão – admitiu a garota, séria, olhando diretamente nos olhos cor de violeta da feiticeira. – Não gostei de você.

•

– Ciri – falou Nenneke. – Aproxime-se. Esta é dona Yennefer de Vengerberg, grã-mestra de magia. Não tenha medo. Ela soube quem você é. Pode confiar nela.

A menina inclinou-se, juntando as mãos num gesto cheio de respeito. A feiticeira, fazendo farfalhar a longa saia negra, aproximou-se dela, pegou sem cerimônia seu queixo, ergueu sua cabeça e girou-a para a esquerda e para a direita. Ciri sentiu uma crescente onda de raiva e revolta; não estava acostumada a ser tratada daquela maneira. Ao mesmo tempo, sentiu uma pontada de inveja. Yennefer era linda. Em comparação com a delicada, pálida e simplória aparência das sacerdotisas e noviças que Ciri via todos os dias, a feiticeira brilhava com uma beleza ciente de seu efeito, provocante, acentuada em todos os detalhes. Os cachos, negros como asas de graúna, caíam-lhe brilhantes sobre os ombros, refletindo a luz como penas de pavão, ondulando e contorcendo-se a cada movimento. Ciri sentiu vergonha dos cotovelos arranhados, das mãos inchadas, das unhas quebradas, dos cabelos grudados em mechas acinzentadas. De repente, sentiu um desejo irresistível de ter o que tinha Yennefer: um lindo pescoço desnudo, ostentando uma luxuosa fita de veludo adornada com uma bela e faiscante estrela. Queria ter as mesmas sobrancelhas acentuadas com carvão, cílios compridos, boca orgulhosa e aquele par de formas arredondadas que, coberto por um tecido escuro e renda branca, subia e descia a cada respiração.

– Então essa é a famosa Surpresa – falou a feiticeira, contorcendo levemente os lábios. – Olhe-me diretamente nos olhos, menina.

Ciri tremeu e encolheu a cabeça entre os ombros. Não, eis uma coisa que ela não invejava em Yennefer, a única coisa que não gostaria de ter nem mesmo desejava ver: aqueles olhos cor de violeta, insondáveis como um lago sem fundo brilhando estranhamente, impassíveis... e maus. Terríveis.

A feiticeira virou-se para a rechonchuda sacerdotisa. A estrela em seu pescoço brilhou com o reflexo dos raios solares que entravam pela janela do refeitório.

– Sim, Nenneke – disse. – Não há a mínima dúvida. Basta ver esses olhinhos verdes para notar que há algo nela. Testa alta, regular arqueamento das sobrancelhas, olhos separados de maneira atraente, narinas delicadas, dedos compridos, estranha pigmentação dos cabelos. É evidente que ela possui sangue élfico, embora não muito. Seu bisavô com certeza foi elfo, ou sua bisavó. Acertei?

– Não conheço sua ascendência – respondeu a arquissacerdotisa altivamente. – Eis algo que não me interessa.

– Bastante alta para sua idade – continuou a feiticeira, ainda aquilatando a menina com seus olhos.

Ciri chegava a ferver de raiva e contrariedade, lutando com o poderoso desejo de gritar desafiadoramente. Queria soltar o mais forte berro que seus pulmões permitissem e fugir para o parque, derrubando o vaso da mesa e batendo a porta com força suficiente para que caísse o reboco da parede.

– Não está mal desenvolvida. – Yennefer não tirava os olhos dela. – Teria ela contraído algumas doenças contagiosas na infância? Ah, sim. Você na certa não lhe perguntou isso. E durante sua estada aqui, esteve doente alguma vez?

– Não.

– Dores de cabeça? Desmaios? Resfriados? Dores menstruais?

– Não. Somente aqueles sonhos.

– Sei. – Yennefer afastou um cacho de cabelos do rosto. – Geralt me escreveu a esse respeito. Por sua carta, pude constatar que em Kaer Morhen eles não fizeram com ela nenhum... experimento. Gostaria de acreditar que isso é verdade.

– É verdade. A única coisa que lhe davam eram estimulantes naturais.

– Os estimulantes nunca são naturais! – a feiticeira ergueu a voz. – Nunca! É bem possível que foram exatamente esses estimulantes que reforçaram aqueles sintomas... Maldição; nunca imaginei que ele pudesse ser tão irresponsável!

– Acalme-se – falou Nenneke, olhando para ela de maneira fria e com surpreendente falta de respeito. – Já lhe disse que os estimulantes eram naturais e totalmente inofensivos. Perdoe-me, querida, mas nesse campo sou uma autoridade maior do que você. Sei de sua dificuldade em aceitar o fato de que alguém possa sobrepujá-la em autoridade, mas nesse caso particular sou forçada a impô-la sobre você. E não se fala mais disso.

– Como queira – respondeu Yennefer, apertando os lábios. – Vamos, menina. Temos pouco tempo, e seria pecado desperdiçá-lo.

Ciri engoliu em seco, controlando, com grande dificuldade, o tremor das mãos. Lançou um olhar indagativo para Nenneke. A arquissacerdotisa estava com expressão séria e um tanto triste, e o sorriso com o qual respondeu à silenciosa pergunta pareceu extremamente forçado.

– Agora, você vai com dona Yennefer – falou. – Por algum tempo, ela será sua tutora.

Ciri abaixou a cabeça e cerrou os dentes.

– Você deve estar espantada – continuou Nenneke – por assim, repentinamente, uma grã-mestra de magia concordar em pô-la sob sua proteção. Mas você é uma menina esperta, Ciri, e pode adivinhar a razão para isso. Você herdou de seus antepassados certos... dons. Sabe do que estou falando. Você costumava me procurar após aqueles sonhos, após aqueles pesadelos no dormitório. E eu não sabia como ajudá-la. Mas dona Yennefer...

– Dona Yennefer – interrompeu-a a feiticeira – fará aquilo que deverá ser feito. Vamos, menina.

– Vá – disse Nenneke, tentando em vão dar pelo menos uma aparência de naturalidade a seu sorriso. – Vá, criança. Saiba que ter como protetor alguém como dona Yennefer é uma grande honra. Não traga vergonha ao templo e a nós, suas professoras. E seja obediente.

"Vou fugir esta noite", decidiu Ciri. "De volta para Kaer Morhen. Vou roubar um cavalo da estrebaria e eles não vão me ver mais. Vou fugir!"

– Só quero ver – falou a feiticeira, baixinho.

– Sim? – A sacerdotisa ergueu a cabeça. – O que você disse?

– Nada, nada – sorriu Yennefer. – Você só imaginou que eu

falei algo. Ou fui eu que imaginei? Olhe para sua protegida, Nenneke. Está furiosa como uma gata selvagem. Seus olhos soltam faíscas e falta pouco para ela bufar; se ela soubesse, abaixaria as orelhas. Uma bruxinha! Vai ser preciso pegá-la com força pelo cangote e aparar suas garras.

– Seja mais compreensiva. – Os traços do rosto da arquissacerdotisa endureceram expressivamente. – Peço que você lhe demonstre coração e espírito de complacência. Ela não é o que você pensa ser.

– O que quer dizer com isso?

– Que ela não é sua rival, Yennefer.

A feiticeira e a sacerdotisa ficaram se mirando em silêncio, e Ciri sentiu um tremor no ar, uma estranha e assustadora força adquirindo cada vez mais vigor entre as duas. Depois de uma fração de segundo, a força sumiu, e Yennefer riu livre e melodiosamente.

– Esqueci – disse. – Você está sempre do lado dele, não é verdade, Nenneke? Sempre preocupada com ele. Como a mãe que ele nunca teve.

– E você, sempre contra ele – sorriu a sacerdotisa. – Como sempre, você o deixa à mercê de uma forte emoção e defende-se com unhas e dentes para não chamar distraidamente tal emoção pelo nome adequado.

Ciri voltou a sentir uma onda de raiva subindo de suas entranhas, enquanto rancor e despeito latejavam em suas têmporas. Lembrou-se de quantas vezes e em que circunstâncias ouvira aquele nome. Yennefer. Um nome que a inquietava, que era símbolo de algum terrível segredo. Imaginava qual era esse segredo.

"Elas falam abertamente diante de mim, sem embaraço", pensou, sentindo as mãos voltarem a tremer de indignação. "Não ficam constrangidas. Não dão a mínima. É como se eu fosse uma criança. Falam de Geralt na minha frente, na minha presença, apesar de não poderem porque eu sou... eu sou... Quem?"

– Já você, Nenneke – respondeu a feiticeira –, continua com sua mania de analisar as emoções dos outros e, para piorar, interpreta-as a seu modo!

– E meto o nariz onde não sou chamada?

– Eu não quis dizer isso. – Yennefer sacudiu seus negros cachos, que brilharam e se contorceram como serpentes. – Obrigada por tê-lo dito por mim. E agora vamos mudar de assunto, por favor. Porque aquele sobre quem estamos discutindo é excepcionalmente tolo. Chega a ser vergonhoso diante de nossa jovem noviça. No que se refere à compreensão que você me pediu... Serei compreensiva. Quanto a demonstrar-lhe coração, pode haver uma dificuldade, pois, como é de conhecimento público, as pessoas acham que não possuo tal órgão. Mas tenho certeza de que nós duas acabaremos dando um jeito. Não é verdade, Surpresa?

Sorriu para Ciri, que, a despeito de si mesma, a despeito de toda a raiva e irritação, teve que responder com um sorriso. Porque o sorriso da feiticeira era inesperadamente simpático, amigável e sincero. E muito, muito lindo.

•

Ouviu a preleção de Yennefer, que estava demonstrativamente virada de costas, fingindo que toda sua atenção estava concentrada no besouro zunindo na flor de uma das malvas que cresciam junto do muro do templo.

– Ninguém me perguntou sobre isso – resmungou.

– Ninguém lhe perguntou sobre o quê?

Ciri girou numa meia-pirueta e, com raiva, bateu na malva com o punho fechado. O besouro voou para longe, zumbindo alto e ameaçadoramente.

– Ninguém me perguntou se eu queria que você me ensinasse alguma coisa!

Yennefer apoiou as mãos nos quadris e seus olhos brilharam.

– Mas que coincidência... – sibilou. – Imagine que também ninguém me perguntou se eu tinha vontade de ensiná-la. Aliás, o fato de ter ou não ter vontade não se aplica a esse caso. Eu não aceito ser tutora de qualquer uma, e você, apesar das aparências, pode acabar se revelando exatamente qualquer uma. Pediram-me que verificasse o que lhe acontece. Que examinasse o que há em você e se isso a ameaça. E eu, embora com certa resistência, concordei.

– Mas eu ainda não concordei!

A feiticeira ergueu o braço e fez um gesto com a mão. Ciri sentiu um latejamento nas têmporas e um zumbido nos ouvidos parecido com o som de quando se engole saliva, mas muitíssimo mais forte. Sentiu sonolência, fraqueza e um cansaço que lhe enrijeceu a nuca e a fez dobrar os joelhos.

Yennefer abaixou o braço, e as sensações cessaram imediatamente.

– Ouça-me com atenção, Surpresa – falou. – Eu poderia, sem a menor dificuldade, lançar um encanto sobre você. Poderia hipnotizá-la ou conduzi-la a um transe. Poderia paralisá-la ou forçá-la a tomar um elixir, deixando-a nua e deitada sobre uma mesa. Aí, ficaria examinando você por horas a fio, interrompendo meu trabalho para me alimentar, enquanto você permaneceria deitada quietinha, olhando para o teto, sem condições de mover sequer os globos oculares. Eu agiria assim com uma pirralha qualquer, mas não com você, porque logo se vê que você é uma menina inteligente e orgulhosa, que tem caráter. Não quero envergonhar nenhuma de nós diante de Geralt. Porque foi ele quem me pediu que examinasse seus dons. Que a ajudasse a conviver com eles.

– Ele pediu a você? Por quê? Ele não me falou nada sobre isso. Nem chegou a me consultar...

– Você insiste em voltar sempre ao mesmo ponto – interrompeu-a a feiticeira. – Ninguém pediu sua opinião, ninguém se deu ao trabalho de verificar o que você quer ou não quer. Teria você dado motivo para que a considerassem uma pirralha teimosa e implicante, a quem não vale a pena fazer tal tipo de perguntas? Pois eu vou arriscar e lhe farei a pergunta que ninguém lhe fez: vai se submeter aos testes?

– O que vem a ser isso? Em que consistem esses testes? E por que...

– Já lhe expliquei. Se você não entendeu, paciência. Não tenho a intenção de aprimorar seus sentidos de percepção nem de trabalhar sua inteligência. Posso testar tanto as inteligentes como as tolas.

– Não sou tola! E entendi tudo!

– Tanto melhor.

– Mas é que não sou talhada para ser feiticeira! Não tenho nenhum talento! Jamais serei feiticeira, nem quero ser! Sou predestinada a Geralt... Sou predestinada para ser bruxa! Vim para cá para um curto período! Em breve retornarei a Kaer Morhen...

– Você não tira os olhos de meu decote – falou Yennefer com voz gélida, semicerrando os olhos cor de violeta. – Você está vendo nele algo extraordinário ou é movida por simples inveja?

– Essa estrela... – murmurou Ciri. – De que ela é feita? Essas pedrinhas se movem e brilham de maneira tão estranha...

– Pulsam – sorriu a feiticeira. – São diamantes ativos incrustados em obsidiana. Quer vê-los de perto? Tocá-los?

– Sim... Não. – Ciri afastou-se, sacudindo furiosamente a cabeça e tentando afastar de si o leve aroma de lilás e groselha. – Não quero! Por que deveria querer? Não me interessa! Nem um pouquinho! Sou uma bruxa. Não tenho tendências para a magia! Parece óbvio que não sirvo para ser feiticeira, porque sou... Além do quê...

A feiticeira sentou-se num banco de pedra junto do muro e concentrou-se na observação de suas unhas.

– Além do quê – concluiu Ciri –, tenho de refletir.

– Venha cá e sente-se a meu lado.

Ciri obedeceu.

– Preciso de tempo para pensar a respeito disso.

– Nada mais justo. – Yennefer meneou a cabeça, ainda com os olhos fixos nas unhas. – Trata-se de um assunto sério, que demanda uma reflexão.

Ambas ficaram caladas por um momento. As noviças que passeavam pelo parque olhavam para elas de soslaio com curiosidade, sussurrando e dando risadinhas.

– E então?

– E então, o quê?

– Já refletiu?

Ciri ergueu-se de um pulo, bufou e bateu o pé.

– Eu... Eu... – arfou, não conseguindo respirar direito de tanta raiva. – Você está fazendo troça de mim? Eu preciso de tempo! Tenho de refletir! Mais tempo! Todo o dia... e a noite!

Yennefer fixou os olhos diretamente nos dela, e Ciri se encolheu diante daquele olhar.

– Há um provérbio que diz – falou a feiticeira lentamente – que a noite traz conselhos. Mas nesse caso, Surpresa, a única coisa que a noite poderá lhe trazer será outro pesadelo. Você de novo acordará no meio de dor e de gritos, coberta de suor, com medo daquilo que viu, com medo daquilo do que não será capaz de se lembrar. E não conseguirá voltar a dormir. Haverá medo. Até o raiar do sol.

A menina tremeu e abaixou a cabeça.

– Surpresa – a voz de Yennefer mudou imperceptivelmente –, confie em mim.

O ombro da feiticeira era quente. O veludo negro do vestido pedia que fosse tocado. O cheiro de lilás e groselha aturdia deliciosamente. O abraço acalmava e mitigava, relaxava, suavizava a excitação, silenciava a raiva e o sentimento de rebeldia.

– Você vai se submeter aos testes, Surpresa.

– Vou – respondeu Ciri, ciente de que não precisava responder, pois não se tratava de uma pergunta.

•

– Eu não entendo mais nada – falou Ciri. – Você começou dizendo que eu possuía dons porque tinha aqueles sonhos, mas quer fazer testes e experimentos... E então? Afinal, tenho ou não os tais dons?

– Essa pergunta será respondida pelos testes.

– Testes, testes. – Ciri fez uma careta. – Não possuo nenhum dom, estou lhe dizendo. Se tivesse, certamente eu teria notado, você não acha? Mas digamos que... por mero acaso eu os tivesse; o que viria em seguida?

– Existem duas possibilidades – comunicou-lhe a feiticeira, indiferente, enquanto abria a janela. – Eliminar os dons ou ensiná-la a dominá-los. Se você os tiver e quiser isso, poderei lhe dar um pouco de conhecimento elementar sobre magia.

– O que significa "elementar"?

– Básico.

As duas estavam sozinhas no aposento que Nenneke destinara à feiticeira, junto da biblioteca, numa ala lateral não utilizada do prédio. Ciri sabia que era uma espécie de quarto de hóspedes. Sabia que, quando Geralt visitava o templo, ficava alojado ali.

– Você vai querer me ensinar? – perguntou, sentando-se na cama e passando a mão sobre o veludo do cobertor. – Vai querer me levar daqui, não é isso? Pois saiba que não irei com você a lugar nenhum!

– Então partirei sozinha – falou Yennefer friamente, desamarrando as correias de seus alforjes. – E garanto-lhe que não sentirei saudade. Já lhe disse que vou educá-la somente se você quiser. E posso fazê-lo aqui mesmo.

– E por quanto tempo você vai ficar me edu... ensinando?

– Por quanto tempo você quiser – respondeu a feiticeira.

Em seguida, inclinou-se e abriu uma cômoda, da qual retirou uma velha e gasta bolsa de couro, um cinturão, um par de botas forradas de pele e um garrafão de barro envolto em vime. Ciri ouviu Yennefer soltar um palavrão, sorrindo ao mesmo tempo, e a viu guardar de volta os objetos na cômoda. Adivinhou a quem eles pertenciam, quem os deixara ali.

– O que quer dizer "por quanto tempo eu quiser"? – perguntou. – Se eu não gostar ou ficar entediada com esse aprendizado...

– O aprendizado será interrompido. Basta você me dizer isso ou apenas demonstrar.

– Demonstrar? Como?

– Se nós decidirmos pela educação, vou exigir absoluta obediência. Repito: absoluta. Portanto, caso você se canse do aprendizado, bastará demonstrar qualquer tipo de desobediência. Aí, a educação será interrompida de imediato. Ficou claro?

Ciri fez um meneio positivo com a cabeça, lançando um olhar esmeraldino para a feiticeira.

– Em segundo lugar – continuou Yennefer, desfazendo os alforjes –, vou exigir absoluta sinceridade. Você não poderá ocultar nada de mim. Nada. Portanto, caso sinta que está na hora de parar, bastará mentir, fingir ou fechar-se em si mesma. Se eu lhe perguntar algo e você não responder sinceramente, isso também significará a imediata interrupção do aprendizado. Você entendeu?

– Sim – resmungou Ciri. – E essa... sinceridade... funciona nos dois sentidos? Em outras palavras, eu poderei... fazer perguntas a você?

Yennefer olhou para ela, com uma estranha contorção dos lábios.

– Obviamente – respondeu após um breve momento. – Isso está subentendido. É nisso que se baseiam o ensinamento e a proteção que pretendo lhe dar. Você poderá me fazer perguntas a qualquer momento. E eu responderei a todas elas. Com sinceridade.

– A qualquer uma?

– A qualquer uma.

– A partir deste momento?

– Sim, a partir deste momento.

– O que há entre você e Geralt, dona Yennefer?

Ciri quase desmaiou, apavorada com sua ousadia e com o ameaçador silêncio que se seguiu à pergunta.

A feiticeira aproximou-se dela lentamente, colocou as mãos sobre seus ombros e a encarou bem no fundo dos olhos.

– Saudade – respondeu, séria. – Mágoa. Esperança. E medo. Sim, acho que não me esqueci de nada. E agora já podemos começar os testes, sua pequena cobrinha verde. Vamos verificar se você serve. Apesar de que, depois de sua pergunta, eu ficaria muito espantada caso se revelasse que não. Vamos, feiosa.

Ciri se indignou.

– Por que você me chama assim?

Yennefer sorriu com o canto dos lábios.

– Porque lhe prometi sinceridade.

•

Nervosa e impaciente, Ciri endireitou-se na dura e incômoda cadeira depois de ficar muitas horas sentada.

– Isso não vai resultar em nada! – rosnou, limpando na mesa os dedos manchados de carvão. – É que nada do que faço dá certo! Não sirvo para ser feiticeira! Eu sabia disso desde o início, mas você não quis me escutar! Não prestou atenção a nada do que eu disse!

Yennefer ergueu as sobrancelhas.

– Você está dizendo que eu não quis ouvi-la? Interessante. Em geral, costumo prestar atenção a qualquer frase dita em minha presença e guardo-a na memória. A condição é que a frase contenha pelo menos uma migalha de sentido.

– Você sempre está caçoando de mim. – Ciri rangeu os dentes. – E eu só queria lhe dizer... sobre essas aptidões... Porque quero que você saiba que lá, em Kaer Morhen, nas montanhas... eu não sabia fazer Sinal de Bruxo. Nem um só!

– Sei disso.

– Sabe?

– Sei. Mas isso não significa nada.

– Não? Bem... não é só isso!

– Escuto com ansiedade.

– Eu não sirvo. Será que não consegue entender? Eu sou... jovem demais.

– Eu era mais jovem quando comecei.

– Mas certamente você não era...

– De que se trata, menina? Pare de gaguejar! Faça-me o favor de dizer pelo menos uma frase completa.

– É que... – Ciri enrubesceu e abaixou a cabeça. – É que Iola, Myrrha, Eurneid e Katje, quando almoçávamos, disseram, rindo, que nenhum feitiço terá acesso a mim e eu não poderei fazer nenhum encanto, porque... porque sou virgem, o que significa...

– Imagine que eu sei o que isso significa – interrompeu-a a feiticeira. – Na certa, você mais uma vez vai achar que o que vou lhe dizer é uma observação maliciosa, mas tenho o desprazer de lhe comunicar que você está falando um monte de bobagens. Vamos voltar aos testes.

– Sou virgem! – repetiu Ciri, agressiva. – Para que vão servir esses testes todos? Uma virgem não pode fazer encantos!

– Só vejo uma saída – falou Yennefer, apoiando-se no encosto da cadeira. – Portanto, vá e perca a virgindade. Eu esperarei. Mas, se possível, faça-o o mais rápido que puder.

– Está zombando de mim?

– Você percebeu? – sorriu a feiticeira levemente. – Parabéns. Você passou pelo teste eliminatório no que se refere à percepção.

E agora vamos passar a testes de verdade. Preste atenção, por favor. Olhe: nesta ilustração há quatro pinheiros. Cada um tem determinado número de ramos. Desenhe o quinto, que deve combinar com os outros quatro e estar localizado neste espaço vazio.

– Os pinheiros são idiotas – sentenciou Ciri, esticando a língua para fora e desenhando com um pedaço de carvão uma torta arvorezinha – e maçantes. O que eles têm a ver com magia? Dona Yennefer! Você prometeu responder a minhas perguntas!

– Infelizmente – suspirou a feiticeira, pegando a folha de papel e olhando para o desenho. – Tenho a nítida impressão de que ainda vou me arrepender por ter feito tal promessa. O que pinheiros têm a ver com magia? Absolutamente nada. Mas você fez o desenho corretamente e no tempo certo. Efetivamente, nada mau para uma virgem.

– Você está rindo de mim?

– Não. Eu rio muito raramente. Preciso de um motivo real para rir. Concentre-se nesta outra folha de papel, Surpresa. Nela estão desenhadas várias linhas com estrelinhas, bolinhas, cruzinhas e triângulos, e em cada linha há certa quantidade desses elementos. Pense bem e me responda: quantas estrelinhas deve haver na última linha?

– As estrelinhas são idiotas!

– Quantas, menina?

– Três!

Yennefer permaneceu calada por bastante tempo, com o olhar fixo num detalhe nas portas esculpidas do armário que apenas ela conhecia. O malicioso sorriso nos lábios de Ciri foi desaparecendo aos poucos, até sumir por completo, sem deixar nenhum vestígio.

– Com certeza você ficou curiosa – falou a feiticeira muito lentamente, sem parar de admirar o armário – em saber o que aconteceria quando me desse uma resposta imbecil e sem sentido. Pensou, talvez, que eu não perceberia porque não estou interessada realmente em suas respostas? Pois pensou errado. Ou quem sabe achou que eu simplesmente aceitaria o fato de que você não é inteligente? Pois se enganou. Agora, se ficou entediada com toda essa história de testes e, para se divertir, resolveu reverter a situação e me testar... Bem, isso deve ter dado certo, não é verdade? De uma forma ou outra, o teste terminou. Devolva-me a folha de papel.

– Desculpe-me, dona Yennefer – falou a menina, abaixando a cabeça. – É óbvio que naquela linha deveria haver apenas uma estrelinha. Eu sinto muito. Por favor, não fique zangada comigo.

– Olhe para mim, Ciri.

A menina ergueu os olhos, surpresa. Era a primeira vez que a feiticeira a chamava pelo nome.

– Ciri – disse Yennefer. – Saiba que, ao contrário do que possa parecer, eu me zango tão raramente quanto rio. Você não me deixou zangada. Mas, ao pedir desculpas, provou que eu não me enganei a seu respeito. E agora pegue a próxima folha de papel. Como você pode ver, nela estão desenhadas cinco casinhas. Desenhe a sexta...

– De novo? Realmente, não consigo entender para que...

– ... a sexta casinha – a voz da feiticeira adquiriu um tom ameaçador e seus olhos brilharam com chamas cor de violeta – aqui, neste lugar vazio. Por favor, não me faça repetir.

•

Depois de maçãzinhas, pinheirinhos, estrelinhas, peixinhos e casinhas, chegou a vez dos labirintos, nos quais era preciso rapidamente encontrar uma saída, das linhas onduladas, das manchas de tinta que mais pareciam baratas esmagadas, de outros estranhos desenhos e mosaicos que envesgavam os olhos e davam dor de cabeça. Depois, apareceu uma bolinha brilhante pendente num barbante, para a qual era preciso ficar olhando fixo por bastante tempo. Tal tarefa era tão entediante que Ciri com frequência cochilava. Yennefer, para grande surpresa da menina, não parecia se preocupar com isso, embora tivesse gritado furiosamente com ela diante de uma tentativa de adormecer sobre uma daquelas manchas de baratas esmagadas.

De tanto ficar olhando fixo durante os testes, Ciri começou a ter dores na nuca e nas costas, que foram aumentando gradativamente. Sentia falta de movimento e de ar fresco e, seguindo o acordo de total sinceridade, contou isso para Yennefer. A feiticeira recebeu a queixa tão calmamente como se estivesse esperando por ela havia bastante tempo.

Nos dois dias seguintes, ambas ficaram correndo pelo parque, saltando sobre valas e cercas, sob os olhares divertidos ou cheios de piedade das sacerdotisas e noviças. Faziam ginástica, praticavam equilíbrio andando sobre o topo do muro que circundava o pomar e as construções no jardim. Contrariamente ao que acontecia em Kaer Morhen, os treinos com Yennefer eram sempre acompanhados de teoria. A feiticeira ensinava Ciri a maneira correta de respirar, guiando o movimento de seus pulmões e diafragma com fortes pressões da palma da mão. Explicava as bases dos movimentos, o funcionamento dos músculos e ossos, demonstrava como descansar, aliviar a tensão e relaxar.

Durante um desses momentos de relaxamento, estirada sobre a grama, olhando para o céu, Ciri fez uma pergunta que a incomodava.

– Dona Yennefer? Quando, finalmente, terminaremos esses testes?

– Eles a entediam tanto assim?

– Não... Mas gostaria de saber se sirvo para ser feiticeira.

– Você serve.

– Você já sabe?

– Eu soube desde o começo. São poucas as pessoas capazes de perceber a atividade de minha estrela. Muito poucas. E você a percebeu imediatamente.

– E quanto aos testes?

– Estão terminados. Sei sobre você tudo o que queria saber.

– Mas algumas das tarefas... não me saí muito bem nelas. Você mesma chegou a dizer que... Você está segura realmente? Não estaria enganada? Tem certeza de que possuo os dons necessários?

– Tenho certeza.

– Mas...

– Ciri – a feiticeira dava a impressão de estar alegre e irritada ao mesmo tempo –, desde o momento em que nos deitamos neste gramado, estou conversando com você sem usar a voz. Isso se chama telepatia, não se esqueça. E certamente você notou que isso não atrapalhou em nada nossa conversa.

•

– A magia – disse Yennefer, olhando para o céu sobre os montes e apoiando as mãos no arção da sela – é, segundo alguns, a personificação do Caos. É a chave capaz de abrir a porta proibida. A porta atrás da qual ficam à espreita o pesadelo, o medo e o inimaginável horror, atrás da qual aguardam os inimigos, as forças destrutivas e os poderes do mais puro Mal, capaz de destruir não apenas aquele que abriu a porta, mas o mundo inteiro. E, como não faltam pessoas para mexer na porta, haverá um momento em que alguém cometerá um erro, quando o fim do mundo será predestinado e inevitável. Portanto, a magia representa a vingança e a arma do Caos. O fato de que após a Conjunção das Esferas os humanos aprenderam a lançar mão da magia é a maldição e a perdição do mundo. A perdição da humanidade. E é assim mesmo, Ciri. Aqueles que consideram a magia o Caos não estão errados.

O negro garanhão da feiticeira relinchou longamente e, cutucado pelos calcanhares dela, avançou devagar através da charneca. Ciri apressou seu cavalo, trotou pela senda feita por Yennefer e passou a cavalgar a seu lado. As urzes chegavam até os estribos.

– A magia é – Yennefer retomou o assunto –, na opinião de outros, uma arte. Uma grande arte, elitista, capaz de criar coisas lindas e extraordinárias. A magia é um talento dado a um número limitado de escolhidos. Aqueles que não possuem tal talento só podem olhar com admiração e inveja para o resultado do trabalho dos artistas, deleitando-se com as obras produzidas e, ao mesmo tempo, sentindo que sem elas e sem aquele talento o mundo seria mais pobre. O fato de que após a Conjunção das Esferas alguns eleitos descobriram em si talento e magia, de que acharam em si a arte é a bênção da beleza. E é assim mesmo, Ciri. Aqueles que consideram a magia uma arte também estão certos.

Sobre o bojudo e desnudo topo de uma colina que emergia do meio das urzes como o dorso de um predador de tocaia, jazia uma enorme pedra achatada apoiada sobre outras menores, em posição vertical. A feiticeira conduziu o cavalo para aquele lado, sem interromper a preleção.

– Há ainda aqueles que acreditam que a mágica é uma ciência. Para dominá-la, não basta ter talento nem nascer com certas aptidões. São necessários anos e anos de profundos estudos e grande esforço. É preciso ter perseverança e autodisciplina. A magia assim conquistada é o saber, o conhecimento cujos limites se estendem sempre graças a mentes iluminadas e vivas, por meio da experiência, da análise e da prática. A magia assim conquistada é o progresso. É o arado, o tear, o moinho de água, a fundição, a grua e o cadernal. É o progresso, o desenvolvimento, a renovação. É um movimento constante. Para cima. Na direção do melhor. Na direção das estrelas. O fato de que após a Conjunção das Esferas descobrimos a magia nos possibilitará no futuro alcançar as estrelas. Desça do cavalo, Ciri.

Yennefer aproximou-se do monólito e colocou a mão na enrugada superfície da pedra, recolhendo cuidadosamente a poeira e as folhas secas nela acumuladas.

– Aqueles que consideram a magia uma ciência – continuou – também têm razão. Lembre-se disso, Ciri. E, agora, chegue mais perto de mim.

A menina engoliu em seco e aproximou-se. A feiticeira abraçou-a.

– Lembre-se – repetiu. – A magia é Caos, Arte e Ciência. É maldição, bênção e progresso. Tudo depende de quem a usa, de que maneira e com que propósito. E a magia está por toda parte. Sempre em torno de nós. Facilmente alcançável. Basta estender o braço. Olhe. Vou estender o braço.

O dólmen tremeu perceptivelmente. Ciri ouviu um surdo estrondo distante e um retumbo vindo de dentro da terra. Os pinheiros ondularam sob o efeito de uma repentina lufada de vento. O céu escureceu com violência, cobrindo-se de nuvens, que deslizavam por ele com estonteante rapidez. A menina sentiu no rosto gotas de chuva. Semicerrou os olhos diante do brilho dos relâmpagos que iluminaram de maneira inesperada o horizonte. Instintivamente, acercou-se ainda mais da feiticeira, de seus cabelos negros cheirando a lilás e groselha.

– A terra sobre a qual pisamos. O fogo que não se extingue em seu interior. A água da qual saíram todas as formas de vida e sem a qual a vida não é possível. O ar que respiramos. Basta estender o braço para dominá-los e obrigá-los a se curvar a nossa vontade. A magia está em todos os lugares. Está no ar, na água, na terra e no fogo. E está atrás da porta que a Conjunção das Estrelas trancou para nós. De lá, de trás daquela porta fechada, a magia de vez em quando estende a mão em nossa direção. Para nós. Você sabe disso, não é verdade? Você já sentiu o toque da magia, o toque da mão saída de trás da porta fechada. Aquele toque encheu-a de medo. Aquele toque enche de medo qualquer um. Porque em cada um de nós há Caos e Ordem, o Bem e o Mal. Mas ele pode e deve ser controlado. É preciso aprender como fazê-lo. E você vai aprender isso, Ciri. Foi por essa razão que eu a trouxe até aqui, até esta pedra que, desde tempos imemoriais, está na intersecção das veias do poder, latejando com força. Toque-a.

A pedra tremia, vibrava e, com ela, tremia e vibrava toda a colina.

– A magia está estendendo a mão para você, Ciri. Para você, estranha menina, Surpresa, Criança de Sangue Antigo, do Sangue dos Elfos. Menina estranha, entrelaçada em Movimento e Mudança, em Aniquilação e Renascimento. Predestinada e sendo predestinação. A magia estende a mão de trás da porta fechada para você, pequenino grão de areia no meio das engrenagens do Relógio do Destino. O Destino estende suas garras em sua direção, sem saber se você se tornará sua ferramenta ou um obstáculo a seus planos. Aquilo que o Caos lhe mostra nos sonhos é exatamente essa incerteza. O Caos tem medo de você, Criança do Destino. Mas quer fazer com que você passe a ter medo dele.

Brilhou um relâmpago e ouviu-se o estrondo de um trovão. Ciri tremia de frio e pavor.

– O Caos não pode mostrar-lhe o que ele realmente é. Diante disso, ele lhe mostra o futuro, mostra aquilo que acontecerá. Ele quer fazer com que você tenha medo dos dias vindouros, para que o medo do que você e seus próximos terão de enfrentar comece a dirigir suas ações, dominando-a por completo. É por isso que ele envia sonhos. Você me mostrará agora o que vê nos sonhos. E ficará aterrorizada. Mas depois você esquecerá e passará a dominar o medo. Olhe para minha estrela, Ciri. Não desvie os olhos dela!

Mais um relâmpago. Mais um trovão.

– Fale! Eu lhe ordeno!

Sangue. Os lábios de Yennefer, cortados e esmagados, movem-se silenciosamente jorrando sangue. Rochas brancas passando rapidamente no meio de um galope. O relincho de um cavalo. Um salto. Um precipício. Um abismo. Um grito. Um voo, um voo interminável. O abismo...

No fundo do abismo, rolos de fumaça. Escadas levando para baixo.

Va'esse deireádh aep eigean... Algo está terminando. O quê?

Elaine blath, Feainnewedd... Criança de Sangue Antigo?

A voz de Yennefer parece vinda de muito longe, é surda e desperta ecos entre as úmidas paredes de pedra. Elaine blath...

– Fale!

Olhos cor de violeta brilham, ardendo num rosto emaciado, enegrecido e contorcido de dor, encoberto por uma tempestade de desgrenhados e sujos cabelos negros. Escuridão. Umidade. Fedor. O insuportável frio das paredes de pedra. O frio dos ferros nos punhos e tornozelos...

Abismo. Fumaça. Escadas levando para baixo. Escadas pelas quais é preciso descer. É preciso porque... porque algo está se acabando. Porque se aproxima Tedd Deireádh, o Tempo do Fim, Tempo da Nevasca Lupina, Tempo do Frio Branco e da Luz Branca...

A Leoazinha tem de morrer. Razões de Estado.

"Vamos", diz Geralt. "Desçamos as escadas. Temos de fazê-lo. É preciso. Não há outro caminho. Apenas as escadas. Para baixo!"

Seus lábios não se movem. Estão roxos. Sangue, sangue por toda parte... As escadas cobertas de sangue... A necessidade de prestar atenção para não escorregar... Porque um bruxo tropeça apenas uma vez... O brilho de uma lâmina. Um grito. Morte. Para baixo. Escadas abaixo.

Fumaça. Fogo. Um furioso galope, o som de cascos batendo no chão. Incêndios a toda volta. "Segure-se! Segure-se, Leoazinha de Cintra!"

O corcel negro relincha e empina. "Segure-se."

O corcel negro dança. Através da fenda do elmo adornado com asas de ave de rapina brilham olhos impiedosos.

A larga lâmina refletindo a cintilante luz do incêndio desaba com um silvo. "Uma esquiva, Ciri! Uma esquiva! Uma pirueta e uma parada! Esquiva! Esquiva! Tarde demaaaaaaais!!!"

O golpe cega os olhos, faz tremer todo o corpo. A dor paralisa por um momento, atordoa e anestesia, para logo em seguida explodir com toda a força, cravando-se na bochecha como aguçadas presas de uma fera, puxando, traspassando obliquamente, irradiando para o pescoço, a nuca, o peito, os pulmões...

– Ciri!

A menina sentiu nas costas e na parte posterior da cabeça o imóvel, áspero e desagradável frio da pedra. Não se lembrava de quando se sentara nela. Yennefer encontrava-se ajoelhada a seu lado. Delicadamente, mas com determinação, descontraiu-lhe os dedos e afastou-lhe a mão da bochecha, que latejava, pulsava de dor.

– Mamãe... – gemeu Ciri. – Mamãe... Como dói! Mãezinha...

A feiticeira tocou seu rosto. Tinha as mãos frias como gelo. A dor cessou imediatamente.

– Eu vi... – sussurrou a menina, fechando os olhos. – O mesmo que nos sonhos... O cavaleiro negro... Geralt... E ainda... você... Eu vi você, dona Yennefer.

– Eu sei.

– Eu vi você... Vi como...

– Nunca mais. Nunca mais você verá aquilo. Nunca mais você sonhará com aquilo. Vou lhe dar uma força que afastará esses pesadelos para sempre. Foi por isso que eu a trouxe aqui, Ciri. Para lhe mostrar essa força. Começarei a dá-la a você a partir de amanhã.

•

Seguiram-se dias difíceis e laboriosos, dias de estudos intensivos e de trabalho extenuante. Yennefer era firme, exigente, severa com frequência e até ameaçadora às vezes, mas nunca enfadonha. Antes, Ciri teve mais de uma vez dificuldades em manter os olhos abertos na escolinha do templo, ocasionalmente caindo no sono durante uma aula, embalada pela suave e monótona voz de Nenneke, Iola Primeira, Cortusa ou outras sacerdotisas-professoras. Com Yennefer, aquilo não era possível. E não só por causa do timbre da voz ou do uso de frases curtas e fortemente acentuadas. O mais importante era o teor das lições. Lições de magia. Lições excitantes e absorventes.

Ciri passava a maior parte do dia com Yennefer. Voltava ao dormitório tarde da noite e desabava sobre a cama como uma tora de madeira, adormecendo imediatamente. As noviças reclamavam que ela roncava muito alto e tentavam acordá-la. Em vão. Ciri dormia como uma pedra.

Sem sonhos.

•

– Pelos deuses – suspirou Yennefer com resignação, despenteando os cachos negros com ambas as mãos e abaixando a cabeça. – Mas isso é tão simples! Se você não consegue dominar esse gesto, como vai ser quando tentarmos algo mais complicado?

Ciri virou-se, murmurou algo incompreensível e esfregou a mão entorpecida. A feiticeira tornou a suspirar.

– Olhe mais uma vez para a gravura e veja a posição na qual têm de ficar os dedos. Preste atenção às setinhas indicativas e às runas que descrevem o gesto que deve ser efetuado.

– Já olhei para esse desenho mais de mil vezes! Compreendo as runas! Vort, cáelme. Ys, veloë. Afastando de mim, lentamente. Para baixo, rápido. A mão... assim?

– E o dedo mindinho?

– Não consigo colocá-lo nessa posição sem dobrar ao mesmo tempo o anular!

– Dê-me a mão!

– Aiii!

– Mais baixo, Ciri, senão Nenneke virá novamente correndo para cá, achando que a estou esfolando viva ou cozinhando em óleo fervente. Não mude a disposição dos dedos. E agora execute o gesto. Gire, gire o pulso! Muito bem. Agora abane a mão, relaxe os dedos e repita. Não, não e não! Você sabe o que acabou de fazer? Se lançasse um verdadeiro encanto dessa maneira, teria de usar uma tala na mão por um mês. De que é feita sua mão? De madeira?

– Minha mão foi treinada para a espada! É por isso!

– Bobagem. Geralt passou a vida toda agitando a espada, e seus dedos são ágeis e... hummm... muito delicados. Vamos, feiosa, tente mais uma vez. Está vendo? Basta querer. Ótimo. Deixe a mão bem solta. Cansou?

– Um pouco...

– Deixe que eu massageie sua mão e seu antebraço. Ciri, por que não está usando o unguento que lhe dei? Suas mãozinhas são tão ásperas como patas de um corvo-marinho... E isto aqui é o quê? A marca de um anel? Pelo que me lembro, eu lhe proibi de usar bijuterias e joias, não foi?

– Mas é que eu ganhei esse anel de Myrrha jogando pião! E só o usei por meio dia...

– Meio dia é demais. Não o use novamente, por favor.

– Não entendo por que não posso...

– Não precisa entender – cortou-a a feiticeira, mas em sua voz não havia sinal de irritação. – Peço que não use nenhum adorno desse tipo. Se quiser, enfie uma flor nos cabelos, faça uma coroa de flores. Mas não quero que use nenhum metal, nenhum cristal, nenhuma pedrinha. Isso é muito importante, Ciri. Quando chegar a hora, eu lhe explicarei direitinho a razão. Por enquanto, confie em mim e atenda a meu pedido.

– Você usa sua estrela e tem brincos e anéis. E eu não posso? É porque eu sou... virgem?

– Venha cá, minha feiosa. – Yennefer sorriu e acariciou a cabeça da menina. – Será que você está obcecada por isso? Já lhe expliquei que o fato de você ser ou não ser não tem nenhuma importância. Nenhuma. Amanhã, lave os cabelos, porque vejo que está mais do que na hora.

– Dona Yennefer?

– Sim?

– Posso... Considerando o conceito daquela sinceridade que você me prometeu... Posso perguntar-lhe uma coisa?

– Pode. Mas, pelos deuses, que não seja sobre virgindade, por favor.

Ciri mordeu os lábios e ficou calada por bastante tempo.

– Paciência – suspirou Yennefer. – Que seja. Pergunte.

– É que... – Ciri enrubesceu e passou a ponta da língua sobre os lábios. – As meninas no dormitório ficam fofocando e contando uma porção de histórias... Sobre a festa de Belleteyn e outras como ela... E, para mim, elas dizem que sou criança, que já está mais do que na hora... Dona Yennefer, como é essa coisa realmente? Como reconhecer que chegou a hora...

– ... de ir para a cama com um homem?

Ciri ficou vermelha como um tomate. Depois de permanecer calada por um momento, ergueu os olhos e fez um sinal afirmativo com a cabeça.

– Isso é muito fácil de constatar – falou Yennefer com naturalidade. – Se você começa a pensar nisso, é sinal de que a hora chegou.

– Mas eu não quero nada disso!

– Isso não é obrigatório. Se você não quer, então não vai.

– Ah... – Ciri voltou a morder os lábios. – E esse... esse tal homem... Como reconhecer que com ele se pode...

– ... ir para a cama?

– Hum.

– Se, por acaso, há a chance de escolher – a feiticeira contorceu os lábios em um sorriso – e não se tem muita experiência, a primeira coisa a ser avaliada não é o homem, mas a cama.

Os olhos esmeraldinos de Ciri adquiriram o formato e a dimensão de dois pires.

– Como? A cama?

– Isso mesmo. Aqueles que nem têm cama você deve eliminar de cara. Entre os que sobraram, descarte os que possuem cama suja e desarrumada. E, quando permanecerem apenas aqueles cuja cama é limpa e arrumada, escolha o que lhe parecer mais atraente. Infelizmente, esse método não é infalível e é possível cometer erros horrendos.

– Você está brincando?

– Não. Não estou brincando. Ciri, a partir de amanhã você vai passar a dormir aqui, comigo. Traga suas coisas para cá. Pelo que ouço, no dormitório das noviças se gasta muito tempo em conversas inúteis, um tempo que deveria ser destinado a descanso e sono.

•

Depois de dominar as posições básicas das mãos, dos movimentos e dos gestos, Ciri começou a aprender os encantos e suas fórmulas. As fórmulas eram mais fáceis. Registradas em Língua Antiga, que a menina dominava totalmente, era-lhe muito fácil memorizá-las. Ela também não tinha dificuldade com as ocasionalmente complicadas entonações necessárias ao serem evocadas. Yennefer estava visivelmente satisfeita e tornava-se mais amável e simpática dia após dia. Com pausas cada vez maiores entre as aulas, as duas ficavam conversando sobre os mais diversos assuntos e até se divertiam com as delicadas gozações que faziam de Nenneke, que, eriçada e inflada como uma galinha, costumava "visitar" frequentemente as preleções e os exercícios, sempre pronta para colocar Ciri sob suas asas protetoras, defendendo-a da imaginária severidade da feiticeira e das "inumanas torturas" da educação.

Obedecendo à recomendação, Ciri mudou-se para os aposentos de Yennefer. Agora, elas estavam juntas não só durante o dia, como à noite. Às vezes, havia aulas noturnas, já que não era permitido usar determinados gestos, fórmulas e encantos à luz do dia.

Satisfeita com os progressos da menina, a feiticeira diminuiu o ritmo das aulas. Agora, tinham mais tempo livre. Passavam as tardes lendo livros, juntas ou individualmente. Ciri superou a complicada prosa de *Diálogos sobre a natureza da magia*, de Stammelford, *As forças dos elementos*, de Giambattista, e *Magia natural*, de Richert e Monck. Também folheou, porque não havia sido capaz de lê-las por completo, obras como *O mundo invisível*, de Jan Bekker, e *O mistério dos mistérios*, de Agnes de Glanville. Passou os olhos pelas páginas amareladas pelo tempo do *Códice de Mirthe*, pelo *Ard Arcane* e até pelo famoso e assustador *Dhu Dwimmermore*, repleto de gravuras que incutiam medo.

Consultou, ainda, outros livros não relacionados com magia. Leu a *História do mundo* e *Um tratado sobre a vida*. Não deixou de frequentar o setor da literatura mais leve da biblioteca do santuário. Com o rosto corado, devorou *Os folguedos*, do marquês La Creahme, e *As damas do rei*, de Anna Tiller. Leu *Os infortúnios do amor* e *A hora da lua*, coletâneas de versos do famoso trovador Jaskier. Chorou diante das delicadas baladas cheirando a mistério da poetisa Essi Daven, reunidas num pequeno e belamente encadernado volume com o título *A pérola azul-celeste*.

Ciri não deixava de aproveitar o privilégio de fazer perguntas e sempre receber respostas. No entanto, cada vez mais frequentemente era ela a destinatária das perguntas. No início, parecia que Yennefer não estava nem um pouco interessada no que se passara com ela, nem em como fora sua infância em Cintra, tampouco nos acontecimentos posteriores, da época da guerra. Com o tempo, porém, as perguntas foram se tornando mais concretas. Ciri tinha de responder, algo que ela fazia com evidente má vontade, pois cada pergunta da feiticeira abria em sua memória a porta que ela jurara a si mesma não abrir, mantendo-a fechada de uma vez por todas. Desde o momento de seu encontro com Geralt perto de Sodden, vinha adotando o princípio de que começara uma "nova vida" e que aquela outra, em Cintra, fora apagada de maneira definitiva e inapelável. Os bruxos de Kaer Morhen nunca lhe perguntaram coisa alguma, e, antes de chegarem ao santuário, Geralt exigira dela o compromisso de não revelar quem ela era a quem quer que fosse. Nenneke, que obviamente sabia de tudo, fizera com que as demais sacerdotisas e noviças acreditassem que Ciri fosse apenas a filha bastarda de um guerreiro com uma camponesa, uma criança para a qual não havia lugar nem no castelo paterno, nem na choupana materna. Metade das noviças do templo de Melitele era exatamente tal tipo de criança.

E Yennefer também estava a par do segredo. Era aquela "em que se podia confiar". Yennefer perguntava. Sobre aquilo. Sobre Cintra.

– Como você saiu da cidade, Ciri? De que modo conseguiu escapar dos nilfgaardianos?

Aquilo era algo de que Ciri não conseguia se lembrar. Tudo desaparecia envolto em fumaça e escuridão. Lembrava-se do cerco, da despedida da rainha Calanthe, sua avó; lembrava-se dos barões e guerreiros arrancando-a à força dos pés do leito no qual repousava a Leoa de Cintra ferida. Lembrava-se da fuga através de ruelas em chamas, da luta sangrenta e da queda do cavalo. Lembrava-se do cavaleiro com o elmo adornado com asas de ave de rapina.

E nada mais.

– Não me lembro. É verdade, dona Yennefer. Não consigo me lembrar.

Yennefer não insistia. Fazia outras perguntas. Usava de tanto tato e delicadeza que Ciri foi se sentindo cada vez mais livre. Por fim, começou a contar por iniciativa própria. Sem esperar por perguntas, falou sobre seus anos em Cintra e nas ilhas de Skellige. Revelou como veio a saber da Lei da Surpresa e de como o destino quis que ela fosse predestinada a Geralt de Rívia, o bruxo de cabelos brancos. Falou da guerra, dos tempos difíceis vagando pelas florestas de Trásrios, de sua estada com os druidas, do tempo que passou no vilarejo. Contou como Geralt a encontrou e levou para Kaer Morhen, a Sede dos Bruxos, abrindo um novo capítulo em sua curta vida.

Certo dia, também por iniciativa própria, Ciri explicou à feiticeira como foi seu primeiro encontro com o bruxo. Contou de maneira natural, alegre e divertida como se encontraram na floresta de Brokilon, entre as dríades que a haviam sequestrado e queriam retê-la a toda a força para transformá-la em uma delas.

– Ah! – falou Yennefer. – Pagaria uma fortuna para tê-lo visto. Refiro-me a Geralt. Fico tentando imaginar a cara que ele fez lá, em Brokilon, quando viu a Surpresa que lhe havia reservado o destino! Porque deve ter ficado com uma cara muito engraçada quando descobriu quem você era, não é verdade?

Ciri riu gostosamente, e em seus olhos cor de esmeralda brilharam chamas diabólicas.

– Oh, sim! – respondeu ela. – Você nem pode imaginar a cara dele! Quer ter uma ideia? Vou lhe mostrar. Olhe para mim!

Yennefer soltou uma gargalhada.

"Esse riso...", pensou Ciri, olhando para bandos de aves negras voando para o sul. "Esse riso, compartilhado e sincero, fez com que nos aproximássemos de verdade. Ela e eu. Nós nos demos conta, tanto ela como eu, de que podemos rir juntas falando dele. De Geralt. De repente, ficamos muito próximas, embora eu saiba que Geralt nos une e separa concomitantemente e que sempre será assim.

"Nosso riso comum nos aproximou.

"E aquilo que aconteceu dois dias mais tarde. Na floresta, sobre as colinas. Ela estava me mostrando como achar..."

•

– Não entendo por que devo procurar essas tais... De novo esqueci como aquilo se chama...

– Intersecções – disse Yennefer, arrancando carrapichos que grudaram em sua manga ao atravessarem o matagal. – Estou lhe mostrando como achá-las, pois são lugares dos quais é possível extrair força.

– Mas eu já sei extrair força! E você mesma me ensinou que a força está por toda parte. Portanto, por que precisamos andar no meio de arbustos? O templo está cheio de energia!

– É verdade. Foi exatamente por isso que ele foi erguido naquele lugar, e não em outro. E é também por isso que, estando no terreno do templo, extrair força parece-lhe tão fácil.

– Estou com as pernas doloridas. Podemos sentar-nos por um momento?

– Está bem, feiosa.

– Dona Yennefer?

– Sim?

– Por que sempre extraímos força de veios aquáticos? Afinal, a energia mágica está em todos os lugares. Na terra, no ar, no fogo...

– É verdade.

– ... e na terra... Olhe, aqui em volta está cheio de terra. Debaixo de nossos pés. E o ar está por toda parte! E, se quisermos ter fogo, basta acendermos uma fogueira e...

– Você ainda é fraca demais para poder extrair energia da terra. Sabe ainda muito pouco para conseguir qualquer coisa do ar. E, quanto ao fogo, proíbo-a de brincar com ele! Já lhe disse que em nenhuma circunstância você pode tocar na energia do fogo!

– Não precisa gritar. Eu me lembro.

Estavam sentadas em silêncio sobre uma seca tora derrubada, escutando o sussurro do vento na copa das árvores e o som de um pica-pau batendo com o bico num tronco próximo. Ciri estava com fome e sentia a saliva acumular-se na boca de tanta sede, mas sabia que de nada adiantaria reclamar. Um mês antes, Yennefer reagia a tais reclamações com uma fria preleção sobre a arte de subjugar instintos primitivos; mais tarde, passou apenas a ignorá-las. Os protestos não faziam o menor sentido, assim como não surtiam resultado algum as caretas que Ciri fazia quando era chamada de "feiosa".

A feiticeira arrancou o último carrapicho da manga. "Logo, logo ela vai me fazer uma pergunta", pensou Ciri; "posso ouvi-la formulando-a. Vai perguntar mais uma vez algo de que não me lembro ou de que não quero me lembrar. Não, isso não faz o menor sentido. Não vou responder. Aquilo é o passado, e não há como retornar ao passado. Ela mesma chegou a dizer isso..."

– Fale-me de seus pais, Ciri.

– Não me lembro deles, dona Yennefer.

– Tente lembrar-se, por favor.

– Do papai eu realmente não me lembro – respondeu Ciri, cedendo à ordem. – Apenas... Quase nada. Quanto à mamãe... dela me lembro vagamente. Tinha cabelos compridos, assim... E sempre andava triste... Lembro-me... Não, não me lembro de nada...

– Lembre-se, por favor.

– Não me lembro!

– Olhe para minha estrela.

Gaivotas grasnavam, mergulhando entre os botes de pescadores, onde pegavam restos de comida e pequeninos peixes tirados dos caixotes e jogados de volta na água. O vento movia suavemente as arriadas velas dos dracares, enquanto rolos de fumaça, abafados por uma leve garoa, serpenteavam pelo cais. Trirremes vindas de Cintra, com o leão dourado brilhando nas flâmulas azuis-celestes, adentravam o porto. Tio Crach, que, parado a seu lado, mantinha no ombro dela a mão do tamanho da pata de um urso, ajoelhou-se repentinamente sobre um joelho, enquanto os guerreiros, dispostos em duas alas, passaram a bater ritmicamente a espada no escudo.

Atravessando a prancha de desembarque, aproximava-se deles a rainha Calanthe. Sua avó. Aquela que, nas ilhas de Skellige, era chamada oficialmente Ard Rhena, a Rainha Suprema. Mas tio Crach an Craite, o duque de Skellige, ainda ajoelhado e com a cabeça abaixada, chamou a Leoa de Cintra por um título menos oficial, porém considerado mais venerável pelos ilhéus.

– Seja bem-vinda, Modron.

– Princesa – falou Calanthe, com voz fria e autoritária, sem sequer olhar para o duque. – Aproxime-se. Venha para junto de mim, Ciri.

A mão da avó era forte e dura como a de um homem. Os anéis em seus dedos eram terrivelmente frios.

– Onde está Eist?

– O rei... – gaguejou Crach. – Está no mar, Modron. Procura por vestígios... e corpos. Desde ontem...

– Por que ele lhes permitiu? – gritou a rainha. – Como ele pôde deixá-los fazer isso? E você, Crach? Você é o duque de Skellige! Nenhum dracar tem o direito de se fazer ao mar sem sua permissão! Por que você lhes permitiu, Crach?

O tio abaixou ainda mais a cabeça ruiva.

– Cavalos! – disse Calanthe. – Vamos ao forte. E amanhã bem cedo tomaremos o barco de volta. Estou levando a princesa para Cintra e nunca mais vou lhe consentir que volte para cá. Quanto a você... Você tem comigo uma terrível dívida, Crach. Exigirei que a pague um dia.

– Sei disso, Modron.

– Se eu não cobrá-la, quem a cobrará será ela. – Calanthe olhou para Ciri. – Será a ela que você pagará a dívida. Você sabe de que maneira.

Crach an Craite ergueu-se e empertigou-se; os traços de seu rosto queimado pelo sol tornaram-se ainda mais duros. Com um gesto rápido, sacou da bainha uma espada de aço sem ornamentos e desnudou o antebraço esquerdo, marcado com grossas cicatrizes brancas.

– Sem gestos teatrais! – bufou a rainha. – Economize seu sangue. Eu disse "um dia". Não se esqueça!

– Aen me Gléddyv, zvaere a'Bloedgeas, Ard Rhena, Lionors aep Xintra! – Crach an Craite, o duque de Skellige, ergueu a espada e agitou-a no ar. Os guerreiros soltaram um grito e bateram a arma no escudo.

– Aceito o juramento. Conduza-nos ao forte, duque.

Ciri lembrava-se da volta do rei Eist, de seu petrificado rosto pálido e do silêncio da rainha. Lembrava-se da soturna e terrível ceia, durante a qual os selvagens e barbudos lobos do mar de Skellige ficaram se embebedando, em meio a um terrível silêncio. Lembrava-se de sussurros. Geas Muire... Geas Muire!

Lembrava-se dos filetes de cerveja escura derramados sobre o piso, dos vasilhames destroçados contra as paredes de pedra em acessos de uma raiva desesperadora, impotente e sem sentido. Geas Muire! Pavetta!

Pavetta, a princesa de Cintra, e seu marido, o príncipe Duny. Os pais de Ciri. Pereceram. Sumiram. Foram mortos por Geas Muire, a Maldição do Mar. Foram engolidos por uma tempestade que ninguém previra. Uma tempestade que não devia ter ocorrido...

Ciri virou a cabeça para que Yennefer não notasse seus olhos cheios de lágrimas. "Para que tudo isso?", pensou. "Para que essas perguntas todas, essas lembranças? Não há como retornar ao passado. Não tenho mais nenhum deles. Nem papai, nem mamãe, nem vovó, aquela que fora Ard Rhena, a Leoa de Cintra. Tio Crach an Craite na certa também morreu. Não tenho mais ninguém e sou outra pessoa. Não há como retornar..."

A feiticeira estava calada, imersa em seus pensamentos.

– Foi quando começaram seus sonhos? – indagou de repente.

– Não – respondeu Ciri, depois de pensar por algum tempo. – Não, não foi. Somente mais tarde.

– Quando?

A menina franziu o nariz.

– No verão... No verão anterior... Porque no verão seguinte a guerra já havia eclodido...

– Quer dizer que os sonhos começaram depois de seu encontro com Geralt na floresta de Brokilon?

Ciri fez um meneio positivo com a cabeça. "Não vou responder à próxima pergunta", decidiu. Mas Yennefer não fez pergunta alguma. Ergueu-se rapidamente e olhou para o sol.

– Muito bem. Basta de ficarmos sentadas, feiosa. Está ficando tarde. Vamos retomar nossa busca. Mão solta à frente, dedos relaxados. Vamos.

– Para onde devo ir? Em que direção?

– Não faz diferença.

– Os veios estão em toda parte?

– Quase. Você vai aprender a descobri-los, encontrá-los a céu aberto e reconhecer seus pontos. Eles são identificados por árvores secas e por plantas anãs, e todos os animais os evitam, exceto os gatos.

– Gatos?

– Os gatos gostam de dormir e de descansar nas intersecções. Há muitas histórias sobre animais mágicos, mas, a bem da verdade, além do dragão, o gato é o único ser capaz de absorver força. Ninguém sabe por que ele a absorve e que uso faz dela... O que houve?

– Ooooh... Lá, naquela direção! Acho que há algo ali! Atrás daquela árvore!

– Ciri, não invente. As intersecções somente são sentidas quando se está parado sobre elas... Hummm... Interessante. Diria até que extraordinário. Você realmente se sente atraída para aquele lugar?

– Realmente!

– Então vamos até lá. Interessante, interessante... Vamos, mostre-me para onde.

– Para cá. Neste ponto!

– Parabéns! Excelente! Você está sentindo uma contração no dedo anular? Está vendo como ele se inclina para baixo? Lembre-se: esse é o sinal.

– Posso extraí-la?

– Espere; vou verificar.

– Dona Yennefer? Como é esse negócio de absorção? Se eu absorver a força em mim, então ela poderá fazer falta lá no fundo. Isso é permitido? Mãe Nenneke nos ensinava que não se deve pegar nada assim, por puro capricho. Até as cerejas têm de ser deixadas nas árvores para os pássaros ou para que simplesmente caiam no chão.

Yennefer abraçou-a e beijou levemente seus cabelos.

– Como eu gostaria – murmurou – que isso que você acabou de dizer fosse ouvido por outros. Por Vilgeforz, Francesca, Terranova... Os que acham que possuem direitos exclusivos sobre a força e que podem usá-la a seu bel-prazer, sem nenhum limite. Gostaria que eles pudessem ouvir a inteligente feiosa do templo de Melitele. Não se preocupe, Ciri. Você faz bem em pensar assim, mas pode acreditar em mim que há força de sobra. Não faltará de modo algum. É como se você arrancasse uma pequena cereja de um grande pomar.

– Então posso começar a absorver?

– Espere. Trata-se de uma reserva muito forte que pulsa intensamente. Fique atenta, feiosa. Absorva com cuidado e muito, muito devagar.

– Eu não tenho medo! Eu sou uma bruxa! Ah! Já a sinto! Sinto... Oooooh! Dona... Ye... nne... feeeeer...

– Que droga! Eu bem que avisei! Falei para você! Levante a cabeça! Para cima, estou dizendo! Tome, leve isto ao nariz, senão vai ficar toda borrada de sangue! Calma, calma, pequenina, só não desmaie. Estou a seu lado. Estou a seu lado... filhinha. Segure o lenço. Já, já vou fazer aparecer um pouco de gelo...

•

Aquele pouquinho de sangue do nariz causou uma grande briga, e Yennefer e Nenneke não se falaram por vários dias.

Ciri ficou uma semana apenas lendo livros, entediada, porque a feiticeira suspendeu as aulas. A menina não a via durante o dia. Yennefer sumia em algum lugar assim que o sol raiava, retornava no fim da tarde, olhava para Ciri de maneira esquisita e mostrava-se estranhamente pouco falante.

Após uma semana, Ciri já estava farta daquela situação. Quando a feiticeira retornou ao anoitecer, a menina aproximou-se dela e, sem dizer uma palavra, abraçou-a com toda a força.

Yennefer ficou calada por muito tempo. Não precisava dizer nada. Seus dedos, apertados nos ombros da menina, falavam por ela.

No dia seguinte, a arquissacerdotisa e a feiticeira tiveram uma conversa de várias horas e fizeram as pazes.

E então, para grande alegria de Ciri, tudo voltou ao normal.

•

– Olhe em meus olhos, Ciri. Uma luzinha. A fórmula, por favor.

– Aine verseos!

– Muito bem. Observe minha mão. Faça o mesmo gesto e dissipe a luzinha em pleno ar.

– Aine aen aenye!

– Perfeito. E qual gesto deve ser feito logo em seguida? Esse... exatamente esse. Muito bem. Reforce o gesto e absorva. Mais, mais, não interrompa!

– Ooooh...

– Costas retas! Braços ao longo do corpo! Mãos soltas; nenhum gesto desnecessário com os dedos! Cada movimento pode multiplicar o efeito; você quer provocar um incêndio? Fortifique, está esperando o quê?

– Ooooh... Não posso...

– Relaxe e pare de tremer! Absorva! O que você está fazendo? Agora, sim, está bem melhor... Não esmoreça! Está fazendo rápido demais, está hiperventilando! Não precisa ficar excitada! Mais devagar, feiosa, mais calmamente. Sei que isso é desagradável, mas você vai se acostumar.

– Está doendo... Na barriga... Neste ponto...

– Você é mulher e essa é uma reação típica. Com o tempo vai conseguir endurecer-se. Mas, para chegar a tal endurecimento, deve lançar mão de qualquer bloqueio ativador da dor. Isso é realmente indispensável, Ciri. Não tenha medo; estou atenta e vou protegê-la. Nada de mau vai lhe acontecer, mas você tem de suportar a dor. Respire calmamente. Concentre-se. Faça o gesto, por favor. Muito bem. Tome a força, absorva-a e aspire-a... Muito bem, muito bem... Mais um pouquinho...

– Oh... Oh... Ooooh!

– Está vendo? Basta querer, que você consegue. Agora, observe minha mão. Atentamente. Faça o mesmo gesto. Dedos! Dedos, Ciri! Olhe para minha mão e não para o teto! Melhorou, sim, muito bem. Mantenha-a firme. E agora inverta o gesto e libere a força sob a forma de uma luminosidade mais forte.

– Aaaah... aaaah.... eeeeh...

– Pare de gemer! Controle-se! É apenas uma câimbra! Vai passar logo! Estenda os dedos, solte-a, afaste-a, faça com que ela saia de dentro de você! Mais devagar, com todos os diabos, senão vai romper novamente os vasos sanguíneos!

– Aaaaaah!

– Rápido demais, feiosa; continua rápido demais. Sei que a força está querendo romper de dentro de você, mas tem de aprender a controlá-la. Não pode permitir explosões como a de agora há pouco. Se eu não a tivesse isolado, você teria feito um estrago e tanto. Vamos recomeçar. O gesto e a fórmula.

– Não! Chega! Não aguento mais!

– Respire devagar e pare de tremer. Dessa vez, é pura histeria; você não conseguirá me iludir. Recupere o autocontrole, concentre-se e comece.

– Não, por favor, dona Yennefer... Isso dói... Passo mal...

– Sem lágrimas, Ciri. Não existe imagem mais horrenda do que uma feiticeira aos prantos. Nada desperta maior compaixão. Não se esqueça disso. De novo desde o começo. O encanto e o gesto. Não, dessa vez você não vai me imitar. Vai tentar sozinha. Faça um esforço mental!

– Aine verseos... Ainde aen aenye... Oooooh!

– Está errado! Rápido demais!

•

A magia cravou-se nela como uma lança de metal com ponta farpada. Feriu-a profundamente. Doía. Doía com aquela rara espécie de dor que se associa estranhamente a um prazer extremo.

•

Para relaxarem, voltaram a correr pelo parque. Yennefer conseguiu persuadir Nenneke a liberar a espada de Ciri do depósito, possibilitando à menina treinar passos, paradas e ataques, obviamente sem que as demais sacerdotisas e noviças pudessem ver. No entanto, a magia era onipresente. Ciri aprendia a relaxar os músculos com simples encantos e concentrações mentais, a combater câimbras, a controlar a adrenalina, a dominar o labirinto do ouvido interno e seu nervo, a diminuir ou acelerar o pulso, a ficar sem oxigênio por determinado tempo.

Surpreendentemente, a feiticeira sabia muita coisa sobre a espada e a "dança" dos bruxos. Sabia muitos segredos de Kaer Morhen, deixando evidente o fato de que já estivera na Fortaleza. Conhecia Vasemir e Eskel, mas não Lambert e Coën.

Yennefer costumava visitar Kaer Morhen. Ciri adivinhava os motivos pelos quais, durante as conversas sobre a Fortaleza, os olhos da feiticeira adquiriam calor, perdendo o malvado brilho e a fria, indiferente e sábia profundidade. Se a menina tivesse de usar palavras para descrever Yennefer em tais momentos, seriam "sonhadora" ou "absorta em seus pensamentos".

Ciri adivinhava os motivos.

Havia um assunto que a menina evitava instintivamente, mas uma vez se distraiu e o abordou: Triss Merigold. Yennefer, fazen do discretas perguntas de modo aparentemente desinteressado, indiferente e banal, conseguiu arrancar de Ciri todo o resto. Seus olhos estavam duros e impenetráveis.

A menina adivinhava o motivo e, para sua surpresa, já não ficava mais aborrecida.

A magia era tranquilizadora.

•

– O chamado Sinal de Aard, Ciri, é um encanto extremamente simples do grupo de feitiços psicocinéticos, que consiste em empurrar a energia em determinada direção. A força do empuxo depende da concentração mental de quem o lança e da quantidade de força a ele aplicada. Os bruxos adotaram esse encanto porque ele não requer o conhecimento de uma fórmula mágica; bastam concentração e um gesto. Foi por isso que o denominaram de "Sinal". Já de onde tiraram o nome "Aard" eu não sei. Talvez da Língua Antiga, em que a palavra "*ard*" significa "cimo", "superior" ou "mais alto de todos". Se sim, então o nome é muito enganoso, pois seria difícil encontrar um feitiço psicocinético mais fácil. É óbvio que não vamos perder tempo e energia numa coisa tão primitiva quanto um sinal de bruxos. O que vamos estudar é a psicocinética em si. Vamos treiná-la... Ali, naquele cesto debaixo da macieira. Concentre-se.

– Já estou concentrada.

– Você se concentra rápido. Relembro-lhe: controle o dispêndio de energia. Você somente pode emitir a mesma quantidade de energia que conseguiu absorver. Se emitir um tiquinho a mais, colocará seu organismo em risco. Um esforço desses será capaz de fazê-la desmaiar e, em caso extremo, causar sua morte. De outro lado, se você esgotar toda a energia que conseguiu armazenar, perderá a possibilidade de repetir o feitiço, forçando-se a novas absorções, que, como você bem sabe, é algo difícil e doloroso.

– Se sei!

– Você não pode relaxar a concentração e permitir que a energia saia de você por si mesma. Minha mestra costumava dizer que soltar energia é como soltar um pum num salão: com delicadeza, moderadamentte, sob controle e de um modo que os que estão a seu lado não se deem conta de que foi você quem soltou. Conseguiu entender?

– Sim!

– Endireite-se e tire esse risinho da cara. Volto a chamar sua atenção para o fato de os feitiços serem assunto sério. Eles devem ser lançados com uma postura cheia de graça, mas também com certo orgulho. Os gestos têm de ser fluidos, porém contidos. Com dignidade. Não faça caretas bobas, nem contorça os lábios, tampouco deixe a língua de fora. Você está lidando com uma força da natureza, portanto mostre-lhe respeito.

– Sim, dona Yennefer.

– Fique atenta, porque dessa vez não vou resguardá-la. Você é uma feiticeira autônoma. É sua estreia, feiosa. Você viu aquele garrafão de vinho sobre a cômoda? Se sua estreia for boa, sua mestra vai bebê-lo todo essa noite.

– Sozinha?

– Aos alunos é permitido beber vinho apenas quando se tornam aprendizes plenamente qualificados. Você terá de esperar. Como é esperta, não demorará mais de dez anos. Mas vamos ao que interessa. Junte os dedos. O que houve com seu braço esquerdo? Pare de abaná-lo. Deixe-o cair livremente ao longo do corpo ou apoie-o no quadril. Dedos! Muito bem. Agora emita.

– Aaah...

– Não pedi para você emitir nenhum som. Emita a energia, em silêncio.

– Ah! Ele deu um pulo! O cesto deu um pulo! Você viu?

– Mal se mexeu. Ciri, "moderadamente" não quer dizer "fraco". A psicocinética é usada para um fim determinado. Os bruxos usam o Sinal de Aard até para derrubar um adversário. Já a energia que você emitiu nem chegaria a derrubar o chapéu dele. De novo, com mais força. Com ousadia!

– Veja como ele voou! Agora foi bom, não foi, dona Yennefer?

– Hummm... Depois você vai dar um pulo na cozinha e surrupiar um pedaço de queijo para nosso vinho... Foi quase bom. Quase. Com mais força, feiosa; não fique com medo. Erga o cesto do chão e bata com ele com toda a força na parede daquele barracão. Fique ereta! Cabeça para cima! Com graça, mas orgulhosamente! Com arrojo, galhardia! Oh, que merda!

– Oh!... Desculpe, dona Yennefer... Acho... Acho que emiti demais...

– Um pouquinho. Mas não fique nervosa. Venha cá, minha pequenina.

– E... E o barracão?

– Isso acontece. Não há motivo para se preocupar. De modo geral, sua estreia pode ser avaliada como positiva. Quanto ao barracão, ele não era lá muito bonito e não creio que venha a fazer falta a quem quer que seja. Calma, minhas senhoras! Calma, calma! Para que tanta agitação? Afinal, nada aconteceu! Não fique nervosa, Nenneke! Nada aconteceu, repito. Era preciso dar um jeito nessas tábuas. Elas poderão servir de lenha da lareira!

•

Quando as tardes eram quentes e calmas, o ar ficava impregnado do aroma de flores e grama, pulsando com paz e silêncio, interrompido apenas pelo zumbido de abelhas e zangões. Em tardes assim, Yennefer levava para o jardim a poltrona de vime de Nenneke, sentava-se nela e esticava as pernas ao máximo. Algumas vezes, consultava livros; outras, lia cartas, que recebia por intermédio dos mais estranhos portadores, na maioria aves. Havia também ocasiões em que ficava imóvel, com o olhar perdido na distância. Imersa em seus pensamentos, mexia nos cachos negros com uma das mãos, enquanto com a outra acariciava a cabeça de Ciri, sentada na grama e colada à quente coxa da feiticeira.

– Dona Yennefer?

– O que foi, feiosa?

– É possível fazer tudo com magia?

– Não.

– Mas é possível fazer muito, não é verdade?

– É verdade – respondeu a feiticeira, fechando por um momento os olhos e tocando as pálpebras com os dedos. – Muitíssimo.

– Algo realmente enorme... Algo terrível... Muito terrível?

– Às vezes, até mais terrível do que se queria.

– Hummm... E será que eu... Quando serei capaz de fazer algo assim?

– Não sei. Talvez nunca. Tomara que você não seja forçada a isso.

Silêncio. Paz. Calor. O perfume de flores e grama.

– Dona Yennefer?

– O que foi agora, feiosa?

– Quantos anos você tinha quando se tornou feiticeira?

– Hummm... Quando prestei os exames para ingressar? Treze.

– Ah! É exatamente minha idade! E quantos anos você tinha quando... Não, não vou perguntar isso...

– Dezesseis.

– Ah... – Ciri enrubesceu ligeiramente e fingiu interessar-se por uma nuvem com um aspecto diferente acima das torres do templo. – E quantos anos você tinha quando... quando conheceu Geralt?

– Mais, feiosa. Um pouco mais.

– Você vive me chamando de feiosa! Sabe como eu detesto isso. Por que você insiste?

– Porque sou maliciosa. As feiticeiras sempre são maliciosas.

– Mas eu não quero... não quero ser feiosa. Quero ser bonita. Realmente bonita, assim como você, dona Yennefer. Será que com magia eu poderei chegar um dia a ser tão bonita quanto você?

– Você não precisa de magia para isso. Nem sabe a sorte que tem.

– Mas eu quero ser bonita de verdade!

– Você é bonita de verdade. Uma feiosa bonita. Minha linda feiosa...

– Oooh, dona Yennefer!

– Ciri, assim você vai machucar minha coxa.

– Dona Yennefer?

– Sim?

– Para o que você fica olhando tanto?

– Para aquela árvore. É uma tília.

– E o que há de tão interessante nela?

– Nada. Simplesmente me alegro com sua visão. Fico feliz por... por poder vê-la.

– Não compreendo.

– Ainda bem.

Silêncio. Paz. Ar abafado.

– Dona Yennefer?

– O que foi desta vez?

– Uma aranha está indo na direção de sua perna! Olhe como ela é horrenda!

– Uma aranha não deixa de ser uma aranha.

– Mate-a!

– Não estou com vontade de me inclinar.

– Então mate-a com um encanto!

– No terreno do templo de Melitele? Para Nenneke nos expulsar num piscar de olhos? Não, obrigada. E agora fique calada. Quero pensar.

– E em que você tanto pensa? Está bem, está bem, vou ficar calada.

– Mal aguento de tanta felicidade. Já estava com medo de você me fazer mais uma de suas incomparáveis perguntas.

– Por que não? Eu gosto de suas incomparáveis respostas.

– Você está ficando insolente.

– Sou feiticeira. As feiticeiras são maliciosas e insolentes.

Silêncio. Paz. O ar imóvel e abafado como antes de uma tempestade. E o silêncio, agora interrompido pelo grasnar de gralhas e corvos.

– Há cada vez mais deles – falou Ciri, olhando para cima. – Voam e voam... Como no outono... Que aves mais horrendas... As sacerdotisas dizem que elas são um mau augúrio... O que é augúrio, dona Yennefer?

– Leia no *Dhu Dwimmermore*. Há nele um capítulo inteiro sobre esse tema.

Silêncio.

– Dona Yennefer...

– Com os diabos! O que foi agora?

– Por que Geralt demora tanto... Por que não vem para cá?

– Na certa ele se esqueceu de você, feiosa. Deve ter encontrado uma menina mais bonitinha.

– Oh, não! Sei que não me esqueceu! Não poderia! Estou certa disso, tenho certeza absoluta, dona Yennefer!

– Que bom que você tem tanta certeza. Isso faz com que você seja uma feiosa feliz.

•

– Não gostei de você – repetiu.

Yennefer não olhou para ela. Mantinha-se virada de costas, observando pela janela a silhueta das colinas no leste. Sobre elas, o céu estava escuro de tantos bandos de gralhas e corvos.

"Ela já, já vai me perguntar por que não gostei dela", pensou Ciri. "Não; ela é inteligente demais para fazer tal tipo de pergunta. Ela fará uma observação seca sobre a forma gramatical e perguntará a partir de quando comecei a usar o pretérito perfeito. E eu lhe direi. Vou ser tão seca quanto ela, imitando sua voz. Quero que saiba que também sou capaz de me fingir de fria, insensível e indiferente, com vergonha de mostrar emoções e sentimentos. Vou lhe dizer tudo isso. Quero, preciso lhe dizer tudo. Quero que ela saiba de tudo antes de partirmos do templo de Melitele. Antes de partirmos para finalmente me encontrar com aquele de quem sinto tanta saudade. Daquele de quem ela sente saudade. Daquele que, na certa, sente saudade de nós duas. Quero lhe dizer que... Vou lhe dizer. Basta ela perguntar."

A feiticeira virou-se da janela e sorriu. Nada perguntou.

•

Partiram ao raiar do sol do dia seguinte. Ambas em trajes de viagem masculinos, com capa, gorro e capuz cobrindo os cabelos. Ambas armadas.

Apenas Nenneke veio despedir-se. Ficou conversando baixinho com Yennefer por muito tempo, e então ambas, a feiticeira e a sacerdotisa, apertaram fortemente as mãos, como os homens. Ciri, segurando as rédeas de sua égua malhada, quis despedir-se da mesma forma, mas Nenneke não permitiu. Abraçou-a, apertou-a contra o peito e a beijou. Tinha lágrimas nos olhos. Ciri também.

– Bem – falou a sacerdotisa, enxugando os olhos com a manga do manto –, chegou a hora de partir. Que a Grande Mãe Melitele zele por vocês pelo caminho, minhas queridas. Mas, como a deusa tem muitas coisas na cabeça, fiquem atentas. Tome conta dela, Yennefer. Proteja-a como a pupila de seus olhos.

– Espero – sorriu a feiticeira suavemente – que consiga protegê-la melhor do que isso.

No céu, um bando de gralhas passou voando na direção do vale do Pontar. Nenneke não olhava para elas.

– Tenham cuidado – repetiu. – Estão chegando maus tempos. Talvez se revele que Ithlinne aep Aevenien sabia o que estava vaticinando. Está chegando o Tempo da Espada e do Machado. O Tempo do Desprezo e da Nevasca Lupina. Tome conta dela, Yennefer. Não deixe que lhe façam mal algum.

– Voltarei, Mãe – disse Ciri, pulando sobre a sela. – Voltarei com certeza! E em breve!

Não sabia quão enganada estava.

FIM DO TERCEIRO VOLUME